Von Utta Danella

Alle Sterne vom Himmel
Die Frauen der Talliens
Tanz auf dem Regenbogen
Der Maulbeerbaum
Regina auf den Stufen
Der Sommer des glücklichen Narren
Stella Termogen
Vergiß wenn du leben willst
Gestern oder Die Stunde nach Mitternacht
Jovana
Niemandsland
Der blaue Vogel
Die Hochzeit auf dem Lande
Gespräche mit Janos
Der dunkle Strom
Unter dem Zauberdach
Familiengeschichten
Flutwelle
Eine Heimat hat der Mensch
Alles Töchter aus guter Familie
Die Reise nach Venedig
Jacobs Frauen
Der Schatten des Adlers
Der Mond im See

Utta Danella

Quartett im September

Roman

Schneekluth

CIP-Kurztitelaufnahme der Deutschen Bibliothek

Danella, Utta
Geschenkkassette/Utta Danella
München: Schneekluth, 1984
ISBN 3-7951-0891-8
NE: Danella, Utta: [Sammlung]
1. → Danella, Utta: Quartett im September

Danella, Utta
Quartett im September: Eine Geschichte vom Glück
dieser Erde/Utta Danella. 5. Auflage d. Gesamtaufl.
München: Schneekluth, 1984
(Geschenkkassette/Utta Danella; 1)
ISBN 3-7951-0891-8 (Kassette 1)

ISBN 3-7951-0891-8

Gesamtherstellung Mohndruck Graphische Betriebe GmbH, Gütersloh
Printed in Germany 1984 d

Für mein Pferd Dilona

Anmerkungen des Autors

Das Glück dieser Erde ist ein recht schwierig zu erlangendes Ding. Da nützen weder Tüchtigkeit, Fleiß noch hohe Intelligenz und sorgfältige Ausbildung; da helfen auch nicht Ausdauer, Geduld und eiserner Wille; da kann einer dies und das vollbringen an schätzenswerten Taten und kann sich an Macht, Erfolg und Reichtum erfreuen, eins jedoch kann er nicht erarbeiten, nicht erdienen, nicht erringen und erzwingen oder gar erschmeicheln von Gott und dem Schicksal: *Glück*.

Solange Menschen atmen auf dieser Welt, wollten sie so gern glücklich sein, doch sie haben bis heute nicht gelernt, wie man das macht.

Dabei ist es ganz einfach.

Es erhob sich die Frage, was Glück eigentlich ist. Die weisesten Philosophen der alten und neuen Zeit untersuchten das Problem von vor- und rückwärts, zerpflückten den Glücksbegriff und setzten ihn wieder zusammen, doch ein Rezept, wie man den begehrten Zustand erreicht, entdeckten sie nicht.

Ich habe eins.

Da suchten die Menschen das Glück in Ruhm und Reichtum, in Krieg und Sieg, im Himmel und in der Liebe. Doch wenn sie irgendwann dabei ein bißchen glücklich wurden hier auf Erden – denn ob und wieweit man es im Himmel sein wird, ist bis heute ungeklärt – dann war es meist eine

sehr fragwürdige Sache und war meist sehr schnell wieder vorbei.
Ich aber weiß, wie man es anfängt, jeden Tag aufs neue glücklich zu sein. Und ich kann das Rezept gern verraten.
Reiten Sie!
Lassen Sie sich von einem Pferd durchs Leben begleiten!
Wenn ich mir die Menschheit von heute so betrachte, die ihre Seligkeit darin sieht, mit einem stinkenden lärmenden Blechkarren durch die Gegend zu fahren – eingezwängt und zusammengedrückt in sich selbst, in schlechter Luft, Scheiben um den Kopf und eine Maschine unter sich –, dann frage ich mich, ob diese Menschen von heute wohl den letzten Rest Verstand verloren haben. Sie legen sich krumm und lahm, arbeiten und sparen und unterschreiben Wechsel nur um so ein gräßliches Ding ihr eigen zu nennen und könnten statt dessen für dasselbe Geld oder sogar für weniger Geld einen treuen Freund und täglichen Begleiter haben, der sie glücklich macht.
Kann einer widerwillig aufstehen und mißmutig den Tag beginnen, wenn er weiß, im Stall wartet sein Pferd auf ihn, wird ihm leise entgegenwiehern, mit weichen Nüstern den Zucker aus seiner Hand nehmen, mit langen Schritten aus dem Stall gehen und ihn in den Morgen hinaustragen – im ersten Frühlingswind unter noch kahlen Bäumen; im Mai, wenn es grün ist und blüht; zu ganz früher Stunde im Sommer, wenn es im Wald so herrlich kühl ist; und im Herbst, wenn man mit dem Wind um die Wette über die leeren Felder jagen kann.
Sie kennen diese Art von Leben nicht? Dann sind Sie zu bedauern. Dann entgeht Ihnen das Schönste, was diese Erde zu bieten hat. Ein reines uneingeschränktes Glück,

schöner noch als das Glück der Liebe, das ist es, was ein Pferd zu verschenken hat.
Wäre ich ein Psychiater, ich würde alle meine Patienten zum Reiten schicken. Und bald hätte ich keine Patienten mehr. Wäre ich ein Erzieher, der schwierige Kinder, verdorbene Jugendliche zu betreuen hätte, ich ließe sie reiten, ließe sie Pferde putzen und Pferde pflegen, und meine Arbeit wäre leicht.
Wer reiten kann, wird fröhlich sein, er wird sich jung und gesund fühlen, er wird die Natur lieben und Gott. Denn daß Gott ein Geschöpf geschaffen hat wie das Pferd, so edel, so schön, so voll Harmonie, und daß er es dem Menschen möglich machte, dieses Geschöpf zum Freund zu gewinnen, ist ein Grund ihm ewig dankbar zu sein.
Dumme Menschen, die keine Ahnung haben, sehen im Reiten einen hoffärtigen Luxus und betrachten den Reiter als arroganten Angeber. Sicher, das Reiten ist ein stolzes Tun – sofern man es einigermaßen beherrscht – und die hochgemute Haltung eines gut gerittenen Pferdes sollte auf den Reiter abfärben. Aber wer nur aus Angabe reiten will, der hört auch bald wieder auf. Es kostet Mühe, Ausdauer und allerhand Schweiß. Und die Arroganz verliert sich, wenn man ein paarmal im hohen Bogen im Sand gelandet ist. Das Pferd erzieht einen so ganz nebenbei zu Bescheidenheit und fairen Manieren.
Wer aber könnte dies von seinem Auto sagen?
Erfreulicherweise hat der Reitsport in den letzten Jahren Anhänger gewonnen und einen beachtlichen Aufschwung genommen. Überall werden neue Ställe gebaut, es werden gute Pferde gezüchtet, selbst die Bauern besinnen sich hier und da wieder darauf, wie gut es ihrem Hof ansteht, wenn

dort ein Pferd im Stall steht und nicht bloß leblose Maschinen; und falls sie es nicht zur Arbeit nützen, dann zum Sport. Man findet Pferde, wenn man in Urlaub reist: am Meer, in der Heide, im Vorgebirge, in Ungarn, Spanien und Irland und anderswo auch noch. Man kann sein eigenes Pferd mitnehmen in Urlaub, und das ist der Höhepunkt aller Ferien.

Auch in den großen Städten entstehen neue Reitschulen, oft vorbildliche Anlagen, wo man für gar nicht viel Geld reiten lernen kann. Heute im Zeitalter des Sports, im Zeitalter der wachsenden Freizeit, haben die Pferde auf einmal wieder mehr Platz in unserem Dasein. In zehn, zwanzig Jahren, wer weiß, wird das Reiten längst zum Volkssport geworden sein wie heute das Skifahren. Man wird gar nicht mehr verstehen, warum man das Reiten lange Zeit als Luxus betrachtet hat.

Das ist so mein Zukunftstraum, meine Vorstellung von »Wie leben wir im Jahre 2000?« Eine Fahrt zum Mond oder zum Mars? Wozu eigentlich? Was soll ich da? Ein Pferd im Stall, möglichst jedem Familienmitglied ein eigenes, und verständnisvolle Stadt- und Gemeindeverwaltungen, die Wiesen und Wege dafür zur Verfügung stellen, pferdefreundliche Bauern und Landbewohner, die mitreiten, dann wird man endlich sagen können: »Oh, Jahrhundert, es ist eine Lust zu leben!«

Sie glauben mir nicht? Sie denken, aus mir spricht die pure Begeisterung. Durchaus – das stimmt. Eine Begeisterung, die in meiner Kindheit begann und nie ab-, immer nur zugenommen hat.

Ich will Sie nicht überreden, ich rate nur: Probieren Sie es selbst. Ziehen Sie sich eine strapazierfähige Hose an, gehen

Sie in den nächsten Reitstall und verkünden Sie dort, Sie wollten reiten lernen. Seien Sie vier Wochen lang mutig, tapfer und nicht wehleidig. Haben Sie nach vier Wochen zum erstenmal das Gefühl, ein bißchen was begriffen zu haben. Seien Sie vier Monate lang ausdauernd und fleißig, hören Sie auf Ihren Reitlehrer und auf Ihr Pferd. Und hängen Sie dann vier Jahre daran, um Sicherheit und einige Erfahrung zu gewinnen. Dann steht nichts mehr im Wege, ein Leben lang glücklich zu sein.

Hafis, der große persische Dichter des 14. Jahrhunderts, ist es, dem man den berühmten Ausspruch zuschreibt: Das höchste Glück der Erde liegt auf dem Rücken der Pferde.

Ob *er* es nun gesagt hat oder ein anderer, ganz egal: der Mann hat recht gehabt.

Lorines Abreise

Lorine will nicht verreisen. Sie zeigt klar und deutlich, daß ihr nicht das geringste daran liegt, mit mir gemeinsam in die Ferien zu fahren. Seit geschlagenen zwanzig Minuten weigert sie sich erfolgreich, den Wagen zu besteigen, der sie zu ihrem Urlaubsziel befördern soll. Die weit geöffnete Tür des Gefährts muß ihr vorkommen wie das Tor zur Hölle. Sie geht nur noch rückwärts, sie steigt, sie schnaubt und prustet, ihr Blick ist leicht irr. Lieber Himmel, was tue ich ihr da an! Das konnte ich ja wirklich nicht ahnen.

Dabei würde sie geradezu fürstlich reisen, gemessen daran, wie die meisten Leute heutzutage in Urlaub fahren – mit Kind und Kegel, sechs Koffern, der Schwiegermutter und einem Zelt, und das alles in einem engen Viersitzer. Ich könnte es verstehen, wenn sich da einer weigert, mitzufahren.

Lorine dagegen hat keinen Grund, sich so idiotisch aufzuführen. Ein großer geräumiger Transporter mit gepolsterten Ständen, mit Stroh ausgelegt, mit Luftklappen versehen, steht zu ihrer Verfügung. Sie hätte sogar Gesellschaft; Casanova, der Schimmel des Herrn Welz, ist bereits verladen, er geht für vier Wochen auf die Koppel, bis sein Herrchen von der Adria zurück sein wird. Übrigens hat Casanova sich vorbildlich benommen, ein leichtes Zögern, dann ist er gelassen und elegant eingestiegen, ganz ein Mann von Welt, der es gewöhnt ist, gelegentlich zu verreisen. Nun dreht er den Kopf und besieht sich von innen indigniert Lorines hysterisches Gebaren. Allzusehr dürfte es ihn allerdings nicht wundern, schließlich kennt er Lorine. Er war dabei, als sie mich vor vierzehn Tagen abgeworfen hat, nur weil ein Vogel etwas schrill in ihrer Nähe gepiept hat. So ist Lorine nun mal: Wenn es irgendeinen Grund gibt, Theater zu machen, dann macht sie es.

Ich habe mich in den Hintergrund zurückgezogen, mir ist schwummerig zumute, meine Augen tränen und meine Knie sind weich. Lorine hat mir einen ganz schönen Kinnhaken verpaßt. Natürlich dachte ich, sie geht ohne weiteres mit mir, wenn ich sie am Halfter fasse und ihr gut zurede. Denkste! Weder mit Zucker noch mit Rüben war sie in den Wagen zu locken. Wie eine Verrückte hat sie mit dem Kopf geschlagen und mich am Kinn getroffen. Der ganze Unterkiefer schmerzt mir, und mit der Zunge probiere ich, ob meine Zähne noch fest sind. Das fängt ja gut an. Offenbar eine Schnapsidee von mir, mit dem Pferd in Urlaub zu fahren. Ich hätte es wissen müssen: Mit Lorine ist so was nicht zu machen.

Außerdem hat mich der Transporteur ziemlich unfreundlich angefahren. »Gengans doch weg, gnä' Frau, lassen's doch uns das machen. Pferdebesitzer stören nur, wenn verladen wird.« Wahrscheinlich hat der Mann recht, ich bin ihm nicht böse. Aber es kränkt mich, daß Lorine so wenig Vertrauen zu mir hat. Zwei Jahre lang teilt sie nun mein Leben, in all der Zeit hat sie nur Gutes von mir erfahren, hat eine Menge Liebe gekriegt, und schließlich und endlich habe ich sie davor bewahrt, im Verleihbetrieb zu landen. Sie sollte das wissen und nicht so undankbar sein.

Im Hof der Reitschule haben sich eine Menge Neugierige angesammelt, alle meine lieben Reiterfreunde und -freundinnen, die mehr oder weniger schadenfroh dem Unternehmen beiwohnen. Der Chef ist da, die Pferdepfleger, die Kinder der Pferdepfleger und die Putzfrau aus dem Café, und die Männer, die im Café eine neue Leitung verlegen – alle finden es hochinteressant und fühlen sich gut unterhalten. Auf meine und Lorines Kosten.

Jetzt ziehen sie ihr einen dreckigen Sack über den Kopf, was natürlich Blödsinn ist, denn das muß sie vollends verrückt machen. Sie führen sie im Kreis, aber Lorine ist natürlich nicht zu täuschen, sie weiß genau, wo der Wagen steht und als sie sich mit ihr der Rampe nähern, die ins Innere des Transporters führt, steigt sie und reißt sich los.

Ich kann das nicht mehr mit ansehen. Das Pferd wird sich verletzen oder gleich einen Herzschlag kriegen.

Ich wage mich also wieder in den Kreis der Männer und sage: »Ich glaube, wir lassen es lieber. Ich werde alles absagen.«

»Wissen's was, gnä' Frau, Sie täten mir einen Gefallen, wann's verschwinden täten. Gehn's 'rauf ins Café und trinken's an Schnaps. Wir machen das schon.«

»Das ist eine gute Idee«, sagte Herr Weber und ergreift mich energisch am Arm, »gehen wir hinauf, das ist das beste.«

Herr Weber ist der Chef der Reitschule und natürlich weiß und versteht er das alles besser als ich, aber ...

»Nein, ich kann jetzt nicht weg. Sie werden sie schlagen. Ich kann doch nicht ...«

»Kommen Sie nur, die machen das schon richtig.«

»Die anderen auch verschwinden«, ruft der Transporteur

und scheucht mit einer Armbewegung alle Neugierigen davon.
Herr Weber deponiert mich an einem Tisch in unserem Reiterlokal und bestellt einen doppelten Steinhäger für mich. »Nur keine Angst«, tröstet er mich, »das geht schon in Ordnung.«
Die anderen setzen sich um uns herum und erzählen von spannenden und dramatischen Transporterlebnissen. Frau von Kleiss, groß, knochig, breitschultrig, eine Pferdeexpertin ersten Ranges – jedenfalls mit dem Mundwerk –, berichtet ausführlich, wie ihre Stute Ramona sich bei dem Transport von Karlsruhe nach München so schwer verletzte, daß sie danach drei Monate stehen mußte und genau genommen überhaupt nicht mehr richtig gesund wurde, ein halbes Jahr später ging sie in den Pferdehimmel ein. Und Frau Alberty, recht hübsch, klein und zierlich, ein Society-Gewächs, in dritter Ehe mit einem reichen Textilfabrikanten verheiratet, weiß zu berichten, daß der Herkules, den sie früher mal hatte, so herumgetobt hat, daß er den ganzen Transportwagen einfach umschmiß. Mit sich selber drin.
Das könne man ja nun hiermit nicht vergleichen, wird sie von Frau von Kleiss belehrt – die beiden sind intime Feindinnen –, vermutlich sei Herkules in einem Anhänger gereist und nicht in einem ordentlichen Transporter. So wie sie es herausbringt, hört es sich an, als sei Frau Alberty zu geizig gewesen, einen richtigen Transporter zu bezahlen. Die beiden reden immer auf diese Weise miteinander. Frau Alberty sagt, es sei ein besonders großer und stabiler Anhänger gewesen, der bekannte Turnierreiter XY habe ihn ihr geliehen, weil er so große Stücke auf sie und Herkules hielt, und schließlich hätte sie damals einen Cadillac gefah-

ren, da habe es ihr eben Spaß gemacht, das Pferd selbst zu transportieren. Das sei übrigens damals gewesen, als sie bei dem Grafen XYZ für den Sommer eingeladen gewesen sei. Auf das Schloß des Grafen, Sie wissen doch? Oder kennen Sie es am Ende nicht? Frau von Kleiss wird ein wenig gelb im Gesicht, es war ein bißchen viel in dieser Antwort verpackt, der Graf, das Schloß, der Cadillac und auch noch die Reiterkoryphäe, so etwas muß man erst mal schlucken. Aber sonst sind die beiden reizende Menschen und sooo unterhaltend.

Herr Weber verbeißt sich ein Schmunzeln und meint, wenn einer schon Herkules hieße, dann könne man ja nicht viel anderes von ihm erwarten.

Ich sage gar nichts und kippe meinen Schnaps und rauche eine Zigarette. Ich fühle mich gar nicht wohl in meiner Haut. Arme Lorine, was machen sie da unten mit dir. Ich werde Tage brauchen, bis ich dich wieder friedlich gestimmt habe, du hast nun mal ein etwas kompliziertes Seelenleben, dafür bist du eben eine hochgezüchtete Aristokratin und das gefällt mir gerade an dir. Du bist das schönste Pferd weit und breit, stolz, geradezu arrogant, ich kenne jedenfalls niemand, der so hochnäsige Nüstern machen kann wie du, wenn dir etwas oder vor allem jemand nicht paßt. Wir beide, Lorine, wir kennen und verstehen uns. Ich liebe dich sehr und ich dachte, du liebst mich auch ein wenig. Aber wie sich nun zeigt: du hast kein Vertrauen zu mir. Schön, verreisen wir also nicht.

»Noch einen«, sagte ich zu Molly, unserer Bedienung, die zufällig vorbeikommt. Von selbst kommt sie nämlich sonst nie, man muß sie immer holen.

Und plötzlich kommt Klaus, der Sohn des Pferdepflegers

Franz, hereingestürmt und schreit lauthals »sie ist drin, sie ist drin. Ist ganz prima gegangen.«
Ich stürze hinunter in den Hof, aber die Tür des Transporters ist schon geschlossen, von Lorine ist keine Schweifspitze mehr zu sehen.
»Ist ihr auch nichts passiert?«
»Woher denn? Was soll ihr denn passieren?«
»Wieso ging's denn auf einmal?«
»Sie hat eingesehen, daß sie ihren Kopf nicht durchsetzen kann«, antwortet mir der Mann voller Gemütsruhe und verzieht keine Miene.
Ich schlucke alle weiteren Fragen herunter. Eine Peitsche kann ich nirgends sehen. O Lorine, da drin in dem Riesenkasten, wie werde ich dich wiederfinden?
»Kann ich sie nicht mehr sehen?«
»Nix mehr. Wir fahren jetzt ab.«
»Ich fahre auch gleich. Ich werde zum Empfang draußen sein.«
»Ist recht.«
Am liebsten würde ich sagen: Fahren Sie vorsichtig! Aber ich lasse es bleiben. Nicht nötig, daß ich mir eine grobe Erwiderung einhandle. Und ich *weiß* ja, daß er vorsichtig fahren wird, schließlich ist es das bestrenommierte Pferdetransportgeschäft weit und breit. Turnier- und Rennpferde werden hier verladen, zu weiten Auslandstransporten manchmal, und alle kommen sie gut an, also wird wohl auch mein Herzblatt unbeschädigt landen.
»Auf Wiedersehen! Gute Fahrt.«
Ich sehe dem Transporter nach, wie er schwerfällig die Auffahrt hinaufrumpelt und um die Ecke verschwindet. Arme Lorine! Sicher bist du sehr verzweifelt. Denkst du,

daß ich dich verkauft habe? Daß ich dich verraten und verlassen habe?
Der Unterkiefer tut mir immer noch weh, aber die Zähne scheinen noch festzusitzen. Nun denn! Jetzt gebe ich eine Abschiedsrunde für die anderen, trinke auf den zweiten Schnaps hinauf einen Kaffee und dann fahre ich los. Mein Wagen steht bereit, das Gepäck ist drin. Meine Wohnung habe ich vor einer Stunde verlassen und werde sie vier Wochen lang nicht mehr sehen. Es weiß fast keiner, wo ich hinfahre, und das ist gut so. All die Leute können mir gestohlen bleiben, Bekannte, Freunde – der Teufel soll sie holen mit ihren blöden Fragen und faulen Trostversuchen. Ich habe alles satt. Fed up bis oben hin. Und wann ich wiederkomme – das wissen die Götter, vielleicht komme ich gar nicht wieder. Manchmal bin ich so müde in letzter Zeit. Ich habe gar keine Lust mehr weiterzumachen. Das ist natürlich Unsinn. Man muß nur wieder einmal etwas Neues beginnen. Neue Wege machen jung. Ist es nicht so?
Und Enttäuschungen machen alt. Wieviel Enttäuschungen kann ich mir eigentlich noch leisten? Es muß aufhören mit den Versuchen an ungeeigneten Objekten. Nicht daß ich der Liebe abschwören will, ich habe Männer immer gern gemocht, aber ich werde keinen mehr ernst nehmen. Mal ein Liebhaber hier und da, ein bißchen Amüsement, aber keine Liebe mehr, bei Gott, nie wieder. Kein Ernst, nur Spiel. Lieben werde ich nur noch Lorine. Und im übrigen werde ich mich ums Geldverdienen kümmern. Das wär's denn!
Der Abschied geht schnell und schmerzlos vonstatten. »Tschüs, Kinder, macht's gut«, und es nimmt auch keiner groß Notiz von *meiner* Abreise. Sie reden gerade von Herrn Körner, der in einem Jahr schon dreimal das Pferd

gewechselt hat. Seiner Meinung nach taugen die Pferde alle nichts, er sucht immer ein besseres. Ihrer Meinung nach taugt Herr Körner als Reiter nichts, er würde auch auf einem Olympiadepferd nur rückwärts galoppieren können. Unten im Hof bei den Außenboxen schlendert wie von ungefähr Ferdinand durchs Gelände. Er tut, als hätte er mich nicht gesehen, tätschelt einen Pferdekopf und sucht in seinen Taschen nach Zucker. Der hat mir noch gefehlt. Der liebste, beste, gütigste, sanftmütigste Mensch, den ich kenne und je gekannt habe. Ich bin seiner Liebe nicht wert, er sollte das eigentlich inzwischen wissen. Sicher, es wäre mir viel erspart geblieben, wenn ich vor fünfzehn Jahren ihn statt René geheiratet hätte, aber ich kann es mir heute genausowenig wie vor fünfzehn Jahren vorstellen, daß ich mit Ferdinand ... also nein!

»Was machst du denn hier? Bist du nicht im Geschäft?«

»Ach! Vera! Wie nett, dich noch zu sehen!«

Er wird doch wahrhaftig immer noch ein bißchen rot, wenn er mir gegenübersteht. Es ist rührend. »Ich hatte gerade hier in der Nähe zu tun, da dachte ich, schau ich mal, muß ich doch mal sehen, ob ihr gut weggekommen seid.«

»Du bist zu spät gekommen, sonst hättest du miterlebt, wie Lorine sich aufgeführt hat. Es war eine Katastrophe.«

»So? Na ja. Sie ist eben nervös. Wie eben Vollblüter so sind.«

Es ist zum Lachen. Der gute Ferdinand. Er hat nicht die geringste Ahnung von Pferden. Früher hätte er einen Araber nicht von einem Kaltblüter unterscheiden können. Aber seit ich reite, interessiert er sich für Pferde, hört geduldig zu, wenn ich von Pferden rede, und ich rede viel davon und von Lorine besonders. Und er liest sogar einschlägige

Bücher. So ist Ferdinand. Genaugenommen der einzig wirkliche Freund, den ich habe. Auch wenn ich ihn nicht verdiene.

»Ich muß fahren. Ich möchte vor Lorine ankommen. Damit sie sieht, daß ich da bin.«

Er sieht mich mit seinem geduldigen Hundeblick an und versucht es noch einmal. »Du willst mir deine Adresse wirklich nicht geben?«

»Nein.«

»Es könnte ja mal was sein?«

»Was soll sein? Mir kann jeder gestohlen bleiben. Die Post kriege ich nachgeschickt, und Frau Busch kümmert sich um die Wohnung.«

Frau Busch ist meine Hausmeisterin, ein echtes Goldstück. »Sonst kräht ja sowieso kein Hahn nach mir.«

»Aber ich doch.«

»Ja, du!« Der Ton ist nicht sehr nett, in dem ich das sage. Es tut mir auch gleich leid. Ich streichle seine Wange und füge hinzu: »Ich werd' dich anrufen.«

»Ich könnte dich mal besuchen.«

Schon wieder zu viel. – »Ich brauche keinen Besuch.«

»Auch nicht von mir?«

»Nein, mein Schatz, auch nicht von dir. Ich möchte tun, als sei ich eben auf die Welt gekommen.«

»Das kannst du doch nicht.«

»Das kann ich. Jedenfalls eine Zeitlang.«

»Du wirst dir nur wieder so einen fremden Kerl anlachen und dir neuen Kummer machen.«

»Ich werde mir gar niemand anlachen. Wer wird schon in dem Kaff sein! Also – Servus, mein Schatz. Laß es dir gut gehen.«

»Ohne dich kann es mir gar nicht gutgehen.«
Da mache einer was dagegen. Er wird wohl nie begreifen, daß seine demütige Liebe niemals Liebe erwecken kann. Nicht bei einer Frau, wie ich es bin. Manchmal habe ich ein schlechtes Gewissen. Ich frage mich, wie sein Leben wohl verlaufen wäre, wenn ich ihm damals nicht über den Weg gerumpelt wäre... Er war ein ganz netter junger Mann. Vielleicht hätte er ein ebenso nettes junges Mädchen geheiratet und wäre glücklich geworden. So vergeht sein Leben damit, mich treu und hoffnungslos zu lieben. Und immer dazusein, wenn ich einen Freund brauche, wenn ich Trost, Zuspruch oder Hilfe brauche. Und all das brauche ich ziemlich oft. So gesehen, biete ich ihm schon allerhand. Manchmal habe ich auch schon gedacht, ich sollte zum Lohn einmal mit ihm schlafen. Oder sagen wir: einige Male. Aber es wäre nicht fair, das erst recht nicht. Es wäre kein Geschenk. Es wäre ein Almosen, das ich sofort wieder zurücknehmen müßte. Und ich mag viele schlechte Eigenschaften haben – doch, einige sind es bestimmt – aber unfair bin ich nie. Gegen nichts und niemand.
Viel Verkehr auf der Landstraße. Furchtbar viele Laster, und man kann so schlecht überholen. Warum sie nicht endlich mal breitere Straßen bauen. Wenigstens Dreispurbahnen, wenn nicht am besten gleich Vierspurbahnen. Erst hinter Landsberg sehe ich den großen silbergrauen Kasten vor mir. Da ist sie drin, mein arme Lorine.
Eine Weile bleibe ich hinter dem Kasten, dann auf einer geraden übersichtlichen Strecke überhole ich, tippe einmal leicht auf die Hupe und hebe die Hand. Der Fahrer des Transporters, hoch über mir, gibt kein Zeichen, daß er mich erkannt hat.

Der Reitstall des Kurbades Waldhofen liegt etwa drei Kilometer nördlich des Ortes inmitten von Wiesen und Feldern. Also ich finde, er liegt sehr schön. Vor zwei Monaten, als ich diesen tollkühnen Entschluß faßte, nicht mit einem Mann, sondern mit einem Pferd in die Ferien zu reisen, war ich hier und habe mir das alles angesehen. Das heißt, erst habe ich mich natürlich in Reiterkreisen umgehört. Nicht daß sehr viele Leute mit ihrem Pferd verreisen. Ich habe mir erzählen lassen, in Norddeutschland käme das öfter vor, da fahren sie aus den großen Städten, aus Hamburg oder Bremen oder sogar vom Westen her aus Düsseldorf mit ihren Pferden ans Meer oder in die Heide, um einmal ungestört und nach Herzenslust im Gelände zu reiten. Hier bei uns in Süddeutschland, kommt es relativ selten vor. Natürlich ist es kein ganz billiger Spaß, und vor allem muß man den richtigen Ort erst finden. Meer und Heide haben wir hier leider nicht.

Am Meer bin ich geritten, in Holland und auf verschiedenen Nordseeinseln, ich weiß, wie herrlich es ist, am Strand entlang zu galoppieren. Aber es ist nicht daran zu denken, daß ich meiner armen Lorine die weite Reise von München an die Nordseeküste zumute. Wie gesagt, von unserem Stall aus fahren nicht viele Leute mit Pferd in Urlaub. Manche tun es, sie haben Bekannte auf dem Land oder selbst ein Landhaus. So gibt es eine fesche sportliche Frau in unserem Stall, die verbringt mit Pferd, Hund und Mann den ganzen Sommer auf eigenem Landsitz und erholt sich bestens beim Pferdeputzen und Stallausmisten. Andere Reiter wieder bringen ihr Pferd zu einem Bauern oder auf ein

Gestüt, wo es auf die Koppel gehen kann, meist in der Zeit, in der sie selbst verreist sind.
Wie ich auf die Idee kam, mit Lorine zu verreisen, kann ich nicht genau sagen. Ich komme immer auf irgendwelche Ideen, manchmal gute, manchmal schlechte. In welcher Eigenschaft sich diese ausweisen wird, bleibt abzuwarten. In meinem bisherigen Leben, das ja nun schon eine stattliche Anzahl von Jahren währt, habe ich viele schöne und große Reisen gemacht. Am meisten liebe ich das Meer, das südliche und noch mehr das nördliche. Und ich habe mich immer gern an mondänen Plätzen und in Luxushotels aufgehalten. Ich kenne die französische Küste rundherum, die belgischen, die holländischen und natürlich die deutschen Nordseebäder.
Ich liebe Österreich, seine Seen und Berge, ich bin für mein Leben gern in der Schweiz, gelegentlich war ich auch in Italien und Spanien – alles in allem bin ich gar nicht mehr so neugierig, das nun immer wieder aufs neue abzugrasen. Vor allzu fernen Ländern und allzu fremden Lebensbedingungen scheue ich ein wenig zurück, denn ich habe es gern bequem und einigermaßen kultiviert. Ich habe all diese Reisen nicht allein gemacht. Da war immer ein Mann, der mein Leben teilte, der es mehr oder weniger verschönte. Nun ja, und damit komme ich nun zu einem wesentlichen Punkt, der in letzter Zeit und auch noch jetzt mein Leben nicht verschönt, sondern reichlich verbittert.
Dieser Punkt heißt Gert. Vier Jahre lang waren wir zusammen. Vier Jahre lang war die Rede von Liebe. Nein – das stimmt nicht. Zwei Jahre lang war es diese komische Sache, die man Liebe nennt. Ein Jahr lang war es so halb und halb und zunehmend schwierig. Und das letzte Jahr war

mehr oder weniger Quälerei. Ich wußte lange, daß es auf eine Trennung zu geht; was das betrifft, so war ich nie ein Mensch, der sich etwas vormacht. Aber man löst sich nicht so leicht. Schon gar nicht, wenn – wie in diesem Fall – auch eine enge berufliche Zusammenarbeit auf dem Spiel steht.
Ach, zum Teufel, mit all den vorsichtigen Worten. Ich hab' den Kerl gern gehabt, aber manchmal zweifle ich daran, ob es wirklich Liebe war. Es blieb immer ein Rest, der nicht paßte. Und so etwas wächst mit der Zeit. So etwas breitet sich aus wie ein Geschwür. Ich bin keine geduldige, keine duldsame Frau. Ich stecke nichts ein, ich ordne mich nicht unter, ich gebe nichts – aber auch gar nichts – von mir und meinem Wesen auf. Wenige Männer können auf die Dauer mit so einer Frau etwas anfangen. Das weiß ich sehr gut. Trotzdem, und das ist es, was mich verbittert, hat Gert sich schlecht benommen. Es war kein schönes Ende einer Liebe.
Gut oder nicht gut. Aber auf jeden Fall aus. Es ist vollkommen unwichtig, ich will es vergessen und ich *werde* es vergessen. Aber es führt ein gerader Weg von dieser Endsituation zu meiner jetzigen Reise.
Als wir uns endgültig trennten – das war im Mai dieses Jahres, ulkig, eigentlich soll man sich im Mai verlieben und nicht auseinandergehen –, da war ich erst einmal mit Gott und der Welt zerfallen. Ich fuhr nach Paris, anschließend nach Nizza, in beiden Städten war ich mit ihm auch gewesen, und beide Städte brachten weder Trost noch Ablenkung, außerdem hatte ich ständig Sehnsucht nach Lorine.
Ich kehrte nach München zurück und fand bei ihr, was ich brauchte: Trost, Ablenkung, Freude – Glück. Und da kam mir die Idee: das nächstemal verreise ich mit Lorine.

Voilà, das ist die Geschichte. Und als ich mich ein bißchen umgehört hatte, erzählte mir einer von Bad Waldhofen, das ich dem Namen nach zwar kannte, aber zuvor nie besucht hatte. Kleine gemütliche Kurbäder – das stand bisher nicht auf meinem Reiseprogramm. Kurz entschlossen fuhr ich damals hin, sah mich in dem Ort um, fand ihn ziemlich uninteressant, aber dann sah ich den Reitstall und der gefiel mir. Ein heller, luftiger Stall mit schönen großen Boxen, tadellos gepflegt, eine kleine gedeckte Reitbahn, ein offener Reitplatz, eine schöne große Koppel – Lorine würde sich hier wohl fühlen. Das gab den Ausschlag. Man konnte es mal versuchen mit Ferien auf andere Art.

Unsere Abreise hat mich etwas kleinlaut gestimmt. Ich zweifle auf einmal am Wohlgelingen dieses Unternehmens. Und als ich Mittags gegen ein Uhr in Bad Waldhofen ankomme, zweifle ich weiter. Damals, als ich hier war, herrschte reger Betrieb. Pferde auf der Bahn, Pferde auf der Koppel, der Reitlehrer bei der Arbeit, aber jetzt liegt der ganze Komplex öde und verlassen im leichten Nieselregen. Ja – es hat angefangen zu regnen während meiner Fahrt und es ist reichlich kühl für Ende August.

Ein einziger Wagen steht auf dem Parkplatz vor dem Stall. Wohl der Wagen von Herrn Meisel, dem Besitzer des Stalls. Weit und breit keine Menschenseele. Ja, warten die denn nicht auf mich? Haben die Leute vergessen, daß Lorine heute kommt? Ich habe gestern extra angerufen und die vermutliche Zeit der Ankunft mitgeteilt. Natürlich, durch Lorines Theater ist es später geworden.

Ich kenne die mittägliche Ruhe in Pferdeställen. Um zwölf wird gefüttert und anschließend hat keiner etwas im Stall zu suchen, das ist Gesetz. Hier hält man sich anscheinend wirklich daran. Aber wie soll Lorine ausgeladen werden? Und wo wird sie wohnen? Die hohe Tür zum Stall ist abweisend geschlossen. Aber als ich dagegen drücke, gibt sie nach, ich kann hinein.

Ruhe im Stall. Die Pferde stehen in ihren Boxen, kauen das letzte Heu vom Mittagsmahl oder dösen vor sich hin. Und es riecht so gut. Gleich fühlt man sich zu Hause. Nichts auf der ganzen Welt riecht besser als ein Pferd. Und ein ganzer Stall von Pferden, das ist schlechthin die Vollendung.

Da stehe ich an der Tür, und auf einmal merke ich, daß ich lächle. Heimatliches, vertrautes Gefühl. Ist es zu glauben, daß ich so viele Jahre meines Lebens sinnlos verschwendet habe, einfach dadurch, daß ich kein Pferd hatte. Was für ein ungelebtes Leben ist es gewesen! Da habe ich mich herumgeärgert mit allen möglichen blödsinnigen Leuten, mit meiner Arbeit, mit Männern, habe mir am Ende gar noch eingebildet glücklich zu sein mit diesem oder jenem und habe nicht gewußt, daß man gar nicht glücklich sein *kann* ohne Pferd.

Wahrscheinlich übertreibe ich wieder schrecklich. Aber das tue ich gern. »Nom de Dieu, Vera«, pflegte mein Letztverflossener gelegentlich zu sagen, »sei nicht so exaltiert! Es ist kaum zu ertragen, wie exaltiert du bist. Immer sechs Etagen über den Tatsachen.«

Womit *er* furchtbar übertrieben hat. Und außerdem konnte niemand exaltierter sein als er. Nicht zuletzt einer der Gründe, warum wir nicht zusammenbleiben konnten. »Zwei Verrückte«, das hinwiederum hat mein guter Ferdinand gesagt, »zwei Verrückte, das kann nicht gutgehen. Wenn einer schon spinnt, muß wenigstens der andere ruhig und vernünftig sein.«

»Ich *bin* ruhig und vernünftig«, habe ich ihm darauf geantwortet, »jedermann landab und landauf wird dir das bestätigen, mit mir hat immer jeder gern zu tun gehabt.«
Ein bißchen verrückt bin ich vielleicht schon. Und wenn ich einmal ganz ehrlich bin, im Grunde meines Herzens habe ich mir immer einen ruhigen und besonnenen Mann gewünscht, so etwas ganz Seriöses und Überlegenes, lieber Himmel, genau so etwas, wie es sich jede Frau schon in ihren Kinderträumen vorstellt. Leider ist mir so etwas nie begegnet. Vielleicht gibt es das auch gar nicht mehr.
Ein leichter Stups an meiner Schulter. Ein großer Brauner streckt den Kopf zur Box heraus und schaut mich vertrauensvoll an.
Wer bist du denn, du stehst da und sagst gar nichts? Hast du keinen Zucker mitgebracht?
Mechanisch stecke ich die Hand in die Kostümjackentasche. Aber da ist nichts. »Tut mir leid, im Moment habe ich nichts da. Draußen im Wagen habe ich welchen, du kriegst ihn nachher. Hm?« Ich klopfe seinen Hals und gehe langsam weiter.
Die vierte Box ist leer, also wohl Lorine zugedacht. Frisches Stroh ist eingeschüttet, in der Krippe eine Portion Hafer. Also bekommt Lorine ihr Mittagessen nachserviert, sehr schön. Wenn sie nur schon hier wäre und heil ausgeladen.
Außer den Pferden befindet sich offenbar kein Lebewesen im Haus. Doch – eine große graugestromte Katze sitzt in der Nachbarbox auf dem Rand der Krippe und schnurrt friedlich. Der Bewohner dieser Box, ein großer kräftiger Goldfuchs mit schmaler weißer Blesse, ist augenscheinlich an diesen Gast gewöhnt. Er pustet der Katze ein bißchen ins Fell, was diese mit geschlossenen Augen genießt. Was für

ein schönes Pferd! Ich hebe ganz langsam die Hand und streiche ihm sanft über die Nase, was er sich reglos gefallen läßt. Das wäre bei Lorine nicht möglich. Sie läßt sich nicht gern an den Kopf fassen, von Fremden schon gar nicht.
»Du bist aber ein Schöner. Ganz große dunkle Augen hast du. Hm? Wohnst du immer hier? Oder bist du auch ein Urlauber? Wirst du auch nett sein zu Lorine? Sie ist sehr empfindlich. Und sie redet nicht mit jedem.«
Alle Pferde im Stall haben ihre Köpfe zu mir hingewendet und hören zu. Sie haben es so gern, wenn man mit ihnen redet, leise und sanft. Und sie haben es überhaupt gern, wenn Besuch kommt.
Am anderen Ende des Stalls führt eine Tür in den Hausflur, und direkt gegenüber der Stalltür ist das Büro, das weiß ich von meinem Besuch her. Und hier finde ich endlich eine Menschenseele. Ein junges Mädchen sitzt da und liest.
»Grüß Gott!«
Sie blickt auf, ein schmales Kindergesicht unter kurzgeschnittenen blonden Haaren.
»Ist Herr Meisel nicht da?«
»Herr Meisel ist oben in der Wohnung.«
»Ich bin Vera Marvin. Ich bin eben angekommen.«
Die Kleine steht auf. »Ist Ihr Pferd auch schon da?«
»Nein. Aber ich denke, daß es bald kommen wird. Sie wissen also Bescheid?«
»Ja. Ich bin hier, um auf Sie zu warten.«
»Aha, sehr schön.« Ich lächle die Kleine an, und sie lächelt scheu zurück.
»Wie heißt du denn?«
»Angelika.«
Jetzt hab' ich sie geduzt, aber sie ist höchstens fünfzehn,

sechzehn, vielleicht auch jünger, bei den Mädchen heutzutage weiß man nie, sie sind meist jünger, als sie aussehen. Außerdem ist es eine schlechte Eigenschaft von mir, Leute, die mir gefallen, gleich zu duzen, so en passant, und in keiner Weise verpflichtend. Manche wundert's vielleicht, nur Spießer sind pikiert.

»Nett, daß du auf mich gewartet hast, Angelika. Da bist du um deinen Nachmittagsschlaf gekommen.«

Jetzt lacht sie sogar. »Aber ich schlafe doch nachmittags nicht. Es ist schon schade, daß man nachts schlafen muß.«

Ja, das denkt man, wenn man sehr jung ist. Ich schlafe gern. Aber schad' um die Zeit ist es dennoch, das denke ich auch heute noch.

»Ist die freie Box für Lorine?«

»Ja.«

Wir gehen zusammen in den Stall, besichtigen noch einmal Lorines zukünftige Wohnung, dann gehen wir von Box zu Box, und Angelika nennt mir die Namen der Pferde. Sie tut es mit der zärtlichen Anteilnahme, die junge Reiter für Pferde haben.

»Bist du von Waldhofen?«

»Nein, ich bin zu den Ferien hier.«

»Und du wohnst hier im Hause?«

»Ja. Ich helfe im Stall und bekomme dafür Reitstunden. Aber in zehn Tagen fängt die Schule wieder an.«

»Pech.«

»Ja, wirklich.«

»Wird dir schwerfallen, von hier wieder abzureisen, hm?«

»Ach, ich kann gar nicht daran denken.«

Das kenne ich von unseren jungen Leuten im Stall. Diese Hingabe, dieser Enthusiasmus, den die Kinder aufbringen,

wenn sie reiten lernen und reiten dürfen, das sucht seinesgleichen in der Welt. Man sagt immer, in unserer Zeit sei die Jugend abgebrüht, schlecht gelaunt und schlecht erzogen, haltlos, rundherum widerlich. Mag sein. Die Jugend, die reitet, ist es nicht. Wenn ich Kinder hätte, dürften sie reiten gehen, sobald sie alt genug sind, auf einem Pferd zu sitzen, und ich würde disziplinierte, fröhliche und glückliche Kinder haben. Und fast alle Kinder würden gern reiten lernen. Ich habe selten ein Kind erlebt, das sich nicht dafür interessiert hätte. Die Eltern ahnen gar nicht, welch wunderbaren Erziehungshelfer sie sich entgehen lassen: das Pferd. Und es soll auch keiner sagen, dieser Sport sei zu teuer. Für wieviel sinnlosen Blödsinn geben die Leute in unserer Zeit ihr Geld aus. Was müssen sie alles in sich und ihre Kinder hineinstopfen, weil sie meinen, es gehöre zum modernen Lebensstandard. Und wie wenig Glück kaufen sie damit sich und ihren Kindern. Oder macht es ein Kind glücklich, wenn es Tag für Tag vor dem Fernseher sitzt oder in Vaters liebevoll gewienertem Auto nach Spanien und Italien fährt? Das bedeutet gar nichts. Solche Ferien, wie Angelika sie macht, Ferien in einem Reitstall bei Pferdeputzen und Reitenlernen, das sind Ferien, an die wird sie noch denken, wenn sie Großmutter ist.
»Aber nächstes Jahr darf ich wiederkommen, darauf freue ich mich jetzt schon.«
»Kannst du denn zu Hause auch reiten?«
»Doch. Nicht so viel wie hier natürlich. Zweimal in der Woche. Und nur wenn in der Schule alles klappt. Aber hier«, und ihre Augen strahlen mich an, »hier konnte ich jeden Tag zwei Stunden reiten und manchmal sogar mehr.«
»Wen reitest du denn besonders gern?«

»Ach, eigentlich alle. Am liebsten vielleicht die Carmen, da drüben die Schwarze. Die gehört Herrn Meisel. Die durfte ich manchmal in der Stunde mitreiten. Sie ist noch jung und ziemlich wild. Sie hat mich oft 'runtergeworfen.« – Und wie sie das sagt, hört es sich an, als sei es ihr das größte Vergnügen und zudem eine Ehre, von Carmen abgesetzt zu werden.

»Wieviel Privatpferde habt ihr denn hier?«

»Sieben zur Zeit. Zwei sind auch in Urlaub hier, der Braune hier und der Schimmel in der letzten Box. Fünf stehen immer hier. Die anderen sind Reitschulpferde.«

Siebzehn sind es im ganzen, also hat Herr Meisel zehn eigene Pferde, die im Verleih gehen. Ganz schön für einen kleinen Stall. Wie er die wohl alle durch den Winter bringt, wenn wenig Kurgäste hier sind und wenig Betrieb im Stall. Kein leichtes Geschäft so ein kleiner Reitstall, es gehört Idealismus dazu, Freude an der Sache.

Wir stehen wieder bei dem Goldfuchs, und ich sage: »Das ist ein hübscher Bursche. Hast du den auch mal geritten?«

»Nein. Den reitet nur der Besitzer. Oder wenn er nicht da ist höchstens Herr Meisel. Ein sehr gutes Pferd. Er geht M und springt phantastisch. Er ist der Beste hier. Timotheus heißt er.«

»Timotheus!« sage ich und kraule ihn unter dem Stirnhaar. Dann gehen wir hinaus in den Hof, und ich blicke hoffnungsvoll auf den schmalen Zufahrtsweg. Noch kein Transporter in Sicht. Es regnet immer noch, mehr als vorher, die Landschaft sieht trüb und eintönig aus, auf dem Hof stehen große Wasserlachen.

»Es hat hier wohl auch viel geregnet?«

»Ja. Jeden Tag in der letzten Woche.«

»Schade.«
»O nein«, widerspricht Angelika eifrig, »es ist gut, wenn es regnet. Bei schönem Wetter könnte man gar nicht ausreiten.«
»Warum denn das?«
»Es gibt dieses Jahr furchtbar viel Bremsen.«
»Was, hier auch?« sage ich und das ist zweifellos reichlich dämlich. Warum soll es auf dem Land keine Bremsen geben, wir haben ja sogar im Englischen Garten jede Menge. Ich fürchte die Biester auch. Lorine benimmt sich wie eine Närrin, wenn sie gestochen wird.
»Wenn das Korn drin ist, sind sie weg«, tröstete mich Angelika.
»Na, dann sollen sie sich mal beeilen mit der Ernte. Wird sowieso langsam Zeit.«
Da – jetzt kommt etwas. Schwerfällig biegt der dicke Kasten drüben von der Landstraße ein, rumpelt auf dem Zufahrtsweg in unserer Richtung. Jetzt kommt sie, sie kommt – lieber Himmel, steh mir bei, daß sie heil und gesund herauskommt und alles gutgegangen ist.
Da ist der Wagen. Da steht der Wagen, der Fahrer klettert heraus, spricht kein Wort und macht sich daran, die Tür an der Rückwand aufzukoppeln.
»Alles gutgegangen?«
»Klar.«
Die Tür schwingt auf, die Rampe klappt herunter, und da sehe ich schon Lorines Ohren über der Zwischenwand.
»Lorine! Liebling! Ich bin hier.«
Und da – aus dem Innern des Wagens kommt ein helles hohes Wiehern. Ich bin ganz sprachlos. Noch nie habe ich Lorine wiehern gehört. Auf einmal tut sie das. Sie hat meine

Stimme erkannt, sie ist froh, daß ich hier bin, sie hat gesagt: Gott sei Dank, da ist ja Frauchen. – Ich freue mich kindisch und bin gerührt.
Das Ausladen ist ein Kinderspiel. Sie wird losgebunden, der Mann nimmt sie am Halfter, und sie kommt mit zwei Sprüngen die Rampe herunter.
Da ist sie. Steht da und schaut. Biegt den schlanken Hals, reckt den Kopf und öffnet weit die Nüstern. Sie ist immer noch aufgeregt, und alles ist natürlich fremd und seltsam. Aber sie sieht ja, daß ich da bin. »Lorine!« sage ich, streichle ihren Hals, lege meine Wange an ihr Seidenfell. Ich bin so glücklich.
Auf einmal ist auf dem Hof allerhand Betrieb. Herr Meisel ist da, fertig mit dem Mittagessen, Frau Meisel, ein paar Kinder und ein junger Mann. Alle stehen um Lorine herum und bewundern sie.
Ich bin stolz, daß ich so ein schönes Pferd habe. Ein rassiges, edles Tier. Ich höre es immer gern, wenn man mir Komplimente über Lorine macht. Ich werde nicht mehr so stolz sein, wenn sie mich reiten sehen. Ehrlich gestanden, ich bin nur eine mittelmäßige Reiterin. Und Lorine macht manchmal mit mir, was sie will. Aber das tut meiner Begeisterung keinen Abbruch.
Herr Meisel, ein drahtiger mittelgroßer Mann, drückt mir kräftig die Hand, viel zu sagen hat er nicht, er interessiert sich viel mehr für Lorine als für mich. Aber auch dieses Interesse bleibt schweigsam. Er betrachtet die Stute von allen Seiten, dann nimmt er sie am Halfter und führt sie in den Stall. Lorine geht widerspruchslos mit. Sie anerkennt die Autorität. Typisch Pferd.
Mit größter Selbstverständlichkeit bezieht sie ihre Ferien-

wohnung, und, ohne rechts und links zu blicken, macht sie sich über ihr verspätetes Mittagessen her und speist mit gutem Appetit. Ich hole die gelben Rüben aus dem Auto, die ich vorsorglich mitgebracht habe. Lorine teilt sich ihr Essen immer gut ein. Ein Maul voll Hafer, eine Rübe. Ich sehe befriedigt zu, wie es ihr schmeckt. Die Nachbarn zur Rechten und Linken, ein kleiner pummeliger Kastanienbrauner und Timotheus, der Goldfuchs, sehen ebenfalls zu. Jeder bekommt ein paar Rüben zum Einstand und zur guten Nachbarschaft.
Das wäre geschafft. Ein bißchen könnte ich nun mal an mich denken. Ich habe auch Hunger. Frühstück gab es heute nur ganz flüchtig im Vorübergehen. Ich werde in mein Hotel fahren und ausführlich zu Mittag speisen.
Das denke ich in meiner kindlichen Naivität. Ich kenne Bad Waldhofen noch nicht.

Bad Waldhofen

Bad Waldhofen, wie gesagt, habe ich in natura kennengelernt, als ich vor zwei Monaten einen Tag hier war. Früher hatte ich nur davon gehört, so zum Beispiel, daß manche Leute immer wieder und mit Überzeugung zur Kur hinfahren und jedesmal jünger wiederkommen. So in der Art.
Nun werden hier etwa keine tollen Kurmittel verabreicht noch sprudeln berühmte Quellen aus der Erde. Man hält sich an ganz gewöhnliches Wasser. Mit einem Wort: es wird gekneippt. Und diese Art Umgang mit dem Wasser, das sollte ich bald erfahren, ist so eine Art Weltanschauung.

Entweder man schwört darauf, oder man findet es komisch. Aber an einer Sache, die sich so lange hält und der so viele Menschen anhängen, muß ja wohl etwas dran sein... Was mich betrifft, so interessiert mich der Gedanke an das berühmte Waldhofener Geplantsche nicht im geringsten. Für mich würde das Ganze ein Experiment sein – einmal Urlaub auf ungewohnte Art. Wie sich das anlassen würde, davon hatte ich keine Ahnung.

Wie ich nun an diesem denkwürdigen Tag meinen Einzug in Bad Waldhofen so kurz nach zwei Uhr halte und durch die regennassen menschenleeren Straßen rolle, ist mein Eindruck: Lieber Himmel, was für ein ödes Kaff. Unmöglich, daß ich es hier vier Wochen aushalte. Was soll ich hier den ganzen Tag anfangen? Reiten, – na schön, aber mehr als zwei Stunden am Tag reite ich schließlich nicht, und wenn es so weiterregnet, nicht mal das.

Wir werden sehen. Zunächst einmal muß mein Gepäck ausgeladen werden und dann brauchte ich dringend etwas zu essen. Jedoch letzteres erweist sich als ein Ding der Unmöglichkeit. Um diese Zeit gibt es in Bad Waldhofen *nichts* zu essen. Absolut nichts. Rien ne va plus. Mittagessen gibt es bis halb zwei, präzise dreizehn Uhr dreißig und keine Minute länger. Allüberall. Jetzt wird geschlafen.

Diktatur habe ich immer schon schlecht vertragen. Und Diktatur von Leuten, die mir eigentlich nach Herkommen und Bezahlung zu Diensten sein sollten, ist mir völlig unbegreiflich. Noch viel unbegreiflicher ist es den Waldhofenern, daß ein Mensch es wagt, um halb drei Hunger zu haben.

Bei mir im Hotel gibt es nichts, in einem Lokal in der Nähe sieht man mich an, als käme ich vom Mond. Auf meine

Frage, ob ich denn nicht wenigstens etwas Kaltes haben könnte, erfahre ich: die Küche ist zu. Meine Laune ist nicht die beste, als ich in mein Zimmer zurückkehre. Komische Manieren haben die hier. Ein Glück, daß man wenigstens Lorine das Essen nachserviert hat. Vielleicht hätte ich vorher anrufen sollen und darum bitten, daß man mir um zwölf einen Teller Suppe ins Zimmer stellt.

Mein Zimmer ist auch nicht mein Zimmer. Nicht das, was ich mir seinerzeit ausgesucht habe. Das ist noch bewohnt, und die Leute fahren erst in zwei Tagen ab. Inzwischen hat man mich in einem viel zu kleinen, sehr bescheidenen Zimmer ohne Bad untergebracht. Keine Rede davon, daß ich meine Sachen hier unterbringen kann. Ich sitze auf dem Bettrand, um mich das ganze Gepäck, und bin sauer. Zigarette auf leeren Magen schmeckt nicht. Außerdem habe ich heute schon viel zu viel geraucht. Kaffee könnte ich wohl haben, hatten sie unten gnädigerweise verlautbart, aber ich hatte dankend verzichtet. Jetzt bereue ich es. Zigarette mit Kaffee ist immer noch besser als Zigarette mit gar nichts.

Und dann muß ich plötzlich lachen. Ach was, Wichtigkeit! Nimm es mit Humor, Vera! Jetzt hänge ich die Kleider auf und dann gehe ich mal los, irgendein Café wird es wohl geben und dann esse ich eben ein Stück Kuchen.

Ich hänge meine Kleider und Kostüme, die Hosen und Blusen sorgfältig in den Schrank, betrachte skeptisch meine hübschen Sommerkleider – bei der Kälte und dem Regen würde ich sie kaum brauchen. Die Zahnbürste, die Crèmetöpfe, ein Pyjama, das genügt im Moment, das andere kann ich auspacken, wenn ich umgezogen bin. Mein Kostüm ziehe ich aus, überlege, was ich anziehen soll, am besten lange

Hosen und einen Pulli, kühl genug dazu ist es. – Aber dann ziehe ich erst einmal meinen Morgenrock über, lege mich aufs Bett und zünde mir eine Zigarette an. Irgendwie komme ich mir verlassen vor. Ich bin der einsamste Hund auf der Welt. Außer Lorine habe ich keinen Menschen, der zu mir gehört. Das ist die Bilanz meines Lebens, das nun immerhin über die Mitte der Dreißig hinausreicht. Einen Job habe ich auch nicht mehr, zwar noch ein bißchen Geld auf der Bank, aber wie es weitergeht, das weiß ich noch nicht. Nicht daß mich das verzagt macht: in diesem Punkt habe ich eine hohe Meinung von mir. Ich habe schon viel Geld verdient in meinem Leben und ich werde es wieder verdienen. Auf meinen Kopf kann ich mich verlassen. Aber es ist trotzdem nicht schön, wenn man immer wieder von vorn beginnen muß.

Damals, als ich von René geschieden wurde, waren meine Gefühle ähnlich. Oder eigentlich auch wieder nicht. Ich war acht Jahre jünger und voller Tatendrang. Ich wollte es ihnen allen mal zeigen. Zunächst hatte ich daran gedacht, weiter zu studieren. Wegen René hatte ich mein Studium nicht abgeschlossen. Ich war verliebt und heiratete ihn und ich bekam ein Kind – ach Gott, ist das alles noch wahr? Es ist eine Ewigkeit her. Und dann war von der Liebe nichts übrig, die Ehe war am Ende, das Kind war tot, und ich – ich war ganz unten und dennoch voller Tatendrang. So ist man noch mit achtundzwanzig. Und mit dem Weiterstudieren, das war natürlich eine blödsinnige Idee. Das kostete unnötig viel Geld und Zeit. Zeit hatte ich nicht mehr viel zu verschwenden, die Jungen rückten nach. Und Geld mußte ich verdienen.

Beim Funk hatte ich schon während meiner Ehe gearbeitet, jetzt bekam ich einen guten Posten in der politischen Redaktion, und von dort ging ich an eine Wochenzeitschrift, dann hatte ich ein Verhältnis mit dem Chefredakteur, und das konnte natürlich nicht lange gutgehen, aber es machte nicht viel aus, ich ging als Redakteurin in eine Frauenzeitschrift, und diese Arbeit machte mir viel Spaß. Die Zeitung war nicht allzu spießig und kleinkariert, ich konnte recht flotte Beiträge schreiben und spezialisierte mich später auf Mode. Dadurch kam ich viel nach Paris und da hatte ich eine Idee. Wieder einmal.

Von der Idee sprach ich zu einem Verleger, den ich kannte. Und der fand sie gar nicht übel. Er gab mir einen Vorschuß, etwas Geld hatte ich noch, und ich ging ein Jahr nach Paris. Danach erschien mein erstes Buch. Es hieß »Fremd in Paris«, es behandelte die Schicksale von Frauen, die aus verschiedensten Gründen vom Ausland nach Paris gekommen waren, um dort Karriere zu machen, zu arbeiten, etwas zu erleben, was auch immer; bei einigen war es gutgegangen, bei vielen schlecht, es waren alles authentische Fälle, die ich mit Fleiß und Hartnäckigkeit zusammengetragen hatte. Nicht zu glauben, was man alles entdeckt, wenn man sich umsieht.

Das Buch wurde ein Erfolg. Ein richtiger ansehnlicher Erfolg. Ich war sehr glücklich. Und ich ging gleich an die Arbeit für ein neues Buch. Es sollte heißen »Capricen an der Côte« oder so ähnlich, es sollte wieder von Frauen handeln, und zwar von solchen, die in den letzten hundert Jahren an der Côte d'Azur oder an der Riviera, wie man früher sagte, von sich reden gemacht hatten. Königinnen, Fürstinnen, Künstlerinnen, Mätressen, Spielerinnen, Huren. Erstaunlich, auf was man hier erst alles kam, wenn man sich in die Sache vertiefte. Die Arbeit war natürlich etwas anspruchsvoller als die erste, es gab viel Vorarbeiten, ich hielt mich eine Zeitlang in Nizza auf, wühlte in Archiven, alten Tageszeitungen, besuchte Bibliotheken und interviewte, wen ich erwischen konnte oder wer mir was erzählen konnte.

Leider – und das war mein Unglück, hatte ich kurz zuvor Gert kennengelernt. Und war wieder mal verliebt. Oder das, was ich dafür hielt. Er kam mit mir, er störte mich bei der Arbeit, er fand meine Arbeit überhaupt nicht so wichtig, er redete mir ein, mich mit ihm zusammenzutun. Mit ihm eine Firma aufzumachen. Oh, ich war nicht wert, daß mich die Sonne beschien, nicht die von Nizza und nicht die von München, wohin ich schließlich mit Gert zurückkehrte. Nicht wert deswegen, weil ich so unwahrscheinlich dumm war.

Ach, zum Teufel, bin ich in dieses dußlige Waldhofen gefahren, um mich über meine Vergangenheit zu ärgern? Was habe ich erst heute morgen großartig dem lieben Ferdinand erzählt? Ich möchte so tun, als sei ich eben auf die Welt gekommen. Wer eben auf die Welt gekommen ist, hat keine Vergangenheit, nur Gegenwart und bestenfalls eine Zukunft.

Ich springe mit beiden Beinen aus dem Bett, steige in dunkelblaue Hosen, entscheide mich für einen weißen Pulli, Regenpaletot darüber, etwas Geld in die Manteltasche, ein Kämmchen und ein Lippenstift, und dann würde ich mir mal Waldhofen näher ansehen. Ob sie hier vielleicht Kuchen backen gelegentlich oder ob sie das nur an hohen Fest- und Feiertagen tun und ihn dann nur zwischen vier und fünf servieren.

Sie backen welchen und keinen schlechten. Ich esse ein

großes Stück mit Schlagsahne und trinke ein Kännchen Kaffee und einen doppelten Kognak dazu, und dann ist mir viel wohler. Das Café ist reizend, gemütlich und warm, man sieht von dem Fenster aus, an dem ich sitze, auf die Kurpromenade hinaus und ich erlebe, wie nach und nach die Kurgäste, vom Mittagsschlaf erwacht und von Tatendrang beseelt, die Promenade beleben, dahinschlendern, meist zu Paaren oder in Gruppen, man steht und plaudert, man begrüßt sich, man hat Zeit. Sie bieten kein allzu farbenfrohes Bild an diesem Tag, aber sie sehen eigentlich ganz zufrieden aus trotz der Regenmäntel und der aufgespannten Regenschirme.

Mein Café füllt sich in Windeseile, ich bleibe auch nicht allein am Tisch, ein älteres Ehepaar gesellt sich zu mir, sie wiegt gut und gerne ihre hundertsechzig Pfund, was sie aber nicht hindert, zwei Stück Torte und eine Portion Sahne mit Genuß zu verspeisen. Er, mit einem Glas Bier ausgestattet, sieht ihr wohlgefällig zu. Sie reden von ihren Anwendungen, und ich brauche eine Weile, bis ich kapiere, daß sie damit die Kurmittel meinen. Er kriegt irgendwas mit Heu, und sie kriegt was aufs Knie, und der Doktor ist so nett, nein, wie charmant er ist, da hat er doch heute gesagt, Frau Moser hat er gesagt, Ihre Beine werden jeden Tag hübscher und schlanker, wenn Sie von hier abreisen, wird man Sie für achtzehn halten. Frau Moser kichert beglückt, Herr Moser guckt ein wenig skeptisch. Dann zündet er sich eine Zigarre an, und sie sagt, aber Alfred, du sollst doch nicht rauchen, der Doktor hat doch extra gesagt... und Alfred meint, drei Stück am Tage hat er mir erlaubt, das ist die erste heut, zwei habe ich noch gut. Und dann schießt er zurück und meint, sicher wäre der Doktor auch dagegen, daß sie am Nachmittag zwei Stück Torte ißt, zwischen diesen wirklich reichlichen Mahlzeiten, und er sähe schwarz für die achtzehnjährige Figur. Nicht Figur, nur Beine, hat der Doktor gesagt, berichtigt Frau Moser – Figur, das wäre wohl ein bißchen viel verlangt. Und dann prusten sie beide los, wie zwei ausgelassene Kinder. Ohne Zweifel, sie fühlen sich wohl und sind bester Laune.

Der Hinweis auf die Mahlzeiten hat sie auf ein neues Thema gebracht. Das Essen in der Pension. Also, Elfriede, das mußt du zugeben, das Essen ist wirklich erstklassig. Diese Suppe heut mittag und dann das riesige Schnitzel, wo bekäme man denn noch so etwas für sein Geld. Ja, doch, gibt Elfriede zu, das Essen sei nicht schlecht, die Suppe war zwar ein bißchen scharf gesalzen, und das Gemüse zum Schnitzel eben nur aus der Büchse. Aber du findest es woanders immer wunderbar, das kenn ich ja schon. Zu Hause kann man dir vorsetzen, was man will, du sagst nicht piep. Heute abend gibt es Matjeshering in Sahne und dann Klopse in Currysoße, weiß Herr Moser, und auf die Heringe freut er sich, da wird er ein schönes Bier dazu trinken. Und dann gehen wir ins Kino, will Frau Moser, und er sagt: Was? Schon wieder? Aber sie will partout, da ist ein Film mit Curd Jürgens und den liebt sie doch so. Übrigens findest du nicht, Alfred, daß der Herr am übernächsten Tisch, der vor drei Tagen angekommen ist, ein bißchen Jürgens ähnlich sieht? Nö – Alfred findet das nicht. Der ist doch viel dicker. Na ja, ein bißchen vielleicht, gibt Elfriede zu, aber der Jürgens sei auch nicht mehr so schlank wie früher. Was der wohl ist? Was, der Jürgens? Ach Unsinn, Alfred, der Neue! Das weiß Alfred nicht, aber man würde es schon noch erfahren.

Und nun sind sie also bei den Gästen ihrer Pension angelangt. Das ist ein langes, ein unerschöpfliches, ein begeisterndes Thema. Die ganze Besatzung der Pension kommt dran, dieser und jene und wer mit wem und warum dieser das tut und jene das sagt, und wie komisch doch manche Leute seien, aber man müsse sich wundern, wo sie die Frechheit hernehmen, so anzugeben, wenn sie doch nur mit einem fünf Jahre alten Volkswagen gekommen seien und dann wollten sie einem erzählen, sie hätten zu Hause einen 200 000-Mark-Bungalow, und sie hätte auch mal was von einem Nerz fallenlassen, das sei doch pure Aufschneiderei. Und dann diese kleine Dunkle aus Bochum, also wie die sich an die Männer schmeiße, das sei doch nicht mehr feierlich, dabei hätte sie drei Kinder und ihre älteste Tochter sei schon verheiratet und wenn man genau hinschaue wäre sie überhaupt schon Großmutter. Und ein Skandal ist die Sache mit dem Burschen aus Hanau, den dritten Kurschatten habe er schon in Betrieb genommen, seit er hier ist, und das ginge doch wirklich zu weit. Nächste Woche soll ja seine Frau zu Besuch kommen, und da würde ihm das wohl vergehen. Aber die kleine blonde Lehrerin aus Minden, die sei doch wirklich sehr nett, findet Alfred, und Elfriede zieht die Brauen hoch, nun ja, es ginge, das kenne man ja schon, daß er auf niedliche Stupsnasen hereinfalle. Die hätte es auch faustdick hinter den Ohren und sie, Elfriede, wäre felsenfest überzeugt, daß sie mit dem Tuchfabrikanten aus Württemberg etwas gehabt hätte. Aber der sei ja nun abgereist. Heim zu Weib und Kind.

Die beiden unterhalten mich eine ganze Stunde lang, ich lausche ihnen fasziniert und weiß am Ende eine ganze Menge über Bad Waldhofen. Meine Gegenwart stört sie übrigens nicht im geringsten. Mein Journalistengehirn hat schon wieder geschaltet, und ich frage mich, ob wohl schon jemand mal einen Bericht oder gar ein Buch über die Intimitäten in einem Kurbad geschrieben hat. Müßte ganz ulkig sein. Schließlich reiße ich mich los, verlasse das Café und Familie Moser, stelle draußen fest, daß es immer noch regnet.

Was mache ich mit Lorine? An sich hatte ich vorgehabt, heute noch zu reiten. Wenigstens sie ein bißchen zu bewegen. Wenn sie den ganzen Tag steht, ist sie morgen zu frech. Aber an Ausreiten ist nicht zu denken. Es ist mittlerweile halb fünf geworden. Ich mache einen Eilrundgang durch Waldhofen, registriere Hotels, Lokale, Cafés, Geschäfte, zwei Kinos – von einem lächelt mir wirklich Curd Jürgens verführerisch entgegen. Wäre direkt vorstellbar, hier wieder mal ins Kino zu gehen.

In meinem Hotel ist jetzt alles munter. In der Halle, im Lokal, überall in den Räumen sitzen Leute, es kommt und geht, ich hole mir den Schlüssel zu meinem doofen kleinen Zimmer, zu dumm, daß ich nicht gleich richtig gelandet bin, eigentlich eine Schlamperei so was, man dürfte sich das gar nicht gefallen lassen. Nicht mal baden kann ich.

Ich ziehe Reithosen an und Stiefel, gehe wieder hinunter und hole meinen Wagen vom Hof. Vielleicht kann ich Lorine wenigstens in der Bahn ein bißchen bewegen.

Kann ich nicht. In der Bahn ist Stunde, die Bahn ist proppenvoll, sie ist ja nur klein, fast alle Pferde des Herrn Meisel sind hier zu Gange. Ich setze mich auf das kleine Tribünchen und sehe der Stunde zu, nachdem ich Lorine begrüßt habe.

Um mich herum sitzen stolze Mütter und Väter, ein paar junge und ältere Leute, sie gucken mich an, ich bin neu, die anderen kennen sich alle. Da ich mich nicht so gern mit fremden Leuten anquatsche, schon gar nicht mit irgendwelchen, schweige ich und schaue auf die Pferde.

Herr Meisel macht das sehr gut. Er steht in der Mitte und redet sich die Seele aus dem Leib. Viel nützt es nicht. Reiten können nur zwei von den neun, die anderen kommen schwitzend, rutschend und verzweifelnd über die Runden. Das erfüllt mich mit der genußvollen Schadenfreude, die man immer hat, wenn man anderen zusieht, die es noch schlechter können. Ja, theoretisch weiß man alles, da ist das kinderleicht. In der Praxis ist alles anders. Ein Pferd ist kein Turngerät, sondern ein lebendiges Wesen mit einem Kopf für sich. Und ein Pferd merkt genau, wer ihm da was weismachen will. Überhaupt Verleihpferde, die an wechselnde Reiter gewöhnt sind, denen kann man überhaupt nichts vormachen. Da ist zum Beispiel ein rundlicher kleiner Schimmel, der tut nur das Allernötigste. Die Bahn ist sowieso winzig klein, aber er schneidet an jeder kurzen Seite noch ein gutes Stück ab. Und wenn Herr Meisel nicht hinsieht, dann bleibt er überhaupt stehen, geht dann einfach schräg über die Bahn und findet den Anschluß dort. Da er am Ende geht, kann er das leicht machen. Seine Reiterin, eine mittelalterliche Dame mit rundem Popo, zerrt mit aller Kraft an den Zügeln, aber das stört ihn nicht. Er hat den Kopf nach vorn gestreckt, und die Trense ist für ihn ein alter Hut.

»Gib ihm doch mal eins drauf, bei dem mußt du energisch sein«, flüstert eine andere mittelalterliche Dame, die neben mir auf dem Tribünchen sitzt, der unglücklichen Reiterin zu. Genauer gesagt, sie zischt es jedesmal, wenn die Schimmelreiterin vorbeikommt. *Wenn* sie vorbeikommt und der Schimmel es nicht vorgezogen hat, schon in der Mitte der

Bahn zu kreuzen. Und nachdem Herr Meisel auch ein paarmal was gebrüllt hat, wird die Reiterin aktiv. Man sieht ordentlich, wie sie einen Anlauf nimmt, und dann zückt sie die Gerte vor der nächsten Ecke und dann patscht sie dem Dicken vorsichtig ein bißchen hinten drauf. Aber das hätte sie nicht tun sollen! Wie haben wir es denn, was maßen sich diese lächerlichen Krümel denn an, die da meinen, sie müßten auf mir herumrutschen – das scheint der Schimmel zu denken –, er geht einmal kurz mit der Hinterhand hoch, schlägt gekonnt aus, und die Reiterin sitzt mit der Nase auf seinem Hals. Sie könnte sich halten, sie würde sich halten und würde wieder hochkommen, aber gerade jetzt, aus lauter Bosheit, geht der Schimmel schneller, er wetzt geradezu um die Ecke, holt den Vordermann ein, und noch ein kleiner Hopser, und sie rutscht und rutscht, dann ist das Übergewicht da und sie plumpst gemächlich zur Erde. Der Schimmel bleibt mit einem Ruck stehen, blickt seitwärts auf sie hinab, und mir kommt es vor, als ob er hämisch grinst. Dann macht er gelassen kehrt, geht in die Mitte der Bahn und bleibt dort stehen, friedlich und freundlich, ein Unschuldslamm.

»Aber!« ruft Herr Meisel, »mußte das denn sein? Der Aladin ist doch so brav, der rührt sich doch nicht. Ein bißchen Sitz sollte schon sein, ich sage Ihnen immer...« Er ist bei ihr, hilft ihr auf – das hätte mein Reitlehrer nicht getan, der schrie bloß immer: Bist du noch nicht wieder oben? – aber schließlich sind das hier teuer zahlende Kurgäste, man ist darauf angewiesen, daß sie nicht nur einmal, sondern möglichst oft zum Reiten kommen.

Sie wird wieder auf den Aladin gehievt, der steht und kaut und trottet dann mit seiner Last wieder an den Schwanz der Abteilung. Die Reiterin hält die Gerte weit von ihm fort, sie wird sich hüten, ihn auch nur noch einmal anzutippen. Als sie bei uns vorbeikommt, flüstert meine Nachbarin: »Aber Lieschen! Wie kam das denn bloß? Versteh ich gar nicht. Ich werde mit dem Aladin immer spielend fertig.«

Lieschen schweigt verbissen, sie verschwendet keinen Blick an ihre Busenfreundin, sie ist rot im Gesicht, auf ihrer Stirn perlt Schweiß, ihre Haare kleben verwirrt an den Schläfen und vermutlich sehnt sie das Ende der Stunde herbei.

Ja, meine Lieben, so ist es natürlich auch mit dem Reiten. Das höchste Glück der Erde fällt einem nicht von ungefähr und schon gar nicht von heute auf morgen in den Schoß. Es ist eine mühsame Sache, und die lieben schönen Pferdchen können wilde Biester sein, die einem nach dem Leben trachten. Und von Bosheit geradezu strotzen. Diese Zeit muß überstanden werden. Und dann fängt man gerade erst an, reiten zu lernen. Und dazu braucht man ein Leben lang. Das sagte jedenfalls mein Reitlehrer und der war ein begnadeter Reiter, dem sich jedes Pferd willig in die Hand schmiegte.

Dann ist die Stunde vorbei, und ich entdecke, daß die nächste Abteilung schon wartet. Es sind diesmal nicht so viel, nur sechs, aber immerhin. Ich spreche kurz Herrn Meisel. Er meint, ich könne natürlich mitreiten, frei sei die Bahn erst um sieben Uhr. Und dann sei eigentlich Schluß.

Das wird mir zu spät, außerdem will ich mich nicht gleich am ersten Tag unbeliebt machen. Dann wird gefüttert und Reiter sieht man nicht mehr gern im Stall. Mitreiten will ich auch nicht. Ich weiß nicht, wie Lorine sich benehmen

wird, aufgeregt wie sie sicher noch ist von dem Transport und dann die neue Umgebung, die kleine Bahn, die fremden Pferde, die fremden Stimmen, nein, so was kann ich mir mit Lorine nicht leisten. Sie ist eine kapriziöse Lady, und ich würde mich höchstens blamieren. Falls es morgen noch regnet, höre ich, könnte ich um zehn in die Bahn. Da seien höchstens zwei Privatpferde drin.
Na gut, verschieben wir es auf morgen.
Ich besuche noch einmal Lorine, bringe ihr die letzten Rüben, sage ihr gute Nacht und steure zurück in den Ort. Ich bin müde und hungrig und ganz froh, daß ich nicht mehr reiten muß.
Vielleicht scheint morgen die Sonne.

Aus der Reitschule geplaudert

Tut sie nicht, sie hat offenbar nicht die Absicht kooperativ zu sein und mir den Anfang meines Experiments zu erleichtern. Die Welt ist grau in grau, die Wolken hängen tief, es regnet beharrlich vor sich hin. Na schön, wenn es denn so sein muß, finden wir uns damit ab.
Wie auch immer, geschlafen habe ich prima. Ich habe seit Wochen nicht so erstklassig geschlafen, tief und fest, in einem Rutsch weg. An dieser vielgepriesenen Luft von Bad Waldhofen muß wohl was dran sein. Die Welt ist auch keineswegs grau in grau, wie es mir zuerst vorkam, sie ist grau und grün, das sehe ich, wie ich den nun schon bekannten Weg zum Stall hinausfahre. Tiefgrün die Wälder, die Wiesen, die Bäume, das Laub, ein frisches regengetränktes

Grün, und man kann die Gesundheit, die von diesem nassen Regengrün an die Luft und von dort an meine Lungen abgegeben wird, direkt mit Händen greifen. Nö, tröste ich mich, Hitze und zuviel Sonne und trockene Luft ist gar nicht gut, aber von dieser feuchten Kühle hier wird man schön, bekommt eine Haut wie Samt und Seide und Atemwege wie neu geschaffen. Ich bin mal in Spanien gewesen und da war es heiß, heiß, heiß, da half auch das Meer nichts, man war träge und mißgestimmt, streitsüchtig – Gert war es, mit dem ich mich damals stritt –, konnte nicht schlafen und mochte nicht essen und man hatte nur ein Verlangen: wenn es doch mal richtig regnen würde.
Lorine blickte mir gespannt entgegen, sie sieht frisch und unternehmungslustig aus, keine Spur von Bangnis in dem fremden Stall.
»Gefällt's dir denn hier, mein Mädchen? Hast du auch gut geschlafen? Und ordentliches Frühstück bekommen?« Sie hat offenbar keine Klagen, beißt von dem Apfel, den ich ihr zur Begrüßung hinhalte, appetitlich ab. Sie macht das immer sehr manierlich; ich nehme den Apfel in die gewöbte Hand, dann beißt sie hinein, kaut, beißt nochmals, und dann nimmt sie den Rest. Sie ist niemals gierig, nur sehr genäschig. Geputzt ist sie auch schon, und wie ich in die Box gehe und ihr Bein hochhebe, sehe ich, daß auch ihre Hufe schön sauber und gefettet sind. Also soweit scheint alles hier zu klappen. Zwei kleine Jungen stecken ihre Nasen zur Box herein.
»Ist das Ihr Pferd? Mei, die ist aber schön. Wie heißt sie denn?«
»Ja, nicht wahr?« sage ich, stolz, daß man Lorine wieder einmal bewundert. »Lorine heißt sie.«

»Lorine!« Der eine, ein fester Blonder von vielleicht zwölf Jahren, nickt zustimmend, »das ist aber ein prima Name.«
»Reiten Sie jetzt?«
»Falls ich in die Bahn kann ...«
»Jetzt ist noch Stunde, ist aber gleich aus.«
Gut, schauen wir mal hinüber in die Bahn. Es ist Viertel vor zehn, da dürfte die Stunde bald zu Ende sein. Lorine steckt den Kopf zur Box heraus und schaut mir nach.
Das habe ich vergessen zu erwähnen: hübsche Boxen haben sie hier, das Gitter ist zur Stallgasse hin nicht hochgezogen, sondern etwa schulterhoch, pferdeschulterhoch, und so haben die Pferde ungehinderten Blick auf alles, was kommt, geht und geschieht und können auch ihre neugierigen Nasen 'rausstecken. Lorine macht das offensichtlich Spaß, zu Hause hat sie immer das Gitter vor dem Gesicht. Die Boxen sind groß und haben Selbsttränken, das sind kleine runde Schüsselchen mit einer Verschlußkapsel. Wenn die Pferde dagegen drücken, läuft Wasser in ihr Schüsselchen. Das erspart dem Pfleger das Eimerschleppen.
Übrigens sehe ich bis jetzt keinen Pfleger. Gestern habe ich auch keinen kennengelernt. Ob nur die Kinder die Pferde putzen?
In der Bahn galoppieren sie gerade. Das ist ein verwegenes Unternehmen auf so kleinem Raum. Die Pferde können nur einen sehr abgekürzten Galopp gehen, doch wenn es mehrere sind, wirkt es dennoch sehr stürmisch. An der Tête entdecke ich meine neue Bekannte von gestern: die blonde Angelika auf einer gutaussehenden schwarzen Stute, wohl die temperamentvolle Carmen. Angelika macht ihre Sache gut, sie hat einen sicheren und gleichzeitig festen Sitz, ist um korrekte Haltung bemüht und ihr Kindergesicht ist voll

gesammeltem Ernst. Ach ja, in dem Alter muß man Reiten lernen, da kennt man keine Angst, hat keine Bedenken, keine Vorstellungen von gebrochenen Knochen und längerem Verdienstausfall und hat dazu einen schmiegsamen jungen Körper, der sich jeder Bewegung des Pferdes anpaßt. Das hinwiederum lieben die Pferde und darum gehen sie unter Kindern so leicht und so gern. Herr Meisel hat mich gesehen, ruft: »Morgen!« zu mir herauf. Ich lächle ihm zu.
»Guten Morgen! Kann ich dann hinein?«
»In zehn Minuten.«
Gut. Heute sitzen nur zwei Leute auf der Tribüne – Tribüne ist lächerlich, es ist mehr eine große Loge – und sie sind, wie ich gleich mitkriege, die Eltern des kleinen Jungen, der an vierter Stelle reitet. Sie unterhalten sich halblaut darüber, wieviel der Junge doch hier in den drei Wochen gelernt hätte, mehr als in einem Jahr zu Hause.
»Der Betrieb ist eben nicht so groß«, sagt der Vater, »mehr individuell.«
»Der Schmidt ist aber auch ein ekelhafter Kerl. Vor ihm haben die Kinder Angst«, darauf die Mutter. »Und wenn sie Angst haben, verkrampfen sie sich und dadurch wird es nur noch schlechter. Er brüllt und brüllt und dann haut er die Pferde mit der Peitsche hinten drauf, daß sie einen Satz machen, und dann fallen die Kinder natürlich 'runter, und dann brüllt er wieder. Das ist doch nicht die richtige Art und Weise.«
Schmidt, so entnehme ich dem weiteren Gespräch, ist der Reitlehrer im heimischen Reitstall, und der Steppke da unten an vierter Stelle, der höchstens acht ist und seine Sache gut macht, war schon so weit, daß er nicht mehr zur Reitstunde gehen mochte, unter Tränen sich geweigert hat.

Und dabei liebt er die Pferde über alles und hat so viel Spaß am Reiten.

»Hoffentlich«, so höre ich noch, ehe ich mich wieder in den Stall begebe, »hat er hier ein wenig an Selbstbewußtsein zugenommen und läßt sich nicht wieder gleich einschüchtern.«

Ah ja – die Reitlehrer! Das ist ein unerschöpfliches Thema. Darüber könnte man Bände schreiben. Alle möglichen Typen sind da vertreten. Da gibt es die jungen forschen, die mit jedem Pferd fertig werden, manchmal auch brutal sind und denen oft das Einfühlungsvermögen für das Können und Wollen ihrer Schüler fehlt. Wer nur zur Freude reitet, zum Vergnügen oder aus sportlichen Gründen und nebenbei einen Beruf hat und arbeiten muß, noch andere Dinge in seinem Kopf bewegen muß als Sitz, Haltung und Lektionen und auch noch ein paar Kräfte für die Aufgaben, die der übrige Tag an ihn stellt, zurückbehalten möchte, der wird mit den jungen Herren niemals klarkommen.

Und dann gibt es die Verdiener, für die bestehen Reiter sowieso nur aus einem Portemonnaie. Möglichst Privatstunden und die möglichst teuer bezahlt und gute Trinkgelder noch dazu. Dann geruhen sie eventuell sich mit einem abzugeben. Und dann gibt es die Stars, die schon Turniere gewonnen haben und unausgesetzt für andere Turniere trainieren, von denen kann man sowieso mit seinen bescheidenen Künsten nur Verachtung ernten.

Und dann gibt es die Reste aus vergangen Zeiten, ehemalige Kavalleristen, meist großartige Reiter, aber im Stil einer vergangenen Zeit und sehr empfindlich und überhaupt nicht einverstanden mit dem Stil und Ton von heute, sie finden es unmöglich, daß man ohne Jacke und ohne Hut

reitet und auch mal die Schultern hängen läßt. Sie sind meist schon ein wenig steif geworden, aber die Pferde mögen sie eigentlich immer.
Dann gibt es die burschikosen – darunter findet man ulkigerweise auch viele Reitlehrerinnen – die reiten auf Deibel komm raus, daß die Funken stieben, flitzen durch alle Ecken und machen die tollsten Kunststückchen, und wenn man mit ihnen ausreitet, fetzen sie los und was aus der Abteilung hinter ihnen wird, ist ihnen ziemlich schnuppe.
Dann gibt es die Theoretiker, die stehen mitten in der Bahn und reden und reden und erklären einem zum hundertstenmal, warum das Knie so und die Ferse so und die Zügel auf jene Art gehalten werden müssen. Und so lange man das nicht begriffen habe, könne man sowieso nicht reiten.
Dann gibt es die liebenswürdigen, die sagen einem immer was Nettes und wenn man noch so erbärmlich auf dem Gaul hängt. Sie sagen: »Geht ja schon ausgezeichnet, gnä' Frau! Also heut ist der Sitz ganz hervorragend, nur immer weiter so.«
Das Gegenteil davon sind die groben, wohl so einer wie Herr Schmidt, von dem eben die Rede war, die brüllen und schreien bloß und haben ein unerschöpfliches Reservoir gräßlicher Ausdrücke, mit denen sie ihre Schüler überschütten.
Und die Charmeure nicht zu vergessen, für die sollten die Reitschüler nur aus Weiblichkeit bestehen und nur aus junger hübscher möglichst, eine Reitstunde ist ihnen hauptsächlich Anlaß zum Flirt und die Reitbahn um sie herum ist mit eroberten Mädchenherzen besät.
Na – und so weiter, es gibt der Typen noch mehr. Und es gibt auch, das sei abschließend nicht verschwiegen, ganz

großartige Burschen darunter. Reiter von gottbegnadetem Talent, mit Passion und Herz, und viel Verständnis für die Pferde *und* für jene armen Würstchen, die meinen, sie müßten unbedingt reiten lernen. So einer weiß ziemlich sofort, mit wem er es zu tun hat, wer da auf dem Pferd herumrutscht. Sie durchschauen die Angeber und erkennen das echte Talent. Sie geben einem immer die richten Pferde und finden immer den richtigen Ton. Sie machen einem Mut und geben einem Zuversicht und wenn man mal einen schlechten Tag hat oder einen Anfall von Feigheit, dann übersehen sie es großzügig, quälen einen nicht und warten auf das nächstemal. Nicht, daß sie einen immer mit Samthandschuhen anfassen, Gott bewahre, das wäre auch nicht richtig, da würde keiner reiten lernen, auch sie schreien mal, auch sie kennen ein paar deftige Ausdrücke, die nicht immer ganz für zartbesaitete Gemüter passen. Aber bei ihnen bleibt das im Rahmen und hindert einen nicht daran, nach der Stunde mit ihnen einen Schnaps zu trinken und zu reden – über Pferde natürlich, was sonst?

Ich hatte das Glück, längere Zeit so einen Reitlehrer zu haben. Er hat mich gar nicht sehr gequält mit Vorschriften und strengen Regeln. Er hat sich wohl gesagt: Eine Frau, nicht mehr ganz jung, ganz fesch und nicht dumm, bildet sich ein, sie muß reiten. Soll sie, Figur hat sie einigermaßen, Klassereiterin wird sie nicht mehr werden, bringen wir ihr das Nötigste bei. Und das tat er fast so nebenbei. Er wußte, daß mir hauptsächlich am Ausreiten gelegen war, an der Bewegung in frischer Luft und in der Natur, und so ritten wir viel zusammen aus. Er wußte auch, daß man mit mir einen langen und schnellen Galopp wagen konnte, daß ich irgendwie immer über die Runden kam, wenn er auch

manchmal kopfschüttelnd meine Haltung bemängelte. »Wie du wieder auf dem Gaul hängst, schief und krumm, immer drehst du das Gesäß nach links. Möchte bloß wissen, warum. Sitz doch gerade!«
Er hatte recht. Mein Popo hat wirklich einen Linksdrall, ich weiß auch nicht, woher das kommt, muß wohl ein angeborener Fehler sein. Gott behüte, nicht etwa beim Gehen oder Stehen, damit niemand sich ein falsches Bild von mir macht. Aber beim Reiten eben und vor allem bei schnellem Tempo. Und was sagte mein lieber unvergessener Reitlehrer schließlich und endlich? »Na ja, ist eben dein persönlicher Stil. Kann man sich auch dran gewöhnen. Sieht ganz niedlich aus, dein Popo, wenn ich hinter dir reite.«
Ja, das machte er auch mit mir, da war ich noch ein ziemlicher Anfänger, ich mußte voran reiten und zwar in flottem Tempo, durfte nicht verzagt sein, wenn mein Pferd losspritzte, besonders heimzu, und ich mich manchmal lieber *hinter* dem Meister bewegt hätte.
Er riet mir, Lorine zu kaufen, und betreute uns beide, solange er noch lebte. Lorine liebte ihn sehr. Und als ich dann allein ausritt, nachdem ich stolzer Pferdebesitzer geworden war, war er immer ein wenig besorgt – was er zwar nie zugegeben hätte –, was ich aber daran merkte, daß er nie den Stall mittags verließ, ehe ich zurückgekehrt war. Und einmal, als ich lange ausblieb, kam er mir sogar ein Stück zu Fuß entgegen. Und ein anderes Mal, als ich draußen gestürzt war und Lorine, die Treulose, mich mitleidslos im Busch sitzen ließ, fern der Heimat, und allein nach Hause rannte, kam er mir, als ich mühselig zu Fuß angehinkt kam, mit Lorine entgegengeritten. Nicht daß ich die einzige gewesen wäre, die er so betreute, für die er sich verantwort-

lich fühlte in dieser umfassenden Weise. Alle seine Schüler, oder jedenfalls die, die bei ihm geblieben waren und die er ernst nehmen konnte als willige und ausdauernde Reitschüler, wurden von ihm so und nicht anders behandelt. Wen er nicht mochte, wer faul, feige oder dumm war oder eine gar zu große Klappe besaß, ohne entsprechendes Können aufzuweisen – ein Hauptübel reiterlicher Anfänger –, den schob er unmißverständlich ab. Es interessierte ihn auch nicht, wenn der Betreffende Geld hatte und viel zahlte. Das gar nicht. Reiten sollte er können oder wenigstens sich ernsthaft darum bemühen, es zu lernen, soweit seine Möglichkeiten es erlaubten, alles andere war unwichtig.

Das war also der ideale Reitlehrer. Leider lebt er nicht mehr. Und mir ist keiner mehr begegnet, der so ist wie er war.

Eins aber noch, um das Reitlehrerthema endlich abzuschließen, eins sei noch hinzugefügt: empfindlich sind sie alle. Mimosen! Man nehme keinem ein Pferd weg, das er einmal geritten hat. Man wechsle nie den Lehrer, man gehe nicht einmal zu diesem, ein andermal zu jenem in die Stunde. Das verzeihen sie nicht. Und man zweifle niemals an ihrer Kompetenz.

Auch wenn fünf Reitlehrer, mit denen man hintereinander zu tun hat, fünf verschiedene Meinungen haben über Sitz, Haltung, Bügellänge, Kopfhaltung, Kreuz, Schenkel, man widerspreche nie, man nehme jede neue Meinung fügsam nickend, zustimmend und ergeben hin. Der jeweilige Reitlehrer hat immer recht. Denn in seinem Bereich ist er ein Gott. Und man darf keine anderen Götter haben neben ihm.

Basta!

Zurück nach Bad Waldhofen. Zurück in den Stall zu Lorine. Und Begegnung mit Friedrich.
Oh!
Ein neues Kapitel wäre fällig, nicht kürzer als das, was den Reitlehrer betraf – ein Kapitel über Pferdepfleger.
Pferdepfleger kommen gleich nach dem Gott, dem Reitlehrer. Oder vielleicht – wenn man ein eigenes Pferd besitzt – sogar noch vorher. Zumindest daneben. Auf Gedeih und Verderb ist das Pferd seinem Pfleger ausgeliefert. Und der Reiter, der ja sein Pferd mehr liebt als sich selbst, ist es natürlich erst recht.
Sagte ich ein Reitlehrer sei eine Mimose? Nun, ein Pferdepfleger ist ein rohes Ei. Er ist der wichtigste Mann in eines Reiters Leben. Er muß gehegt, gepflegt, verstanden und liebevollst behandelt werden. Vorausgesetzt er ist es wert. Hat man einen schlechten Pferdepfleger für sein Pferd, so ist man vom Schicksal geschlagen. Man kann keine Nacht ruhig schlafen, man kommt in den Stall, ist überrascht, daß das Pferd noch lebt, betrachtet es besorgt von allen Seiten, betastet es, ergründet seine Stimmung, und sieht man dann, der Pfleger ist wieder besoffen, oder überhaupt nicht da, oder hat Krach mit seiner Frau, oder ist schlecht gelaunt oder mit einem blauen Auge ausgestattet von einer nächtlichen Rauferei, dann schwört man sich, den Stall, und wenn es sein muß, die Stadt zu wechseln, um endlich dem geliebten Tier ein menschenwürdiges Dasein zu verschaffen.
Nun ist das aber alles nicht gar so furchtbar einfach, wie es sich hier hinschreibt. Denn: Es gibt Pfleger, die sind gelegentlich besoffen oder verprügeln ihre Frau oder kommen mit einem blauen Auge heim oder sind hauptberuflich schlechter Laune und dennoch sind sie gute Pfleger, und die

Pferde fühlen sich wohl bei ihnen. Immer dann, wenn der Mann die Pferde liebt, wenn er seine schlechte Laune nicht an ihnen, nur an dem Reiter, der ihn zahlt, ausläßt, die Prügel nur die Frau und nicht das Pferd bekommt. Und wenn sie zwar selber einen dreckigen Hals haben, aber die ihnen anvertrauten Pferde striegeln und putzen, bis sie glänzen. Das gibt es alles. Schlecht sind bloß die, die nicht oder nicht regelmäßig da sind, schlecht sind die, die oft ihre Stellung wechseln, die nicht pünktlich füttern und tränken, die die Pferde grob behandeln. Vor ihnen fliehe man, dem Pferd und der eigenen Seelenruhe zuliebe.

Ich nun wieder – unberufen, toi, toi, toi – bin auch hier vom Schicksal begünstigt. Manchmal glaube ich fast, ich muß doch unter einem ganz guten Stern geboren sein. Denn mein Pferdepfleger, à la bonheur, ist ein Juwel unter den Pferdepflegern dieser Erde. Er *ist* manchmal schlecht gelaunt, und man muß ihn behandeln nicht wie *ein* Ei, nein, wie einen ganzen Korb voll roher Eier. Aber er ist nie besoffen, er trinkt überhaupt nicht, seine Frau behandelt er fast so gut wie die Pferde, er geht zeitig schlafen und ist früh um fünf im Stall. Er putzt und füttert und tränkt die Pferde mit preußischer Pünktlichkeit und Akkuratesse. Er wirft jeden aus dem Stall heraus, der nichts darin zu suchen hat. In seinem Stall herrscht Ruhe und Frieden, und die Pferde benehmen sich entsprechend, sie sind ebenfalls ruhig und friedlich und zufrieden. Der Stall ist sauber wie Großmutters gute Stube. Die Pferde stehen bis zum Bauch im Stroh, nie sind ihre Hufe faul, ihre Augen trüb, ihr Fell stumpf. Und wenn sie krank sind oder ein lahmes Bein haben, behandelt er sie wie eine Mutter ihr einziges Kind.

Er ist außerdem ein Gentleman. Er ist der ruhende Pol in

meinem Dasein, und wenn es je einen Mann in meinem Leben gegeben hat, der mir Seelenfrieden verschaffen konnte, dann ist er es. Soweit es mein Dasein als Reiter betrifft. Für andere Dinge kann ich ihn schwerlich verantwortlich machen. Übrigens hat er es sehr mißbilligt, daß ich mit Lorine verreist bin. Er entläßt nicht gern ein Pferd aus seiner Obhut, das ihm anvertraut ist. Er ist fest davon überzeugt, daß es woanders auf jeden Fall viel schlechter ist als in seinem Stall. Und damit hat er natürlich recht.

Erster Waldhofener Versuch

Um nun endlich und endgültig nach Bad Waldhofen und in Herrn Meisels Stall zurückzukehren, fange ich lieber ein neues Kapitel an. Denn wenn ich weiterhin die Erfahrungen aus meinem Reiterleben auspacke, und es sind deren viele – es wäre noch zu erzählen über Chefs von Reitschulen und vor allem natürlich von Reitern und Reiterinnen, mit denen man so geschlagen ist –, dann komme ich nie zur Sache.

Hier und heute also, 25. August, vormittags fünf Minuten vor zehn, zurück in den Stall: Lorine schaut mir entgegen, gespannt noch immer: Was ist nun los? Was passiert nun?

In der Stallgasse ist nun ein Pferd angebunden, ein Schimmel, und wird geputzt von einem älteren Mann; die zwei Buben stehen immer noch herum.

»Guten Morgen!« sage ich und lächele strahlend, denn Pferdepfleger – siehe oben.

Ein Brummen antwortet mir.
»Sie sind der Pfleger hier?«
»Mmmm.«
»Ich heiße Marvin.«
»Mmmm.«
Ein Junge: »Er heißt Friedrich.«
»Ah, Friedrich. Das ist mein Pferd hier. Sie ist gestern gekommen und heißt Lorine.«
»Weiß ich.«
»Sie haben sie sehr schön geputzt, wie ich gesehen habe.«
»Mmmmmm.«
Ich ziehe einen Zehnmarkschein aus der Hosentasche und halte ihn vorsichtig in seine Nähe. »Darf ich Ihnen das geben? Zum Einstand.«
Ein schräger Blick auf den Geldschein, er striegelt weiter an seinem Schimmel; ich stehe da, das Geld in der Hand, rücke ihm meine Hand noch ein bißchen näher, noch ein Blick von ihm, er striegelt, dann kommt seine Hand lässig, nimmt den Schein, steckt ihn ein.
Ich atme erleichtert auf. Wie glücklich kann man sein, wenn man sein Geld los wird.
»Zum Ausreiten ist es ja leider heute nicht. Es regnet immer noch.«
»Mmmmm.«
»Herr Meisel hat gesagt, ich könnte jetzt um zehn in die Bahn.«
»Mmmmmmm?«
»Doch, hat er gesagt. Gestern und eben auch.«
»So.«
»Wo – wo ist denn mein Sattelzeug?«
Eine Kopfbewegung über die Schulter. »Draußen.«

Die Buben sind entgegenkommender. »Ich zeig' es Ihnen«, ruft der eine, »ich hole Ihnen Ihren Sattel.«
Jetzt richtet sich Friedrich erstmals zu voller Größe auf, blickt die beiden streng an. »Nichts. Das mach' ich.«
Anscheinend hat er die Absicht, Lorine zu satteln. Nicht daß ich es nicht könnte. Ich kann es. Jawohl. Aber ich habe zu Hause wenig Gelegenheit, mich zu üben. Mein Pferdepfleger macht es auch lieber selber, er traut mir da nicht. Außerdem betrachtet er es zu seinen Aufgaben gehörend, daß das Pferd gesattelt und gezäumt bereitsteht, wenn der Reiter kommt. Und wehe, man kommt nicht pünktlich zu der angegebenen Stunde. Also wie gesagt, ich kann es. Obwohl Lorine bei mir ganz gern ein paar Mätzchen macht. Den Kopf hochreckt, den Mund nicht aufmacht, so als wenn sie mich veralbern will. Kannst du ja doch nicht, ätsch, Frauchen!
Friedrich legt bedächtig den Striegel hin, und zum erstenmal schaut er mich ein wenig an. Kühle graue Augen betrachten mich kurz, aber abschätzend. Ich lächle.
Er dreht sich um, geht und kommt gleich darauf mit dem Sattel und dem Zaumzeug zurück.
Ich bin ein wenig gespannt, was Lorine machen wird. Gar nichts macht sie. Sie läßt sich willig die Trense ins Maul schieben, als kenne sie diesen Herrn seit Jahren. Frauenzimmer!
»Danke«, sage ich, als Friedrich fertig ist.
Keine Antwort. Er greift wieder nach dem Striegel. Dann kommen die Pferde aus der Bahn zurück, und ich warte so lange, bis alle im Stall sind.
Übrigens ist der Goldfuchs neben Lorine nicht da. Er war auch nicht in der Bahn. Also wohl ausgeritten, trotz des

Regens. Nun aber los. Ich nehme die Handschuhe und die Gerte und trotte mit Lorine zum Stall hinaus, über den Hof und in die kleine Bahn. Im Moment ist sie ganz leer. Gott sei Dank! Lorine steht, schaut sich um, ihre Haltung ist gespannt.

»Also das ist nun eine andere Bahn, siehst du ja. Bißchen klein. Wir wollen uns nur ein wenig bewegen. Sobald das Wetter besser ist, reiten wir ja sowieso nur draußen. Und bitte, mach kein Theater.«

Das wäre schön. Aber nun ist es endgültig zu viel für sie.

Die Reise, der fremde Stall, die fremden Leute, das langt ja wohl, scheint sie zu denken. Auch noch eine fremde Bahn, – das geht zu weit.

Sie läßt mich zwar aufsitzen, aber sie fängt sofort an zu tänzeln, Ohren hoch, Ohren 'runter, Prusten.

»Lorine! Kein Grund, Angst zu haben, niemand tut dir was. Bitte, sei vernünftig.«

Und zu mir selber sag' ich: Sei energisch. Ein Pferd, das Theater macht – immer vorwärts treiben. Ich lege also die Schenkel an, drücke sie an die Bande. Sie geht stockernd, mit hohen Absätzen gewissermaßen, alles an ihr vibriert. Ich klopfe ihren Hals, streiche über die Mähne, rede mit ihr, eine Runde tänzelnden Schritt, dann Trab. Sie trabt an, ich lasse ihr Luft, soll sie sich erst mal beruhigen. Es geht einigermaßen, auch wenn sie auf jeden Laut von draußen lauscht. Irgendwo tuckert ein Traktor. Hoffentlich kommt er nicht näher. Zwei Runden Trab, dritte Runde Trab. Sie geht etwas gelöster, schnaubt mehrmals vor sich hin, schnorchelt ein bißchen durch die Nase. Aber da – – da fällt es irgendeinem Idioten ein, die Tür zu öffnen, die auf das kleine Tribünchen führt, und das Tribünchen zu betreten. Gar nichts Besonderes, könnte man meinen. Lorine meint es nicht. Die Tür, die Schritte auf dem Holzboden, die Gestalt da oben, sie quittiert das mit einem riesigen Satz, der durch die halbe Bahn führt – ein Wunder, daß ich oben bleibe.

Ich werfe einen wütenden Blick zu der Stuhlreihe hinauf, die zwei Buben sind es. »Macht doch nicht *so* einen Lärm«, rufe ich gereizt. – Sie haben gar keinen Lärm gemacht. Sie setzen sich eingeschüchtert hin und mucksen nicht mehr.

Ich beruhige Lorine, bringe sie wieder an die Bande, trabe wieder an. Sie tut es schnorchelnd und angespannt; wenn wir an die kurze Seite kommen, wo das Tribünchen ist, macht sie jedesmal einen Ausweicher auf die Mitte der Bahn zu und schielt angstvoll dahin. Nach der vierten, fünften Runde hat sie sich ein bißchen dran gewöhnt, daß da jemand ist. Die Kinder sind sehr artig. Sie rühren sich nicht, geben keinen Laut von sich, lassen keinen Blick von Lorine. Ich pariere sie zum Schritt durch, klopfe ihren Hals, eine Runde Schritt, wieder antraben, wechseln durch die Bahn, weitertraben.

Da geht die verfluchte Tür wieder auf. Und natürlich wieder ein Satz, aber etwas bescheidener als der erste. Es ist Angelika. Sie setzt sich zu den Buben und schaut auch zu. Soll ich einen kleinen Galopp versuchen? Lieber nicht, sie ist noch zu nervös. Ruhig weitertraben, Runde um Runde, mal einen kleinen Zirkel dazwischen, da beruhigt sie sich am ehesten.

Wieder die Tür. Diesmal macht sie ihren Satz nur noch pro forma. Und ich gebe ihr einen Ruck im Maul. »Laß das. Gewöhn dich endlich dran.«

Sie dreht mir ärgerlich die Ohren zu, trabt weiter.

Diesmal ist Herr Meisel da oben eingetroffen. Er muß das neue Pferd gehen sehen. Ich nehme die Schultern zurück und spanne das Kreuz an, drücke die Absätze 'runter, damit er nicht denkt, ich kann gar nichts. Lorine geht jetzt ganz gut. Ich sitze aus, versuche sie ein wenig zu versammeln. Aber jetzt auf einmal, ein lautes Gedonner ganz in der Nähe, Lorine steigt entsetzt, macht kehrt, rast durch die Bahn, kommt mir für Sekunden aus der Hand. Dann steht sie zitternd. Ich schwitze. Draußen poltert und rattert ein Traktor vorbei, ganz nahe, das muß der Feldweg sein, der an dem Gebäude der Reitbahn entlangführt.

»Um Gottes willen!« rufe ich.

Herr Meisel lacht. »Daran müssen Sie sich gewöhnen. Die treffen Sie draußen auch. Aber nach ein paar Tagen hört sie da gar nicht mehr hin.«

Der hat eine Ahnung von Lorine! An Traktoren hatte ich natürlich nicht gedacht, als ich mich zu einer Reise aufs Land mit Pferd entschloß. Das hat mir kein Mensch gesagt.

Ich setze Lorine wieder in Bewegung, aber jetzt ist sie endgültig aufgeregt, sie wehrt sich gegen die Hand, sie bockt. Das paßt ihr hier nicht, das ist eine gefährliche Gegend.

»Nur vorwärts!« ruft Herr Meisel mir zu.

Ach verflucht, das weiß ich selber. Ich nehme die Absätze zu Hilfe, Lorine macht ein paar kurze hopsende Galoppsprünge, ich reiße sie, dann trabt sie endlich wieder. Ich bin jetzt energisch, so richtig mit Kreuz und Schenkeln, sie kommt langsam mit dem Kopf herunter, fängt an zu kauen. Na also. Wird schon wieder.

Und dann gehen die beiden Flügel auf, die nach draußen führen, ein anderes Pferd kommt herein. Ein Mann führt

den Schimmel herein, der vorhin geputzt wurde, sagt freundlich: »Grüß Gott!«, stellt sich in der Mitte auf und besteigt das Roß.
Lorine ist fasziniert. Ein anderes Pferd! Einerseits sehr schön, denkt sie sich. Aber muß es ein Schimmel sein? Sie mag Schimmel nicht besonders. Ich weiß auch nicht, warum. Vielleicht, weil sie selber ganz dunkel ist. Tief schwarzbraun ohne jedes Abzeichen. Möglicherweise findet sie Schimmel unseriös.
Der Schimmel reitet an, sie gehen Schritt, sie traben, sie haben Abstand von uns, sind immer entgegengesetzt, sie stören uns nicht im geringsten, wir haben Platz genug, aber Lorine ist ein für allemal irritiert. Sie schielt pausenlos zu dem Schimmel hin, von Versammlung kann keine Rede mehr sein, ich reite sie halt recht und schlecht Runde für Runde um die Bahn. Herr Meisel verschwindet wieder, er hat offenbar genug gesehen, sein Respekt vor mir dürfte gleich Null sein. Denn so ist das nun mal: Es nützt mir gar nichts, daß ich eine gutgewachsene langbeinige Blondine mit graugrünen Augen bin und soweit ganz ansehnlich. Hier zählt jetzt nur, was ich als Reiter wert bin. Nun will ich mich nicht schlechter machen, als ich bin. Ein gar so schlechter Reiter bin ich nicht. Ich habe Lorine jetzt fast zwei Jahre lang, wir haben manchen Kampf miteinander ausgefochten, aber wir haben uns oft und viel mehr wunderbar vertragen und haben schon ganz gute Figur zusammen gemacht. Sie geht im allgemeinen leicht und willig, geht immer vorwärts und ist immer voll Schwung. Wir haben herrliche Ausritte gemacht mit langen schönen Galoppaden, wir sind gesprungen, nicht sehr hoch, aber immerhin, wir können ein paar kleine leichte Dressuraufgaben.

Aber immer und ewig wird sie bleiben, wie sie ist: nervös, empfindlich, leicht hysterisch und voller Angst vor allem, was sie nicht kennt. Ein Vollblüter eben. Schlank, schmal gebaut, mit zierlichen Fesseln und hohen trockenen Beinen, einem kleinen apparten Kopf und großen feurigen Augen.
Nach einer halben Stunde habe ich genug. Zumal ein zweites Pferd in der Bahn erscheint. Herr Meisel kommt mit einer braunen Stute. Ich steige ab, führe Lorine aus der Bahn. Halbe Stunde ist natürlich zu wenig, zumal sie gestern nicht gegangen ist. Aber im Moment sind meine Reserven verbraucht. Vielleicht kann ich sie morgen longieren, ehe ich sie reite. Mal sehen, das muß sich alles erst einspielen.
Angelika ist mir nachgekommen.
»Die ist nicht einfach, nicht?«
»Es ist die fremde Umgebung, sie ist da sehr sensibel. Wenn sie sich daran gewöhnt hat, wird es besser gehen.«
»Aber schön ist sie!« sagt Angelika anerkennend und streichelt Lorines Hals. »So schön. Grad wenn sie aufgeregt ist.«
»Sicher. Wenn man nicht oben sitzt, ist es sehr schön.«
Wir lachen beide und bringen Lorine in den Stall. Sie geht brav und ruhig mit, macht eine sanfte Miene dazu, ist das liebste und beste Pferd der Welt. Als ich ihr die Trense abgestreift habe, reibt sie ihre Nase an meiner Schulter und senkt sie dann zu meiner Hosentasche. Da ist der Zucker drin. Ein liebes, sanftes, zärtliches Pferd, das keiner heftigen Bewegung fähig ist. Ach Gott, der du die Pferdeseelen erschaffen hast, was hast du da alles zusammengemixt!
Sie kriegt ihren Zucker, sie kriegt ihre Rüben, der Braune nebenan bekommt auch was, der Fuchs ist immer noch nicht

da; ich verabschiede mich von Angelika und Friedrich und gehe hinaus zu meinem Wagen.
Sieh an, es hat aufgehört zu regnen. Zwar hängen die Wolken noch sehr tief, und möglicherweise fängt es gleich wieder an, aber just im Moment regnet es nicht. Der Boden ist natürlich mehr als naß. Ich blicke hinaus ins Gelände, über die Wiesen und Felder, hinüber zum nächsten Waldrand. Der Boden muß ein einziger Glitsch sein, da kann kein Mensch reiten. Doch – da ist einer, der kann offenbar. Auf dem Feldweg, der geradezu auf den Stall zu führt, kommt ein Pferd getrabt. Ruhiger ausgeglichener Trab. Etwa zweihundert Meter vor dem Stallgelände wechselt er zum Schritt. Es ist der Goldfuchs Timotheus, Lorines Nachbar.
Ich setze mich in den Wagen, fahre aber noch nicht ab, sondern warte, bis Goldfuchs und Reiter heran sind. Der Reiter ist ein Mann, der in tadelloser aufrechter und zugleich lockerer Haltung auf seinem Pferd sitzt, er trägt einen verbeulten Wetterhut und einen langen Reitregenmantel. Das goldene Fell des Pferdes ist dunkel von Nässe, aber er sieht sehr zufrieden aus, dieser Timotheus. Und der Reiter auch. Sie kommen dicht an mir vorbei, wie sie in den Hof reiten, das Pferd geht am langen Zügel mit ausgreifendem Schritt. Der Mann hat ein gutgeschnittenes schmales Gesicht, sonnenbraun und frisch. Er streift mich mit keinem Blick. Vielleicht hat er mich auch nicht gesehen. Er steigt vom Pferd, klopft dem Fuchs den Hals, führt ihn in den Stall.
Ich fahre ab, zurück nach Waldhofen. Sehr bedeutend war meine Reiterei heute nicht. Aber schließlich ist es der erste Tag.
Im Hotel bedaure ich wieder, kein Bad zu haben. Ich bin

gewöhnt, täglich zu baden. Aber morgen bekomme ich mein Zimmer bestimmt, hat man mir versichert.

Übrigens sind sie sehr nett in diesem Hotel. Damals, als ich hier eine Bleibe suchte und schließlich nur ein paar Stunden im Ort war, wußte ich natürlich nicht, wo ich am günstigsten unterkommen könnte. Es gibt in Bad Waldhofen jede Menge Kurheime und Sanatorien, es gibt zwei bis drei große, sicher recht feudale Kurhotels und eine unübersehbare Anzahl von Pensionen, Fremdenheimen und natürlich Privatquartieren. Letzteres scheidet alles aus, in zu engem Raum werde ich nervös. Am liebsten wohne ich in großen komfortablen Hotels. Aber wie sich herausstellte, vermieten diese Hotels nur mit voller Pension *und* mit der Verpflichtung für den Gast: zu kuren. Warum weiß ich auch nicht. Schließlich kann man doch einen ruhigen Urlaub verbringen, sich an Luft und Landschaft erfreuen, ohne sich mit Wasser zu begießen und sich von Kopf bis Fuß mit irgend etwas Feuchtem einwickeln zu lassen.

Ich glaube, ich erwähnte schon einmal, ich bin gegen alle Diktatur allergisch. Sicher, die meisten Leute, die hier sind, wahrscheinlich alle Leute, kommen, um die Kur zu gebrauchen. Sollen sie ja auch, dazu sind Kurbäder schließlich da.

Es ist auch nicht gesagt, daß ich nicht bei längerem Hiersein vielleicht mal die eine oder andere Kuranwendung versucht hätte. So habe ich mir das jedenfalls vorgestellt. Man nimmt einmal ein bestimmtes Bad oder eine Massage, wenn es einen danach gelüstet.

Aber gerade das geht nicht, das hatte man mir bei jenem Besuch deutlich klargemacht. Man kommt an, man geht zum Arzt, die großen Hotels haben alle einen bestimmten Doktor, und der verschreibt einem dann, was man zu tun hat. Ich habe den Kurmittelprosepkt studiert, also es ist imponierend, was da alles geboten wird. Und alles hat mit nassem Wasser zu tun. Und diese Berieselungen finden größtenteils am frühen Morgen und am Vormittag statt.

Als ich das gehört hatte und mir beim Mittagessen meine Gedanken darüber machte, kam ich zu dem Ergebnis, daß dies für mich nicht tragbar war. Am frühen Morgen wollte ich schlafen, am Vormittag wollte ich reiten. Die Kur, Lorine und ich, das paßte einfach nicht unter einen Hut.

Was also tun? Ich hatte noch nie in meinem Leben meinen Urlaub in einem Kurbad verbracht und war entsprechend unerfahren. Flüchtig hatte ich daran gedacht, den ganzen Plan aufzugeben, jedenfalls, soweit es Bad Waldhofen betraf, und lieber mit Lorine anderswohin zu fahren. Aber mir hatte der Stall so gut gefallen, die Gegend auch, und so begab ich mich nach dem Mittagessen weiterhin auf Quartiersuche. Kurheime und Sanatorien kamen aus oben erwähnten Gründen nicht in Frage. Kleine Pensionen und ähnliches mag ich nicht. Und die großen Hotels, auf die ich gehofft hatte, gebärdeten sich nicht anders wie die ausgesprochenen Kurheime. Außerdem hasse ich von Herzen die sogenannte volle Pension. Ich hatte das einige Male auf Reisen mit Gert erlebt, aber da waren wir zu zweit, konnten unsere Glossen machen und wenn es uns nicht paßte, einfach woanders zum Essen gehen. Was wir auch oft taten – wir fuhren irgendwohin, speisten unterwegs, gingen abends aus, blieben auch mal über Mittag im Bett, falls uns danach war, und überließen unseren Tisch im Speisesaal sich selbst. Da wir beide großzügige, ja verschwenderische Menschen sind, bekümmerte es uns nicht weiter, daß wir für etwas bezahlen mußten, was wir nicht erhielten.

Die Vorstellung nun, allein mittags und abends am selben Platz sitzen und essen zu müssen, was man mir vorsetzte, war mir lästig.

Als ich schließlich die Hoffnung schon aufgegeben hatte, in Bad Waldhofen zu finden, was mir paßte, kam ich zu einem nur mittelgroßen, aber modernen Hotel, das sich von einer großzügigen Seite zeigte. Nein, volle Pension brauche ich nicht zu nehmen, ich könne essen, was ich wolle, und Kuranwendungen hätten sie sowieso nicht im Hause. Da die Zimmer modern, gut eingerichtet und nicht zu klein waren, entschloß ich mich, dort zu mieten. Dazu kam noch, daß einige Zimmer mit schönem Bad ausgestattet waren. Erst hieß es, es sei nichts frei, aber dann nach längerem Hin und Her und ausführlichem Studium eines komplizierten Zimmerplanes teilte man mir mit, es ließe sich doch machen. Ich wurde dem Zimmerplan einverleibt, und hier bin ich nun, zwar noch nicht im richtigen Zimmer, aber im Hause.

Zu essen bekomme ich hier recht gut. Das habe ich am Abend zuvor schon festgestellt und diesen Mittag auch. Es ist zwar recht voll im Restaurant, denn hier essen nicht nur Hotelgäste, sondern auch Passanten, aber bis ich umgezogen bin und hinunter gehe, finde ich einen Platz, bestelle Bier, Steinhäger und ein Menü mit Suppe und Ochsenfleisch mit Meerrettichsauce. Das Ochsenfleisch ist ein bißchen zäh, die Sauce schmeckt ausgezeichnet.

Ich bin nicht allein am Tisch, zwei unternehmungslustige mittelalterliche Herren sitzen da, die mich wohlgefällig mustern und mir guten Appetit wünschen. Sie reden von Geschäften; der eine hat mit Autos zu tun, der andere irgendwie was mit Maschinen, sie sind soweit einig über die Wirtschaftslage und die unmöglichen Ansprüche der Gewerkschaften, sie sind sich auch einig über eine gewisse kleine blonde Maus. Dann erzählt der eine von seinem Sohn, der leider sitzengeblieben ist, das bringt sie auf die heutige Jugend und von dort zu den Miniröcken, gegen die sie nichts einzuwenden haben, wenn die Beine entsprechend sind. »Meiner Frau habe ich allerdings gleich den Marsch geblasen, als sie ihre Röcke zu kurz machte«, sagt der kleinere Dicke und bläst sich auf dabei. »Mama, habe ich gesagt, das ist nur was für die Jungen, du machst dich lächerlich.« Der andere nickt, verkündet aber nicht ohne Stolz, daß *seine* Frau eigentlich sehr schöne Beine hätte, auch heute noch, »sonst hätte ich sie nämlich gar nicht geheiratet, wissen Sie. Beine sind für mich wichtig, ist ein Zeichen von Rasse, wenn eine Frau Beine hat.« Der andere nickt nun einerseits, blickt ein wenig betrübt, die Beine seiner Frau sind wohl nicht ganz so rassig. »Das Fahrgestell, wissen Sie«, sagt der erste wieder, »das Fahrgestell ist wichtig. Nichts gegen einen guten Charakter. Guter Charakter macht sich gut bei einer Frau, anständig und so, aber das Fahrgestell darf man nicht außer acht lassen. Ich hatte mal eine, die war ein Aas, Donnerwetter, was für ein Aas war die. Aber gewachsen wie eine Göttin. Da kann man über einiges hinwegsehen. Oder finden Sie nicht auch?«

Doch, der andere findet das auch; und dann sehen sie beide mich an, denn ich grinse ein bißchen. Ach Gott, man kennt ja diese Männer, was sind sie für dumme Kinder, so berechenbar und im Grunde alle gleich.

»Ist es nicht so, gnädige Frau?« sagte der Kühnere und Größere und wirft einen Don-Juan-Blick auf mich.

»Was?« frage ich.

»Na ja, was ich eben sagte.«

»Oh, Entschuldigung, ich habe nicht zugehört. Haben Sie etwas zu mir gesagt?«
Sein kühner Blick flackert, erlischt. Pute, denkt er sicherlich. Tu nur nicht so, du hast genau aufgepaßt.
Ich kaue mit ernstem Blick auf meinem Ochsenfleisch herum. Ich bin ein Flirter, weiß Gott, ein großer Flirter – wenn ich will. Aber so zwei spießige Ehemänner auf Urlaub interessieren mich nicht sonderlich. Der eine zu dick, der andere zu wichtig, nee, danke. Meine Männer waren immer Klasse, und dabei soll es bleiben. Ich bestelle noch einen Steinhäger, das trägt mir anerkennende Blicke ein; der kleine Dicke seufzt sogar neidisch und versucht es seinerseits.
»Sie sind tüchtig. So was hat mir der Arzt verboten.«
»Verboten? Warum? Ein klarer Schnaps ist sehr gesund. Überhaupt nach dem Essen. Und vor dem Essen auch.«
Er strahlt mich dankbar an, hat sichtlich Auftrieb gewonnen. *Er* hat keine Abfuhr gekriegt wie der Genosse.
»Ja, nicht wahr? Sage ich auch immer. Aber wie gesagt: Es ist verboten.«
»Halten Sie sich immer an alle Verbote?« Und dazu ein Blick, ein wenig verrucht, Stufe eins. Für ihn hat das gelangt, er stößt das Kinn vor, seine Augen kullern.
»Nein. Eigentlich nicht.«
Ein Lächeln von mir, direkt an seine Adresse. Darauf, als die Bedienung kommt, bestellt er einen doppelten Steinhäger.
Der andere schüttelt mißbilligend den Kopf. »Aber! Aber! Sie sollen doch nicht.«
»Ach was, einmal ist keinmal, die Kur muß das verkraften. Wäre traurig, wenn sie das nicht einmal schaffte.«

»Ich denke, Sie wollten abnehmen«, der andere nun, ausgesprochen gehässig, fast wie eine Frau im ähnlich gelagerten Fall.
Der Doppelte kommt, der Dicke hebt sein Glas mir zu: »Auf Ihr Wohl, gnädige Frau!«
»Danke«, sage ich süß.
Dann zahle ich, erhebe mich, ein Kopfnicken, ein zurückhaltendes Lächeln. Ich gehe. Sie sehen mir nach, das weiß ich. Mein Fahrgestell können sie leider nicht beurteilen, ich trage lange Hosen. Immerhin können sie noch ein bißchen über mich reden, nach den Autos, den Maschinen, der Wirtschaftslage und dem sitzengebliebenen Sohn eine kleine Abwechselung.
Ich liebe Männer. Die meisten allerdings nur auf die Entfernung. Aber sie machen das Dasein so einfach.

Zweiter Versuch

Ich bin schon wieder müde, möchte nur wissen, wovon.
Mit einer Zeitung, die ich gekauft habe, lege ich mich ein bißchen aufs Bett, um zwei Stunden später aufzuwachen. Kaum zu glauben. So was von Schlafen kenne ich überhaupt nicht. Ob sie mir vielleicht einen Kaffee heraufschicken?
Doch. Das tun sie. Ich telefoniere, und zehn Minuten später steht ein Kännchen Kaffee auf meinem Nachttisch, von einem freundlichen Mädchen gebracht. Soweit klappt es hier ganz gut. Ich trinke Kaffee und lese endlich meine Zeitung zu Ende. Halb fünf, was nun?

Anziehen, bißchen durch den Ort spazieren. Kurpromenade 'rauf, Kurpromenade 'runter, Schaufenster angucken, Leute beobachten. Aber kaum damit angefangen, überlege ich es mir anders. Es regnet nicht mehr, es ist kühl und windig, immer noch grau am Himmel, aber doch nicht richtig grau, hier und dort sieht man blaue Fleckchen, und ein- oder zweimal blitzt sogar so etwas Ähnliches wie Sonne durch.

Also – warum nicht in den Stall, Lorine herausholen und einen ganz kleinen Ausreiteversuch machen. Mal gucken, wie das geht. Sie ist sowieso heute zu wenig gegangen.

Zurück ins Hotel, Reitdreß angezogen, Wagen aus dem Hof geholt, halb sechs bin ich im Stall.

Lorine findet es schön, daß Besuch kommt. Sie möchte ein wenig schmusen und unterhalten sein.

»Gut, gut, mein Schatz, das machen wir, aber ein bißchen wirst du mit mir spazierengehen. Du warst heute frech genug.«

Im Stall ist es still. Herr Meisel hat Stunde in der Bahn, Friedrich ist nicht zu sehen. Nun, ich weiß jetzt, wo mein Sattelzeug hängt, ich mache es selber. Lorine läßt sich erstaunlich willig aufsatteln. Ich führe sie aus dem Stall, sitze auf im Hof. Noch ein bißchen mehr Blau am Himmel, und im Westen über dem Hügelkamm steht richtig die Sonne. Ein wunderschöner Abend heute abend. Es macht mir Spaß. Lorine auch. Sie hebt die Nase witternd in die Luft, bläst die Nüstern auf.

»Also, daß wir uns recht verstehen. Kein Theater, keine Menkenke. Wir gehen da 'rüber zum Waldrand, schauen uns dort mal um, und du bist ganz brav. Verstehst du mich! *Ganz brav!*«

Lorine versteht. Brav ist ein Wort, das sie gut kennt.
Im flotten Schritt reiten wir vom Hof, zum Tor hinaus, den Feldweg entlang, der nach Norden führt. Der Weg ist immer noch naß, große Pfützen stehen in den Furchen, Lorine vermeidet sie elegant, tritt vorsichtig darum herum. Sie geht nicht gern durch den Dreck. Aber sie findet es herrlich hinauszukommen. Sie prustet durch die Nase, schaut sich neugierig um. Weit und breit ist keine Menschenseele zu sehen, auch kein Traktor, nichts; es ist still und friedlich, und so kommen wir, immer noch im Schritt, bis zum Wald.
Der Wald ist kein Wald, nur ein Wäldchen. Der Weg führt wenige Meter durch, tritt dann ins Freie, und hinter dem Wäldchen ist die weite Welt. Eine weite ebene Fläche, Felder, auf denen noch hoch das Getreide steht, Wiesen dazwischen, weit im Westen der Hügelkamm, über dem die Sonne steht, weit im Osten ein großer Wald; und über uns der Himmel ist plötzlich rundherum blau. Ach, wie schön dieser Abend ist! »Komm, mein Mädchen, traben wir ein Stück.«
Der Feldweg ist hier grasbewachsen, das Gras ist naß, aber Lorine tritt sicher, wir traben in flottem Tempo voran, immer voran, schnurgerade voran, Lorine wird schneller, sie schnaubt, sie saugt die Luft ein, sie schnaubt wieder, sie ist ganz entzückt, und ich bin es auch. Geht ja wunderbar.
Ach, der Teufel hole diese dumpfen engen Reitbahnen, nur draußen, nur in der Natur, nur unter dem hohen Himmel, macht das Reiten wirklich Freude, nur dort können Pferd und Reiter glücklich sein. Neben uns aus einem Feld fliegt eine Schar Vögel auf, Lorine erschrickt, macht einen Hopser.

»Vögel! Na und? Hast du noch nie einen Vogel gesehen?«
Weiter. – Aber jetzt dräut etwas Seltsames. Da vor uns an einem Wiesenrand steht ein Ungetüm. Ein knallrotes riesiges Gebilde, das eisenstarrend in die Luft ragt. Ich habe keine Ahnung, was das ist, ich verstehe von landwirtschaftlichen Maschinen nichts. Heutzutage, heißt es, machen die Bauern keinen Finger mehr krumm, alles machen die Maschinen. Freut mich für die Bauern. Weniger für mich – denn irgendwie müssen wir an diesem Ding vorbei. Vorerst ist daran nicht zu denken. Lorine bleibt wie angewurzelt stehen, starrt das Ding ungläubig an.
»Ich weiß auch nicht, was es ist. Es fährt vermutlich auf den Feldern hin und her und tut dabei was. Aber jetzt steht es und sagt keinen Mucks. Wir könnten ganz still und leise daran vorbeigehen.«
Sie denkt nicht daran. Als ich sie antreiben will, weicht sie zurück.
»Lorine, paß auf. Vermutlich werden wir so etwas öfter treffen. Wenn ich richtig sehe, steht da drüben auf einem anderen Feld auch so ein Gerecke. Du mußt dich einfach daran gewöhnen. Du hast dich doch an Autos auch gewöhnt. Na, komm, sei brav, komm!« Ich klopfe und streichle ihren Hals, vergebens, sie ist an dem Ding nicht vorbeizukriegen.
Schließlich schlagen wir einen Bogen, das ist der Kompromiß, auf den wir uns einigen. Wir müssen natürlich dabei von dem Feldweg ’runter und ein wenig in den Acker hinein. Aber weit und breit ist kein Mensch zu sehen, also wagen wir es halt. Lorine geht ihrerseits gebogen, den Blick starr auf das Ungetüm gerichtet. Das Ungetüm steht und schweigt und tut ihr nichts, was für ein liebes Ungetüm! Sie

prustet, kehrt auf den Weg zurück und trabt von selber wieder an.
Ohne weiteren Aufenthalt gelangen wir zum Ende der weiten Ebene, schnurgerade auf unserem hübschen weichen Feldweg. Am Ende ist eine Straße, eine Landstraße, etwas erhöht, die Böschung führt hinauf, oben flitzen Autos vorbei. Kein Grund die Straße zu überqueren, nicht am ersten Tag. Wir reiten ein Stück nach Osten und auf einem anderen Feldweg, der parallel zu dem vorigen läuft, wieder in Richtung Heimat. Prima ist das mit diesen Feldwegen. Gott segne die Landwirtschaft. Wir schlagen noch einmal einen Haken, kommen nahe an den großen Waldrand im Osten, aber nicht ganz hin und müssen abermals bei einem Ungetüm, diesmal in Blau, vorbei. Geht schon besser, sie überlegt nicht so lange, der Bogen ist kleiner. Wunderbar! Ich bin ganz beglückt.
Nach dreiviertel Stunde kommen wir in den Stall zurück, beide hoch befriedigt. Jetzt gibt es bald Abendessen, erst für Lorine, dann für mich. Und morgen scheint bestimmt die Sonne.

Dritter Versuch

Sie tut es, so halb und halb. Mit Wolken und Wind und frischer Luft ist es ein herrlicher Tag zum Reiten. Ich bin um zehn im Stall, Friedrich sattelt mir Lorine, Herr Meisel sammelt seine Mannen, er will auch ausreiten. Ob ich mich anschließen will? Nö, sage ich, ich probiere es lieber erst allein, bis Lorine sich an das Gelände gewöhnt hat.
Ist besser so. Herr Meisel sieht mir ganz so aus, als ob er

einen flotten Zahn reitet. Und wenn Lorine hinten gehen muß, wird sie heftig. Sie ist nun mal ein Vollblüter, das Tempo steckt ihr im Blut, sie hat ihre Pferdelaufbahn als Rennpferd begonnen, und wenn andere Pferde bei ihr sind, will sie immer vorn sein. Läßt man sie nicht, wird sie schwierig.

Wir bewegen uns auch heute auf dem schon bekannten Gelände, ein Feldweg hin, ein Feldweg her, mal nach rechts, mal nach links und schließlich bis zum großen Wald, in den wir ein Stück hineinreiten und einfach kreuz und quer durch die Stämme gehen. Das macht Spaß. Am Waldrand entlang, wo ein breiter Wiesenstreifen läuft, wagen wir einen Galopp. Geht wunderbar, sie wird zwar etwas schnell, und teilweise ist der Boden noch naß, aber sie kommt mir nicht aus der Hand und ist gehorsam. Hier und da sind Leute auf den Feldern, viel nicht, hier und da läuft eine der Maschinen, aber das vermeiden wir einfach, das Gelände ist ja groß und übersichtlich, und wir können allen Gefahren aus dem Wege gehen.

Hinter dem großen Wald – das haben wir inzwischen entdeckt – läuft ein Schienenstrang. Hier fährt die kleine Eisenbahn, die Bad Waldhofen mit der Welt verbindet. Hinter der Eisenbahnlinie läuft die Landstraße, die Waldhofen ebenfalls noch mit der Welt verbindet. Im Norden ist die große Landstraße, die einerseits nach München, andererseits nach Westen führt und von der die kleine Landstraße Richtung Waldhofen abzweigt. Wir sind also, um das noch deutlicher zu machen, im Osten und im Norden in unserer Bewegungsfreiheit eingeschränkt. Im Westen ist der Hügelkamm und hinter ihm Gott weiß was. Und im Süden liegt Waldhofen selbst.

Das Gelände, das uns zur Verfügung steht, ist sehr hübsch, aber auf die Dauer nicht ausreichend. »Wir müssen also«, erkläre ich Lorine, »den Weg finden, der hinausführt. Über eine der Straßen müssen wir. Vielleicht auch über die Eisenbahn. Nicht heute. Aber morgen.«

Ich kann mich, obwohl eine Frau, sehr gut orientieren. Meine Männer habe ich immer damit überrascht. Bei Autofahrten oder bei Gängen oder Fahrten in fremden Städten. Ich komme immer dahin, wohin ich will, und zwar meist ohne große Umwege. Ich werde auch hier das Gelände erkunden, ganz für mich allein und ohne mich Herrn Meisels Truppe anzuhängen.

»Morgen, Lorine, morgen sehen wir, wie die Welt weiterhin aussieht.«

Da der Weg am Waldrand so hübsch ist, kehren wir auf ihm zurück, im Schritt diesmal, denn heimwärts zu galoppieren ist bei Lorine gefährlich. Einmal führt ein schmaler Weg in den Wald hinein, der Boden ist weich und federnd, ein Genuß für Pferdebeine; und wir traben noch ein Stückchen durch den Wald. Plötzlich, siehe da, kommt uns ein Pferd entgegen. Lorine spitzt die Ohren. Wir reiten direkt aufeinander zu, beide im Trab, und als wohlerzogene Reitersleute parieren wir die Pferde durch, wie wir wenige Meter voneinander entfernt sind. Und siehe da, es ist Timotheus, Lorines Nachbar. Ich lächle ein wenig und bin zu einem Schwatz bereit. Sicher kennt dieser Herr ja Lorine schon, und es interessiert ihn nun auch, Lorines Frauchen kennenzulernen.

Er sagt zwar höflich »guten Morgen!«, streift mich aber nur mit einem kühlen gleichgültigen Blick und reitet an mir vorbei. »Guten Morgen«, sage ich auch.

Komisches Benehmen! Scheint ein richtiger Piesepampel zu sein, dieser Herr von Timotheus.
Dabei sieht er gut aus. Und blaue Augen hat er. Richtig blaublaue Augen.

Abend in Moll

So ein Tag allein mit sich ist lang. Um kein Mißverständnis aufkommen zu lassen: Ich bin gern allein. Ich kann mich erstklassig mit mir selber unterhalten. Oft in meinem Leben habe ich mir leidenschaftlich gewünscht, allein zu sein. Richtig und ausdauernd allein zu sein.
Das ist mir selten geglückt. Eigentlich, wenn ich so richtig darüber nachdenke, bin ich fast nie allein gewesen.
Erst war es die Familie, und später war es immer ein Mann, manchmal mehr als einer. Ich habe eine ganze Menge Bekannte, nicht alle sind mir lebensnotwendig, eigentlich die meisten nicht, aber ich bin ein netter Mensch, auch sehr gastfreundlich, also sammeln sie sich eben so an. Einmal wirklich ein paar einsame Tage zu haben, ist kaum zu machen.
Abgesehen von Lorine könnte ich jetzt fein allein sein, inmitten der Waldhofener Kurgäste. Aber das ist komisch: Man fühlt sich nie so verloren allein, als wenn rundherum viel Menschen sind.
Zu Hause in meiner Wohnung genieße ich es mit Hingebung, einen Tag, einen Abend allein zu sein. Hier mopse ich mich. Immer allein beim Essen sitzen! Allein durch die Gegend latschen. Und was soll ich eigentlich abends machen? Wenn ich gegessen habe und so für mich da sitzen

bleibe; das Lokal ist voll und um mich herum – na, schweigen wir, man soll seinen Mitmenschen nicht zu kritisch gegenüberstehen, aber alles, was recht ist, die Menschheit ist keine schöne und auch keine besonders liebenswerte. Die Männer gucken mich neugierig, die Frauen giftig an. Das kenne ich alles schon.
Wie wär's denn mal mit Kino? Leider gibt uns Curd Jürgens nicht mehr die Ehre. Amerikanischer Agentenfilm wird geboten, ziemlich mäßiges Vergnügen. Kurz nach zehn ist das Kino aus, ich schlendre langsam über die Kurpromenade nach Hause. Es ist kühl, der Himmel voller Sterne. Müde bin ich überhaupt nicht. Aus einem Lokal rechts, aus einem Café links kommt Tanzmusik. Aber allein da hineingehen und mich hinsetzen – also ich weiß nicht, Gleichberechtigung hin und moderne Frau her, ich käme mir da zu blöde vor.
Es wäre so die richtige Situation, um ein gutes Buch zu lesen. Ich hab' sogar eins mit. Aber ich will kein gutes Buch, ich will lieber einen Krimi. Morgen werde ich mir ein paar kaufen.
Bei mir im Hotel ist das Lokal immer noch gesteckt voll. Und die Bar, in die ich flüchtig hineingucke, ebenfalls. Reichlich vergnügungssüchtig sind die Leute. Ein Dicker, der gleich am ersten Tisch sitzt, blinkert mir einladend zu.
Nö, also das denn doch nicht. Ich kann mich nicht einfach zu einem fremden Mann an den Tisch setzen. Die Stimmung ist toll, irgendwo spielt einer auf der Zither, die Leute singen und schunkeln, ein paar Frauen kreischen, daß man eine Gänsehaut bekommt. Warum Frauen immer so laut werden müssen, wenn sie sich amüsieren und wenn ein paar Hosenbeine in der Nähe sind? Ich hole mir eigenhän-

dig am Büfett ein Viertel Roten und meinen Schlüssel und fahre leicht melancholisch in mein Zimmer hinauf.
Übrigens habe ich seit heute mein richtiges Zimmer, und das ist immerhin ein Fortschritt. Das Zimmer ist groß und ganz nett eingerichtet, die Beleuchtung ist ein wenig ungemütlich, aber das Bad ist prima. Gebadet habe ich vor dem Abendessen, ich kann schlecht schon wieder in die Badewanne steigen. Ich mache also den Transistor an, suche ein bißchen nette Musik, schenke mir Wein ein und zünde mir eine Zigarette an. Also doch das gute Buch. Was haben wir denn da? Moderne Literatur. Ach nee, muß das denn sein! Warum habe ich mir bloß keine Krimis gekauft?
Was macht eine Frau so ganz allein am Abend, wenn sie ausgerechnet gerade keine Lust hat, allein zu sein, weit und breit kein Mann zum Flirten, nicht einmal einer zum Unterhalten? Sie fängt an in alten und neuen Wunden zu wühlen.
Leide ich so furchtbar unter der Trennung von Gert? Ich schwöre, nein. Ich leide nicht. Ich habe es geradezu als Befreiung empfunden, als es zu Ende war. Als das Ende, das ich lange kommen sah, endlich erreicht war. Auch wenn man ganz, ganz genau weiß: Das ist nicht der richtige Mann, man paßt nicht zusammen, und genaugenommen liebt man ihn gar nicht, bestimmt nicht *mehr*, aber wenn es dann aus ist, dann ist eben doch eine Lücke da; auch an eine unvollständige Zweisamkeit kann man sich gewöhnen, und man ärgert sich, daß man sich daran gewöhnt hat, und man ärgert sich über die eigene Dummheit, die einen sehenden Auges etwas tun und auf etwas beharren ließ, das falsch war.
Am Anfang war es Verliebtheit. War es Freude an dem

neuen Spiel. Dies auszukosten, das ist in Ordnung. Und dann muß man aussteigen. Das wäre so etwa nach einem halben Jahr gewesen. Aber nein – dann fing es erst richtig an. Er sprach natürlich von ganz großer Liebe. Man tut so, als ob man das glaubt. Manchmal, so in ganz dusseligen Momenten, glaubt man es sogar. Und dann ließ ich mich beschwatzen, mit ihm gemeinsam die Firma aufzumachen.

Gert ist Werbefachmann, tüchtig, voll Ideen, voll Schwung, doch, alles, was recht ist. Ein Hans Dampf in allen Gassen, einer, der Gott und die Welt kennt, einer, der überall beliebt ist, einer, der vor Energie und Unternehmungslust bald platzt. Eine eigene Firma also. Gert, sein Freund Tom, der Graphiker, und ich.

Ich mache die Texte, ich habe auch Ideen, Tom zeichnet, Gert reißt die Kunden auf, besorgt die Kontakte. Die Firma geht gut, geht immer besser, wir verdienen eine Menge Geld, wir bekommen ein schickes Büro mit mehreren Räumen, mit Angestellten, wir sind ständig in Bewegung.

»Wir sind ein großartiges Team«, sagt Gert und strahlt. Er sagt auch, daß wir heiraten sollten. Ich sage: »Wozu?«

Einmal war ich verheiratet. Das langt mir. Ich will mich nicht wieder binden. Auch deswegen, weil ich längst weiß, daß Gert nicht der Mann ist, den ich möchte. Er ist mir zu windig, zu unseriös, mich stört so vieles an ihm. Gehe ich? Nein, ich bleibe. Nach einer Weile redet er nicht mehr vom Heiraten. Noch eine Weile später betrügt er mich zum erstenmal. Ich tue so, als sei es mir gleichgültig, ist es aber doch nicht. Ich sage: Ich gehe. Er sagt: Du bleibst, ich liebe nur dich. Schön. So geht es weiter. Schließlich steckt auch mein Geld in der Firma, schließlich beziehe auch ich mein Einkommen aus der Firma. Vier Jahre lang dauert das.

Und es ist immer dasselbe. Es geht bis zu einem gewissen Punkt, und dann geht es eben nicht mehr. Wenn man nicht seine Selbstachtung verlieren will, *muß* man einfach eines Tages den Absprung finden. Man weiß das alles ganz genau, und doch ist es schwer. Man wird verbiestert, man sieht sich im Spiegel an und findet sich selber widerlich. Falten hat man auch gekriegt. Ewig Ärger, ewig Streit.

Wofür eigentlich? Für einen Mann, den man nicht mehr liebt, nie geliebt hat?

Also Schluß. Endlich Schluß.

Da steht man. Ohne Firma, ohne Arbeit, ohne Mann. Gert hat sich bereits getröstet. Sie ist zehn Jahre jünger als ich und sehr hübsch.

»Bißchen dumm«, meint Tom, den man gelegentlich noch trifft, bis auch das einschläft.

»Dann paßt sie ja zu ihm«, sagt man gehässig, obwohl man weiß, das stimmt nicht.

Tom weiß es auch. »Wird nicht lange dauern. Vielleicht überlegst du es dir noch mal, Vera.«

»Ich? Nie. Ich bin froh, daß ich ihn los bin.«

»Na ja«, sagt Tom, und dann erzählt er von seiner Braut. Er wird demnächst heiraten. Junges Mädchen und sehr lieb und nett. Klare Verhältnisse. »Du mußt unbedingt zu unserer Hochzeit kommen.«

»Natürlich.«

Natürlich wird man nicht kommen. Gert wird da sein und seine Neue. Was sollte das denn geben? Zumal sich Gert erstaunlicherweise nun in finanzieller Hinsicht schäbig benimmt. Meine Anteile in der Firma sind nicht flüssig zu machen, sind auf einmal sehr unerheblich. Das kommt davon, wenn man in verliebtem Zustand eine Firma gründet

und keine ordentlichen Verträge macht. In solchen Dingen bin ich immer blöd.
Was soll ich nun tun? Etwa hingehen und prozessieren? Da sei Gott vor.
»Deine Entnahmen waren schließlich auch nicht von Pappe, Vera.«
Stimmt. Wir haben beide auf großem Fuß gelebt.
»Ich laß das alles mal vom Wirtschaftsprüfer durchrechnen, und dann gebe ich dir Bescheid, Vera.«
Das war vor vier Monaten. Auf den Bescheid warte ich heute noch. Und da soll man sich nicht ärgern über die eigene Dummheit?
Als meine Stimmung auf dem Nullpunkt ist, habe ich das Gefühl, ich brauche etwas Trost. Wer ist zuständig für Trost und Zuspruch? – Ferdinand.
Ich nehme den Telefonhörer in die Hand und lasse mich mit München verbinden.
»Vera!« kommt es beglückt vom anderen Ende. »Endlich!«
»Hallo! Schläfst du schon?«
»Nein. Ich habe den ganzen Abend gedacht, ob du nicht mal anrufen wirst.«
»Hier bin ich.«
»Wie geht es dir? Wie geht es Lorine? Ist sie gut angekommen?«
»Ja. Alles gutgegangen.«
»Und was macht ihr da draußen?«
»Ach, so verschiedenes.« – Ich erzähle haargenau, was wir bis jetzt getrieben haben, Lorine und ich. Ich erzähle von Waldhofen, vom Hotel, was ich gegessen habe, wie ich geschlafen habe, was ich gesehen und gehört habe. Ich rede

und rede, und Ferdinand hört geduldig zu, stellt geschickte Fragen, ist so ein Lieber und Guter.

»Der Pfleger heißt Friedrich, er ist ein bißchen maulfaul, aber er macht alles sehr ordentlich. Lorine ist gut versorgt. Sie füttern auch gut hier. Und das Gelände ist so schön. Morgen wollen wir mal ein Stück weitergehen. Falls es nicht regnet. Hat es in München auch so viel geregnet?«

Es hat auch.

»Heute abend war ich im Kino.«

»Nein?«

»Doch. Und jetzt werde ich ins Bett gehen. Mir fehlt nur ein Krimi.«

»Ich könnte dir welche besorgen.«

»Gibt es hier sicher auch.«

»Und sonst geht's dir gut?«

»Doch. – Ja.«

»Ich könnte dich ja mal besuchen.«

Und ich, höchst erfreut: »Das wäre fein. Sonntag?«

»Sonntag, gern.«

Ich mache ihn so glücklich damit. So glücklich. Und ich freue mich auch, wenn er kommt. Und wie habe ich noch vor drei Tagen angegeben, daß ich niemand sehen will und von niemand etwas hören will.

Aber so bin ich. Ein Stimmungsmensch, nicht zu ändern. Befriedigt liege ich eine halbe Stunde später im Bett. Morgen ist Samstag, da mache ich einen feinen Ritt. Sonntag kommt Ferdinand.

Das Wetter ist geradezu bombastisch. Blauer Himmel, strahlende Sonne, dabei nicht zu heiß. Die Freude über den schönen Tag, die Vorfreude auf Lorine haben mich schon mitten in der Nacht aus dem Bett getrieben. Um sieben stehe ich auf, um halb neun bin ich im Stall.

Lorine scheint sich genauso zu freuen wie ich. Sehr unternehmungslustig, ohne alle Bedenken marschiert sie vom Hof, den schon bekannten Feldweg in Richtung Wäldchen entlang. Trab, mein Pferdchen, Trab. Ein vergnügter Wind fährt mir in die Haare, pustet Lorines Mähne in die Höhe.

»Heute werden wir die Welt entdecken, heute reiten wir weit, weit, ganz weit. Du und ich im Sonnenschein. Das wird fein, das wird fein«, singe ich, und Lorine spielt mit den Ohren. Eins vor, das andere zurück. Dann umgekehrt. Beide nach hinten, beide nach vorn. Sie hat es gern, wenn ich singe.

Ins Wäldchen hinein, gleich darauf auf der anderen Seite wieder hinaus. Auf den Feldern ist heute Hochbetrieb. Überall rattern Maschinen. Da müssen wir achtgeben, daß wir nicht zu nahe daran vorbeikommen. Kleiner Galopp auf dem Wiesenweg, Tempo steigern, Lorine legt einen übermütigen Hopser ein, das gefällt ihr.

Aber da – sie stemmt die Beine ein, steht mit einem Ruck, schielt vorsichtig seitwärts. Ungeheuer in der Landschaft! Dinosaurier? Eine Elefantenherde? Marsmenschen? Mitnichten. Kühe sind es. Kühe auf der Weide. Hübsche braunweiß gefleckte Kühe, friedlich kauend auf einer eingezäunten grünen Wiese. Ist das nicht etwas Hübsches? Kühe sind nette Tiere, sie haben so liebe Gesichter. Lorine findet das nicht.

Hat sie noch nie eine Kuh gesehen, Großstädterin, die sie ist? Offenbar. Ihre Kindheit verbrachte sie auf einem Gestüt unter lauter ebenbürtigen Genossen, lauter Vollblüter. Ihre Jugend in den Ställen und auf dem grünen Rasen der Rennbahn. Und nun ihre besten Jahre im Reitstall am Englischen Garten in München. Weit und breit war da keine Kuh zu sehen. Was mögen das wohl für Wesen sein, vierbeinig auch sie, kleiner, schwerfälliger, so komisch bunt, die da stehen, sie anglotzen, zwei von ihnen kommen neugierig an den Draht und beäugen uns ausführlich. Lorine weicht vorsichtig zurück. Sie möchte umkehren.

»Nein, meine Teure, umkehren ist nicht. Ausweichen ist auch nicht. Links von uns ist ein ungeschnittenes Feld, und gleich da drüben sind Bauern. Was glaubst du, was die mit uns machen, wenn wir in das Feld hineinreiten. Du wirst dich an die Kühe gewöhnen, sicher sind es nicht die einzigen weit und breit. Ganz liebe brave Mutschikuhlis, schau sie nur an. Die tun dir absolut nichts.«

Lorine ist nicht so sicher. Ein Schritt vor, zwei zurück. Ihr ganzer Unternehmungsgeist ist weg, sie steht und schaut, die Kühe stehen auch und schauen. Ich rede und klopfe ihren Hals und treibe sie vorwärts, ein Schritt vor, wieder zurück. Hinter uns rattert es. Auf unserem Weg kommt ein Traktor. Jetzt wird es dramatisch. Wir *müssen* einfach bei den Kühen vorbei. Ich nehme die Gerte zur Hilfe, sie hat den Traktor auch gehört, stellt die Ohren nach hinten, gleich wird sie explodieren.

Weit nach links gedrängt, mit den Beinen im Weizen drin, zittern wir an der Kuhweide vorbei. Gott sei Dank, die Kühe rühren sich nicht. Sie stehen nur und glotzen. Geschafft! Lorine prustet aufgeregt, wir traben weiter.

Ein Stück vor uns fährt ein Bauer mit einem Riesending auf seinem Feld hin und her. Es gelingt uns, gerade in dem Moment zu passieren, wie er am anderen Ende ist. Landleben ist sehr aufregend, das merke ich nun schon. Von wegen idyllischer Frieden auf dem Land! Keine Rede davon.

Einen längeren Kampf bestehen wir, als wir zu dem kleinen Damm kommen, auf dem die Eisenbahnschienen verlaufen. Einer der Feldwege führt hier herüber, wir könnten ohne weiteres auf die andere Seite gelangen. Aber Lorine betrachtet voll Mißtrauen diese glatten grausilbernen Streifen, die sich ihr da in den Weg legen. Das kann ja wohl nicht mit rechten Dingen zugehen. Wir reiten an, wir weichen zurück, wir reiten an, wir weichen wieder zurück und so weiter und so fort. Dabei blicke und horche ich wild nach rechts und links. Gott gebe, daß kein Zug kommt, dann ist es aus, dann gelangen wie niemals, nicht bis zum Jüngsten Tag, auf die andere Seite.

Es kommt keiner und dann mit einemmal, welch Wunder, steigt sie mit hohen Füßen, schnaubend und fluchtbereit, über den Schienendamm. Dann geht es ein Stück fröhlich über eine Wiese, durch einen kleinen Wald, das nächste Hindernis ist die Landstraße. Die ist nun weniger gefährlich. Auf ihr fahren zwar Autos, aber Autos kennt sie. Nicht gerade, daß sie sie liebt, aber sie hat sich daran gewöhnt, daß sie vorhanden sind.

Aber dann, wie wir auch die Straße überwunden haben, beginnt erneut eine Entdeckung der Welt. Hier ist alles fremd für uns beide. Wir spazieren ziemlich kreuz und quer durch die Gegend, ich habe keine Ahnung, wo das hinführen wird, aber es ist wie ein Rausch der Freiheit unter diesem weiten Himmel, über diese grüne Ebene zu reiten.

Feldwege, Wiesenwege, dazwischen schon mal ein abgeerntetes Feld, wir werden kühner, wir galoppieren querfeldein, dann wieder Wald, kühle Dämmerung; ohne Weg und Steg auf weichem elastischem Boden, plötzlich dazwischen eine grüne Waldwiese, an deren Rand wir entlanggaloppieren.
Nicht alles geht so reibungslos vonstatten. Noch zweimal begegnen wir Kühen auf der Weide, aber wir können jedesmal weit genug ausweichen. Ein Hase springt vor uns auf, Lorine erschrickt des Todes, dann kommen wir an ein Dorf, und ich denke mir naiverweise, man könnte da einfach mitten durchreiten. Vielleicht könnte ich jemand nach dem Heimweg fragen, denn irgendwie habe ich die Orientierung nun doch verloren. Aber die Geräusche und Gerüche eines Dorfes müssen etwas Schreckliches sein. Um keinen Preis der Welt ist Lorine bereit, auch nur einen Fuß auf die Dorfstraße zu setzen. Schön, also dann nicht. Jedenfalls heute nicht, Madame. Nächster Tage schon. Denke ja nicht, daß nur immer *du* deinen Kopf durchsetzen wirst.
Aber ich bin jetzt auch schon ein bißchen echauffiert und müde, die ganzen Abenteuer des offenen Geländes sind an meinen Nerven nicht spurlos vorübergegangen. Reichlich warm ist es auch geworden. Wo geht es in Richtung Heimat? Am besten geht es dort zurück, wo wir hergekommen sind. – Doch das geht nicht. Ausgerechnet auf diesem Feldweg donnert ein Traktor heran. Keine Möglichkeit auszuweichen. Also zurück und in anderer Richtung. Und nun gelangen wir unglücklicherweise auf einen Weg, der hart ist und rechts und links von Stacheldraht begrenzt. Wenn ich etwas auf der Welt hasse, ist es Stacheldraht. Gibt es ihn eigentlich nur bei uns zulande, das heißt also, ist er

eine typisch deutsche Eigenart, oder gibt es ihn anderswo auch? Ich bin so viel im Ausland gereist, aber es ist mir eigentlich nie aufgefallen.
Wir gehen also vorsichtig im Schritt auf dem harten Boden entlang, zwar in anderer Richtung als wir wollten, aber vor uns liegt ein Wald und wenn wir den erreicht haben, können wir uns immer noch in der gewünschten Richtung weiterbewegen. Rechts vom Stacheldraht sind wieder mal Kühe, ziemlich lebhafte sogar, sie hopsen aufgeregt hin und her, und eine kommt mit Bocksprüngen auf uns zu. Lorine ist darob entsetzt, drängt nach der anderen Seite, dicht an die verdammten Stacheln heran.
»Die tut dir doch nichts. Sie hat doch den Draht vor der Nase. Lorine, sei brav, komm!«
Und nun, um die Bedrängnis zu vervollkommnen, tättert hinter uns ein Motorrad heran. Auf dem schmalen Weg zwischen den Stacheldrähten.
Kann der Idiot nicht das Ding abdrehen und warten, bis wir weg sind? Kann er offenbar nicht. Diese Landbewohner von heutzutage haben keine Ahnung mehr vom Umgang mit Pferden. Und gehässig sind sie obendrein. Vermutlich macht es dem Kerl da hinter mir einen Riesenspaß, die arme Lorine vor sich herumhampeln zu sehen, und er wartet genüßlich darauf, daß ich 'runterfliege. Ich will mich umdrehen und ihm zuwinken, aber ich habe beide Hände voll zu tun, Lorine zu halten, sie vom Stacheldraht wegzudrängen, mich auf ihr oben zu halten, die galoppierende Kuh nebenan zu beobachten, und eigentlich ist es eine hoffnungslose Situation. Das kommt Lorine wohl auch so vor, plötzlich rast sie los, geht mir einfach durch auf dem harten Weg, ich sehe uns schon beide stürzen, aber da ist auf

einer Seite der Draht zu Ende, und wir rasen in voller Fahrt in eine saftige Wiese hinein. Weg – nur weg, denkt Lorine, und ich hänge auf ihr, presse die Knie an, wenn nur kein Hindernis auf unserem Wege erscheint, kein Hase hopst, kein Loch im Boden ist, kein Stein – ach, der Himmel steh mir bei! Irgendwo sehe ich wieder einen Draht vor mir, Lorine biegt geschickt ab und dann steht sie endlich. Zitternd und bebend. Ich zittere auch. Über meinen Rücken läuft Schweiß. Nein, nun langt es mir. Ich will nach Hause.

Ich blicke zurück. Hinter uns auf dem Weg hat dieser Mann nun sein Motorrad abgestellt, steht daneben und droht mir mit der Faust. Wohl weil wir in die Wiese hineingeritten sind. Begreift er nicht, daß er selber daran schuld ist, dieser Idiot? Im Schritt, und beide ziemlich erschöpft, kommen wir endlich in den Wald. Die Richtung habe ich nun endgültig verloren. Ist ja egal. Irgendwie werden wir schon heimfinden.

Im Wald ist es herrlich kühl. Lorine hat sich etwas beruhigt, sie geht mit vorgerecktem Kopf am langen Zügel und windet sich elegant durch die Stämme durch. Es stört sie nicht im geringsten, daß hier kein Weg ist, im Gegenteil, es scheint, als mache es ihr Spaß, so eine Art Slalom um die Bäume herum zu vollführen. Der weiche Moosboden behagt ihr.

»Langsam, renn doch nicht so. Und paß auf, hier gibt es jede Menge Wurzeln.«

Wie als Antwort stolpert Lorine über einen Knubben, der versteckt von Kräutern uns im Weg lag.

»Siehst du! Paß halt auf. Du hast doch auch zwei Augen im Kopf.«

Ich nehme die Zügel wieder auf und achte jetzt auf jeden Meter Boden vor uns.
Und einen Durst habe ich. Auf meiner Uhr ist es elf. Wie weit ist es nach Hause? Sind wir eigentlich im Kreis geritten oder nicht? Eine Stunde brauchen wir sicher noch. Ich glaube, mehr rechts muß ich mich halten.
Plötzlich ist der Wald zu Ende. Am Waldrand läuft ein Wiesenstreifen. Ich biege nach rechts und lasse Lorine antraben. Der Streifen mündet in einen Feldweg, der vom Wald wegführt, ins Gelände hinein, auf beiden Seiten wieder die verflixten Drähte. Und natürlich wieder mal Kühe. Kühe rechts in der Nähe, direkt hinter dem Draht, Kühe links, glücklicherweise weiter entfernt.
»Komm, die sind ja ganz friedlich. Wir traben ganz einfach vorbei. Du kennst das ja schon. Die wollen nichts von dir.«
Lorine schielt mißtrauisch nach rechts, ihr Hals versteift sich, aber sie trabt immerhin weiter.
Gar nicht beachten, wenn ein Pferd scheuen will. Flott weitertreiben. Das sagte immer mein Reitlehrer. Der müßte mich hier mal sehen. Zumal nun der Feind von der anderen Seite naht; die Kühe, die so weit entfernt schienen, haben sich offenbar gelangweilt. Die kleine Unterbrechung kommt ihnen sehr gelegen. Es müssen junge Rinder sein, verspielt und neugierig wie Kinder, eins hat angefangen, die anderen tun es ihm nach, die ganze Herde kommt in flottem Galopp auf uns zugestürmt, und um das Unheil zu vollenden, tragen sie auch noch Glocken am Hals. Laut bimmelnd stürmen sie wie ein wildes Heer heran.
Das macht die trägen Kollegen auf der rechten Seite munter, sie erheben sich, drängen ebenfalls zum Zaun.
Zaun! Dieses dünne, kaum sichtbare Drähtchen, wie kann

es diese wilden Tiere aufhalten und vor allem: sieht Lorine überhaupt, daß zwischen ihr und der andrängenden Gefahr etwas ist? – Sicher nicht. Und nun hat sie endgültig die Nase voll. Sie steigt vor Entsetzen kerzengerade in die Höhe, macht kurz kehrt und rast den Weg zurück, panisch vor Angst, und die beiden Herden bimmelnd und bammelnd hinter den Drähten neben uns her.

Bei der Kehrtwendung bin ich beinahe aus dem Sattel gekommen, der Sitz ist hin, ich hänge vornüber, dicht vor einem Sturz, und der Wald, den wir soeben verlassen haben, kommt in Windeseile auf uns zu. Wird Lorine, kopflos wie sie jetzt ist, in die Stämme hineinrennen?

Ich versuche, beruhigende Laute auszustoßen, aber das gelingt nicht mehr, ich rutsche seitwärts, gleich liege ich unten, aber da verlangsamt Lorine das Tempo. Sie hat den Feldweg und die wilden Tiere hinter sich, sie kriegt die Kurve auf den Waldrand-Rasenstreifen, und ich kann mich wieder hochziehen. Ich sitze im Sattel, ich kann sie dúrchparieren. Wir stehen. Lorine zittert; den Kopf seitwärts gedreht, blickt sie zurück zu den Kühen. Ihr Herz klopft wild an meinen Schenkeln. Mein Herz klopft auch.

»Na, weißt du! So geht es aber nicht. Wenn du so weitermachst, fahren wir morgen wieder nach Hause. Ich habe auch bloß Nerven. Schämst du dich denn nicht? Wegen dieser lächerlichen Kühe! Siehst du denn nicht, daß sie *hinter* dem Draht sind. Mein Gott, Lorine, ich habe nie gewußt, wie dumm du bist.«

Ich wische mir den Schweiß von der Stirn und überlege. Also hier geht es nicht, bei den Kühen kommen wir nie vorbei. Am besten zurück durch den Wald. Und dann müssen wir eben auf der anderen Seite den Heimweg suchen.

Plötzlich wendet Lorine mit einem Ruck den Hals, stellt die Ohren. Was ist denn nun schon wieder los? Ist vielleicht eine Kuh ausgebrochen? Das wäre das Letzte, was ich heute noch ertragen könnte.

Keine Kuh. Ein Pferd trabt hinter uns auf dem Wiesenstreifen heran. Und da sehe ich auch schon, wer da kommt. Timotheus mit seinem Herrn, dem arroganten Pinsel. Na, vielen Dank, wenn die uns beobachtet haben, sind wir schön blamiert.

Timotheus verzieht keine Miene, sein Reiter auch nicht. Der hebt nur grüßend die Gerte und will vorbeireiten.

»Ach, entschuldigen Sie ...«

»Bitte?«

Man sieht nichts von einer Parade, aber der Goldfuchs steht wie ein Denkmal.

»Ich bin ein bißchen vom Weg abgekommen. Sie können mir wohl nicht sagen, wie ich zum Stall zurückfinde?«

»Zum Stall Meisel?«

Idiot! Wohin denn sonst? Du weißt doch genau, wer ich bin. »Ja.«

»Sie waren durchaus auf dem richtigen Weg. Der Feldweg hier quer durch die Weiden, dann dort drüben ein Stück durch den Wald, um die Waldecke herum, und dann sehen Sie in der Ferne bereits die Kirchtürme von Waldhofen.«

»So ähnlich habe ich es mir gedacht. Und auf welchem Weg könnte man noch nach Hause kommen?«

»Tja ...«

»Ich komme nämlich an diesen dämlichen Kühen nicht vorbei.«

»Ja, ich hab's gesehen. Ihre Stute hat offenbar mit Rindviechern nicht viel im Sinn.«

»Sie hat gräßliche Angst vor ihnen, ich weiß auch nicht warum.«
»Sie ist eben eine Städterin. Haben Sie sie das erstemal mit auf dem Land?«
»Ja. Wir sind erst seit drei Tagen hier.«
»Ach so.«
Das ist vielleicht ein Knülch. Der tut, als seien wir soeben vom Himmel gefallen. Ein richtiger Angeber.
»Kennen Sie sie denn nicht? Sie steht neben Ihrem Timotheus.«
Und jetzt lächelt er auf einmal, ein wenig nur, sehr sparsam, aber ... dieser Mann gefällt mir eigentlich. Er hat einen guten Kopf. So ein Vornehmer ist er, ein ganz zurückhaltender. Aber wenn er lächelt ... Und nun sieht er mich auch an mit seinen blauen Augen.
»Ja, ich weiß, sie muß mit dem Landleben erst vertraut werden. Vollblüter sind ja meist sehr empfindlich.«
»Das ist sie. Ich habe heute schon allerhand mitgemacht.«
»Immerhin ... Sie haben sich weit herausgewagt.«
»Ja, nicht wahr?« Ich lächle auch, es klang ein bißchen nach Anerkennung.
Die beiden Pferde unterhalten sich inzwischen auch. Schließlich kennen sie sich besser als Reiter und Reiterin. Sie haben schon drei Nächte und drei Tage zusammen verbracht. Jedenfalls nebeneinander. Lorine hat den Kopf zunächst hochmütig beiseite gedreht, aber als der Fuchs mit seinen Nüstern ihren Hals beschnuppert, dreht sie ihn kokett wieder zurück. Sie flirtet gern.
»Wenn ich mir erlauben darf, Ihnen einen Rat zu geben«, sagt nun der mit den blauen Augen, »dann sollten Sie auf jeden Fall versuchen, auf diesem Weg durchzukommen.

Unbedingt. Und jetzt gleich muß es sein. Sehen Sie, die Rinder haben sich beruhigt, sie stehen ganz still dort herum. Wenn es Ihnen recht ist, begleiten wir Sie ein Stück. Wenn noch ein Pferd dabei ist, wird Ihre Stute nicht so viel Angst haben.«

Als Feigling lasse ich mich nicht gern anschauen. »Wenn Sie meinen ...«

Er nickt und dann lächelt er wieder. Richtig nett lächelt er jetzt.

»Wenn es Sie nicht von Ihrem Weg abbringt«, sage ich.

»Wir können ja wieder zurückreiten.«

Er wendet sein Pferd, und es kostet gar keine Mühe, Lorine in Bewegung zu setzen, sie geht bereitwillig hinter Timotheus her, ganz ruhig, ohne Zaudern, denselben Weg, den sie soeben in kopfloser Flucht hergerast ist.

Wir wir zu den Kühen kommen, zaudert sie, will stehenbleiben.

»Nur weiter, nur weiter«, sagt Mr. Timotheus, »legen Sie die Schenkel an, tippen Sie ein wenig mit der Gerte an und reden Sie mit ihr.«

Und so kommen wir, stockend zwar und mit steifem Hals, an den Kühen rechts und links vorbei.

»Glauben Sie, daß Sie den Heimweg allein finden?«

»Natürlich. Sie haben es mir ja genau erklärt. Geradeaus zu dem Wäldchen da drüben, um das Wäldchen herum, dann sehe ich die Kirchtürme von Waldhofen.«

»So ist es. Sie haben dort vom Wald aus einen Feldweg, der geradewegs durchs Gelände führt, direkt auf Waldhofen zu. Sie müssen dann nur vor dem Ort nach rechts abschwenken. Eine Stunde etwa dürften Sie brauchen.«

»Sie kommen nicht mit?«

»Nein. Es sei denn, Sie kommen mit dem Weg nicht zurecht.«
»Ich komme immer zurecht«, sage ich großartig. – Der soll bloß nicht so angeben. Wie er sich rar macht! Wenn er ein richtiger Kavalier wäre, würde er mich begleiten. Aber er will mir wohl damit zu verstehen geben, daß er kein Interesse an einer näheren Bekanntschaft hat. Läßt er es eben bleiben. »Vielen Dank für das Geleit. Auf Wiedersehen!«
Energisch wie nie lege ich die Schenkel an und treibe Lorine voran. Sie soll bloß nicht denken, daß sie weiterhin Begleitung hat. Aber Lorine benimmt sich vorbildlich. Falls sie enttäuscht ist, läßt sie es sich nicht merken. Sie trabt gehorsam los. Eine Kleberin ist sie nie gewesen.
Einmal drehe ich mich um und blicke zurück. Thimotheus galoppiert auf dem schmalen Weg zwischen den Kühen entlang, es stört ihn nicht im geringsten, daß rechts und links von ihm die Kühe bimmeln und springen. Den stört anscheinend gar nichts. Der ist so gelassen und unberührbar wie sein Herr. Na ja, man sagt ja immer: wie der Reiter so sein Pferd. Ein ruhiger Reiter hat ein ruhiges Pferd. Aber ich bin doch nicht hysterisch. Warum ist es dann Lorine?
Wer dieser Mann wohl ist? Lebt er immer hier in Waldhofen? Ich muß doch mal vorsichtig im Stall danach fragen. Was für ein Gesicht! Ein Herrengesicht. Schmal, scharf geschnitten, verschlossen, aber dazu diese unwahrscheinlich blauen Augen. Ob man es hier nicht mit einem verkappten Romantiker zu tun hat?
Diese kühlen Burschen, die so tun, als interessiere sie überhaupt nichts, und schon gar nicht eine Frau, also die kenne ich. Die sind manchmal ganz anders als sie scheinen.

Ach! Vera, dumme Gans! Fang bloß nicht an, dich für einen Mann zu interessieren. Laß bloß die Finger von den Männern, du erwischst sowieso immer die falschen.
Basta! Dieser Herr ist mir schnurz und schnuppe.
Aber diese blauen Augen...

Von Pferden und Freunden

Die blauen Augen sehe ich am nächsten Abend wieder. Da blicken sie weder kühl noch distanziert, noch uninteressiert, sie leuchten und sind voll Wärme, nur schauen sie mich nicht an, sondern eine außerordentlich junge Dame, ein junges Mädchen; höchstens neunzehn kann die Kleine sein. Na, ich sage es ja, diese zurückhaltenden Herren mit den vornehmen Allüren, die haben es hinter den Ohren.
Der Schauplatz ist die Bar in meinem Hotel, wo ich mit dem lieben Ferdinand sitze. Der Gute kam schon in aller Frühe, er steuerte den Stall an, fand ihn auch, und wie ich vom Ausritt zurückkam – heute nur ein kurzer, denn das Wetter ist gemischt am Morgen, Regen dräut –, sehe ich schon vor dem Tor die vertraute Gestalt stehen.
Ich freue mich, wie ich ihn sehe.
»Na, da seid ihr beiden ja«, sagt er. »Gut schaut ihr aus.«
»Du bist schon da? Das ist fein.«
Er hat Lorine eine große Tüte Äpfel mitgebracht, die sie sich schmecken läßt, als sie in der Box steht. Heute ist alles gutgegangen. Keine Maschinen auf den Feldern, und die Kühe sind nicht mehr gar so schrecklich.
Wir fahren nach Waldhofen hinein, trinken einen Aperitif

in einem Café an der Kurpromenade, und ich erzähle Ferdinand haarklein alles von Lorine und unseren gemeinsamen Erlebnissen. Er kennt das schon. Alle Leute, die mit passionierten Reitern Umgang pflegen, kennen das. Man kann stundenlang über Pferde reden und was man mit ihnen erlebt hat. Dabei ist es erzählt meist nicht mehr dramatisch. Da waren Kühe, na schön, und das Pferd scheute ein bißchen, na und? Es hört sich alles so harmlos an. Richtig verstehen kann es nur einer, der selber reitet. Und der redet dann auch pausenlos über Pferde und Reiten, und so unterhält man sich aufs beste. Ferdinand, wie gesagt, ist an diese Art von Unterhaltung gewöhnt, seit ich reite, seit drei Jahren also, hat er dank meiner einen umfassenden Kursus im Umgang mit Pferden absolviert.

Damals, als ich auf die Idee kam, reiten zu gehen, verschwieg ich das jedermann gegenüber. Nun ist es so, daß ich kein ganz unbeschriebenes Blatt war. Ich bin in Berlin aufgewachsen. Als dann der Krieg kam und Bomben auf Berlin fielen, verfrachteten mich meine Eltern in eine märkische Kleinstadt, wo meine Mutter eine Jugendfreundin besaß, die mit einem Tierarzt verheiratet war. Da ich immer schon Tiere leidenschaftlich liebte, war diese Evakuierung für mich der Himmel auf Erden, Krieg hin, Bomben her.

Der Tierarzt hatte zwei Söhne, Zwillinge, älter als ich, die wunderbare Gefährten für mich waren. Mit kleinen Mädchen hatte ich sowieso nicht viel im Sinn. Ich ging weiter zur Schule, kam recht und schlecht von Klasse zu Klasse, denn die Hauptsache für mich, vom ersten Tag meines Dortseins bis zum letzten, die Hauptsache war die Praxis. Jede freie Minute verbrachte ich in der Praxis, und ich glaube, ich war gar keine schlechte Hilfe für den Doktor.

Er besaß ein Reitpferd und war ein begeisterter und ausgezeichneter Reiter. Ein zweites Pferd, ein unsagbar gutartiger und gemütlicher Brauner, war auch noch da für seine Söhne. Auf ihm lernte ich das Reiten. – Später, als die beiden Jungen zum Arbeitsdienst mußten, durfte ich den Braunen allein reiten, und ich entdeckte damals, daß es etwas auf der Welt gibt, was einen restlos glücklich machen kann: ein Pferd.

Ich liebte den dicken Braunen stürmisch, putzte und hegte und pflegte ihn und bewunderte außerdem des Doktors elegante Fuchsstute, die ich höchstens mal im Schritt trokkenreiten durfte.

Als meine Mutter Berlin auch verließ, nachdem unsere Wohnung kaputt war, sollte ich sie natürlich nach Bayern begleiten. Das war bereits 1944. Ich weigerte mich unter Tränen, die Tierarztfamilie und die Pferde zu verlassen. Meine Mutter, eine sehr temperamentvolle Dame, war darob sehr erbost. Anfang 45 kam mein Vater ums Leben. Er war Journalist und als Kriegsberichter eingesetzt und starb bei einem Fliegerangriff an der zurückweichenden Ostfront.

Danach mußte ich dann doch zu meiner Mutter, die in der Nähe von München lebte und später, nach Kriegsende, direkt nach München zog. Ich machte die Schule fertig, es ging uns ziemlich mager, wir hatten wenig Geld, und als ich anfing zu studieren, wurde die Lage erst recht kompliziert.

»Dann studiere ich eben nicht und suche mir eine Stellung«, sagte ich.

»Natürlich studierst du«, sagte meine hübsche und sehr charmante Mama, »du mußt einen richtigen Beruf haben und keine Stellung. Ich wünschte, ich hätte so etwas auch.«

»Und wie werden wir das bezahlen?«
»Just wait and see«, bekam ich zur Antwort, und ich brauchte nicht lange zu warten, dann sah ich, denn Mama heiratete wieder. Sie war damals erst neununddreißig Jahre alt, kaum älter also als ich heute, und sehr attraktiv. Chancen hatte sie in den vergangenen Jahren immer gehabt. Zunächst war es ein amerikanischer Offizier, der uns mit Menage versorgte – sehr wichtig damals –, dann war es ein etwas trübsinniger Heimkehrer, den sie sich bald wieder vom Halse schaffte, und dann war es Signor Bertelli aus Genua. Er war nur ein halber Italiener, seine Mutter war Deutsche gewesen, er hatte den größten Teil seines Lebens in Deutschland verbracht, und Mama kannte ihn von früher aus Berlin her. Und da sie so hübsch und so temperamentvoll und vor allen Dingen so wunderbar blond war, echt blond, hatte Signor Bertelli immer schon eine große Begeisterung für sie gezeigt. Er vertrat inzwischen eine große deutsche Firma in Italien, das fing bescheiden an, heute ist er ein steinreicher Mann, und Mama hat das höchste Leben bei ihm.
Ich verstehe mich sehr gut mit ihm, manchmal kommen sie nach München, und manchmal fahre ich nach Genua zu Besuch, und wir haben immer viel Spaß miteinander. Mama bekam sage und schreibe mit einundvierzig noch ein Baby, meinen kleinen Bruder Stefano; es war ihr damals etwas peinlich, als sie mir das gestand – »in meinem Alter, dio mio, Vera, es ist eigentlich ein Ding der Unmöglichkeit«. War es aber nicht, es ging sehr gut, sie freut sich über den Buben, der heute immerhin auch schon fünfzehn ist, und Signor Bertelli vollends wurde halb verrückt vor Glück und Stolz.

Aber was wollte ich eigentlich sagen, wie komme ich auf die Familie Bertelli? Ach so, ja, die Pferde. Also wie gesagt, 1945, nachdem ich von meinem Tierarzt weg war, war es Schluß mit der Reiterei für mich. Kriegsende, letzte Schuljahre, Beginn des Studiums, immer Geldknappheit. Und dann meine blödsinnige Ehe mit René.
Konnte ich daran denken, zu reiten, geschweige denn ein Pferd zu kaufen? Nie. Ich besaß in jenen Jahren nicht eine Mark zuviel. Aber tief in meinem Herzen blieb der Traum, einmal ein eigenes Pferd zu besitzen.
Ich verdiente ganz gut mit meinem Buch, aber nicht genug, um mir solche Wünsche zu erfüllen. Und ich verdiente sehr gut, als ich mit Gert schließlich in Werbung machte.
Gelegentlich war ich schon an der Reitschule vorbeigegangen, dann ging ich hinein, sah den Reitstunden zu, und dann ging ich eines Tages kühn zu jenem netten Reitlehrer, von dem ich schon erzählt habe, und sagte schlicht und einfach: »Ich möchte auch reiten.«
»Bitte sehr«, sagte er.
»Ich bin früher schon geritten, im Krieg. Ich weiß nicht, ob ich es noch kann.«
»Versuchen Sie's halt.«
Am nächsten Tag fand ich mich zur Stunde ein. Noch ohne Dreß, nur in langen Hosen und Halbschuhen. Kletterte auf ein leidgeprüftes Verleihpferd, stand die Stunde einigermaßen durch, schlich krumm und lahm weg, voll blauer Flecken und aufgeriebener Stellen an Beinen und Schenkeln, bekam einen furchtbaren Muskelkater, aber das half alles nichts, ich hatte Blut geleckt. Schon am nächsten Tag erstand ich Reithosen und Stiefel, Konfektion damals noch. Und so begann es also.

Nach vier Wochen war es mir unerklärlich, wie ich je ohne Pferde leben konnte. Nach weiteren vier Wochen saß ich schon ganz sicher wieder im Sattel, durfte mit ausreiten, bekam schon bessere Pferde.

Ferdinand war der erste, dem ich davon erzählte. Er staunte und bewunderte mich und fand sich in der Reitschule ein, um meine noch bescheidenen Künste zu bewundern. Es war in der vierten Stunde.

Gert erzählte ich es etwas später, bisher war ich immer heimlich verschwunden, zog mich erst in der Garderobe der Reitschule um, und das alles war sehr unbequem. Wir lebten ja damals zusammen, und eigentlich wußte er immer ganz genau, wohin ich ging, woher ich kam.

»Was treibst du eigentlich, Vera?«

»Oh, Gymnastik. Ich muß etwas für meine Figur tun.«

»Deine Figur ist tadellos. Und für so einen Unsinn haben wir keine Zeit. Betrügst du mich?«

Genaugenommen betrog ich ihn. Mit den Pferden. Die mir nach und nach wichtiger wurden als er. Überhaupt, als ich Lorine dann kaufte.

Nachdem er wußte, was ich tat, wenn ich vormittags verschwand, tippte er sich an die Stirn. »Du spinnst. Reiten! Muß doch wahnsinnig unbequem sein.«

Gert war ein ausgesprochen unsportlicher Mensch. Er hielt es für eine Laune, die vorübergehen würde. Als ich das Pferd kaufte, hatten wir einen Riesenkrach. Lorine kostete mich viertausend Mark, und er fand, ein neuer Wagen sei wichtiger gewesen.

»Es ist schließlich mein Geld.«

»Es ist unser Geld.«

»Mir langt der alte Wagen, der tut es noch leicht.«

Wir stritten oft wegen Geld. Wir waren beide leichtsinnig und gaben viel Geld aus. Und obwohl die Firma gut ging, waren wir nie richtig flüssig. Dies nur nebenbei.

Mit Lorine war es Liebe auf den ersten Blick. Sie kam von der Rennbahn, war ein mittelmäßig erfolgreicher Galopper gewesen und wurde als Siebenjährige in Privathand verkauft. Die Dame, die sie kaufte, stellte sie bei uns im Stall ein, begann sie zu reiten und brach sich als erstes das Schlüsselbein.

Lorine war außerordentlich lebhaft damals, ein empfindlicher, leicht hysterischer Vollblüter, die man nur mit leichter Hand und sehr viel Liebe behandeln durfte.

In den nächsten Wochen ritt sie nur mein Reitlehrer, er kam natürlich blendend mit ihr aus, Lorine wurde ruhiger und artiger, lernte ein bißchen was dazu, denn bisher hatte sie nur gelernt zu laufen, und das möglichst schnell und möglichst vor den anderen. Aber als dann die Dame mit geheiltem Schlüsselbein sie wieder reiten wollte, ging es wieder nicht gut. Vielleicht war ihre Hand zu hart, vielleicht harmonierte ihr Wesen nicht mit dem Lorines, nach einigen weiteren Stürzen und einer leichten Gehirnerschütterung hatte sie die Nase voll.

Lorine stand zum Verkauf und wurde von Herrn Weber, dem Chef der Reitschule, erworben. Das war eine gefährliche Kurve in ihrem Dasein, denn nun wurde sie unter die Schulpferde eingereiht. Sie ging im Verleih, täglich vier bis fünf Stunden, unter immer wechselnden Reitern, und das nahm ihr einiges von ihrem Elan. Sie war kein Pferd für den Schulbetrieb, sie wurde mager, sie wurde nervös, sie war unglücklich. Jeder konnte sie natürlich nicht reiten, man setzte möglichst leichte und einigermaßen sichere Reiter auf sie, vor allem solche mit leichter Hand. Das war wohl auch der Grund, warum ich sie eines Tages bekam. Ich ritt da etwa ein halbes Jahr. Das erstemal hatte ich allerhand Angst, als ich auf ihr saß, denn sie war als schwierig bekannt. Aber wir kamen gut miteinander aus. In der Bahn und später auch beim Ausreiten. Ich habe, wie gesagt, eine weiche Hand, ich reite gern schnell, ich bin nie hart und unfreundlich mit einem Pferd. Lorine erkannte das und dankte es mir mit einigermaßen anständigem Betragen. Ich liebte sie nach kurzer Zeit von ganzem Herzen. Ich ritt sie jeden Tag. Ich litt Qualen, wenn ich andere auf ihr sitzen sah. Ich brachte ihr jeden Tag Rüben oder Äpfel mit, sie kannte mich schon, sie drehte sich um, wenn sie meinen Schritt hörte, wir unterhielten uns, ich besuchte sie nochmals am Nachmittag, und schließlich sagte mein Reitlehrer: »Kauf sie dir doch. Das wäre ein Pferd für dich. Und dann käme sie aus dem Verleih, das ist sowieso nichts für einen Vollblüter.«

Und ich: »Ja, das mache ich. Ich will sie für mich allein haben.« Und ohne weiter zu überlegen, ohne jemanden zu konsultieren, schon gar nicht Freund Gert, kaufte ich die kapriziöse Lorine. Und war glücklich. Und war stolz. Schon am nächsten Tag machte ich meinen ersten Alleinausritt – so etwas dürfen nur Pferdebesitzer –, und das war sehr dramatisch. Sie ging mir einmal durch, sie scheute, wo es nur zu scheuen ging, aber wir kamen beide heil und vergnügt in den Stall zurück.

Ich hatte ein Pferd. Ein Pferd, das ich zärtlich liebte und liebe.

All das hatte Ferdinand vom ersten Moment an miterlebt. Alle meine Sorgen und Freuden, als Reitschüler, als Pferdebesitzer, hatte er mit mir geteilt. Er ist selber dabei ein Pferdekenner geworden und ein Pferdefreund. Wenn ich nicht da bin, wenn ich verreisen muß, besucht er Lorine getreulich jeden Tag und bringt ihr Rüben oder Äpfel. Sie kennt ihn gut. Er ist einer der wenigen, der sie anfassen darf.

Dieser liebe gute Ferdinand! Neben Lorine ist er der beste Freund, den ich besitze. Ob ich gleich auch von ihm ein bißchen erzähle, damit man ihn besser kennenlernt?

Er ist ziemlich klein und ein bißchen schmächtig, kein Mann, der nach viel aussieht. Er hat ein rundes treuherziges Gesicht mit Sommersprossen auf der kleinen Stupsnase, und er hat hellgraue Augen und hellblonde Haare. Er ist alles in allem eine Miniaturausgabe von einem Mann. Äußerlich. Aber er hat ein großes, gutes Herz und eine große weite Seele und allerhand Verstand in seinem Kopf. Von Beruf ist er Drogist. Inhaber einer kleinen Drogerie in Schwabing.

Als ich ihn kennenlernte, lebte seine Mutter noch. Ich pflegte in der kleinen Drogerie, die nicht weit von meiner damaligen Studentenbude lag, meine kleinen Einkäufe zu machen: Seife, Zahnpasta, Watte, Sonnencrème und was man eben so braucht. Die Mutter war eine ebenso kleine, ebenso liebe und nette alte Dame. Manchmal war sie im Laden, manchmal Ferdinand.

Ich kaufte ein, ich sagte danke, sie sagten auch danke, und damit war's getan. – Aber einmal, Ferdinand war im Laden, kippte ich um und fiel in Ohnmacht. Ich erwartete damals ein Kind. Von René. Und es ging mir mies. Ich war unglücklich. Ich war auch noch nicht verheiratet. Ich hatte wenig Geld. Und am liebsten wäre ich gestorben.

Das war das erste, was ich sagte, als ich wieder zu mir kam. Auf dem Sofa in ihrer Wohnung, wo Mutter und Sohn mich hingeschleppt hatten. Das bestürzte die beiden sehr. Irgendwie fühlten sie sich von da an für mich verantwortlich.
Ferdinands Mutter ist gestorben vor fünf Jahren, er führt die Drogerie allein, sie bringt nicht sehr viel Geld, aber für ihn reichlich genug. Er hat kaum Ansprüche, hat weder Weib noch Kind, und manchmal frage ich mich, ob er jemals überhaupt ein Mädchen gehabt hat, ich meine, so richtig, aber ich weiß es wirklich nicht.
Für mich jedenfalls ist er immer da, für mich tut er alles, auch wenn ich ihn noch so schlecht behandele, was oft genug vorgekommen ist. Er bewundert mich uneingeschränkt, er findet mich unbeschreiblich schön und unbeschreiblich klug und mit einmaligem Charme ausgestattet und angefüllt mit Edelmut und Herzensgüte. In seinen Augen besitze ich alle Tugenden der Welt. Ich kann ihm noch so oft sagen, daß nichts davon wahr ist, daß ich ein abscheuliches, eigensinniges, egoistisches, arrogantes Frauenzimmer bin – er glaubt es nicht. Da kann man nichts machen.
Manchmal habe ich schon gedacht, ich täusche mich in mir, und er kennt mich besser. Wie auch immer, er hat in all den Jahren getreulich mein Leben begleitet, kam, wenn ich ihn brauchte, und hielt sich bescheiden zurück, wenn ich keine Verwendung für ihn hatte.
Er hat alles miterlebt: meine Ehe, die stürmisch war, die Geburt meines Kindes und seinen Tod nach einem halben Jahr, schließlich meine beruflichen Erfolge und Mißerfolge, meine Liebhaber und nun schließlich in den letzten beiden Jahren den besten Teil meines Daseins: mein Leben mit Lorine.

Er ist noch nicht alt, der Ferdinand, neunundvierzig. Er hat sich eigentlich in all den Jahren nicht verändert, er sieht noch immer aus wie damals, als er mir das Waschpulver verkaufte und ich ihm über den Ladentisch kippte.
Er ist mir oft auf die Nerven gegangen. – Alle Menschen, die immer gut zu einem sind, gehen einem gelegentlich auf die Nerven – komisch –, aber es ist so. Aber er ist ein Freund. Und es ist gut, einen Freund zu besitzen.

Waldhofen am Abend

Aber ich muß wieder ein neues Kapitel anfangen, damit ich endlich zu dem komme, was ich erzählen wollte, von dem Mr. Timotheus in der Bar. Immer komme ich vom Hundertsten ins Tausendste und schweife ab.
Zurück zu diesem Sonntag. Nach dem Essen machte ich mit Ferdinand einen Rundgang durch Waldhofen, und dann spazierten wir in die Gegend hinaus. Das Wetter hatte sich wieder gebessert, es war sonnig und leidlich warm; mitten im Wald fanden wir ein Café, da kehrten wir ein, tranken Kaffee und aßen einen wunderbaren Zwetschgenkuchen mit Sahne, und dann spazierten wir zurück und kreisten nochmals über die Kurpromenade, und dann sagte ich: »Jetzt laufe ich keinen Schritt mehr.«
»Was machen wir also?«
»Nichts mehr. Wann mußt du fahren?«
»Och, erst später. Da sind die Straßen nicht so voll.«
»Gut. Dann mache ich mich fein, wir gehen essen, und dann tun wir etwas für unseren Kreislauf.«

Damit war er einverstanden. Wir tun oft und gern etwas für unseren Kreislauf, wir haben beide Unterdruck, und darum sitzen wir also in der Bar und trinken Sekt.
Zwei Tische entfernt sitzt Mr. Timotheus und flirtet mit einem blutjungen Ding.
Als wir kamen, war er schon da, er hat mich nicht gesehen, so vertieft ist er in das Gespräch mit seiner Begleiterin. Das Mädchen ist sehr niedlich, wie eben die jungen Mädchen heutzutage sind, schlank und langbeinig, mit langem dunklem Haar, das ihr offen über die Schultern fällt, und dunklen Augen, und ich frage mich, wo er die aufgegabelt hat. Ist sie ein Kurgast? Eine Einheimische? Er lebt ja wohl hier in Waldhofen, aber ich weiß noch nicht einmal, wie er heißt und was er macht. Beruflich, meine ich. Strenggenommen geht es mich auch nichts an. Nur weil sein Pferd neben meinem steht und ich ihn einmal nach dem Weg gefragt habe, besteht durchaus noch kein Anlaß, mich für seinen Lebenslauf und seine Amouren zu interessieren. Es ist durchaus nicht so, daß ich mich hauptberuflich nach Männern umsehe, ganz im Gegenteil, ich tue keinen Schritt dazu, um einen Mann kennenzulernen. Habe ich auch nie nötig gehabt. Meist war es so, daß die Männer sich für mich interessieren. Das hinwiederum habe ich sehr gern. Tut es einer nicht, irritiert mich das. Besonders wenn es einer ist, der mir gefällt. Und dieser hier gefällt mir. Ich weiß nicht warum, eben so, rein von seiner Erscheinung her. Er ist ein Herr, und das ist ein Typ, der nicht alltäglich ist.
Ob ich schon zu alt bin, daß man sich nach mir nicht mehr umsieht? Dieser Gedanke beunruhigt mich eine ganze Weile.
»Wie sehe ich eigentlich aus?« frage ich Ferdinand mitten in einem Gespräch.

»Bitte?« fragt er verstört.
»Wie ich aussehe.«
»Du? Wunderbar.«
»Na ja, schon, sicher. Aber ich meine es jetzt ganz sachlich. Wenn du mich mal so ansiehst, als wenn du mich nicht kennen würdest. Als wenn du mich eben zum erstenmal siehst. Was würdest du dann von mir denken?«
»Daß du die schönste und charmanteste Frau bist, die ich je gesehen habe.«
Ach – das tut gut, auch wenn nur Ferdinand es ist, der es sagt. »Wirklich?«
»Ja. Bestimmt. Ich kenne keine Frau, die so ist wie du, apart, mit dieser ganz persönlichen Note, ein bißchen sophisticated und dabei so warmherzig und so natürlich. Du bist eine ganz einmalige Mischung, Vera.«
»Ah ja, findest du?«
»Jeder findet das, der dich kennt. Auch Gert hat es erst neulich wieder gesagt.«
»Gert?«
»Ja. Er war bei mir im Laden. Ich wollte es dir eigentlich nicht erzählen.«
»Mein Gott, warum denn nicht? Was denkst du, was mir das ausmacht. – Da war er wohl nicht allein?«
»Im Laden schon. Seine Freundin saß draußen im Wagen.«
»Aha.«
»Nichts Besonderes. So Durchschnitt. Ich bin extra mit hinausgegangen, um sie mir mal aus der Nähe anzusehen. Affig kam sie mir vor. Die hat er bestimmt nicht lange.«
»Was wollte er denn bei dir?«
»Einkaufen. Er will mir wohl seine Kundschaft nicht entziehen. Du weißt ja, ich habe immer für ihn sein Badesalz

vorrätig und die Seife, die er mag, und das Rasierwasser und so verschiedenes noch.«
»Aha. Und da habt ihr von mir geredet?«
»Ja. Er wollte wissen, wie es dir geht und was du machst und ob du traurig bist...«
»Traurig, ich? Vielleicht seinetwegen? Pöh! Daß ich nicht lache.«
»Hab' ich ihm auch gesagt. Und er hat gesagt: ›Vera braucht mich nicht, sie hat mich nie gebraucht. Sie ist ein ganz und gar unabhängiger Mensch. Sie nimmt einen Mann, behält ihn, solange sie mag, und dann läßt sie ihn stehen. Eigentlich ist sie hundertprozentig der Typ einer modernen Frau. So wie alle Frauen wahrscheinlich in fünfzig Jahren sein werden.‹ Und ich hab' gesagt: ›Ich glaube nicht, daß alle Frauen so sein werden, auch in fünfzig Jahren nicht. Da müßten sie alle so klug und dabei so großzügig sein wie Vera, um sich diesen Luxus der Unabhängigkeit leisten zu können. Bekanntlich sind aber die meisten Frauen ein bißchen dumm und mehr oder weniger kleinlich.‹«
»Das hast du gesagt?«
»Ja. Und Gert hat genickt und blickte dabei hinaus zu seinem Auto. ›Das stimmt wohl‹, sagte er. ›Aber in gewisser Weise tut es einem Mann ganz gut, wenn eine Frau ein bißchen dumm ist. Jedenfalls vorübergehend. Es stärkt sein Selbstbewußtsein. Bei Vera kam ich mir immer ein paar Nummern kleiner vor.‹«
Ich muß lachen. »Na ja, ehrlich ist er immer gewesen. Ich meine, er hat sich nie viel vorgemacht über sich selbst. Das war noch eine seiner besten Eigenschaften.«
»Ja. Und weißt du, was er dann noch gesagt hat, ehe er ging?«

»Ich weiß es nicht, aber du wirst es mir sagen.«
»Er sagte: ›Nein, Vera braucht mich nicht, aber ich brauche Vera.‹«
»Ach, sieh da. Das ist ja eine ganz neue Entwicklung.« – Es tut natürlich gut, so etwas zu hören. – »Leider wird er in Zukunft ohne mich auskommen müssen.«
Wie ich gerade wieder einmal in jene Richtung blicke, sehe ich, daß Mr. Timotheus mich ansieht. Er hat also entdeckt, daß ich hier bin. Er neigt leicht den Kopf, ich lächle und nicke auch. Doch dann hat er wieder nur Augen für seine Begleiterin. Etwas später kommt der Hotelbesitzer durchs Lokal, er bleibt kurz bei uns stehen und grüßt, doch bei Mr. Timotheus setzt er sich sogar eine Weile nieder. Er ist also hier gut bekannt, mein Boxnachbar.
Ferdinand startet gegen halb elf, ich bringe ihn hinaus zu seinem Wagen, er bekommt einen Kuß auf die Wange, und er verspricht, daß er nächsten Sonntag wiederkommt.
Ich schlendre noch ein Stück die Straße entlang, aber mir ist kalt, ich habe keinen Mantel an, und südliche Sommernächte werden einem hier nicht geboten.
Wie ich zum Hotel zurückkomme, tritt gerade Mr. Timotheus mit der jungen Dame aus der Tür. Er schiebt seine Hand unter ihren Arm, sie lächelt ihn liebevoll an. Und so, dicht nebeneinander und eifrig redend, gehen sie davon, nahe bei mir vorbei, ohne mich zu sehen.
Ich verspüre fast so etwas wie Eifersucht. Geradezu kindisch. Das ist ein wildfremder Mann, und auch wenn er mir gefällt, geht er mich nichts an. Er interessiert sich für sehr junge Mädchen und offenbar nicht ohne Erfolg. Mir hat er den ganzen langen Abend lang keinen zweiten Blick gegönnt.

Oben in meinem Zimmer betrachte ich mich sehr kritisch im Spiegel. Bin ich schon so alt, daß man kaum zu mir hinschaut? Ach, es ist schrecklich, daß man älter wird. Schrecklich! Schrecklich! Nicht, daß ich unbedingt wieder ein junges Mädchen sein möchte – diese Lebenszeit finde ich gar nicht so schön. Aber so zwischen dreißig und fünfunddreißig, das sind die besten Jahre, da sollte man stehenbleiben und keine Stunde älter werden.
Ob das wohl mal einer erfinden wird? Wäre mir lieber als die Fahrt zum Mond. Nur leider – für mich kommt es zu spät.

Stehtag

Montag ist Stehtag auch hier, wie in fast allen Ställen heutzutage. Da ist man frei und ledig, kann mal ausschlafen und in Ruhe frühstücken. Aber irgendwie ist man nie glücklich dabei, es fehlt einem etwas, wenn man nicht zu seinem Pferd gehen kann. Zu Hause benütze ich den Montag immer für Behördengänge, falls welche anstehen, oder Einkäufe und Stadtbummel. Und ich bin froh, wenn es wieder Dienstag ist. Hier ist es vollends ein verlorener Tag.
Ich bleibe lange im Bett, lasse mir das Frühstück heraufbringen, lese in dem Krimi, den ich inzwischen erstanden habe, ein furchtbarer Käse, dann entschließe ich mich, etwas zu unternehmen.
Nach einem kurzen Besuch bei Lorine fahre ich ein Stück durch die Lande. Besuche die nahe Kreisstadt, kann dort nicht viel Interessantes entdecken, gondele langsam weiter

und esse unterwegs zu Mittag. Gegen vier Uhr komme ich nach Waldhofen zurück. Ziehe mich um, die Sonne scheint, und begebe mich auf die Kurpromenade. Die Musik spielt heute im Freien. Habe ich schon vom Waldhofener Kurorchester erzählt? – Das sind fleißige Leute, sie spielen vormittags und nachmittags und abends. Bei schönem Wetter draußen, bei schlechtem Wetter drinnen. Dann sitzen die Kurgäste auf Stuhlreihen oder auf Bänken vor der Kapelle, oder sie wandeln mit feierlichen Gesichtern im Kreis herum und lauschen. Und die Musik spielt dazu. Operetten- und Opernpotpourris, Märsche, Stücke mit phantasievollen Namen und dazwischen auch mal was ganz Rasantes, etwas Spanisches oder Mexikanisches. Sie machen das gar nicht schlecht, und ich frage mich, wie wird man Kurorchestermitglied? Leben sie immer hier, sind es Waldhofener Bürger, oder kommen sie nur zur Saison her, spielen sie das ganze Jahr zusammen, oder sind sie nur vorübergehend eine Gemeinschaft? Sind verhinderte Paganinis und Armstrongs dabei, ist der eine oder andere große Künstler in ihren Reihen, der sich sein Musikerleben anders vorgestellt hat und der nun leidet, oder sind alle oder sagen wir mal die meisten, zufrieden mit dieser Art Darbietung, die sie da von sich geben? Ich halte mich eine Weile in der Nähe des Orchesters auf und sehe ihre Gesichter an. Sie sehen eigentlich alle ganz friedlich und zufrieden aus. Da ist einer mit der Klarinette, der setzt immer zu früh ein. Die erste Geige ist ein Beamter, satt und selbstzufrieden, er fiedelt seinen Part ohne Schwung herunter. Neben ihm sitzt ein Junger, der einzige eigentlich, der einen Künstlerkopf hat, ein schmales, blasses Gesicht mit tiefliegenden Augen. Möchte er lieber das Beethoven-Violinkonzert spielen? Kann er es

am Ende? Einer mit der Trompete ist ein Sonnenscheinchen. Wenn er nicht bläst, strahlt er. Lächelt die Leute an, die vorüberwallen, besonders einigermaßen ansehnliche Frauen.
Der Dirigent ist ein dicker Mittelalterlicher. Er hat ein Doppelkinn, eine Glatze und ist die Ruhe selbst. Er ist nett, aber er ist alles andere, nur nicht das, was sich der kleine Moritz unter einem Künstler vorstellt. Er könnte einen Lebensmittelladen haben oder ein Postamt leiten oder eine gemütliche Gastwirtschaft betreiben. Nicht immer sieht man den Menschen an, wer und was sie sind. Mein Kaufmann in Schwabing fällt mir ein, bei dem ich mein Gemüse, meine Butter, meine Eier und die Konserven kaufe. Der hat einen Künstlerkopf! Eine schwungvolle Tolle, feurige Augen, und dabei ist er ein Charmeur von hohen Graden. Wenn man bei ihm einen Krautkopf und ein Viertel Emmentaler kauft, so ist das jedesmal mit einem Flirt verbunden. Das Geschäft geht entsprechend gut, trotz mehrerer Supermärkte in nächster Nähe.
Das Orchester fasziniert mich. Ich möchte wissen, was das für Männer sind. Ich möchte eigentlich immer wissen, wie Menschen sind. Und dann möchte ich über sie schreiben. Leider bleibt es immer nur bei den Plänen, bei den ausschweifenden Phantasien. Ich denke das alles, aber ich tue es nicht. Ich bin faul. Leider. Aber eines Tages wird sich das ändern. Wenn ich älter geworden bin, wenn ich ruhiger geworden bin, wenn das Leben mir weniger Abwechslung zu bieten hat, werde ich das alles schreiben, was ich mir immer so ausdenke. Das sage ich mir selbst. Und weiß dabei, daß ich mir im Grunde etwas vormache. Ich werde es *nicht* tun, wenn ich älter bin. Kein Mensch tut etwas, nur weil er älter

wird. Und die Zeit, die man sich in bewegten Jahren stiehlt, ist tausendmal mehr wert als jene Zeit, die man im Überfluß hat, weil das Leben träge geworden ist. Denn man selbst ist dann auch träge geworden. Es fehlt der Schwung, es fehlt der Geist, es fehlt das Feuer. O Gott! Wie ich mich vor dem Altwerden fürchte! Wie ich mich vor der Trägheit, der Bequemlichkeit, der Nachlässigkeit graule! Ich weiß, daß ich resignieren werde. Daß ich sagen werde: Es ist nicht mehr der Mühe wert. – Daß ich alles wegwerfen werde. Soweit kenne ich mich. Und darum ist es besser, vorher zu sterben.

Was für Gedanken, Vera! Nimm dich zusammen. Ich löse meinen Blick aus dem Blumenbeet, in das ich verbissen hineingestarrt habe, und wende mich wieder dem Orchester zu. Sie sind jetzt bei Tannhäuser gelandet. Also das sollten sie nicht tun. Wirklich nicht. Erstens sind Opernpotpourris überhaupt etwas Grausames, und dann fehlen ihnen die Bläser, ich sehe überhaupt nur eine einzige Posaune, o nein, bitte, das geht nicht. Ich verlasse meinen Platz in so naher Nähe und schlendere von dannen.

Ob das schon mal einer geschrieben hat? Die Geschichte eines Kurorchesters. Die Geschichte all dieser Männer, die da zusammen sind und die ja irgendwann einmal angetreten sind, um Musik zu machen. Vielleicht stand ein Konservatorium am Anfang, eine Musikhochschule, ein großer Ehrgeiz, ein leidenschaftlicher Traum. Und nun ist es ein Tannhäuser-Potpourri, unvollkommen musiziert auf einer Kurpromenade. Aber fast alle Träume enden so. Ganz wenige sind es, Sternenkinder, die ein Ziel erreichen oder ihm wenigstens nahe kommen.

Ich setze mich auf die Terrasse des Hotels, in dem ich

gestern vormittag mit Ferdinand saß. Hier hört man die Musik auch noch, aber nicht so genau. Eigentlich, wenn man es genau nimmt, langweile ich mich. Soll ja sehr erholsam sein, wenn man sich langweilt. – Was mache ich heute abend? Ich kann doch nicht schon wieder ins Kino gehen. Noch einen Krimi kaufen? Mich still für mich besaufen? Oder einfach – wie wär' denn das, mich einfach hinsetzen und irgend etwas schreiben? Das habe ich lange nicht mehr getan. Und das werde ich ja endlich wieder einmal tun müssen, irgendwie muß ich schließlich Geld verdienen.
Ich bestelle einen Gin-Tonic und zünde mir eine Zigarette an. Der Gedanke belebt mich. Etwas schreiben also. Gut. Und was? Über das Kurorchester von Bad Waldhofen? Über die Kurgäste selbst? Über mich und Lorine? Über alles und nichts.
Natürlich ist mir nicht entgangen, daß ich beobachtet werde. Vom Nebentisch aus, der nur eine Armlänge von mir entfernt ist. Gutaussehender stattlicher Endfünfziger, im dunkelblauen Blazer, Managertyp. Endlich tue ich ihm den Gefallen, mal flüchtig hinzublicken. Wie ich die nächste Zigarette nehme, windet er sich ein bißchen hoch und läßt ein Feuerzeug vor mir aufschnappen.
»Danke«, sage ich kühl, ohne ihn anzusehen.
Das nimmt ihm den Mut.
Eigentlich blöd von mir. Warum soll ich denn nicht mal ein bißchen Gesellschaft haben? Nicht einzusehen, daß ich mich immer allein mopse. Hier tritt fast alles paarweise auf. Kurschatten nennt man das, habe ich schon gelernt. Da ich ja keine Kur mache, steht mir eigentlich so etwas nicht zu. Und überhaupt – was soll's denn! Nach einer Weile zahle ich, stehe auf und gehe. Hinter mir verwehen die letzten

Takte der ›Alten Kameraden‹ in der Spätsommerluft. Die letzte Nummer für diesen Nachmittag. Die Künstler werden anschließend wohl ein Bier trinken.
Ob ich noch mal in den Stall fahre? Ach, Unsinn. Stehtag, man macht sich nur unbeliebt. Ich werde Schaufenster angucken. Und auf der Post ein paar Marken kaufen. Und im Buchladen einen neuen Krimi. Und ein paar Ansichtskarten, werde Mama schreiben und noch einigen Leuten. Ins Hotel gehen, mich wieder mal umziehen, nur so zum Spaß, dann Abendbrot essen und dann Kino. Gott sei Dank, morgen kann ich wieder reiten.
Bei mir im Hotel gibt es nichts zu essen, das Restaurant ist geschlossen. Auch so eine Art Stehtag. Nicht zu glauben, das gibt es noch. Nun ja, Personal jeder Art muß heutzutage gut behandelt werden, sonst ist man es los. Und einmal in der Woche wollen die Köche und Küchenmädchen, die Kellner und Kellnerdamen sich unter die Kurgäste mischen, auf der Promenade lustwandeln und tanzen gehen. Nichts gegen zu sagen. Das tun sie anderswo auch. Nur an verschiedenen Tagen. Hier tun sie es an einem Tag gemeinsam.
Ich trödle eine Weile herum. Abendessen muß nicht unbedingt sein. Ich kann auch mit einer Tafel Schokolade bewaffnet ins Kino gehen. Genausogut kann ich aber auch mal in ein anderes Lokal hineinschauen. Eins habe ich gesehen, das macht von außen einen vielversprechenden Eindruck. Die Speisekarte auch.
Andere Leute finden das wohl auch. Das Lokal ist gut besucht. Nicht daran zu denken, daß man irgendwo für sich sitzen könnte. Nachdem ich durch die Räume spaziert bin, alles sehr nett und gemütlich hier, und Hunger habe ich

eigentlich auch, will ich mich schon wieder zum Ausgang wenden, da höre ich hinter mir eine Stimme: »Hier wäre noch ein Platz.«

Ich bin geneigt, das zu überhören, blicke jedoch flüchtig aus den Augenwinkeln zu dem Sprecher hin. Mein Nachbar vom Nachmittag. Der dunkelblaue Blazer. Er ist nicht allein, eine ähnliche Type sitzt mit ihm an dem ovalen Holztisch. Beide Männer blicken erwartungsvoll zu mir auf.

Na los, Vera. Es muß nicht immer Kino sein.

Ich wende mich den beiden zu, ein kleines Lächeln.

»Oh, wirklich?«

»Machen Sie uns das Vergnügen, gnädige Frau«, sagt der Blazer und steht auf.

Nun denn, ein Mann mit Manieren, pourquoi non? Ich setze mich, sage: »Das ist sehr freundlich, meine Herren«, worauf der zweite, weniger gewandt als der vom Nachmittag, mir mitteilt: »Hier bleibt man sowieso nicht allein am Tisch. Da haben wir schon lieber eine hübsche Frau bei uns sitzen. Was?«

Das Was gilt dem Blazer, der etwas gequält lächelt. Ja, im Urlaub kann man sich seine Bekanntschaften nicht immer aussuchen.

»Vielen Dank«, sage ich, »ich weiß die Ehre zu schätzen.« Und dann mache ich meine kühl-arrogante Miene, die die beiden erst mal verstummen läßt. Eine Weile beschäftige ich mich mit der Speisekarte, entscheide mich für geräuchertes Forellenfilet und Steak Hawaii, schalte um auf Charme, schaue den Blazer vertrauensvoll an, der ein Viertel Wein vor sich stehen hat – der andere trinkt Bier –, und frage lieb: »Ich nehme an, Sie kommen öfter hierher. Da können Sie mir sicher einen Wein empfehlen.«

Das kann er. Und das tut er ausführlich, nachdem er ermittelt hat, welche Geschmacksrichtung ich bevorzuge. Leicht, spritzig, möglichst jung und herb. Und dann erfahre ich auch gleich noch, daß er sehr wohl öfter herkommt, nämlich nun seit genau sieben Jahren. Alle Jahre wieder, Ende August bis Mitte September.

»Oh!« staune ich. »Das nenne ich Treue.«

»Die Kur bekommt mir ausgezeichnet. Ich habe festgestellt, daß ich mich nirgends wohler fühle als hier. Wissen Sie, gnädige Frau, ich kenne andere Kurbäder. Teilweise sind sie hochgestochen, teilweise ist da viel Rummel. Hier ist es ruhig und ländlich, und trotzdem bekommt man alles, was man braucht.« Daß dem so ist, bestätigt der andere, der allerdings erst zum drittenmal hier ist. Früher hätte er Kurbäder verabscheut, keine zehn Pferde hätten ihn in ein Kurbad bekommen, obwohl seine Frau immer in ihn hineingeredet hätte, er solle doch endlich etwas für seine Gesundheit tun.

»Na ja, und dann merkt man eben doch, daß es an der Zeit ist, mal ein bißchen langsamer zu gehen. Früher konnte ich es im Urlaub nicht lebhaft genug haben. Und möglichst weit fahren, fremde Länder und so, aber dann wird man doch bequem, und man kennt ja auch alles, und dann merkt man, wie es hier und da zwickt und das Herz ein bißchen komisch klopft, na ja, Sie wissen schon«, das gilt dem Blazer, der sich aber offenbar weder als bequem noch mit komisch klopfendem Herzen betrachtet haben will und also diese Symptome weit von sich weist. Nein, er käme nur her zur Erholung und als – nun ja, eben als Auffrischung gedacht. Über sein Herz könne er nicht klagen. Eine Weile reden sie so hin und her, über Herzen und sonstige Organe und was man alles hier tun könne und wie wohl einem das täte. Ich brauche nichts dazu zu sagen, ich nicke mal, wenn ich angesprochen werde, oder frage: »Oh, wirklich?« Dazwischen kommt die Bedienung, und ich kann meine Bestellung aufgeben. Dann will der Blazer wissen, was ich denn für Anwendungen habe.

»Gar keine.«

»Wieso?«

»Ich mache keine Kur. Bis jetzt jedenfalls nicht. Ich bin erst seit letztem Donnerstag hier.«

»Dann wird es Zeit, daß Sie damit anfangen. Der Arzt hat Ihnen doch sicher schon einiges verschrieben.«

»Ich war nicht beim Arzt.«

Darob erstaunen sie maßlos. Nachgerade wird mir klar, daß ich der einzige hier bin, der nicht mit Wasser pantscht.

»Nicht beim Arzt?«

»Nein, da ich ja nicht kuren will...«

»Aber was machen Sie denn hier?«

»Oh, Ferien halt. Ich erhole mich. Hoffentlich.«

Flüchtig bin ich geneigt, ihnen von Lorine zu erzählen. Aber dann lasse ich es bleiben. Wenn man erzählt, daß man reitet und gar ein Pferd besitzt, denken die Leute immer, man will angeben. Und überhaupt – die beiden hier verstehen das sicher nicht. Sie langweilen mich nach einer halben Stunde maßlos. Das Essen ist gut und der Wein auch, ich trinke noch ein zweites Viertel, aber als Gesprächspartnerin bin ich nicht sehr ergiebig. Dann kommt noch ein dritter dazu, den die beiden kennen. Der dritte ist eine Betriebsnudel, er redet mich gleich dämlich an, nachdem er die beiden mit großem Geschrei begrüßt hat, und fängt an, pausenlos Witze zu erzählen, die ich gar nicht so witzig finden kann. Alle drei Männer sind zweifellos wohlhabende, erfolgreiche Geschäftsleute, Ehrenmänner, tüchtig im Beruf, ohne Fehl und Tadel. Aber wie so oft frage ich mich, wie eine Frau es ertragen kann, jahraus, jahrein so etwas um sich zu haben. Dasselbe Gerede, dieselben Witze und von Geist keine Spur. Ich finde, die Frauen bezahlen das bißchen Sicherheit ziemlich teuer. Aber vermutlich empfinden es die meisten nicht so.

Der dritte entdeckt im Lokal eine Dame, die er kennt, er winkt hinüber, er grinst, dann erzählt er den beiden im halblauten Flüsterton einiges über diese Dame, er weiß offenbar eine ganze Menge Genaueres über sie; er amüsiert sich königlich, die beiden anderen auch, sie lachen meckernd, und nur dem Blazer ist es ein bißchen peinlich vor mir, er streift mich mit einem Blick, ich tue ihm nicht den Gefallen, verständnisvoll zu grinsen. Und ich denke:

Nein. Ich kenne euch so gut. Ich kenne euch im Alltag und im Beruf, hinter Schreibtischen und Konferenztischen, hinter dem Steuer eurer schweren Wagen, hinter den Tischen der Luxusrestaurants, in den Bars und in den Betten, ich kenne euch. Wenn ihr saturiert seid, seid ihr für die Welt verloren. Seid ihr für eine Frau verloren, die einen Partner sucht.

Wenn ihr jung seid, verletzt ihr uns durch eure Unerfahrenheit. Und wenn ihr älter seid durch eure Indifferenz. Wenn ihr Charme habt, so wie Gert, durch eure Treulosigkeit, durch eure Oberflächlichkeit. Wenn ihr schön seid, wie René, durch eure Kälte, durch euren Egoismus. Wenn ihr klug seid, wie einer, den ich kannte, durch eure Unfähigkeit zur Liebe. Wenn ihr primitiv seid, so seid ihr vollends ein Greuel.

Ich möchte einmal einen Mann erleben... wo kommt das gleich her? Ist es nicht ein Chanson, das die Dietrich sang? Weiß Gott, ja, ich möchte einmal einen Mann erleben, der so ist, wie ich ihn mir erträume.

Aber das ist natürlich lächerlich. Träumen von einem bestimmten Mann kann man mit sechzehn, siebzehn. In meinem Alter weiß man, daß Träume eben – Träume sind.

Wenn ich an meine Männer zurückdenke, finde ich einen, der wirklich liebenswert war.

Ich kannte ihn zu jener Zeit, als ich noch mit René verheiratet, aber schon von ihm getrennt war und sehr unglücklich. Mein Stolz war verletzt, mein Selbstbewußtsein, es ging mir nicht sehr gut finanziell, und ich wußte nicht recht, wie es weitergehen sollte. Damals machte ich durch Zufall die Bekanntschaft eines Mannes, der gesellschaftlich weit unter mir stand. Ein ganz einfacher Mann, ein Mann aus dem Volk gewissermaßen. Handwerker, nicht gebildet, nicht belesen, von allem, was mein Leben ausmachte, wußte er nichts. Er sah gut aus, auf eine schlichte unaufdringliche Art, er hatte eine Leidenschaft: Skifahren. Sonst war er bescheiden, einfach, unkompliziert. Und er war der zartfühlendste Liebhaber, den ich je besessen habe, ohne jeden Egoismus, behutsam, zärtlich, echter unverstellter Hingabe fähig.

Natürlich konnte ich seine Liebe nicht erwidern. Daß ich mit ihm mich einließ, war halb Trotz, halb Trostbedürfnis, war eine Flucht vor meinem Kummer, meiner Verlassenheit, aber dennoch verstand es selten ein Mann, mich als Frau so glücklich zu machen. Für ihn war ich ein Wunder. Ein Märchen aus einer anderen Welt. Und als ich ihn nach einiger Zeit verließ, verlassen mußte, denn was sollte ich auf die Dauer mit ihm anfangen, ich schämte mich vor meinen Bekannten, ich zeigte mich mit ihm nicht, er war nun mal aus einer anderen Schublade, und es ging eben einfach nicht, ja – als ich ihn verließ, stürzte für ihn der Himmel ein. Ich habe ihn sehr unglücklich gemacht. Ich hoffe, er hat mich bald vergessen und hat ein nettes Mädchen geheiratet, das zu ihm paßte.

Ach – ich lüge ja. Ich weiß, er hat mich nicht vergessen. Ich habe seinen Stolz verletzt, denn er war ein Mann von empfindsamer Ehre, ich habe ihm eine Wunde geschlagen, die ihn auch heute noch manchmal schmerzen wird. Und wenn es einer nicht verdiente, dann er. Denn er besaß etwas, was ich bei keinem vorher oder nachher so vollkommen gefunden habe: die Fähigkeit zu lieben.

»So nachdenklich, gnädige Frau?«

»Ach, ich bin müde. Ich weiß nicht, es muß die Luft hier sein. Ich könnte immerzu schlafen.«

»Ja, die Luft«, sagte der Zuletztgekommene. »Die Luft von Waldhofen. Die hat schon allerhand angerichtet. Da war mal hier ein Mädchen und ein junger Mann, und die hatten auch zuviel von der Waldhofener Luft geschnappt, und da...«

Die Witze werden jetzt gewagter. Zeit, daß ich mich verabschiede. Die Herren protestieren zwar, aber nicht sehr energisch, vermutlich finden sie mich fad. Ich lache nicht über ihre Witze, ich poussiere nicht, ich mache es ihnen nicht gar so leicht, wie sie es gerne hätten, diese unternehmungslustigen Ehemänner auf Urlaub, die in ihr Wassergepantsche so gern ein bißchen unverbindlichen Paprika gestreut bekämen.

Ich zahle, ich gehe. Eine halbe Stunde später strecke ich

mich mit Genuß in meinem Bett aus. Ich denke noch an Lorine. Und ich freue mich auf den nächsten Morgen. Gute Nacht, Lorine, Liebling. Du schläfst sicher schon lange.
Und mit dem Lächeln, das Lorine gilt, schlafe ich ein.

Der Wundermann

Die nächsten drei Tage, der Dienstag, der Mittwoch, der Donnerstag vergehen ohne besondere Vorkommnisse. Das Wetter ist soso, lala, nicht ganz schlecht, nicht richtig gut, mal scheint die Sonne, mal regnet es, aber nur ein bißchen. Wir können jeden Tag ausreiten. Zwei Tage bewegen wir uns nur im nahen überschaubaren Gelände, an einem Tag wagen wir uns wieder einmal etwas weiter. An die Kühe hat sich Lorine immer noch nicht gewöhnt, sie sind ein bleibendes Schrecknis, besonders, wenn sie sich bewegen oder wenn sie sehr nahe sind. Auch mit den verschiedenen Ungetümen der Landmaschinenindustrie hat sie sich noch nicht abgefunden; wenn es irgend geht, schlagen wir einen Bogen darum. Aber im großen und ganzen ist sie artig und sehr gehfreudig.
Es fällt mir auf, gleich am Dienstag, daß Lorines Nachbar Timotheus in seiner Box ist und offenbar nicht geritten wird. Er sieht ein wenig mißmutig aus, und wenn wir hinausgehen, schaut er uns sehnsüchtig nach. Bilde ich mir jedenfalls ein. Wo ist der mit den blauen Augen hingekommen? Ist er krank? Verreist? Hat ihn die sehr junge Dame mit Haut und Haaren verspeist?
Ich unterhalte mich immer ein bißchen mit Timotheus, und

er kriegt auch immer etwas von unseren Rüben ab, was er dankbar entgegennimmt. Lorine mag er sehr gern, das habe ich schon gemerkt. Jedesmal wenn sie vom Ausritt zurückkommt und den Stall betritt, begrüßt er sie mit einem kurzen Wieherer. Und am Donnerstag – da schau an – wiehert Lorine zurück.

»Gefällt er dir, mein Mädchen? Flirtest du mit ihm? Er ist ein hübscher Junge, da hast du recht.«

Angelika, die uns an diesem Tag in Empfang nimmt und Lorine den Sattel abnimmt, frage ich: »Geht der Timotheus zur Zeit gar nicht?«

»Doktor Gerlach ist verreist. Herr Meisel bewegt ihn.«

Auf diese Weise erfahre ich den Namen von Timotheus' Herrchen. Dr. Gerlach also. Und am nächsten Tag komme ich dazu, wie Herr Meisel den Timotheus reitet. Es geschieht draußen auf dem offenen Reitplatz. Herr Meisel hat offensichtlich Vergnügen daran, und das kann man verstehen. Der Goldfuchs geht wie gestochen. Er traversiert, er kann eine tadellose Passage, er macht elegante fliegende Galoppwechsel, er hat eine vollendet stolze Haltung und ist dabei ganz gelöst. Ein schönes Bild, wenn man zuschaut. Ich sage das Herrn Meisel, nachdem er abgesessen ist, und er nickt. »Ein gutes Pferd. Sie sollten Doktor Gerlach sehen, wenn er ihn Dressur reitet, die beiden sind wie aus einem Guß, da merken Sie nicht die kleinste Hilfe. Es sieht aus, als macht das Pferd alles allein. Ich bin nicht so gut mit ihm eingeritten, ich reite ihn selten.«

»Demnach ist Doktor Gerlach ein guter Reiter.«

»Ein hervorragender Reiter. So etwas sieht man heute selten.«

»Hat er das Pferd schon lange?«

»Seit der Timo geritten wird, ist er bei Doktor Gerlach. Er hat ihn selbst zugeritten. Na ja, kein Wunder, daß die beiden so gut aufeinander eingespielt sind.«

»Ein Arzt?«

»Bitte?«

»Ich meine, ist Doktor Gerlach Arzt?«

»Nein.«

Mehr erfahre ich nicht. Blöde Frage auch von mir. Den Doktortitel kann man hierzulande auch führen, ohne Arzt zu sein.

»Er wohnt hier, dieser Doktor Gerlach?«

»Ja. Seit drei Jahren.«

Mehr ist aus Herrn Meisel nicht herauszubringen. Mehr Fragen möchte ich auch nicht stellen.

Dann überrascht mich Herr Meisel mit der Ankündigung, daß er Lorine am Nachmittag mal auf die Koppel tun wird. Ich habe ihn schon des öfteren danach gefragt, und er meinte, man müsse abwarten, bis sie sich ein bißchen eingewöhnt hätte. Auch sei der Boden noch zu naß.

Nun meint er, es ginge wohl, und er würde ihr den Timo zur Gesellschaft mitgeben, die beiden verständen sich ja sehr gut.

»Das muß ich sehen. Wann ungefähr?«

»So gegen Abend, vielleicht um sechs.«

Kurz vor sechs finde ich mich im Stall ein und führe meine Lorine persönlich am Halfter auf die Koppel, die ein Stück vom Stall entfernt liegt. Angelika bringt den Timo mit.

Da steht sie nun, etwas verwundert über die ungewohnte Freiheit, schaut sich um, und da der Timo sofort ohne Verzögerung zu grasen beginnt, tut sie es ihm nach.

Wie ich ihr das gönne! Die armen Pferde in der Großstadt

haben nie ein Stückchen Wiese, auf dem sie frei laufen dürfen. Der Englische Garten in München zum Beispiel ist ein riesengroßer Park mit Wiesen über Wiesen, aber nicht eine einzige davon wird den Pferden gegönnt. Nicht mit einem Fuß dürfen sie darauf treten und mal saftiges Gras fressen und frei herumlaufen. Warum das so ist, weiß ich nicht. Pferde und Reiter sind bei Stadtverwaltungen und Parkverwaltungen unbeliebte Lebewesen. Störende Elemente. Sie werden bestenfalls geduldet, und das läßt man sie merken, wo es geht.

Eine Weile grasen die Pferde friedlich, immer dicht beieinander, es ist ein so hübsches Bild, ich schaue mir das wohlgefällig an. Aber dann kommt auf dem Zufahrtswege zum Stall ein Auto, und der Weg führt an der Koppel vorbei. Wie entsetzlich! Lorine hebt mit einem Ruck den Kopf, eine kurze Kehrtwendung, und dann rast sie in voller Karriere über die Wiesenfläche.

Der Timo schaut ihr erst verwundert nach, aber dann rast er natürlich mit. So etwas tun Pferde immer gemeinsam. Die Koppel 'rauf, die Koppel 'runter, dann einmal rundherum, einen Haken geschlagen und in anderer Richtung. Lorine immer voraus, den Kopf hoch erhoben, den Schweif gestreckt. Wie eine Wilde, wie eine Bacchantin. Ich kriege es mit der Angst. Wenn sie nur nicht stürzt und sich weh tut. Und dann plötzlich steht sie, mitten auf der Koppel, biegt den Hals, äugt nach allen Seiten. Gott, wie schön sie ist!

Ich rufe sie, aber sie hört nicht. Der Rausch der Freiheit hat sie erfaßt. Sie rennt weiter, noch einmal hin, noch einmal her. Aber Timo ist der Meinung, nun langt es. Er steht und schaut ihr nach, dann fängt er wieder an zu grasen. Und plötzlich grast Lorine auch wieder in aller Gemütsruhe, als sei nichts gewesen. Erst sind sie voneinander entfernt, aber nach wenigen Minuten sind sie wieder beieinander, Körper an Körper, der goldfarbene Wallach, die schwarzbraune Stute.

»Na, die beiden verstehen sich anscheinend ganz gut«, höre ich auf einmal eine Stimme neben mir. Ich habe den Pferden so fasziniert zugesehen und gar nicht gemerkt, daß jemand gekommen ist. Ich wende den Kopf, und da ist es der mit den blauen Augen. Dieser Dr. Gerlach.

»Oh, Sie sind wieder da?«

»Ja. Gott sei Dank.«

Ich nehme an, das gilt Timotheus. Und so sage ich: »Mir geht es auch immer so. Wenn ich Lorine ein paar Tage nicht gesehen habe, bin ich ganz unglücklich. Und bin froh, wenn ich wieder heimfahren kann. Die schönsten Reisen können einen nicht mehr interessieren.«

Er sieht mich an, eigentlich das erstemal, daß er mich richtig ansieht. Und dieser Blick ist schwer zu beschreiben. Er ist nach wie vor sehr distanziert, sehr kühl, aber er ist gleichzeitig sehr genau, sehr prüfend. Es ist nicht der Blick, mit dem ein Mann eine Frau sieht, die ihm vielleicht gefällt. Aber trotzdem wird mir bewußt, daß ich nicht beim Friseur war, seit ich hier bin, daß ich keinerlei Make-up aufgelegt habe, daß ich alte graue Hosen und eine nicht mehr ganz frische Bluse trage. Und gleichzeitig bin ich auf meiner Hut. Ich weiß, daß ich absolut keinen Unsinn schwätzen darf, daß ich nicht kokettieren darf.

Was ist das eigentlich für ein Kerl? Ich bin weiß Gott erfahren mit Männern, mir kann keiner mehr etwas Neues erzählen. Und schon gar nicht kann mich einer unsicher ma-

chen. Aber der hier kann es offenbar doch. Eine ganz ungewohnte Situation für mich.
Er gibt keine Antwort, wendet den Blick gelassen von mir, schaut wieder auf sein Pferd und pfeift eine leise Terz nach unten.
Timotheus hebt mit einem Ruck den Kopf, sieht zu uns her, und da kommt er schon an, mit ein paar Sprüngen ist er am Zaun, er brummt und grunzt vor Freude, er quietscht geradezu, er freut sich schrecklich, daß Herrchen wieder da ist, streckt den Kopf über den Zaun, läßt sich den Hals und die Nase streicheln, und ich sehe von einem zum andern, vom Pferd zum Mann und vom Mann zum Pferd. Und ich sehe zwei, die sich von Herzen freuen. Da ist keine Strenge mehr in diesem schmalen Herrengesicht, keine Kühle mehr in den blauen Augen. Das ist das Gesicht eines glücklichen, zärtlichen, liebevollen Mannes. Er und sein Pferd, sein Pferd und er, sie sind im Moment ganz allein auf der Welt.
Ich habe in das Herz dieses fremden Mannes gesehen. Und ich denke ganz etwas Blödsinniges. Ich denke: Ob er eine Frau auch so ansehen könnte? Ob er so glücklich sein könnte mit einer Frau? So voll Liebe für eine Frau? Sie müßte sich wie im Paradies fühlen. – Wirklich blödsinnige Gedanken. Aber ich kann nur sagen, ich beneide die Frau, die mit diesem Dr. Gerlach verheiratet ist. Vorausgesetzt er liebt sie wie er sein Pferd liebt.
Lorine hat ihrem Verehrer, der plötzlich davonsprang, erstaunt nachgesehen. Dann kommt sie auch zum Zaun, streckt auch den Kopf herüber, scheint zu fragen: Was ist los? Gibt's hier was Besonderes?
Auch das. Der Heimgekehrte hat zwei Äpfel in der Hosentasche, die er gerecht zwischen den beiden verteilt. Lo-

rine findet es ganz in Ordnung, daß sie an der Begrüßungsfreude von Timotheus teilnehmen darf.
Dann kriegen die beiden einen Patscher auf den Hals, und er sagt: »So, nun lauft.«
Darauf bekomme ich wieder einen Blick und sogar ein Lächeln. Ein ganz natürliches, ein frohes Lächeln. Ich lächle zurück. Im Moment ist fast so etwas wie eine Verbindung zwischen uns hergestellt. Keiner von uns spricht ein Wort. Wir lehnen nebeneinander auf dem Koppelzaun und sehen den Pferden zu, die wieder grasen.
Eine Weile später kommt Herr Meisel, auch seine Begrüßung ist sehr herzlich. Frau Meisel kommt hinterher, und sie strahlt geradezu, wie sie diesem Dr. Gerlach die Hand schüttelt. Offenbar ist der Herr sehr beliebt.
Wir stehen noch etwa zehn Minuten, reden über die Pferde und übers Wetter, dazwischen fragt Herr Meisel: »Ist Fräulein Nathalie wieder abgereist?« Und Herr Gerlach sagt: »Ja. Leider.« Und mir kommt die Idee, daß dieses junge Mädchen vielleicht auch die Tochter von Herrn Gerlach sein könnte. Sieht man einer Tochter so nahe in die Augen, nimmt man sie so behutsam am Arm? Na ja, vielleicht schon, viele Väter sind stolz auf eine hübsche Tochter. Keiner klärt mich auf. Wir bringen die Pferde zurück in den Stall, und da erlebe ich noch etwas ganz Gewaltiges: Friedrich, wie er den Herr Gerlach sieht, verzieht seinen Mund doch wahrhaftig zu einem Lächeln und sagt laut vernehmlich: »N'Abend, Herr Doktor.«
Nun gibt es keinen Zweifel mehr: Dieser Dr. Gerlach ist eine ganz besondere Nummer.
Mit mir gibt sich keiner mehr weiter ab. Ich trödle noch ein bißchen herum, nehme Abschied für heute von Lorine und

gehe zu meinem Wagen. Herr Gerlach steht mit den Meisels im Hof, dann nimmt er sein Fahrrad von der Hauswand, schwingt sich drauf und radelt von dannen. Dieser Wundermann ist nicht etwa mit einem Mercedes hier, nein – er fährt Rad.
Mich hat er gar nicht mehr angesehen.
Mein Selbstbewußtsein hat einen schweren Knacks bekommen. Bin ich eine Anfängerin? Wie macht man das, wenn einem ein Mann gefällt und man möchte gern einen zweiten Blick von ihm haben? Offenbar weiß ich das nicht mehr.

Ganz nette Unterhaltung

Ich bekomme einen zweiten Blick und zwar am folgenden Tage. Vormittag sehe ich Pferd und Reiter nicht, sie sind schon aus dem Stall, wie ich Lorine holen komme. Und wie wir gegen halb zwölf heimkehren, ist Timotheus noch nicht da.
Am frühen Nachmittag gehe ich zum Friseur, was ziemlich dumm von mir ist, denn es ist Samstag, und ich muß daher eine Weile warten, bis ich drankomme. So etwas hasse ich. Aber ich habe das Gefühl, ich müsse dringend etwas für mein Aussehen tun. Morgen, Sonntag, will der gute Ferdinand wieder herauskommen, das hat er mir am Abend zuvor telefonisch mitgeteilt.
»Oder hast du inzwischen bessere Gesellschaft?« hat er noch vorsichtig gefragt.
»Bessere Gesellschaft als dich gibt es nicht«, antworte ich liebevoll. Und das freut ihn natürlich.

Nach dem Friseur gehe ich Kaffee trinken, trödle ein bißchen auf der Kurpromenade herum und fahre dann zum Stall hinaus. Das Wetter ist sehr schön, vielleicht darf Lorine wieder auf die Koppel. – Sie darf. Zusammen mit Freund Timo.

Ich stehe noch nicht lange am Zaun, da erscheint neben mir Herr Gerlach, und heute entwickelt sich zwischen uns so etwas Ähnliches wie eine Unterhaltung. Ich sage, daß ich ihn gestern sehr bewundert hätte, weil er mit einem Rad gefahren sei. Was daran denn so bewundernswert wäre, will er wissen.

»Man sieht das heute selten, ein erwachsener Mann auf dem Fahrrad.«

»Das ist bedauerlich. Radfahren macht Spaß und ist außerdem sehr gesund. Die Kurgäste täten besser daran, ein bißchen radzufahren als für einen Fünfminutenweg ihr Auto zu besteigen.«

Wann bin ich das letzte Mal mit einem Rad gefahren? Das war in der Nachkriegszeit, als ich studierte. Aber nicht sehr lange. René besaß ein Auto, und als ich mit ihm befreundet war, stieg ich auf das Auto um. Damals machte ich auch meinen Führerschein.

Herr Gerlach ist gesprächig an diesem Tag. »Ich fahre hier draußen immer mit dem Rad. Außer es ist ganz schlechtes Wetter. Oder im Winter wenn Schnee liegt.«

»Sie leben immer hier?«

»Ja.«

»Aber Sie sind doch nicht von hier?«

Er wirft mir einen belustigten Blick zu. Weil ich neugierig bin? »Ich lebe seit drei Jahren ständig hier. Früher kam ich nur besuchsweise.«

»Zur Kur?«

Er lacht. »Nein. Man könnte sagen, ich stamme halb und halb von hier. Meine Mutter ist in Bad Waldhofen geboren. Als kleiner Junge kam ich her, um meine Großeltern zu besuchen, später meine Tanten und was sonst noch an Verwandten vorrätig war. Mir ist der Ort von jeher vertraut. Und als ich den Plan faßte, mich irgendwo zur Ruhe zu setzen, lag es nahe, es hier zu tun.«

»Sagten Sie, zur Ruhe setzen?«

Wir haben unsere Blicke beide von den Pferden abgewendet, haben die Köpfe zueinander gedreht und sehen uns an.

»Stört Sie der Ausdruck?«

»Er erscheint mir etwas deplaciert. Für einen Mann im Pensionsalter sind Sie noch ganz gut erhalten.«

Er lacht wieder. Er ist heute sichtbar aufgeschlossen und mitteilsam.

»Vielen Dank. Aber wenn ich sagte, zur Ruhe setzen, meinte ich damit nicht, daß ich gar nichts mehr tue. Man kann auch hier arbeiten.«

»Sicher. Das kann man wohl.«

Nun würde ich gern fragen: Was? Aber das ist kein Mann, den man einfach ausfragt. Wenn er es nicht freiwillig erzählt, soll er es bleiben lassen.

Statt dessen spricht er von Waldhofen. »Ich bin in einer Großstadt aufgewachsen, in Berlin. Und wenn ich als kleiner Junge zu den Ferien hierher kam, war ich jedesmal selig. Mein Großvater war Arzt, Kurarzt. Meine Großeltern hatten ein wunderschönes Haus mit einem riesigen Garten. Man lebte in diesem Haus ganz nach der Gesundheit, nach den Vorschriften des Pfarrers Kneipp. Ich mußte morgens mit nackten Füßen durch das nasse Gras laufen, mußte mich mehrmals am Tag von meiner Großmama mit Wasser begießen lassen, und ich mußte weite Spaziergänge machen, entweder mit Großvater persönlich oder mit einer seiner Töchter.

Ich fand das alles sehr lustig. Und als meine Eltern in den dreißiger Jahren längere Zeit im Ausland lebten, blieb ich sogar für ganz hier und ging hier zur Schule. Sehen Sie, das ist wohl der Grund, warum ich dem Ort eine gewisse Anhänglichkeit bewahrt habe. Sicher, es gibt vielleicht interessantere Landschaften und amüsantere Orte, auch Kurbäder, aber mir gefällt es hier immer noch. Ich liebe dieses weite grüne Land. Und Waldhofen selbst hat sich gar nicht so sehr verändert. Ein bißchen vergrößert, ein bißchen mehr Betrieb, aber im großen und ganzen ist es sehr ländlich, sehr einfach geblieben.«

Das alles erzählt er nicht so hintereinander weg, er schaut dazwischen wieder mal auf die Pferde, er schaut übers Land, dieses grüne, weite, das er so liebt, und plaudert das alles so hin, sehr ruhig, sehr sicher, und ich habe dabei Zeit, festzustellen, daß er eine außerordentlich sympathische Stimme besitzt und eine sehr gepflegte, sehr hochdeutsche Sprache. Hol mich der Teufel, aber dieser Mann interessiert mich. Dieser Mann gefällt mir. Ich möchte mehr über ihn wissen. Aber er ist keiner, dem man einfach Fragen stellt, nach woher und wohin, nach Beruf und Lebensumständen. Immerhin, etwas weiß ich ja inzwischen schon.

»Ich stamme auch aus Berlin.«

»Ah, ja, wirklich?«

»Jetzt lebe ich in München.«

»In München lebt es sich gut.«

Eine Weile schweigen wir, dann zieht er eine Packung Zigaretten aus der Tasche, bietet mir an, und wir rauchen friedlich eine Zigarette miteinander.
Dann kriegen die Pferde wieder mal das große Rennen. Lorine fängt an. Ohne hör- und sichtbaren Grund. Vielleicht ist es ihr einfach langweilig. Sie macht einen kleinen Hopser, das soll wohl heißen: Na, wollen wir mal? Und dann saust sie los, wie eine Irre auf der Koppel herum. Timotheus immer feste mit.
»Wie die Verrückten«, sage ich.
»Das tut ihnen gut. Ihre Stute bringt meinen Tim ein bißchen in Bewegung. Er ist sonst ein sehr gemessener Herr.«
»Wie sein Herr«, sage ich, es schießt mir so heraus und trägt mir einen recht intensiven, recht genauen Blick aus den blauen Augen ein.
»So? Finden Sie das?«
Ich hebe leicht die Schultern. »Doch ...«
Beide Pferde kommen jetzt zu uns an den Zaun, etwas atemlos, wie zwei aufgeregte Kinder.
»Na, mein Mädchen«, sage ich und fasse Lorine an der Nase, »du bist ja eine ganz Wilde. Macht das Spaß? Ist das fein hier?«
»Wie geht's denn jetzt mit den Rindviechern?« will Herr Gerlach wissen.
»Ja – immer noch schwierig. Sie fürchtet sich nach wie vor. Aber wir gehen nicht so nahe 'ran. Timotheus hat wohl vor nichts Angst?«
»Vor nichts und niemand. Nun ist er auf dem Land aufgewachsen, er kennt Kühe und Landmaschinen seit frühester Jugend. Aber er ist überhaupt nicht ängstlich. Ich kenne es gar nicht, daß er scheut.«

»Beneidenswert. Lorine fürchtet sich vor ihrem eigenen Schatten. Und alles Unbekannte ist ihr ein Greuel. Glauben Sie, es gelingt mir, sie durch ein Dorf zu bringen? Nie. Wir haben es vorgestern wieder probiert. Da hinten, unter dem Hügel, ist ein hübsches Dorf, ich wollte da mal durchreiten. Nicht um die Welt.«

»Das dürfen Sie ihr nicht durchgehen lassen.«

»Das sagen Sie. Aber sie ist auf jeden Fall stärker als ich.«

Einige Zeit darauf führen wir die Pferde zurück in den Stall, es ist bald Essenszeit, Herr Meisel hat noch Stunde in der Bahn. Friedrich ist im Stall und pinselt Lorines kastanienbraunem Nachbarn die Fesseln ein.

»Was hat er denn? Lahmt er?« frage ich.

»Mmmmm.«

»Hat wieder die Sehnen verzerrt, was?« sagt Herr Gerlach.

»Wenn die Leut' nicht aufpassen. Wenn sie auf den Steinen galoppieren«, knurrt Friedrich, blickt hoch und nickt bedeutungsvoll, und Herr Gerlach nickt genauso bedeutungsvoll nach unten. Anscheinend wird der Kastanienbraune nicht immer richtig behandelt. Er gehört einem Fabrikanten aus der Gegend, wie ich schon weiß, und wird meist am Abend geritten, eine kurze und schnelle Runde, immer in Hetze, und da geht es offenbar manchmal etwas unachtsam zu. Mit Pferdebeinen muß man behutsam umgehen.

»Der Timo braucht Beschlag«, sagt Friedrich.

»Ja, ich hab's gesehen. Ich werde Montag hinüberreiten.«

»Gibt es einen guten Schmied hier in der Gegend?« frage ich.

»Doch. Sehr gut sogar. Einer der noch sein Handwerk versteht«, sagt Herr Gerlach.

Wir werden hoffentlich mit unseren Eisen auskommen, so-

lange wir hier sind. Ich habe Lorine kurz vor der Abreise neu beschlagen lassen.
Als wir den Stall verlassen, denke ich: Eigentlich könnte er mich fragen, was ich heute abend mache.
Aber er denkt nicht dran. Es ist Samstag abend, und ich bin schön frisiert, aber ziemlich allein. Schade. Ich hätte Lust, heute abend mit einem netten Mann auszugehen. Nicht mit irgendeinem. Mit diesem hier.
Die ganze Gleichberechtigung ist keinen Pfifferling wert, solange man als Frau nicht fragen darf: Was machen Sie heute abend? Hätten Sie nicht Lust, mit mir zu essen?
Kann man das nicht? Verflixt nein, man kann eben nicht. Jedenfalls nicht bei einem Mann, den man so kurz und so wenig kennt. Ehe wir uns trennen im Hof, hält er es noch für angemessen, sich vorzustellen.
»Übrigens – mein Name ist Gerlach«, sagt er.
Ich neige leicht mein wohlfrisiertes Köpfchen und erwidere: »Ich heiße Vera Marvin.«
Und nun erlebe ich eine Überraschung. »Marvin? Vera Marvin?« Er denkt einen Augenblick nach, sagt dann: »Haben Sie nicht ein Buch geschrieben? Über Paris?«
Ich bin sprachlos und merke, wie mir ein wenig Rot in die Wangen steigt. Passiert mir selten. »Sagen Sie bloß, daß Sie mein Buch kennen, mein erstes und einziges?«
Er lächelt. »Ich gestehe, gelesen habe ich es nicht. Aber es müßte in meinem Regal stehen. Meine Frau hat es seinerzeit gelesen. Und ich erinnere mich, daß sie sehr begeistert davon war.«
»So! Ihre Frau.«
»Ja. Sie kennt Paris gut, und liebt es über alles. Und sie sagte damals, die Atmosphäre sei ausgezeichnet getroffen.

Dessen erinnere ich mich. Ich habe ein sehr gutes Gedächtnis, besonders was Bücher betrifft.«
Es ist ja sehr erfreulich, daß Frau Gerlach mein Buch gelobt hat. Wirklich nett von ihr. Aber genau genommen, könnte ich auf Frau Gerlach gut verzichten. So ist es immer. Man lernt einen netten Mann kennen, einen Mann, der einem gefällt, einen Mann von Format, und natürlich ist er verheiratet.
Na ja, Vera, schon gut. Warum soll er schließlich nicht verheiratet sein!
Und darum kann er mich auch nicht fragen, was ich heute abend mache.
Bleibt nur die Wahl zwischen ausführlichem Abendessen, Kino oder Krimi im Bett.
»Auf Wiedersehen, Herr Gerlach«, sage ich mit meinem strahlendsten Lächeln und strecke ihm die Hand hin, »grüßen Sie Ihre Frau, und ich lasse mich für das wohlwollende Urteil bedanken.«
Er nimmt meine Hand, beugt andeutungsweise seinen Kopf darüber, lächelt, und mir scheint, um seinen Mund ist ein wenig Spott.
»Au revoir, Madame.«
Wie er das sagt, klingt es charmant. Klingt es nach Mann. Ob er eine nette Frau hat? Sicher. Und wo war Madame Gerlach eigentlich, als er neulich mit der Kleinen in der Bar saß?

Der nächste Tag ist wie gesagt Sonntag. Ferdinand kommt, es regnet den ganzen Tag ununterbrochen. Ich habe lange geschlafen und wie ich in den Stall komme, kann ich natürlich nicht in die Bahn, es ist Stunde. Erst nach zwölf gehe ich schnell auf zwanzig Minuten hinein, damit Lorine wenigstens etwas bewegt wird. Eigentlich schon Futterzeit, aber ich kann es auch nicht ändern.

Ferdinand ist um diese Zeit schon da, er sitzt auf dem Tribünchen und schaut mir zu. Lorine benimmt sich einigermaßen erträglich.

Ein trübsinniger Tag. Wir können nicht viel unternehmen, sitzen beim Essen, sitzen im Café, sitzen beim Dämmerschoppen, sitzen wieder beim Essen. Ich bin schlecht gelaunt, weiß auch nicht warum – es ist nicht nur der Regen. Ferdinand kennt diese Stimmungen bei mir und erträgt sie mit Engelsgeduld. Nur einmal sagt er: »Mir scheint, du hast hier schon die Nase voll.«

»Wieso?« frage ich aggressiv. »Wie kommst du denn darauf? Mir gefällt es ausgezeichnet hier.«

»Um so besser. Dann bleibst du also noch?«

»Ich bleibe vier Wochen, das weißt du doch. Eine Woche bin ich erst da.«

»Zehn Tage.«

»Na schön, zehn Tage.«

»Hast du schon nette Leute kennengelernt?«

»Nette Leute? Nicht daß ich wüßte. Nur einen netten Mann.«

»Hab' ich mir gedacht.«

»Hast du dir gedacht, nicht? – Leider ist er verheiratet.«

Ferdinand lacht amüsiert. »Von der spießigen Seite kenne ich dich gar nicht, Vera. Seit wann stört es dich beim Flirt, wenn ein Mann verheiratet ist?«
Stimmt. Seit wann stört es mich? Hier stört es mich aber, ich weiß auch nicht warum.
»Muß eine Alterserscheinung sein.«
Ferdinand lacht noch mehr und verschluckt sich bald an seinem Wein.
»Lach doch nicht so blöd. Ich werde schließlich auch älter. Und früher hat es mich wirklich nicht gestört. Als junges Mädchen verliebte ich mich nur in ältere Männer. Und die waren immer verheiratet. Mein erster war zweiundfünfzig und hatte zwei Söhne in meinem Alter.«
»Daß dir das Spaß gemacht hat«, meint Ferdinand vorwurfsvoll und schüttelt mißbilligend den Kopf.
»Es *hat* mir Spaß gemacht. Soweit einem das mit achtzehn überhaupt Spaß macht. Er war liebevoll und sehr zärtlich. Er verstand wenigstens was von der Sache, was man von den Jungen meist nicht sagen kann. Er hat nicht an mir herumprobiert, er hat mir gleich alles richtig beigebracht. Alles, verstehst du. Und alles richtig.«
Ferdinand macht ein Gesicht, als hätte er Zahnschmerzen. Ich bin gemein. Wenn ich ihn ärgern will, erzähle ich ihm von meinen Liebhabern. Dabei gibt es weit und breit keinen Grund, warum ich ihn ärgern sollte. Aber seine Sanftmut und Güte reizen mich manchmal. Gerade wenn ich in einer Stimmung bin wie heute.
»Der nächste war schon wesentlich jünger, er war fünfundvierzig. Und sah toll aus.«
»Ah, das war Leopold.«
»Genau. Er nahm mich mit nach Zürich. Das war meine

erste Reise ins Ausland. Wir wohnten in einem ganz feinen Hotel und alles imponierte mir gewaltig. Als ich zurückkam, bekam ich von Mama eine Ohrfeige.«

»Die hätte sie dir vorher geben sollen.«

»Vorher wußte sie es ja nicht. Ich hatte gesagt, ich führe übers Wochenende zu einer Freundin nach Garmisch. Und als ich Montag nicht zurückkam, rief sie dort an und erfuhr, daß ich nicht da war.«

»Und dann?«

»Dann rief sie bei Leopold an. Beziehungsweise bei seiner Frau. Es waren nämlich Bekannte von Mama. Und als sie merkte, daß Leopold nicht da war, dachte sie sich alles.«

»Na, du hättest meine Tochter sein müssen.«

»Du hättest auch nicht mehr tun können, als mir eine herunterhauen.«

»Ich hätte besser auf dich aufgepaßt.«

»Es ist ziemlich schwierig, auf ein junges Mädchen aufzupassen.«

»Und sie vermutete gleich, daß du mit Leopold weggefahren warst?«

»Mhm. Mama ist in diesen Dingen sehr clever. Und sie wußte, daß ich in Leopold verknallt war. Und sie kannte Leopold gut, er war bekannt für seine Eskapaden.«

»Und das hat dich nicht gestört?«

»Du wirst lachen, nein.«

»Und Leopolds Frau?«

»Sie war daran gewöhnt.«

Ferdinand starrt tiefsinnig in sein leeres Glas. »Ach, Vera!« seufzt er.

»Ich bin gräßlich, nicht?«

»Du bist nicht gräßlich. Du bist wie du bist.«

»Eben. Und heute bin ich ja viel vernünftiger geworden.«
»Bist du sicher?«
»Du siehst es ja. Heute stört es mich, wenn ein Mann verheiratet ist. Man ist so herrlich unbekümmert, wenn man jung ist. Ach!«
Ich starre auch tiefsinnig in mein leeres Glas. »Trinken wir noch einen?« Als wir wieder gefüllte Gläser haben, stöbere ich weiter in meiner Vergangenheit. Alle Frauen tun das gern von Zeit zu Zeit. Überhaupt wenn sie einen geduldigen Zuhörer haben.
»Mein nächster war René. Und der war nun jung, nur vier Jahre älter als ich. Und da ist auch prompt alles schief gegangen. Ich habe ein Kind gekriegt und habe geheiratet. Na, das kennst du ja alles bestens.«
Ferdinand nickt. Er kennt das alles. Er hat es miterlebt. Ich habe mich oft genug an seiner Schulter ausgeweint.
René studierte wie ich an der Münchener Universität. Er war ein Bild von einem jungen Mann. Zu schön, um wahr zu sein. Schlank, rassig, schwarzes Haar und dunkle Augen, charmant und gewandt, der geborene Verführer.
Seine Mutter war Deutsche, sein Vater Franzose. Und nachdem sein Vater 1940 während des kurzen Frankreichfeldzuges gefallen war, kam seine Mutter mit ihm nach Deutschland. In Frankreich wollte sie keiner mehr haben. René war damals vierzehn Jahre alt. Er liebte seine Mutter nicht, glorifizierte seinen toten Vater, sprach immer davon, daß er nach Paris gehen würde. Seine ganze Jugend über befand er sich in Opposition zu seiner Mutter und ihrer Familie, obwohl es alles liebe und brave Menschen waren. Wir kannten uns ein Vierteljahr, da sagte er einmal bösartig: »Diese boches! Ich habe nichts mit ihnen zu schaffen.«

Ich war schrecklich wütend und stritt mich mit ihm. Nicht daß ich so ein glühender Deutscher gewesen wäre, aber man hört so etwas eben nicht gern. Aber es war schon zu spät. Ich war schwanger. Immerhin – er heiratete mich. Als unser Kind geboren wurde, war er ein verhältnismäßig liebevoller und entzückter Vater. Aber das dauerte nicht lange. Wir hatten nicht viel Geld, wir lebten in einem Zimmer, er studierte, ich nicht mehr. Die Welt war einfach zu eng geworden, wir gingen uns auf die Nerven. Das Kind, ein kleines Mädchen, starb an einer Gehirnhautentzündung. Das alles war schrecklich. Aber als der erste Schock vorbei war, empfand ich es beinahe als Befreiung. Eine Weile trösteten wir uns gegenseitig, René und ich, es war die beste Zeit unserer Ehe. Nur hatte ich ständig Angst, wieder ein Kind zu bekommen. Das wollte ich auf jeden Fall vermeiden.

Es ging mir nicht gut damals, ich war nervös, überschlank, reizbar. Ich fuhr dann zu meiner Mutter nach Genua für einige Zeit, und als ich wiederkam, hatte René ein Verhältnis mit einer jungen Schauspielerin. Wir sprachen sehr offen und sehr großzügig darüber. Aber es war noch nicht das Ende. Er ging wirklich dann für einige Zeit nach Frankreich, ich studierte noch ein bißchen, aber ich hatte kein Geld, nahm eine Stellung beim Funk an, suchte mir eine kleine Wohnung und lebte soweit ganz angenehm.

Um die Mitte der fünfziger Jahre etwa kam René wieder einmal nach München und zeigte sich überraschenderweise von seiner charmantesten Seite. Auch ich war sicherer geworden, selbstbewußter, vielleicht auch hübscher. Er nahm mich mit nach Frankreich zu seinen väterlichen Verwandten, die sehr reizend zu mir waren. Ein halbes Jahr etwa führten wir eine Art Ehe, aber dann war es endgültig vorbei. Ich kehrte nach München zurück. Ein Jahr später ließen wir uns dann scheiden.

War es Liebe? Heute bin ich geneigt, daran zu zweifeln. Es war alles mögliche, aber es war niemals das, was ich mir unter Liebe vorstelle. Aber vermutlich gibt es das, was *ich* mir unter Liebe vorstelle, gar nicht.

»Woran denkst du?«

»An René.«

Ferdinand nickt. »Was er wohl jetzt tun mag?«

»Das ist mir ziemlich egal.«

»Wenn das Kind am Leben geblieben wäre, wäre vielleicht alles anders geworden.«

»Ach, red nicht wie aus der Gartenlaube, das hätte gar nichts geändert. René war zur Ehe nicht geeignet, bestimmt damals nicht. Und ich auch nicht.«

»Aber du hast René doch geliebt.«

»Ach, Unsinn. Liebe! Gibt es die überhaupt. Liebe ist nur eine Fiktion. Etwas für Romanschreiber und Schlagertexter.«

»Nein, Vera«, sagt Ferdinand bestimmt und sehr ernst. »Das ist nicht wahr.«

»Na, bestenfalls ist sie für Dumme und Primitive. Ein Mensch mit Verstand weiß ziemlich bald, was er von der sogenannten Liebe zu halten hat. Er durchschaut den ganzen Schwindel, verstehst du? Ein paar körperliche Bedürfnisse, na schön. Sonst noch was?«

Ich bin heute abend wirklich abscheulich. Armer Ferdinand. Da sitzt er mit unglücklichem Gesicht vor mir, mit seinem guten Herzen, mit all seiner ungenutzten Liebesfähigkeit, und ich bin es, die er liebt, und wenn er klug wäre, würde

er seiner Wege gehen und sich nicht einmal mehr nach mir umsehen.
Ich streiche mit dem Finger über seinen Handrücken. »Veruschka ist ein gräßlicher Balg. Nur noch zum Wegschmeißen gut. Du mußt sie nicht gern haben.«
Statt einer Antwort nimmt er meine Hand und küßt sie. Später, als ich ihn zu seinem Wagen bringe, küsse ich ihn auf den Mund. Das habe ich noch nicht oft getan. Wird er glücklich sein darüber während der Heimfahrt im Dunkeln? Oder stimmt es ihn nur wehmütig?
Am Ende hofft er immer noch. Auf mich...

Das neue, alte Spiel

Der erste Tag der neuen Woche, der Beginn meiner zweiten vollen Woche in Waldhofen, ist große Klasse. Die Sonne strahlt von einem wolkenlosen Himmel, schon vom Bett aus sehe ich das, denn ich schlafe bei weit offener Balkontür, und wenn ich den Kopf ein wenig hebe, sehe ich die vollen tiefgrünen Wipfel der Bäume im Garten. Was für ein Tag! Nur schade, daß ich heute nicht reiten kann. Aber ich werde Lorine auf jeden Fall besuchen.
Das tue ich am späten Vormittag, ich bin allerbester Laune und ich freue mich, daß ich hier bin. Ich nehme Lorine heraus und longiere sie eine halbe Stunde, denn sie hat gestern wenig getan, sonst ist sie morgen zu munter. Timofreund ist nicht da, mir fällt ein, daß er heute in die Schmiede gehen sollte. Es ist still und verlassen im Stall. Herr Meisel und seine Frau sind fortgefahren, die blonde

Angelika hat sich gestern verabschiedet, die Ferien sind vorbei, die Kinder verschwinden nach und nach. Nur Friedrich treffe ich, aber Unterhaltungen mit ihm sind nicht sehr ergiebig.
Schade, mir wäre gerade nach ein bißchen Unterhaltung zumute. Lorine tut ihr Bestes. Wie ein Füllen hopst sie an der Longe herum, sie ist durchaus nicht zu ernsthafter Arbeit zu bewegen. – Als ich gegen Mittag nach Waldhofen zurückkomme, ist es richtig warm, die Frauen spazieren in Sommerkleidern, die Männer teilweise in kurzen Hosen.
Jetzt beginnt der bayerische Sommer. Er beginnt immer im September und er reicht bis in den späten Oktober hinein. Das ist die Zeit des blauen Himmels, der südlich warmen Luft, der sternklaren Nächte. Das ist die Zeit, in der man sich verlieben möchte, die Zeit, in der man – ja, was? Doch, ja, es ist die Zeit, in der man etwas anstellen möchte.
Ich setze mich zu einem Aperitif auf die bekannte Terrasse an der Kurpromenade und mustere unternehmungslustig meine Mitmenschen, vornehmlich die männlichen Geschlechts. Wenn zum Beispiel jetzt der dunkelblaue Blazer käme... aber er kommt nicht. Fast ein Uhr, da sitzt er sicher schon bei Tisch in seinem Hotel, denn man erinnert sich – gar streng sind hier die Bräuche. Bis dreizehn Uhr dreißig wird gegessen, später nicht mehr.
Ich habe nicht die geringste Lust, meinen Platz in der Sonne zu verlassen. Esse ich eben nicht, tue ich was für die schlanke Linie. Ich blättere in den Illustrierten, die ich mir gekauft habe, bestelle einen zweiten Drink und überlege, was ich mit dem Rest des Tages anstelle. Irgendwohin fahren, irgendwohin laufen, im Liegestuhl auf dem Balkon liegen... nur müßte man zu allem nicht so allein sein.

Als es mittäglich still auf der Kurpromenade ist, kommt da plötzlich in flottem Bogen vom Kurhaus her einer angeradelt. Obwohl jegliches Fahren, auch das Radfahren, hier verboten ist. Einer auf dem Fahrrad mit Reitstiefeln, schlank und gerade, unbekümmert und jung, genau der, den ich mir wünsche. Ich springe auf, hebe die Hand und rufe: »Hallo!«

Der Radler schaut im Fahren her, wendet elegant und hält vor meiner Terrasse.

»Wissen Sie nicht, daß Radfahren hier verboten ist?«

Er lacht zu mir herauf. »Ich darf das.«

»Immer diese Eingeborenen. Für sie gibt es keine Vorschriften. Schon zurück vom Schmied? Passen die neuen Schuhe?«

»Es scheint so. Tim hat sich nicht beklagt. Was gibt es hier bei Ihnen?«

»Campari.«

»Hm. Falls die mir ein ganz gewöhnliches Bier verkaufen, käme ich zu Ihnen hinauf. Wenn es Ihnen recht ist.«

»Es ist mir sehr recht.«

Er lehnt sein Rad an die Terrassenwand, nimmt die drei Stufen in einem Sprung, steht vor mir und lacht mich an.

»Sehr recht?«

»Ja. Ich war gerade dabei, mich einsam zu fühlen.«

»Wie ist das möglich? Wo hier alle männlichen Kurgäste Jagd auf einsame Damen machen.«

»Wer sagt das?«

»Es geht die Rede, keine sei hier länger als drei Tage allein.«

»Ich bin es bereits seit – warten Sie, ja genau seit elf Tagen.«

»What's wrong with you, mylady?«
»I can tell you. I'm a sophisticated lady. Maybe that isn't very appealing. Not for men.«
»Is that so?«
Die Barmaid kommt an unseren Tisch, nimmt die Bestellung auf ein Bier entgegen und entschwebt wieder. Die blauen Augen sehen mich an.
»Kein Kurschatten also?«
»Sie haben nicht im Ernst erwartet, mich hier als Kurschatten vorzufinden.«
»Eigentlich nicht. Das ist wahr.«
»Eine Frau wie ich findet immer nur etwas Richtiges oder gar nichts«, sage ich mit all der Anmaßung, die in mir steckt, »die Männer, die hier auf Jagd gehen, verschonen mich. Die wissen ganz genau, daß ich nicht das passende Wild für sie bin.«
»Alles keine Großwildjäger«, sagt Herr Gerlach, zieht eine Sonnenbrille aus der Tasche und setzt sie auf, so daß ich seine blauen Augen nicht mehr sehen kann.
Ich finde, das ist ein hübsches Kompliment – das mit dem Großwild. Es geht mir 'runter wie Öl. Und richtig frech müßte ich eigentlich fragen: Und Sie, mein Herr, sind Sie ein Großwildjäger? Aber ich hüte mich wohl. Das ist keiner, den man leichtfertig herausfordert. Es würde ihn stören. Man spürt so etwas, man weiß so etwas, wenn man ein bißchen was von Männern versteht.
Wir reden eine Weile hin und her über die Kurgäste, so im allgemeinen und besonderen, und Herr Gerlach erzählt ein paar ulkige Geschichten, selbst erlebt. Dann schaut er auf die Uhr. Ich auch. Fast zwei Uhr.
»Müssen Sie nicht zum Essen nach Hause?«

»Und Sie?«
»Ach, ich als popliger Kurgast kriege sowieso nichts mehr. Ab dreizehn Uhr dreißig präzise wird nichts mehr serviert. Wissen Sie das nicht?«
»Das kann doch nicht wahr sein?«
»Aber ja. Wer hier essen will, muß sich pünktlich einfinden. Nachher ist die Küche zu.«
»Davon hatte ich keine Ahnung.«
»Da sieht man mal! Diese Eingeborenen! Für sie gelten alle diese Gesetze nicht. Sie dürfen radfahren auf der Promenade, Montag ihr Pferd satteln und um zwei noch Mittag essen. Was glaubt ihr eigentlich, wer wir sind?«
Er grinst. »Und ich habe Sie aufgehalten. Meinetwegen müssen Sie nun hungern. Ich sinne auf Abhilfe.«
»Dann sinnen Sie mal schnell. Ich habe wirklich Hunger.«
So schrecklichen Hunger habe ich gar nicht. Aber die Vorstellung, daß ihm vielleicht doch etwas einfällt, ist zu verlockend. Es fällt ihm etwas ein.
»Haben Sie Ihren Wagen zur Hand?«
»Er steht gleich um die Ecke.«
»Dann fahren wir wohin, wo wir garantiert etwas zu essen kriegen.«
»Wir?«
»Ja. Gönnen Sie mir kein Mittagessen? Ich habe immerhin zwei Stunden in der Schmiede verbracht, das macht Hunger.«
»Ich gönne Ihnen alles, was Sie sich selbst gönnen. Aber werden Sie nicht zu Hause zum Essen erwartet?«
»Wenn ich nicht komme, schadet es auch nichts. Und es ist ja wirklich schon ein bißchen spät.«
Ich finde, er könnte wenigstens zu Hause anrufen, aber er

tut es nicht. Madame Gerlach muß eine außerordentlich langmütige und nachsichtige Dame sein.
Er zahlt unsere Getränke, obwohl ich meine selber zahlen will. Mit einer kurzen entschiedenen Handbewegung bescheidet er mich: »Wenn ich mit am Tisch sitze, bezahlt eine Dame nicht.« Punkt. Klingt gut. Ein Kavalier der alten Schule. So etwas habe ich gern.
Wir gehen zu meinem Wagen, er setzt sich neben mich, und wir fahren los. In meinem Herzen habe ich eine richtige kleine Freude. Da sitzt er also neben mir, dieser nette Mann, und wir werden zusammen essen. Vera! Sooo alt bist du offenbar doch noch nicht.
Wir fahren nicht in der mir bekannten Richtung aus Waldhofen hinaus, sondern gegen Südosten. Eine Gegend, in die ich noch nicht gekommen bin. Eine gute neue Straße, rechts und links Felder und Wiesen, in der Ferne im Süden sieht man die Berge.
»Es ist leicht föhnig«, meint mein Begleiter. »Das Wetter wird gut bleiben.«
»Das wäre schön.«
»Es wird sogar noch wesentlich wärmer werden. Wenn wir Glück haben, kriegen wir das beste Badewetter.«
»Können wir hier baden gehen?«
»Wollen Sie damit sagen, Sie haben das Waldhofener Freibad noch nicht gesehen?«
»Nein. Hab' ich nicht.«
»Dann sollten Sie das schleunigst nachholen. Eine Pracht von einem Bad. Es liegt auf und an einem Hügel, ist ziemlich groß und hat auch ein sehr großes Schwimmbassin. Ein Musterbad. Wir sind sehr stolz darauf. Wir haben es erst seit zwei Jahren.«

»Ach so. Ganz neu also.«
»Es war eine langwierige Geschichte, bis es endlich stand. Und eine teure Angelegenheit. Mein Großvater hat sein ganzes Leben lang für den Bau eines Schwimmbades plädiert. Er hat geradezu einen Kampf dafür geführt. Leider hat er es nicht mehr erlebt.«
»Das tut mir leid für Ihren Großvater. Es hätte ihn sicher befriedigt, daß es so ein schönes Bad geworden ist.«
»Das hätte es wohl. Aber er hätte am nächsten Tag einen neuen Kampf begonnen. Den für ein Hallenbad. Denn das wollte er auch immer haben.«
»Und haben die Waldhofener früher gar nicht gebadet? Ich meine außer in der Badewanne?«
»Doch, doch. Es gibt nicht weit von hier zwei ganz hübsche kleine Seen. Die Gemeinde war immer der Ansicht, das genüge eigentlich. Aber moderne Kurgäste sind anspruchsvoll. Und an gut gepflegte Schwimmbäder gewöhnt.«
Wir sind etwa zwanzig Minuten gefahren, als wir in ein kleines, außerordentlich hübsches Dorf kommen. Ein paar Bauernhäuser rechts und links der Straße, dann kommt man gleich ins Zentrum, da stehen die Kirche, die Schule, und ein prächtiges breites Haus mit grünen Fensterläden, das Rathaus, wie ich höre, in dem auch die Post untergebracht ist, und am Ende dieses Platzes, etwas zurück gelegen, ein wuchtiger bayerischer Gasthof mit Holzveranden und einem herausgebauten Erker mit bunten Scheiben. Hübsch ist dieser Platz, alles so schön beieinander, so übersichtlich. Und alles so harmonisch, so mit Geschmack und Kultur gebaut und gepflegt.
»Zum Oberwirt«, steht breit über dem Gasthof, und Herr Gerlach bedeutet mir, direkt mitten davor anzuhalten.

Es ist halb drei. Ich sage: »Sie bilden sich doch nicht im Ernst ein, daß wir hier noch etwas zu essen kriegen um diese Zeit. Weit und breit ist kein Mensch zu sehen.«
»Ich kriege«, antwortet er selbstbewußt und steigt aus. Ich folge ihm durch die Tür ins Innere des Hauses. Links und rechts ist eine Gaststube, er geht rechts hinein, ein schöner großer Raum mit gemütlichen Nischen, aber er ist leer. Im Hintergrund ist die Theke, dort an einem Tisch neben der Theke sitzen immerhin zwei Männer vor ihrem Bier.
Sie blicken auf, als wir kommen, Herr Gerlach sagt: »Grüß Gott!«, die beiden murmeln etwas zurück. Neben der Theke ist die Durchreiche zur Küche. Hier steckt Herr Gerlach seinen Kopf durch und ruft mit kräftiger Stimme: »Marei!«
Ich lausche auf ein Echo. Die zwei Männer am Tisch verfolgen interessiert das Unternehmen. Stille.
Und noch einmal, lauter: »Marei!«
Und nun eine helle Frauenstimme aus dem Hintergrund: »Jessas naa! Der Herr Doktor! Naa so was aa!«
Und gleich darauf erscheint in dem Durchguck ein rundes fröhliches Gesicht unter dunklem Haar, zwei schwarzbraune Augen strahlen ganz beglückt, sie schütteln sich die Hände durch das Fenster, und sie ruft: »Naa, daß'd aa wieder mal da bist, Herr Doktor, das gefreit mi aber. Hast di eh lang nimmer sehn lassen! Wo steckst denn immer? Hast vui Arbeit? Oder warst am End' gar verreist?« Und so weiter und so fort. Eine Weile erkundigen sie sich gegenseitig nach ihrem Ergehen, berichten, daß es ihnen gutgeht, ja, der Leni und der Dori auch, und der Aloys sei auch gut beieinand', a bisserl Rheuma halt, weißt ja eh, das kriegt er ab und zu, und die Tonerl hätt' geschrieben

und vielleicht käm' sie im November auf einen längeren Besuch, wenn halt die Saison vorbei sei, und der Sepp sei beim Militär, weißt ja eh, gfallt ihm net besonders und so an Trutschn hätt' er sich angelacht da droben, vom Heiraten redt er, aber da hätt' ma schließlich auch noch a Wörterl mitzureden, und wo denn der Xaver sei, und weißt scho, daß der Wastl gestorben ist, ja, grad vor vier Wochen, so a schöne Leich. Und so geht es endlos weiter. Die beiden am Tisch hören aufmerksam zu, ich auch, was bleibt mir anderes übrig. Ich sehe mich um, wo der nächste Stuhl steht, nicht einzusehen, warum ich mich nicht hinsetzen soll. Da kommen sie endlich zur Sache.

»Ich hab' Hunger, Marei. Und die junge Dame hier auch. Drunten geben sie uns nichts mehr zu essen. Die haben so alberne Gebräuche. Und halb zwei sperren's die Küche zu.«

»I woaß eh«, die Marei kichert vergnügt. »Sind schon manche herkommen, weil's nix mehr z'essen kriegt ham. Was magst denn?«

»Was hast denn?«

Das runde Gesicht sammelt sich zum ernsten Nachdenken.

»Also ihr könnt's haben Rostbraten oder Schnitzel mit am Salat, dann hätt' ich no a Gulasch und an Schweinsbraten, der wär' aber gewärmt; wanns solang warten könnt, könnt i euch an Gockel braten, an ganz jungen, und an Kaiserschmarren natürli und ...«

»Das genügt schon, Marei. Da finden wir was.« Er dreht sich zu mir um, sein Gesicht ist jungenhaft vergnügt, er ist nicht mehr der gemessene Herr, der keine Miene verzieht, seine blauen Augen lachen, sein Mund – Herrgott, dieser Mann regt mich auf. Er hat ja mehrere Gesichter, das merke ich jetzt.

»Nun, Madame, was könnte Sie reizen?«
»Ach, eigentlich alles«, sage ich begeistert. »Ich habe einen Riesenhunger.«
Zu dritt beraten wir eine Weile, entscheiden uns für Schnitzel mit gemischtem Salat und zum Nachtisch Kaiserschmarren.
»Hast noch von dem guten Württemberger Roten, Marei?«
»Hab' i no. Den heb' i extra für dich auf. Alsdann setzt's euch. Oder wollt's lieber im Garten sitzen?«
»Ich könnt' Frau Marvin mal deinen Gemüsegarten zeigen, Marei. So was hat sie sicher noch nicht gesehen.«
»Aber gern. Geh nur hintere, kennst di eh aus.«
»Das ist Vera Marvin. Sie ist auch eine Reiterin. Sie ist mit ihrem Pferd in Waldhofen drunten.«
»Da schau her! Des is recht!« lobt mich Marei. Und wir schütteln uns die Hand.
Damit entschwebt die Wirtin in die Küche, und wir gehen wieder hinaus in den Flur, durch den Flur durch, und hinten zum Haus hinaus, auf einer Holzveranda bleiben wir stehen.
»Na, das war ja überwältigend«, sage ich. »Sind Sie überall so beliebt?«
»Wo man mich kennt«, sagt er selbstbewußt und lacht mich an, auch ziemlich selbstbewußt.
Ja, sein Mund, den lerne ich jetzt besser kennen. Erst waren es seine Augen, so seltsam blau, so erstaunlich kühl. Nun nicht weniger blau, aber viel wärmer. Nicht meinetwegen, Gott bewahre. Marei hat dieses Wunder vollbracht. Und sein Mund, der mir zuerst herb und verschlossen erschien, er ist viel weicher geworden. Die Oberlippe ist schmal, aber für einen Mann bemerkenswert schön ge-

schwungen. Aber – seine Unterlippe. Sie ist genaugenommen ein bißchen unverschämt, voll und etwas gewölbt, von der Art, um die sich Spott, Kühnheit, aber auch viel Zärtlichkeit ansiedeln können.

Wir gehen durch den Garten, in dem es nicht nur herrliches Gemüse jeder Art gibt, sondern in dem auch die buntesten Blumen blühen, die ich je gesehen habe.

»Sie werden sehen, was für einen Salat wir nachher bekommen. Ganz frisch, noch warm von der Sonne. Und wenn wir wieder einmal herfahren, dann rufen wir vorher an und lassen uns eine Gemüseplatte machen. Die macht sie großartig.«

»Ich esse sehr gern Gemüse«, erkläre ich schwach, leicht schwindelig bei dem Gedanken, daß *wir* wieder einmal hierher fahren. Erst hat er mich kaum angeguckt, dieser Herr Doktor mit dem versteckten Charme. Und nun auf einmal wird er ausgesprochen aktiv.

»Und was sind das nun für Leute hier? Auch Verwandte von Ihnen?«

»Nein, keine Verwandten. Alte Freunde. Der Bruder von der Marei und ich, wir waren gute Freunde schon als Buben. Als ich hier war, damals die zwei Jahre, gingen wir zusammen in die gleiche Klasse. Im Krieg dann trafen wir uns wieder. Er ist gefallen. – Als Junge bin ich viel hier im Hause gewesen.«

Das Essen ist eine Wucht. Das Schnitzel so groß, daß eine ganze Familie davon satt werden könnte. Und so saftig und zart, daß man es ohne Zähne essen könnte. Der helle Württemberger Rote ist ein Gedicht. Wir trinken in Null Komma nichts einen ganzen Liter und bestellen noch einen halben dazu.

»Vor dem Kaiserschmarren brauche ich unbedingt eine Pause«, sage ich. Aber die Pause wird mir nicht gegönnt. Der Schmarren kommt kurz danach, er ist knusprig und duftet so herrlich, daß ich doch noch ein paar Löffel davon verdrücken kann.

»Ich habe mindestens fünf Pfund zugenommen«, stöhne ich. »Mir paßt morgen meine Reithose nicht.«

»Dann reiten Sie morgen eine Stunde länger, dann paßt sie wieder«, sagt er ungerührt.

Nach dem Essen führt er mich hinaus in den Garten und meint, ich solle mich eine Weile unter den Apfelbaum in den Liegestuhl legen. Da könne ich den Kaffee trinken, während er den Aloys begrüße und noch ein bißchen mit ihm und der Marei schwatzen werde.

Der Liegestuhl ist verlockend. Der Kaffee wird neben mich auf einen Stuhl gestellt, er schmeckt herrlich, ich fühle mich wie im Himmel, ich schaue in die Zweige des Apfelbaums, ich sehe den Hühnern zu, die um mich herum im Gras picken, ich will ein wenig über meinen neuen Bekannten nachdenken, aber ...

Ich weiß nicht, wie lange ich geschlafen haben. Und ich weiß auch im ersten Moment gar nicht, wo ich bin, als ich aufwache. Über mir Zweige und blauer Himmel. Und eine himmlische Ruhe. Und ein Duft nach Blumen und Gras.

Wie ich den Kopf wende, sehe ich geradewegs in die blauen Augen.

»Na, gut geschlafen?«

»So was! Bin ich eingeschlafen?«

»Das kann man wohl sagen. Sie haben anderthalb Stunden geschlafen wie ein kleines Kind.«

»Ist das wahr?«

»Doch, ist wohl wahr. Mit einem unschuldigen Kindergesicht. Nichts von einer ›sophisticated lady‹ zu entdecken.«
Ich sehe ihn an, wie er das sagt. Ich bin auch keine »sophisticated lady« im Moment. Ich bin ein wenig ängstlich und sehr beunruhigt. Denn da hat etwas angefangen – da fängt etwas an. Ein altes Spiel. Nein, ein neues Spiel. Und etwas warnt mich untergründig, daß es kein Spiel sein wird.

Überraschende Entdeckung

Am nächsten Tag, wieder herrliches Wetter, komme ich sehr früh in den Stall. Timo ist noch in seiner Box, von seinem Herrn keine Spur. Ich trödle ein bißchen herum, aber er kommt nicht. Gestern war es sechs Uhr, als wir nach Waldhofen zurückkehrten. Ich sagte, daß es mir gut gefallen hätte. Er sagte, das freue ihn. Aber mehr nicht. Wir verabschiedeten uns, und damit hatte es sich. Ob es zu Hause Ärger gab, weil er so lange ausgeblieben ist? Fragt seine Frau, wo er war und mit wem? Höchst vermutlich. Frauen fragen immer. Fragen sie nicht, sind sie nicht normal.
Er kommt offenbar heute nicht zum Reiten. Ich gehe schließlich los mit Lorine und habe allerhand Ärger mit ihr. Wie immer am Dienstag nach dem Stehtag ist sie munter bis frech. Wie wir am Waldrand entlang galoppieren, erschreckt sie ein plötzlich aufspringender Hase, sie zischt los, geht mir richtig durch. Es dauert eine Weile, ehe ich sie wieder in der Hand habe. Wir sind dabei in eine Wiese hineingeraten und bis dicht an einen dieser verflixten dünnen Drähte gelangt, die man erst im letzten Moment oder gar nicht sieht.

Ein durchgehendes Pferd unter dem Hintern zu haben ist ein ekelhaftes Gefühl. Ja, wenn man massenhaft Platz zur Verfügung hätte, wenn es keine Straßen, keine Steine, keine Löcher, keine Drähte gäbe, dann wäre es nicht so schlimm. Dann ließe man sie eben sausen und würde nur darauf achten, oben zu bleiben. Aber so, bei all den Gefahren, die einen umlauern, kann einem schon mulmig werden.
Richtig, wie wir glücklich wieder auf einen Feldweg gelangt sind, beide etwas atemlos und aufgeregt, ist da ein Bauer mit seiner Hilfstruppe auf dem Feld gegenüber und droht mir mit bitterböser Miene. Er denkt vermutlich, ich trample absichtlich in seinem schönen Gras herum.
»Du bist das unartigste Pferd weit und breit. Eines Tages wird man dein armes Frauchen einsperren, weil du nicht folgen kannst«, schimpfe ich mit Lorine. Es macht ihr wenig Eindruck. Ich gehe im Schritt in Richtung Wald, und dann eine Weile kreuz und quer im Wald herum. Da beruhigt sie sich am ehesten. Viel weiter gehe ich heute nicht, bleibe im Gebiet, das nahe dem Stall liegt.
Wie ich zurückkomme, steht Timo immer noch in seiner Box. »Kommt dein Herrchen heute gar nicht? Ist er wieder verreist? Wo fährt er denn da eigentlich hin? Timo, erzähl doch mal.«
Timotheus schweigt, blickt mich mit seinen großen dunklen Augen an, wartet auf die Rüben, die er von mir bekommt.
Heute muß ich wieder allein zu Mittag speisen. Am Nachmittag mache ich mich daran, das Schwimmbad zu entdekken, das mir so angepriesen wurde. Es ist wirklich außerordentlich schön. Und gut besucht bei diesem wunderbaren Wetter. Das Wasser ist leider nicht sehr warm. Achtzehn Grad. Mit Todesverachtung stürze ich mich hinein und

schwimme ein paar Runden. Wenn sie schon so ein schönes Bad gebaut haben, und das erst ganz kürzlich, dann hätten sie auch eine Heizanlage einbauen können. Macht man doch heute allgemein. Dann hätten die Leute mehr von diesem Prachtstück.

Nach dem Baden fahre ich ins Hotel zurück, ziehe mich um, bißchen auf fein, und spaziere über die Kurpromenade, aus der Ferne ein bißchen Kurkonzert, und dann bleibe ich vor der Buchhandlung stehen.

Die Buchhandlung hat eine sehenswerte Auslage. Alles was gut und gängig ist und in den letzten Jahren erschienen ist, wird angeboten. Von Angélique bis Henry Miller, von Jean-Paul Sartre bis zu der unverwüstlichen Lady Chatterley. Nur Vera Marvin entdecke ich nirgends. Wäre wohl auch zuviel verlangt. Ich mit meinem einzigen popligen Buch kann nicht verlangen, daß man sich noch an mich erinnert. Fünf Jahre her ist es schon, daß es erschien. Wenn man sich ein Leserpublikum erobern will, muß man weiterschreiben, muß man ein Buch auf das andere folgen lassen.

Angenommen, ich hätte Gert damals nicht kennengelernt, angenommen, ich hätte, wie geplant, ein zweites Buch geschrieben und dann ein drittes... okay – ich habe nicht. Aber ich kann jetzt. Stoffe gibt es genug. Ich könnte den Stoff von der Côte wieder aufgreifen. Recherchen habe ich schon allerhand gemacht, ich könnte einen anderen Plan verwirklichen, ein Buch schreiben über die Intrigen und Karrieren in der Haute Couture, ich könnte, ausgestattet mit selbsterlebten Kenntnissen, etwas schreiben über moderne Werbung, über Mädchen und Männer, die in und für die Werbung arbeiten... Stoffe gibt's genug.

Ich bin kein Romanschreiber, so etwas liegt mir nicht. Ich kann keine Geschichten erfinden, aber ich kann berichten über Geschichten, die passiert sind, und über die Geschichtchen, die dabei abfallen.
Also angenommen, ich würde... plötzlich wird mein Blick starr. Ich stehe immer noch vor dem Fenster der Buchhandlung, ich bin jetzt in der rechten Ecke, zweite Reihe von oben, gelandet. Da stehen drei Bücher nebeneinander, alle drei mit bemerkenswert guten Umschlägen, alle drei haben auf dem Titel den gleichen Verfasser stehen: Robert Gerlach.
In meinem Kopf klickt es. Robert Gerlach... wie war das doch gleich? Keine Bücher für die breite Masse, aber gute Besprechungen, viel Raum dafür in honorigen Zeitungen. Vor einem Jahr dürfte das letzte erschienen sein. Da oben steht es. »Der sizilianische Falke« von Robert Gerlach. Könnte es möglich sein, daß...?
Im Laden ist gut zu tun. Die Bücher sind anscheinend nicht nur fürs Schaufenster gedacht. Obwohl, wie ich zuhöre, die meisten Leute kaufen Ansichtskarten, Illustrierte oder Krimis, so wie ich. Schließlich gelingt es mir, die Gehilfin anzusprechen. »Könnte ich mal das Buch von Robert Gerlach sehen? ›Der sizilianische Falke‹?«
Sie muß es nicht aus dem Fenster holen, es steht außerdem noch im Regal. Alle Gerlach-Bücher stehen da.
Wie ich es in der Hand habe, drehe ich es gleich um. Na bitte! Da haben wir es. Auf der Rückseite des Umschlages ist ein Bild, das schmale Herrengesicht, ernst, sehr intelligent und seriös sieht er aus.
Darunter steht: Robert Gerlach war nach dem Studium zehn Jahre als Diplomat tätig. Noch während dieser Zeit

schrieb er sein erstes Buch »Das Mittelalter an der Wende«, in dem bereits die profunden historischen Kenntnisse des Autors, gepaart mit der eigenwilligen Art der Geschichtsbetrachtung, sichtbar wurden und einen beachtlichen Erfolg erringen konnten. Das Buch war ebenso umstritten wie erfolgreich. Der Autor quittierte den diplomatischen Dienst und lebt heute als freier Schriftsteller in Süddeutschland. Sein neuestes Werk, »Der sizilianische Falke«, erzählt auf lebendige und teilweise kühne Art das Leben Friedrichs des Zweiten, des letzten Staufers auf dem Kaiserthron, einer der größten Herrschergestalten des Mittelalters.

Da hätten wir ihn also, meinen geheimnisvollen Boxnachbarn. Jetzt weiß ich, wer er ist und was er macht. Diplomat – das paßt gut. Historiker, der lebendige Bücher schreibt, ganz was Seltenes. Muß ich sehen, ob das stimmt. »Der sizilianische Falke«, ein guter Titel. Wie war das gleich mit dem Staufer Friedrich? Er wuchs in Sizilien auf, seine Mutter hieß Konstanze. Oder? Er kannte Deutschland nicht, als er deutscher Kaiser wurde. Und er... na ja, so genau weiß ich es auch nicht mehr. Wird in dem Buch ja wohl drinstehen. Ich kaufe das Buch und gehe stracks damit nach Hause.

Keinen Krimi heute abend. Kein Kino.

Robert heißt er.

Der große Ritt

Am nächsten Morgen, wie ich in den Stall komme, ist er da. Er will gerade losreiten, als ich in den Hof einfahre. Er hält den Timo an und wartet, bis ich ausgestiegen bin.

»Guten Morgen«, sage ich. »Sie scheinen recht zu behalten mit Ihrer Wetterprognose, ein Tag schöner als der andere.«
Ohne weitere Umschweife fragt er: »Wie ist es? Wollen Sie mitkommen?«
Mein Herz klopft auf einmal oben im Hals. »Wenn Sie auf mich warten ...«
»Wir gehen inzwischen hier geradeaus zum Wäldchen. Machen Sie schnell!«
Na, Lorine! Dann mal los. Da dürfen wir uns nicht blamieren. Bitte, liebe Lorine, sei artig und mach mir nicht solche Zicken wie gestern.
Wie wir herauskommen, Lorine und ich, ist von dem Goldfuchs nichts mehr zu sehen. Wir traben flott den Feldweg entlang, der geradewegs auf das kleine Wäldchen zuführt, und hier im Dämmer der Bäume schimmert Timos goldenes Fell.
Lorine spitzt die Ohren, als sie sieht, daß einer auf sie wartet. Es freut sie. Immer mußte sie allein gehen in letzter Zeit, das hat sie gar nicht so gern. Ein bißchen Unterhaltung unterwegs, das sollte schon sein.
Wir tauschen nur einen flüchtigen, sehr gleichgültigen Blick, Robert Gerlach und ich. Wir sind beide ein wenig befangen.
Im Schritt durchreiten wir das kleine Wäldchen, kommen auf der anderen Seite wieder ins Freie, auf die weite offene Ebene hinaus.
»Wohin möchten Sie reiten?« fragt er formell.
»Oh, mir ganz egal. Sie kennen sich besser aus als ich. Bis jetzt waren wir nur immer hier auf diesem Gelände und zweimal nach rechts über die kleine Bahnlinie, drüben auf der anderen Seite.«

»Wenn's Ihnen recht ist, gehen wir heute mal nach Norden.«
»Sehr gern.«
Und dann traben wir los, einen ruhigen gemäßigten Trab, den Feldweg entlang, der nach Norden führt.
Ja, wir sind beide befangen. Das zu erklären, einem Nichtreiter zu erklären, ist schwierig.
Die Reitersleute sind alle ein bißchen komisch. Da hat jeder so seine Methode, man könnte auch sagen, jeder seinen Knall für sich. Jeder glaubt, er müsse beim Reiten auf seine eigene Art selig werden, beziehungsweise, so wie er es selber macht, so allein ist es richtig. Von dem Augenblick an, wo man sich von der Abteilung unter Führung eines Reitlehrers gelöst hat, das heißt, also Pferdebesitzer geworden ist und die erste Scheu vor dem Alleinreiten im Gelände verloren hat, legt man sich seinen eigenen Stil zurecht, seine ganz spezielle Art im Umgang mit Pferd und Landschaft. Fordert man einen anderen auf, einem beim Ausritt zu begleiten, oder wird man dazu aufgefordert, so ist das a) ein Vertrauensbeweis, aber b) zunächst nichts als ein Versuch. Man weiß nie, wie es ausgehen wird. Paßt man zueinander? Einigt man sich? Oder stört man sich? Der eine reitet diszipliniert, der andere nicht. Der eine juxt wie ein Wilder im Gelände herum, ohne Rücksicht auf Verluste, der andere ist überängstlich und kriegt Zustände bei einem schnellen Galopp. Einer überholt in schneller Gangart, weil er sein Pferd nicht in der Hand hat. Oder ist er vorn, so reitet er rücksichtslos darauf los, ohne sich darum zu kümmern, was aus dem Partner hinter ihm wird, springt über Gräben und fetzt verwegen um unübersichtliche Ecken, und meist wird das Pferd, das an zweiter Stelle geht, dann schwierig.

Das erste Mal ist ein Versuch, der oft schiefgeht und nicht wiederholt wird. Haben sich aber zwei gefunden, die miteinander reiten können, dann bleiben sie auch meist beieinander. Die Beobachtung macht man in jedem Stall; die gleichen Partner bleiben zusammen, wenn sie festgestellt haben, daß es gutgeht.

Es sind oft Leute, die außerhalb des Stalles nichts gemein haben, die sich gar nicht zu sehen bekommen, außer wenn sie im Sattel sitzen. Oft aber entstehen auch auf diesem Wege gute und haltbare Freundschaften. Dann nämlich, wenn man gemeinsam die Freuden des Rittes teilt, dieses einmalige, durch nichts zu übertreffende Glück, auf einem gehlustigen und fröhlichen Pferd unter freiem Himmel zu reiten. Fröhlich und gehfreudig ist ein Pferd immer dann, wenn man ihm die Freiheit läßt, auch seinerseits das Glück der ungestörten Bewegung zu genießen. Und man sieht es einem Pferd von allen Seiten an, ob es glücklich ist.

Ich sehe es bei Lorine am Ohrenspiel, an der Haltung des Kopfes, am Ausdruck des Gesichts; an der Schwingung des Rückens merke ich es, an jeder Bewegung.

Ist sie verspannt, ist sie unruhig, was bei ihr, nervös und übersensibel wie sie ist, leicht vorkommen kann, so muß ich mich hüten, daß es sich nicht auf mich überträgt, weil dann alles nur noch schlimmer wird. Da ich aber auch ein Gefühls- und Stimmungsmensch bin, genau wie sie, klappt es eben durchaus nicht immer so, wie ich gern möchte. – Ist ein zweiter Reiter dabei, wachsen die Schwierigkeiten ins Ungemessene. Obwohl im Grunde ein Pferd lieber in Gesellschaft geht als allein. Pferde sind Herdentiere, keine Einzelgänger. Aber ein Partner, der stört, ist schlimmer als gar keiner.

Soviel zur Pferde- und Reiterpsychologie, soweit es das Ausreiten betrifft.
Über die Probleme also dieses Versuches ist sich mein Begleiter sicher genauso klar wie ich. Keiner von uns will einen Präzedenzfall schaffen. Mal sehen, wie es geht. Und darum sind wir eben leicht befangen.
Wir durchtraben die ganze Ebene, nur zweimal parieren wir durch zum Schritt, als harte und steinige Stellen kommen. Einige Male kommen wir bei Kuhweiden vorbei, Lorine schielt ängstlich zur Seite, trabt aber brav neben Timo weiter. Eines dieser riesigen Ungetüme steht am Feldrand, Lorine weicht in elegantem Bogen auf die andere Seite aus.
»Gräßliche Dinger sind das«, sage ich, und es ist das erste Wort, das seit dem Wäldchen geäußert wird. »Was macht man eigentlich damit?«
»Es sind Mähdrescher.«
»Aha.«
Sehr viel kann ich mir noch immer nicht darunter vorstellen. Mäht und drischt das Ding gleichzeitig? Nicht zu glauben, wie kompliziert das Landleben heutzutage geworden ist. Muß doch ein Vermögen kosten so ein Ungetüm. Kein Wunder, daß die Bauern soviel Geld brauchen. Aber vermutlich erleichtert es das Bauernleben sehr und verhilft zu der auf dem flachen Land immer so schmerzlich vermißten Freizeit.
Alle diese Feldwege, die parallel über die Ebene nach Norden führen, enden an der Straße. Bis zur Straße sind wir auch schon gekommen, Lorine und ich. Darüber hinaus noch nie. Diese Straße ist nicht so eine friedliche Landstraße, wie die, die nach Bad Waldhofen hineinführt, nein, es ist eine richtige große Überlandstraße mit brausendem

Verkehr in beiden Richtungen. Mit Lastern und Berufsverkehr, mit Tempo und erbarmungsloser Härte.
Die Straße liegt von uns aus erhöht, eine Böschung führt zu ihr hinauf. Im Schritt gehen wir die Böschung hoch, und da stehen wir nun am Straßenrand, sst ... ssst ... flitzt es, bbbrrr ... brummt es vorbei. Tim, der Goldfuchs, steht reglos, Lorine tänzelt nervös, weicht zurück, macht sogar eine Kehrtwendung. Das ist ihr nicht geheuer. Ich klopfe ihren Hals, rede beruhigend auf sie ein.
Keiner geht mit dem Gas herunter, wenn er die Pferde sieht. Falls er sie überhaupt sieht bei dem Starren auf das graue Untier Straße.
Endlich eine Lücke auf beiden Seiten, die es uns ermöglicht, hinüberzukommen.
»Los!« befiehlt Herr Gerlach, und Timo marschiert zügig über die Straße. Lorine tänzelt hinterher, da kommt schon der nächste Laster angebrummt. Lorine macht einen erschreckten Satz und rumpelt die Böschung auf der anderen Seite hinunter.
»Schrecklich!« sage ich. »Warum muß man in einem Zeitalter leben, in dem es soviel Verkehr gibt.«
»Jedes Zeitalter hat seine Nachteile«, werde ich ziemlich schulmeisterlich belehrt. Das wäre ein hübscher Übergang, um auf die Staufer zu kommen. Aber dafür bleibt mir keine Zeit.
»Einen kleinen Galopp?« fragt er. Denn vor uns ist erneut eine ebene Fläche, Felder rechts und links und dazwischen ein grüner, schnurgerader Weg.
»Darf ich voraus?« frage ich ein wenig zaghaft.
»Bitte sehr!«
Lorine hat nur darauf gewartet, endlich mal galoppieren

zu dürfen. Sie springt mit einem gewaltigen Satz an und geht ziemlich munter los, ich muß sie ein wenig festhalten, damit das Tempo nicht zu schnell wird. Einmal blicke ich über die Schulter, der Goldfuchs kommt ungerührt und mit größter Ruhe nachgaloppiert, den stört offenbar gar nichts. Der geht vorn und hinten und wenn's sein muß, galoppiert er vermutlich auch rückwärts. Wenn es stimmt, daß das Wesen des Reiters auf das Pferd abfärbt, dann muß dieser Mann hinter mir das ausgeglichenste und disziplinierteste Temperament der Welt haben.

Der Weg biegt nach links ab, bekommt Furchen und führt wieder zwischen Weidedrähten entlang. Lorine läßt sich leicht durchparieren, geht ein bißchen Trab, dann Schritt. Timo kommt wieder neben uns.

»Es macht Ihnen doch nichts aus, daß ich vorn galoppieren wollte?« frage ich mit aller in solchen Fällen gebotenen Höflichkeit und Vorsicht.

»Nicht im geringsten.«

»Sie wissen ja, Vollblüter! Sie meint, sie muß immer die Nase vorn haben. Man hat es ihr schließlich jahrelang beigebracht. Wenn sie hinten geht, haut sie mir ab.«

»Ist sie früher Rennen gelaufen?«

»Ja.«

Ich kann nun das Gelände überblicken, in dem wir uns jetzt befinden, und stelle fest, daß es nicht so weit ist, wie die Ebene vor der Straße. Auch diese Fläche wird begrenzt im Norden, und zwar von einer Bahnlinie, die auf einem richtigen hohen Bahndamm entlangläuft. Das muß die Hauptstrecke sein.

»Schade«, sagte ich, »da ist die Bahn. Da kommen wir wohl nicht weiter.«

»Aber natürlich. Wir reiten am Bahndamm entlang nach Westen, im nächsten Dorf ist ein Übergang.«
Ich will etwas sagen, schlucke es hinunter. Sagte er: am Bahndamm entlang? Und wenn ein Zug kommt? Na, Vera, erst mal abwarten, vielleicht führt der Weg in gebührender Entfernung vom Bahndamm entlang.
Tut er nicht. Er geht direktemang am Fuß des Bahndammes entlang.
»Hier?« frage ich verzagt, als wir dort angelangt sind.
»Hier. Kommen Sie nur«, sagt er, und zum erstenmal wird mir ein kleines Lächeln zuteil. »Keinen Aufenthalt, nur rasch voran.«
Unten am Bahndamm ist ein schmaler Wiesenstreifen, und auf dem trabt Timo, er jetzt an erster Stelle, flott voran. Lorine ist etwas irritiert von den Masten und Leitungsdrähten, aber sie trabt mit. Mir sträubt sich jedes Haar einzeln. Was passiert, wenn ein Zug kommt? Das werden wir kaum überleben. Denn gleich auf der linken Seite von uns ist eine eingezäunte Weide. Keine Möglichkeit, daß Lorine nach links wegschießen kann.
Es kommt kein Zug. Wir landen auf der Straße, die auf ein Dorf zuführt, und ehe sie ins Dorf hineinführt, ist der Bahnübergang mit Schranken. Nicht daran zu denken, daß Lorine hier so ohne weiteres hinübergeht. Die Schienen, die in der Sonne glänzen, die in die Luft starrenden Schranken. Sie geht vor, sie geht zurück, sie macht kehrt, sie tänzelt, das Übliche eben.
Timo steht jenseits der Schienen und schaut ihr kopfschüttelnd zu. Ich schaue wild nach beiden Seiten. Wenn bloß jetzt kein Zug kommt. Wenn bloß jetzt die Schranken nicht heruntergehen.

»Los!« ruft Herr Gerlach, »seien Sie energisch!«
Energisch! Er kennt Lorine nicht. Je energischer ich werde, desto kopfscheuer, desto widerspenstiger wird sie. Ich streichle sie, rede ihr gut zu. Schließlich steht sie mitten auf den Schienen, dann bekommt sie Angst vor ihrem eigenen Mut, weicht wieder zurück. Wenn jetzt die Schranken zugingen! Herr Gerlach scheint ähnliches zu denken. Er kommt mit Timo zurück, wir gehen ein paar Schritte die Straße entlang, wenden dann. »So, und nun bleiben Sie dicht neben uns. Weitertraben! Nicht stehenbleiben!«
Ich schwitze. Lorine auch. Sie zittert. Ich auch. Aber diesmal geht sie hinüber, dicht neben Timo überwindet sie das schreckliche Hindernis. Und kaum sind wir drüben, bimmelt das Glöckchen, gleich geht die Schranke hinab.
»Wir traben an«, sagt Herr Gerlach. »Lassen Sie sie nicht zurückschauen.«
Weiter nach Norden, von dem Dorf weg, von den Schienen weg, traben wir in raschem Tempo; bis der Zug hinter uns fährt, sind wir weit genug entfernt, daß er die Pferde nicht stören kann. Was heißt die Pferde! Timo würde wahrscheinlich die rechte Vorhand heben und den Zug anhalten, wenn er schnell hinüber wollte. – Dann gehen wir eine lange Weile Schritt.
»So ist es immer mit ihr«, klage ich. »Und sagen Sie bitte nicht, daß es an mir liegt. Sie ist nun mal ein Angsthase, und alles, was sie nicht kennt, ist für sie lebensgefährlich. Und gerade durch ihre Angst bringt sie uns immer wieder in Gefahr. Das kapiert sie nicht.«
Er schaut herüber und lächelt. Nicht spöttisch, richtig lieb. »Sie machen es ganz gut mit ihr. Sicher hat sie doch schon mehr Vertrauen als früher.«

»Ja, viel mehr.« Ich erröte vor Freude über das Lob, über das Verständnis.
»Na, sehen Sie. Es wird immer noch besser werden. Zum Reiten gehört Geduld. Beiderseitig. Der Reiter muß Geduld haben mit seinem Pferd, und noch viel öfter das Pferd mit seinem Reiter.«
Das hat er hübsch gesagt. Irgendwo da in der Gegend, wo mein Herz sitzt, verspüre ich ein warmes, seltsames Gefühl. Im Moment bin ich butterweich. Ein kleines Blümchen auf der Wiese, das er mit lockerer Hand abpflücken könnte. Den Zustand kenne ich bei mir. So fängt das an. Ach, verflucht!
Aber nun ist keine Zeit mehr, mich über meine Zustände aufzuhalten, jetzt fängt der Ritt erst richtig an.
Nach der Schrittstrecke kommen wir wieder auf einen samtweichen Wiesenweg, der nach Osten abbiegt, auf einen großen Wald zu.
»Wenn Sie wieder vorgaloppieren wollen«, sagt Herr Gerlach, »bitte! Immer diesen Weg entlang, dann nach rechts, auf den Wald zu, dann am Waldrand entlang.«
Es ist eine Galoppstrecke von vielleicht drei Kilometern. Vielleicht täusche ich mich auch, und es sind nur zwei oder vier, schwer, so etwas zu schätzen. Auf jeden Fall ist es ein Traum von einer Galoppstrecke, der Boden ist wie Samt, Lorine prustet vor Vergnügen, sie geht gleichmäßig, weich und schwingend, es ist eine Lust, sie zu reiten.
»Herrlich!« rufe ich, als der Weg schließlich in den Wald mündet und wir die Pferde durchpariert haben. »Das war wunderbar. Was für ein Galopp!«
Er strahlt auch. Seine Augen leuchten blau wie der Himmel.
»Ja, nicht wahr?«

Wir reiten im Schritt durch den Wald, ein bißchen kreuz und quer, wir sind schon über eine Stunde unterwegs, aber ich könnte ewig so weiterreiten.
Auf der anderen Seite des Waldes wenden wir uns wieder nach Norden, am Wald entlang ist abermals ein Wiesenweg, wieder ein Galopp.
Nichts stört uns hier, keine Kühe, keine Mähdrescher, weit und breit kein Mensch.
»Das ist der schönste Ritt, den ich je gemacht habe«, erkläre ich, als wir schließlich am Nordende des Waldes halten, vor uns immer noch Ebene, immer noch Platz, immer noch weite grüne Fläche.
»Ich beneide Sie, daß Sie immer hier reiten können.«
»Es ist ein schönes Gelände, ja.«
Wir schlagen einen großen Bogen erst nach Westen, dann wieder nach Süden, in Richtung Heimat. Wir gehen Schritt. Und jetzt wird er gesprächig. Er erklärt mir die Gegend. Wo es da hingeht und wo dort. In dieser Richtung liegt das Dorf X, und wenn man da hinüberreitet, kommt man zu einem alten Kloster, und würde man weiter nach Norden reiten, dann käme man in einen reizenden kleinen Ort, wo man einkehren könne und... Ich höre ihm zu, seine Stimme ist mir schon vertraut, er hat so eine gepflegte Aussprache, spricht bestes Hochdeutsch, wo mag er eigentlich herstammen? Na ja, teilweise von hier, das weiß ich ja schon. Diplomat war er. Kann ich mir gut vorstellen. – Plötzlich platze ich heraus: »Übrigens weiß ich jetzt, wer Sie sind.«
»Wer ich bin?«
»Robert Gerlach, der bekannte Autor. ›Der sizilianische Falke‹ ist von Ihnen.«

Er lacht ein bißchen. »Und wie kommen Sie zu der Weisheit?«
»Ich habe gestern Ihre Bücher ausgestellt gesehen.«
»So.«
»Und in dem ›Falken‹ habe ich bis nachts um zwölf gelesen.«
»Zuviel der Ehre.«
»Gefällt mir prima. Es ist großartig geschrieben. Und sehr interessant.«
Es ist immer schwierig, einem Autor ins Gesicht seine Bücher zu loben. Man wird dabei so leicht banal. Gefällt mir gut. Ist interessant. So spannend, großartig zu lesen, na, und so was alles. Andererseits wollen Autoren das hören. Wer wüßte das besser als ich.
»Vielen Dank«, sagt er und lacht mich an. »Übernehmen Sie sich nicht.«
»Nein, wirklich. Es ist mein Ernst. Ich freue mich schon aufs Weiterlesen heute nachmittag.«
»Bei dem schönen Wetter?«
»Baden war ich gestern auch. Wirklich ein schönes Bad.«
Alles rundherum ist lobenswert. Das Bad, die Landschaft, die Pferde, das Reiten, das Reitgelände, das Buch von Robert Gerlach und am meisten Robert Gerlach selbst. Es ist alles so erstklassig, daß eigentlich irgendwo ein Haken sein müßte, um die Welt wieder ins Gleichgewicht zu rücken.
»Schreiben Sie an einem neuen Buch?«
»Ja.«
»Wieder ein geschichtliches Thema?«
»Ja.«
»Was für eins?«

»Karl von Anjou.«
»Ah...«
Keine Ahnung, wer das ist.
»Wenn Sie weiterkommen mit dem Staufer... falls Sie weiterlesen... werden Sie ihm bereits begegnen.«
»Was heißt, wenn ich weiterlese! Ich sage Ihnen doch, ich freue mich darauf.«
Ich bin eifrig wie ein Schulmädchen, das sich bei seinem Lehrer beliebt machen möchte. Zu albern. Wahrscheinlich lacht er mich insgeheim aus. Was bin ich für ein furchtbarer Mischmasch. »Du wirst nie richtig erwachsen werden«, das sagte mir ein Mann namens Ulrich, mit dem mich eine kurze leidenschaftliche Liebe und langwährende Freundschaft verband. Das heißt, die Freundschaft verbindet uns heute noch, wenn wir uns auch selten sehen, da er zur Zeit in Amerika lebt und arbeitet... er ist Journalist. Ulrich war nicht viel älter als ich, und eigentlich hätte ich der vollkommen überlegene Teil sein müssen, was ich sowieso meist bei meinen Verbindungen war. Aber er war ein sehr fertiger Mensch, sehr bewußt, sehr überlegen und überlegend in allem, immens gescheit, auf eine geradezu umwerfend vielseitige Weise, es gab praktisch nichts, was er nicht wußte. Bei alledem konnte er außerordentlich kaltschnäuzig und abgebrüht wirken. Letztere Eigenschaften habe ich persönlich von ihm nicht zu spüren bekommen, aber ich ließ es auch gar nicht so weit kommen. Mir ist nur bekannt, daß er einige Frauenherzen auf ziemlich erbarmungslose Weise gebrochen hat. Er war kein Mann zum Bleiben, kein Mann zur Ehe, genaugenommen nicht mal einer zur Liebe. Ein rasantes Abenteuer, eine jähe Leidenschaft, sehr schön – dafür war er ein idealer Partner. Aber mehr war nicht drin.

Die wenigsten Frauen können das begreifen und sich damit abfinden. Dabei sollte jeder – eine Frau so gut wie ein Mann – eines Tages gelernt haben, Menschen richtig einzuschätzen, und sich darüber klar sein, daß Menschen eben verschieden sind. Gott sei Dank, sage ich. Wie gräßlich wäre es, wenn diese Erde von langweiliger Einheitsware bevölkert wäre.

Soweit es das Gefühls- und Privatleben betrifft, gibt es genauso viele Verschiedenheiten wie auf allen anderen Gebieten. So wie der eine musikalisch ist und der andere Musik nicht ausstehen kann, der eine für Fußball schwärmt, der andere fürs Reiten und der dritte mit Sport überhaupt nichts im Sinn hat, so ist ein Mensch begabt für Technik und kann erstklassig rechnen, und der andere schreibt Gedichte und kann dafür keine Sicherung einschrauben. Der Variationen gibt es unzählige. Und schließlich: So ist es auch mit dem Gefühlsleben der Menschen. Naive Menschen erwarten immer, daß jeder oder jede zur Liebe bereit und befähigt sei. Und zwar möglichst auf die herkömmliche und bürgerlich anerkannte Art der Zweisamkeit. Warum denn eigentlich? Sicher, es kann passieren, man ist ganz normal und durchschnittlich in diesen Dingen und sehr bescheiden in seinen Ansprüchen, und man latscht in jungen Jahren an ein ebensolches Exemplar hin, und dann kriegt man sich eben und tut es recht und schlecht und heiratet und setzt ein paar Kinder in die Welt. Und das ganze nennt sich dann Liebe und Ehe, ist es natürlich auch, und es ist natürlich auch mieser Ersatzkaffee.

Jedenfalls in meinen Augen. Bitte sehr, man kann der Meinung sein, daß ich auf diesem Gebiet leichtfertige und unmoralische Ansichten habe, ich find's zwar nicht, kommt

eben ganz darauf an, an welchem Ufer man steht und wie man diese Dinge betrachtet.
Ich habe jedenfalls Verständnis dafür, daß Menschen verschieden lieben. Der eine tut es treu und brav und mit Hingabe, aber ohne, daß es sehr aufregend dabei zugeht. Und beim anderen ist es, als flöge ein ganzer Vulkan in die Luft, ist aber das Feuerwerk verpufft, bleibt ein kümmerliches Häufchen Asche zurück, von dem man meint, es hätte nicht einmal ausgereicht, in unverbranntem Zustand ein winziges Kanonenöfchen zu heizen. Die Explosion jedoch war herrlich und hat einen ganz schön durcheinander gewirbelt. Dann aber hinterher hinzugehen und in der Asche herumzustochern und die große Glut darin zu suchen, die praktisch *nie* vorhanden war, das ist in meinen Augen schiere Dummheit.
Und gerade das ist es, was so viele Frauen tun. Männer übrigens auch manchmal. Aber Frauen haben ein seltenes Talent, sich und anderen das Liebesleben zu erschweren. Man soll genießen, was einem Gutes geboten wird, man soll die knusprig gebratene Ente essen und nicht enttäuscht darüber sein, daß es kein Elefant war, an dem man ein Leben lang knappern kann. Ach! Vera, Veruschka, Geliebtes! Schön hast du das wieder gesagt. Nicht gerade lyrisch, aber vielleicht verständlich.
»Warum lachen Sie?« fragt es von nebenan.
»Kann ich nicht sagen.«
»Warum nicht?«
»Ich habe über was nachgedacht«, erkläre ich ein wenig verlegen, »genaugenommen über mich und was ich manchmal für Blödsinn mache.«
Ich kann schlecht sagen, ich habe über die Liebe und ihre

verschiedenen Erscheinungsformen nachgedacht. Dann denkt er am Ende, ich mache ihm Avancen. Nö, das denn doch nicht. Wenn er mir was will, dann soll er sich gefälligst anstrengen. In der Beziehung bin ich eine altmodische Dame. Außerdem ist es viel besser, er will mir nichts, denn ich habe mir geschworen, mit verheirateten Männern keine Verhältnisse mehr anzufangen. Nicht aus moralischen Gründen, auch nicht weil ich auf eine Ehe aus bin, sondern nur, weil es unbequem ist. Und weil einem der liebste Mann dann doch irgendwie zum Ärgernis wird, ganz einfach deswegen, weil der Zwiespalt, in dem er sich befindet, sich meist nicht sehr vorteilhaft auf seine Persönlichkeit auswirkt.

Rein sachlich gesehen, ist eine Affäre mit einem verheirateten Mann ganz praktisch. Man hat und kennt den Mann nur von der Schokoladenseite, man kennt nicht seine widerwärtige Stimmung zu Hause, man bekommt nichts mit von den Ausläufern seines Büroärgers und der Finanzamtstreitereien, man muß sich nicht mit ihm auseinandersetzen wegen eines neuen Kleides und neuer Tapeten, nicht wegen der Zensuren der Kinder, nicht wegen des verbrauchten Haushaltsgeldes, man braucht ihm nicht schlecht frisiert und schlecht gelaunt gegenüberzutreten, und wenn man genug von ihm hat, geht man friedlich seiner Wege. Man sollte nur soviel Verstand haben, nicht allzuviel Gefühl in die Sache zu investieren, und sollte ein bißchen sparsam mit dem eigenen Herzblut umgehen. Aber Frauen... siehe oben! Die meisten lernen es nie, ihre Gefühle zu dosieren.

»Es ist aber sehr hübsch, gelegentlich ein wenig Blödsinn zu machen«, höre ich zu meinem Erstaunen von Timos Herrchen.

Ich bin entzückt. »Das sagen Sie? Hätte ich gar nicht gedacht.«
»Wieso denn nicht?«
»Ich halte Sie für einen überaus seriösen Herrn.«
Er lacht ein bißchen. Ich kenne dieses Lachen nun schon, es ist unerhört charmant, um seine blauen Augen erscheinen dann viele Fältchen, und seine unverschämte Unterlippe wird noch unverschämter.
»In gewisser Weise bin ich das auch. Es würde mich nur noch interessieren, was Sie von seriösen Männern halten.«
»Oh, eine Menge. Ich schwärme geradezu für seriöse Männer. Aber das ist weiter nicht originell. Ich glaube, jede Frau tut das. Es gibt nämlich nicht nur ein Kind im Mann, das gern mit Puppen spielt, es gibt auch ein Kind in der Frau, das an den gütigen Weihnachtsmann glaubt und am liebsten von ihm verführt sein möchte. Deswegen haben sogenannte seriöse Männer immer viel Chancen bei Frauen, die sie oft auch weidlich ausnützen. Und daher kommen dann die Sprüche: Stille Wasser sind tief, oder ... oder ...«
Mir fällt nicht gleich noch ein passender Spruch ein, aber er hilft mir mit süffisanter Miene aus der Verlegenheit.
»Wie wär's mit dem Wolf im Schafspelz?«
»Ist vielleicht ein bißchen hart, aber lassen wir's mal gelten. Stimmt's vielleicht nicht?«
»Was?«
»Na, mit den Chancen, die seriöse, kühlwirkende Herren bei Frauen haben.«
»Ich habe keine Ahnung. Zu der Zeit, als Frauen sich noch für mich interessierten, war ich wesentlich jünger und gar nicht seriös. Falls ich es zur Zeit sein sollte, was ich bezweifle, dann hat es noch keine Früchte in dieser Hinsicht getragen.«

»So brav lebt es sich in Waldhofen?«
»Unbeschreiblich brav. Die Waldhofener Damen sind an mich gewöhnt. Und finden mich gänzlich unsensationell. Und die Kurdamen bemerken mich gar nicht, weil sie mit den Kurherren vollauf beschäftigt sind. Es sind da nicht die geringsten Möglichkeiten für mich vorhanden.«
»Das erschüttert mich geradezu. Wenn Sie wüßten, wie Sie mich enttäuschen.«
»Ich? Wieso das?«
»Weil Sie für mich so gar nicht der Typ des braven Haus- und Familienvaters sind.«
»Notgedrungen bin ich es geworden. Wenn auch nicht gerade aus Neigung, das will ich Ihnen gern zugeben.«
Wenn das kein ausgewachsener Flirt ist, dann weiß ich nicht. Wir plänkeln hin und her, und dazwischen geht ein Blick herüber und einer hinüber, sehr dezent und leicht, aber zweifellos – wir präludieren.
Er *hat* es hinter den Ohren, der seriöse Herr mit den blauen Augen, keiner soll mich lehren, die Männer zu durchschauen. Und wie raffiniert er ist! Wie geschickt er es vermeidet, von seiner Familie, von seiner Frau zu sprechen. Ein einziges Mal hat er diese Frau erwähnt, im Zusammenhang mit meinem Buch. Und seither nie wieder.
Aber jetzt wird es Zeit, daß wir wieder Tempo gewinnen. Es ist elf Uhr, und wenn wir bis zum Füttern zu Hause sein wollen, müssen wir vorwärtsreiten. Übrigens ist es sehr heiß geworden, hochsommerliche Temperatur, und hier auf die Ebene, weit vom Wald entfernt, brennt einem die Sonne ganz schön aufs Haupt.
Wir galoppieren eine lange Strecke zwischen den Feldern in Richtung Süden, dann traben wir und kommen schließlich

bei dem Dorf heraus, wo der Bahnübergang ist. Lorine geht mit größter Selbstverständlichkeit über die Schienen. Sie kennt das nun schon. Und Richtung Heimat geht sowieso alles leichter. Kurz nach zwölf landen wir im Stall.
»Es war herrlich«, sage ich. »Ein wunderbarer Ritt. Vielen Dank fürs Mitnehmen!«
»Es freut mich, wenn es Ihnen Spaß gemacht hat«, sagt er wieder ganz formell. Kein Wort davon, daß wir wieder einmal zusammen reiten könnten. Morgen vielleicht. Na warte, du!
»Einen Durst habe ich.«
»Herr Meisel hat verschiedenes im Kühlschrank stehen. Bier oder Limonade?«
»Dann schon lieber ein Bier.«
Herr Meisel ist im Stall und füttert, das tut er immer selbst. Er sagt: »Sie wissen ja Bescheid, Herr Doktor.«
Herr Doktor weiß Bescheid. Er kommt zurück mit zwei Flaschen Bier ohne Gläser.
»Geht es so?«
»Natürlich.« Ich trinke aus der Flasche, mit großem Genuß. Wie schön es ist, mal richtig Durst zu haben. Meist muß man nur trinken um des Trinkens willen.
Es ist wie mit der Liebe. Wenn man so ein richtiges heißhungriges Verlangen nach einem Mann hat, nach einem bestimmten möglichst, und dann ist er da, und – ach verflucht, Vera, hör auf über die Liebe zu philosophieren, das wird langsam zur Manie. Alles bloß wegen dieses Kerls mit seinen blauen Augen und diesem Mund, diesem unverschämten. Ich benehme mich wie ein phantasievoller Backfisch, der sich in alles verliebt, was in Reichweite ist.
Wir sehen unseren Pferden noch ein bißchen beim Mittag-

essen zu, es macht so Spaß zu sehen, wie es ihnen schmeckt. Bei der Gelegenheit mache ich auch die Bekanntschaft der Frau Kreutzer. Ihr gehört die Schimmelstute, die neben dem Kastanienbraunen steht. Sie sind auch Urlauber in Waldhofen, Frau Kreutzer und die Stute Ludmilla, wie ich höre, schon zum drittenmal.

Sie kommen aus der Gegend von Frankfurt. Herr Kreutzer macht jedes Jahr Kur in Waldhofen, und seine Frau begleitet ihn mit Pferd.

Nicht daß mir die Dame Kreutzer bisher entgangen wäre, das ist kaum möglich. Sie ist eine sehr gesprächige und eine sehr laute Dame, eine von diesen Pferdeexpertinnen, die der Schrecken jedes Reitstalls sind. Wann immer man in den Stall kommt, ist sie da. Sie redet Herrn Meisel, Frau Meisel, dem stummen Friedrich und sonstigen Reitersleuten, deren sie habhaft werden kann, ein Loch in den Bauch. Bloß von mir will sie nichts wissen. Über ein frostiges Grüßen sind wir nicht hinausgekommen. – Nun, das kenne ich. Ich bin im allgemeinen bei Frauen nicht sonderlich beliebt, jedenfalls bei einer gewissen Sorte. Das ist ganz komisch, das war in der Schule schon so und ist eigentlich geblieben. In der Schulzeit bin ich mit gewissen flotten und kritischen Mädchen ganz gut ausgekommen, während des Studiums auch. Aber die meisten hielten sich fern von mir, sie betrachteten mich immer mit mißtrauischen Blicken. Und die Durschnittsehefrauen sehen in mir immer eine Gefahr für das Seelenheil ihrer wohlbehüteten Männer, auch wenn mich der Alte nicht im geringsten interessiert.

Warum Frau Kreutzer mich nicht leiden kann, weiß ich eigentlich nicht. Ihr Mann läßt sich im Stall kaum blicken, ich habe ihn ein einziges Mal gesehen. Alle anderen Männer, die hier herumwimmeln, belegt sie sowieso mit Beschlag. Die Tatsache, daß ich vielleicht vier, fünf Jährchen jünger bin als sie und vielleicht auch eine Spur attraktiver, kann sie doch kaum so beeindrucken, zumal es ihr an Selbstbewußtsein nicht mangelt.

Heute also erlebe ich mit, wie sie sich mit Vehemenz auf Robert Gerlach stürzt.

»Ach, Herr Doktor!« Das kommt so zuckersüß, so voll Hingabe, das brächte einen Eisberg zum Schmelzen. Sie stellt sich neben ihn an die Box von Timo, während ich, ein paar Schritte entfernt, mein Bier süffle, und dann geht es los wie ein Wasserfall: Wie das war mit Ludmillas rechter Hinterhand vorgestern, und neulich hat sie gehustet, schrecklich dieser Husten in allen Ställen zur Zeit, und wissen Sie schon, daß Ganofsky, Sie erinnern sich doch an Ganofsky, der voriges Jahr hier war, in Dortmund gestartet ist, aber natürlich ganz »unter ferner liefen« blieb. Na ja, als ich noch Turniere ritt, da war das Reglement ja strenger, mein Gott, was hat man damals alles beachten müssen, und ein zweites Pferd habe ich mir jetzt gekauft, einen jungen Hannoveraner, phantastisch gebaut, eine kräftige Hinterhand und eine solche Brust, momentan wird er zugeritten, könnte mich direkt reizen, auch noch mal zu starten, und wann reiten wir denn wieder einmal zusammen aus, war doch immer so nett im vergangenen Jahr, und Sie müssen uns unbedingt im Hotel besuchen auf einen Drink, ja natürlich, wir wohnen wieder im Kurhotel Sonne, ist doch das beste hier, wie geht's denn Ihrer Frau, und was macht das Fräulein Tochter, und schreiben Sie wieder an einem neuen Buch, das letzte war ja wahnsinnig interessant, na und so weiter.

Er steht mit höflicher Miene, den Kopf leicht abwärts geneigt, denn sie ist sehr klein, er hat ein verbindliches Lächeln um den Mund, hat ihr die Hand geküßt, er ist wirklich ein wohlerzogener Mann. Und ausgeritten ist er mit dieser Ziege also auch. Brauche ich mir gar nichts darauf einzubilden, daß er mich heute aufgefordert hat. Nicht nur eine Frau, eine Tochter hat er auch, jetzt weiß ich's ganz genau. Irgendwann einmal dazwischen streift mich sein Blick, es liegt ein seltsamer Zug um seinen Mund, ein wenig Resignation, ein wenig Spott, und ich denke: Du weißt gar nicht, wie gut du mir gefällst!

Hat er gelesen, was in meinem Blick stand? Als die Dame mal Luft schöpfen muß, macht er eine kleine Handbewegung zu mir hin, die ich ja nur drei Schritte entfernt an Lorines Box stehe, und fragt: »Die Damen kennen sich ja sicher?«

Frau Kreutzer, die mir betont den Rücken zugekehrt hat, wendet sich widerwillig um.

»Ah – ja, doch.«

»Nur vom Sehen«, sage ich.

Er nennt unsere Namen. Ich trete näher, wir nicken uns zu.

»Sie sind ja auch mit Ihrem Pferd auf Urlaub hier, nicht wahr?« werde ich gnädig gefragt, ich bestätige es, und damit bin ich aus der Unterhaltung wieder ausgeschlossen.

Der Gatte dieser Dame muß sehr reich sein, sie kurvt mit einem Mercedes 300 durch die Gegend, hat zwei Pferde und wohnt im besten Hotel. Wenn ich mir denke, daß der arme Mensch dies jahraus, jahrein ertragen muß, sogar im Urlaub während seiner Kur, dann finde ich, er ist ein bedauernswertes Wesen. Aber ich habe es mir längst abgewöhnt, mich darüber zu wundern, was Männer in dieser

Hinsicht alles ertragen. Und schließlich ist es ja ihr freier Wille. Irgendwann haben sie sich so was ausgesucht und geheiratet. Und behalten haben sie es auch noch. Also bitte!

Meine Hoffnung auf ein paar freundliche Abschiedsworte von meinem Robert, der leider nicht mein Robert ist, erfüllt sich nicht. Bis zu seinem Fahrrad begleitet ihn das wonnige Wesen. Ich latsche hinterher. Herr Meisel will den Stall absperren. Eine Weile geht das Gespräch, oder besser gesagt, der Monolog vor dem Stall noch weiter. Robert muß versprechen, bestimmt schon heute nachmittag ins Hotel zu kommen, mein Mann wird sich ja sooo freuen, dann schwingt er sich auf sein Rad und fährt davon, so schnell er kann.

Jetzt bekomme ich ein schmales Lächeln. »Ist er nicht goldig? Fährt mit dem Rad. Aber davon behält er auch die tolle Figur.«

Na da!

Und darauf besteigt sie ihren Schlitten und braust davon.

Ach, Robert!

Schade.

Geburtstagsfeier

Mit der Zeit kenne ich nun einige Reiter aus dem Stall, allerdings nur ganz flüchtig. Da ist der Fabrikant aus der Gegend, dem der Kastanienbraune gehört, der kommt meist am Abend und auf die schnelle. Ist ein eiliger, offenbar vielbeschäftigter Mann. Sehr nett ist das Ehepaar Hirte, ihnen gehört ein älterer dunkler Fuchs, den sie abwechselnd reiten. Denn ihnen gehört auch eine renommierte Kurpension am Ort – das weiß ich von Angelika –, und dadurch sind sie jetzt in der Saison mit Arbeit eingedeckt und können nur sehr früh am Morgen oder eben auch am Abend reiten. Der Braune gleich an der Tür, der so kontaktfreudig ist und jedem, der hereinkommt, einen Stups gibt oder, wenn er ihn schon näher kennt, am Ärmel zupft, immer ganz vorsichtig, nur mit den Lippen, nie mit den Zähnen, gehört einem Zahnarzt von Bad Waldhofen. Auch ein schwerbeschäftigter Mann. Und der fünfte einheimische Reiter, von dem ich nicht weiß, wie er heißt und was er macht, ist das Herrchen des Schimmels Balduin. Er grüßt immer sehr freundlich, der Reitersmann, und zieht allein ins Gelände oder reitet den Schimmel in der Bahn, wo ich ihn am ersten Tag getroffen habe. Urlauber sind außer mir noch zwei da, eben die liebreizende Frau Kreutzer mit ihrer Ludmilla und ein Geschäftsmann aus Aschaffenburg, dem ein großer Brauner namens Sorrent gehört. Der reitet nie allein, sondern schließt sich immer Herrn Meisels Truppe an. – Das wär's.

Am nächsten Morgen komme ich mit der stillen Hoffnung in den Stall, Robert wird auf mich warten, und wir können wieder zusammen reiten. Aber Robert ist bereits auf und davon, ich bekomme ihn nicht zu Gesicht. Hat er das absichtlich gemacht? Möglich. Nun, er braucht keine Angst zu haben, ich werde mich ihm nicht aufdrängen. Ludmilla ist auch weg. Vielleicht hat er heute die Dame Kreutzer im Schlepptau.

Am nächsten Tag dasselbe. Auch gut. Falls ich enttäuscht bin, lasse ich es mir nicht anmerken, und falls Lorine enttäuscht ist, sie auch nicht. Wir gehen heute allein nach Norden, allerdings nur über die Straße, nicht über die Bahn. Auf dem Rückweg schlagen wir einen Bogen bis zum großen Wald und reiten quer durch.

Dort im Wald, wie schon einmal, treffen wir Timo und seinen Herrn. Allein. Diesmal reiten wir nicht aneinander vorbei. Wir halten, begrüßen uns, plaudern ein bißchen und reiten dann zusammen heimwärts.

Wir stellen fest, daß das Wetter einfach toll ist, der Himmel blau, so weit das Auge reicht, und dabei ist es warm wie im höchsten Hochsommer. September in Süddeutschland, schönste Zeit des Jahres.

»Heute könnte ich eigentlich wieder einmal zum Schwimmen gehen«, sage ich und erfahre, er war gestern. Ich wollte eigentlich gehen, war nur zu faul. Ich lag auf dem Balkon und habe den »sizilianischen Falken« fertig gelesen. Wirklich ein ausgezeichnetes Buch, ein historischer Stoff und dabei spannender als ein Kriminalroman. Ich sage es ihm, und ich glaube, es freut ihn.

Nachmittags, als ich zum drittenmal das Schwimmbecken durchkreuze, taucht plötzlich sein Kopf neben mir auf. Das Wasser ist nach wie vor sehr frisch, aber ums Herz wird mir warm, wie immer, wenn ich ihn sehe. Eigentlich hätte er die Absicht gehabt zu arbeiten an diesem Nachmittag, erzählt er mir, aber das Wetter sei eigentlich zu schön zum Arbeiten.

»Ist es Karl von Anjou, den Sie versetzt haben?«

»Nein. Er nicht, er ist sowieso momentan auf Eis gelegt. Ich schreibe eine Artikelreihe für eine Zeitschrift.«

»Aha. Und wann soll Karl gestartet werden?«

»Nächstes Jahr wohl noch nicht, übernächstes Jahr denke ich. Es sind allerhand Studien zu machen. Ich muß vor allem noch eine längere Reise nach Frankreich machen, die Provence vornehmlich, und durch Italien vermutlich auch.«

»Auf den Spuren des Karl von Anjou.«

»So ist es.«

Wir klettern nacheinander aus dem Wasser, und wie immer bin ich ganz zufrieden, wenn ein Mann mich im Badeanzug sieht. Über meine Figur kann ich nicht klagen, und ich bin der Meinung, das sollte nicht verborgen bleiben. Zumal gerade Robert mich noch nie in einem Kleid gesehen hat, immer nur in Hosen. Reithosen oder anderen. Die Sache mit dem Fahrgestell – nicht wahr? Ich zeige meine Beine sehr gern her.

Robert übrigens hat ebenfalls eine ausgezeichnete Figur, er ist schlank, schmalhüftig, ohne eine Spur von Bauch oder Fett, hat breite Schultern und gerade lange Beine. Es überrascht mich nicht. Er hat Rasse. Und Menschen mit Rasse haben auch meist einen rassigen, wohlgebauten Körper.

Wir sitzen eine Weile nebeneinander im Gras, und ich sage: »Ich kriege direkt Lust.«

»Worauf?« fragt er.

»Aufs Schreiben. Wenn ich Sie so höre ... Also, es ist nicht einzusehen, warum ich nicht auch wieder mal ein Buch schreiben sollte.«

»Was haben Sie noch geschrieben außer dem Pariser?«

»Eben nichts. Das war mein erstes und einziges. Und es ist mehr als fünf Jahre her. Ich war damals bei den Vorarbeiten für ein neues Buch. Und da kam mir etwas dazwischen.«

»Das ist schade.«

»Ja. Finde ich auch. Es war übrigens ein Mann. Ich ließ

mich dummerweise breitschlagen, mich nicht nur persönlich, sondern auch geschäftlich mit ihm zusammenzutun. Es handelte sich um eine Werbefirma. Public relations, wie man heute sagt. Irgendwie reizte mich das, ich hatte so etwas noch nie gemacht. Man kann viel Geld dabei verdienen.«
Ich betrachte versonnen eine zierliche Brünette in einem Nichts von Bikini. Niedlich sieht sie aus. Und jung ist sie, höchstens neunzehn. Beneidenswert. Dabei denke ich: Warum erzähle ich ihm das? Interessiert ihn vermutlich gar nicht. Und man soll nie zuviel von sich selbst erzählen.
»Und es machte Ihnen Spaß?«
»Es hat mir zeitweise Spaß gemacht, doch. Aber nun ist es sowieso vorbei. Ich bin da ausgestiegen. Die Geschichte ist passé.«
»Der Mann oder die Firma?«
»Beides. Und darum stünde nichts im Wege, daß ich ein neues Buch schreibe.«
»Haben Sie schon bestimmte Pläne?« Er fragt es höflich, aber vermutlich interessiert es ihn nicht besonders. Er sitzt manierlich von mir entfernt im Gras, und ich habe nicht das Gefühl, er fühle sich besonders von mir angezogen.
»Mehrere. Pläne habe ich immer.«
Ich erzähle ihm von den »Capricen« und noch von einigen anderen Projekten, die mir so im Kopf herumgehen oder gegangen sind, und er hört mir geduldig mit dieser liebenswürdig-verbindlichen Miene zu, die ich nun schon kenne, dasselbe Gesicht, das er Frau Kreutzer hingemacht hat, im Grunde ist es ihm vollkommen wurscht, was ich tue und was ich schreibe. Er ist eben ein höflicher Mann, dies ist sein Diplomatengesicht, und es besteht gar kein Zweifel, daß er sich nicht das geringste aus mir macht.

Manchmal habe ich schon gedacht, neulich, wie wir bei der Marei zum Essen waren oder bei unserem großen Ritt, da war es manchmal so, als ob es knistert, aber vermutlich ist das bei ihm auch nur Höflichkeit, er spielt ein bißchen mit, weil er weiß, man erwartet das. Wenn ich nur einmal seine Frau sehen würde, dann wüßte ich Bescheid. Sicher ist sie attraktiv. Ein Mann wie er kann nur eine attraktive Frau haben. Und darum sind andere Frauen ihm vollkommen schnuppe. Komisch nur, daß sie sich nie sehen läßt. Sie kommt nicht in den Stall, reiten tut sie offenbar nicht, aber wenigstens hätte sie ja heute mitgehen können zum Schwimmen.

»Nun, das sind ja alles sehr hübsche Projekte«, sagt er gnädig. »Sie sollten wirklich das eine oder andere davon verwirklichen.«

Tüt, tüt, sehr von oben herab, das liebe Robertchen. Ich habe eine gelinde Wut im Bauch und beschließe, mich um diesen Herrn nicht mehr zu kümmern.

»Ich muß gehen«, sage ich, »ich habe ein Rendezvous.«

»Oh! Wie schön. Dann kommen Sie nicht mit in den Stall?«

»Nein. Ich habe nicht die Absicht.«

»Frau Meisel hat heute Geburtstag. Sie haben zu einem Abendtrunk eingeladen.«

»Mich nicht.«

»Das hat er sicher vergessen.«

»Warum sollte er mich einladen. Wir kennen uns kaum.«

Wir verabschieden uns vor den Kabinen, er meint, falls ich Lust hätte, sollte ich ruhig später noch in den Stall kommen. Ich lächle sehr süß und bin im Grunde sauer.

Es stimmt, daß ich ein Rendezvous habe. Mit dem Friseur. Als ich den Salon Maria verlasse, ist es sechs Uhr, ein milder, fast südlicher Sommerabend. Und da stehe ich mit meinem feinen Kopf und bin allein. Kurpromenade 'rauf, Kurpromenade 'runter, Drink auf der Terrasse am Kurhaus. Immer noch allein. Wenn wenigstens der Blazer käme. Nun, er kommt. Aber *nicht* allein. Er hat eine hellblonde, ganz ansehnliche Dame im Schlepptau, die ihn geradezu anhimmelt. Sie hat ein bißchen viel Busen und ein bißchen viel Popo, aber sonst geht es, lebhaft ist sie sehr und lächelt mit allen blitzendweißen Zähnen. Ihm gefällt sie offenbar, er ist ganz Auge und ganz Ohr. Zwar sieht er mich, sie sitzen zwei Tische von mir entfernt, aber er hält es nicht für nötig, mich zu grüßen. Das habe ich nun davon. Wäre ich freundlicher gewesen, dann hätte *ich* ihn mir unter den Nagel reißen können. Und wäre nun ein wohlbestallter Kurschatten. So träume ich einem Mann nach, der nichts von mir wissen will.

Ist gar nichts für mich da? Nein, weit und breit kein einschichtiger Mann, alle sind wohlversorgt, entweder mit eigener Frau oder einem Kurschattengewächs.

Arme Vera, du tust mir leid! Soll ich doch noch in den Stall fahren? Nur weil ich so fein frisiert bin? Nein, nun gerade nicht. Keiner hat mich aufgefordert, und vermutlich wollen sie mich auch nicht haben. Gehe ich halt Abendessen und ins Kino. Bei dem Wetter? Das wäre Sünde und Schande.

Ich ziehe mich um, allein oder nicht, ich habe einfach das Bedürfnis, mich mal hübsch zu machen. Es gibt da ein brandneues Kleid, blau mit einem sehr aparten Türkismuster darin, schmal, schlank machend und raffiniert geschnitten, das habe ich überhaupt noch nicht angehabt. Auch wenn's keiner sieht, ich ziehe es heute mal an, das Wetter ist schön genug. Lange weiße Ohrgehänge dazu, die schicke Frisur, also es wäre direkt ein Abenteuer wert. Es kommt aber keins. Ich esse im Hotel und werde Zeuge einer bewegten Kurliebe.

Das Paar sitzt bei mir am Tisch. Er ist vielleicht Mitte fünfzig, hat ein Kasperlgesicht mit einer roten Knollennase und ist von schlichter Gemütsart. Sie ist überhaupt ganz und gar handgestrickt, ein ganz kleinkariertes Muster, mit sage und schreibe einem Dutt am Hinterkopf, die Harmlosigkeit in Person. Aber da hat sie nun einen Mann ergattert. Oder jedenfalls so etwas Ähnliches. Und das ist für sie eine weltbewegendes Ereignis, eine Sensation, ein wahres Wunder. Sie hat keine Ahnung vom Flirten, keine Ahnung von Koketterie, ihr Herz liegt mitten auf dem Tisch zur gefälligen Bedienung. Er bedient sich und kommt sich als doller Teufelskerl vor. Ihnen zuzuhören ist eine Kabarettnummer. Und da er sich nun gerade so als richtiger Casanova fühlt, zieht er auch mich ins Gespräch, und hoho, er läßt durchblicken, was da alles im Gange ist. Ihre Zimmer liegen nämlich nebeneinander in dem Kurheim. Ist das nichts, höhö? Das ist doch ein Fingerzeig des Schicksals, haha?

Sein Kurschatten wird abwechselnd blaß und rot, ihre Augen glimmern, und sie ist glücklich, das arme Wesen. Ich erfahre allerhand über die beiden. Er hat natürlich eine Frau zu Hause sitzen, das verschweigt er gar nicht. Sie ist eine Witwe mit erwachsener Tochter und zwei Enkelkindern, und das nun nochmals so was passiert, wer hätte das gedacht? Er tätschelt ihre Hand und manchmal auch ihr Knie, und wenn sie ihr Weinglas hebt, zittert ihre Hand. Und dann sagt sie auf einmal, ganz todtraurig, daß sie ja nun in einer Woche abreisen müsse, ja genau in sieben Tagen, dann wäre alles vorbei und sie müsse nach Hause, ihre Tochter ginge dann auf Urlaub, sehr spät dieses Jahr, weil der Tochtermann vorher nicht gekonnt hätte. Sie hätte versprochen, auf die Kinder aufzupassen, und darum könne sie ja nicht verlängern, ach, und dann sei eben alles vorbei.

Er grinst mich an über den Tisch, zieht seinen breiten Mund noch breiter, er blinzelt mir zu, er fühlt sich doll und noch doller, er sagt gönnerhaft, nun ja, man werde sehen, vielleicht käme er nächstes Jahr wieder hierher zur Kur, das könnte ja sein, höhö, und sie sagt noch trauriger, ein Jahr sei ja so lang und da könne viel passieren und überhaupt, und so geht es weiter. Ich zahle schließlich und überlasse die beiden ihrer bitter-süßen Romanze.

Ich hänge mir ein Jäckchen um die Schultern, denn mein schickes neues Kleid ist ärmellos, und verlasse das Hotel, begebe mich wieder mal auf die Kurpromenade. Allein.

Dabei denke ich über das Liebespaar nach. Wie das wohl weitergeht heute abend. Ihre Zimmer liegen bekanntlich nebeneinander, und wenn ich mir vorstelle... Also genaugenommen ist es nicht vorstellbar. Sie, die brave Oma mit dem Dutt, und bestimmt hat sie außer ihrem Verblichenen niemals einen Mann umarmt, ich kann es mir jedenfalls nicht denken, und dazu der Kasperl als Liebhaber, von dem ich mir auch kaum vorstellen kann, daß er noch sehr potent ist, also es ist eine Wucht. Sachen gibt's, die gibt's gar nicht.

Eins jedenfalls steht fest, das habe ich hier gelernt: St-Tropez und Cannes und Capri und Kampen und Acapulco, das ist alles ein alter Hut. Die großen Abenteuer des Herzens finden in Orten wie diesen statt, in kleinen Kurbädern wie Bad Waldhofen.

Gegen halb zehn komme ich ins Hotel zurück. Was nun? Ins Bett gehen. Vielleicht noch ein bißchen mit Ferdinand telefonieren.
Aber wie ich zum Empfang gehe, um meinen Schlüssel zu holen, wen treffe ich? Den Herrn aus Aschaffenburg, dem das Pferd Sorrent gehört.
»Guten Abend, gnädige Frau!« begrüßt er mich sehr lebhaft und reichlich beschwingt. »Wo stecken Sie denn? Wir haben Sie schon vermißt.«
»Mich? Wieso denn das?«
»Aber wir feiern doch Geburtstag. Der ganze Stall ist da.«
»Aber ich wußte nicht ...«
»Kommen Sie, kommen Sie schnell. Sie kommen gerade noch zur rechten Zeit.«
In der Bar unten im Hotel sitzt wirklich der ganze Stall. Herr und Frau Meisel, Frau Kreutzer mit Mann, der Zahnarzt mit seiner Frau, das Herrchen von Balduin mit seiner Frau, die Pensionsinhaber mit Sohn und Tochter, noch drei Leute, die ich überhaupt nicht kenne. Und Robert.
Robert ohne Frau. Er sieht mir entgegen, wie ich mit dem Aschaffenburger komme, er steht auf, als ich an den Tisch komme, was die anderen Herren nicht tun, er setzt sich erst wieder, als ich sitze. Ihm gegenüber. Man hat mich sehr nett begrüßt, sie sind außerordentlich animiert, sie feiern seit nachmittags sechs Uhr, jetzt trinken sie Sekt. Frau Meisel, ein schmales, junges, dunkelhaariges Wesen mit großen Kulleraugen, immer ein wenig scheu und schüchtern, hat rote Wangen und strahlt, es beglückt sie, wie herzlich man sie feiert. Herr Meisel, um forsche Töne bemüht, strahlt auch, er hat seine Kunden um sich versammelt, und alle sind so schrecklich nett zu ihm und seiner Frau.

Im Laufe des Abends komme ich auch dahinter, dank mehreren Trinksprüchen und mehr oder weniger deutlichen Bemerkungen, daß Frau Meisel Ausgang des Winters ein Baby erwartet, ihr erstes. Augenscheinlich hat das keiner gewußt, aber heute hat es der stolze Vater irgendwann durchblicken lassen, und das ist nun ein doppelter Grund zum Feiern. Frau Meisel wird jedesmal ein wenig rot, wenn darauf angespielt wird, sie sieht reizend aus, und wenn sie verlegen wird, sieht sie erst ihren Mann an, der zu ihrer Rechten sitzt, und dann auf eine unschuldig hilflose Weise Robert, der links von ihr sitzt. Robert lächelt ihr dann zu, er ist so richtig lieb. Und ein verfluchter Charmeur dazu. Das habe ich nun schon begriffen. Mit Frauen versteht er es verdammt gut. Jede kriegt von ihm, was sie braucht. Und er kennt die Wirkung genau. Er hat es faustdick hinter den Ohren, dieser schriftstellernde Diplomat. Wir sehen uns einige Male an über den Tisch hinweg. Ich bin anfangs ein wenig still, es ist immer schwierig, ganz nüchtern in eine animierte Gesellschaft hineinzugeraten, aber nach einigen Gläsern Sekt geht es leichter. Neben mir habe ich den Aschaffenburger sitzen, der sich lebhaft um mich bemüht. Seine Frau übersieht es großzügig. Später kommen noch zwei Leute dazu, die ich nicht kenne, sie stammen aus Waldhofen. Der eine hat doch wahrhaftig eine Trompete mitgebracht und der andere eine Gitarre. Bisher – das habe ich vergessen zu erwähnen – bestand die musikalische Untermalung aus einem singenden Zitherspieler. Jetzt machen sie alle drei Musik, und wenn einer denkt, das ginge nicht, es geht doch.
Wir fangen an zu tanzen. Die Stimmung ist grande.
Der Hotelbesitzer kommt dazu, so gegen elf. Er gibt seiner-

seits ein paar Flaschen aus, es ist Krimsekt, und wer den schon mal getrunken hat, kann sich vorstellen, wie die Wirkung ist.

Ich bin nun auch ganz guter Stimmung, jedenfalls äußerlich, ich tanze viel, mit dem Aschaffenburger, dem Zahnarzt, mit Herrn Hirte und mit Balduins Herrchen und noch mit einigen Herren, die ich nicht näher kenne. Und ich denke, Robert könnte doch auch mal mit mir tanzen, aber er denkt nicht dran. Nicht daß er gar nicht tanzt. Er tanzt mit Frau Meisel mehrmals und mit der Dame Kreutzer, die sich hingebungsvoll an ihn schmiegt, und mit der Frau vom Hotelbesitzer, die später auch dazu kommt, und mit Frau Hirte, und mit weiß ich noch wem, aber nicht mit mir.

Warum? Ist das Absicht? Raffinesse? Oder was sonst?

Es ist ein turbulentes Fest. Es dauert bis halb eins. Dann sagt der Hotelbesitzer, es täte ihm schrecklich leid, aber die Hotelgäste, nicht wahr? Das müsse man verstehen...

Wir alle bringen Herrn und Frau Meisel hinaus in den Hof, wo ihr Auto steht. Ob sie denn wirklich auch fahren können? Herr Meisel weist jeden Zweifel mit großer Geste zurück. Er kann. Und außerdem ist hier nachts sowieso nichts und niemand auf der Straße. Und er wird ganz langsam fahren.

Wir stehen alle im Hof, wir lachen und reden, ab und zu macht einer: Pssst!! Und da – nicht daß ich blau bin, nur so ein bißchen dizzy und auch müde, es war ein langer Tag, reiten und schwimmen und spazierengehen – immer an der Luft, ich bin es auch gar nicht mehr gewöhnt, so spät ins Bett zu gehen. Auf einmal merke ich, daß Robert hinter mir steht, dicht hinter mir. Ich lehne mich ein wenig zurück, ach, einen Zentimeter nur, ich berühre ihn nicht, aber ich spüre ihn.

Eine halbe Stunde später liege ich im Bett und kann nicht schlafen. Kann nicht schlafen, weil mir heiß und wild ist, weil ich Sehnsucht habe nach diesem Mann, auf eine so heftige Art, wie ich seit Jahren keine Sehnsucht verspürt habe. Ich glaube noch nie.

Es ist zu albern. Was ist gewesen? Nichts. Weniger als nichts. Wie wir da im Hof standen und der Abschied sich hinauszögerte, die anderen redeten und lachten und machten ihre dummen Witze, aber ich war auf einmal ganz still. Und Robert auch. Er stand hinter mir. Und meine kleine Bewegung auf ihn zu, das Zentimeterchen, das ihm meine Schulter entgegengekommen war, er hatte sie erwidert. Nicht daß ich an ihm lehnte, nein, durchaus nicht, da war immer noch ein Hauch dazwischen, ein winziger Raum zwischen unseren Körpern, der aber ausgefüllt schien mit Feuer. Mit loderndem, glutheißem Feuer. Ja, bitte schön, genauso war es. Und dann legte sich seine Hand um meinen Unterarm. Weiter nichts. Seine Finger schlossen sich um meinen nackten Arm, nicht besonders fest, aber auch nicht lose, es war ein richtiger Griff, den ich spürte.

Weiter nichts. Nein, bei Gott, weiter gar nichts. Doch die Wirkung auf mich war ungeheuerlich. Die leidenschaftlichste Umarmung hätte mich nicht wehrloser, nicht hingebungsvoller machen können als seine Hand auf meinem Arm. Ich war wie gelähmt, meine Kehle wurde eng, und ich spürte wieder, was ich so lange nicht gespürt hatte: die Gänsehaut, die über meinen Rücken lief, der jähe Schmerz in meinen Brüsten und das süße ziehende Nachgeben in den Knien.

Ich weiß nicht, wie lange wir so standen. Es kam mir vor wie eine Ewigkeit, aber in Wahrheit können es nur Sekunden gewesen sein, eine Minute, zwei Minuten vielleicht. Dann waren die Abschiedspalaver vorbei, die Gesellschaft löste sich auf, Familie Meisel fuhr vom Hof, die anderen verschwanden nach und nach, Frau Kreutzer fragte Robert: »Sollen wir Sie nicht heimfahren?« und er, sich von mir lösend: »Nein, nein, danke, ich laufe gern noch ein Stück.« Immer noch halb betäubt, reichte ich ihm meine Hand, er beugte sich darüber, küßte sie, und dann, im Aufrichten, leise: »Morgen um neun?«

Ich nickte. Ich sagte nichts. Ich stand unter dem Hotelportal und sah ihm nach, wie er ging.

Jetzt liege ich im Bett und erlebe das immer wieder. Wie so ein ganz, ganz junges Mädchen, das seinen ersten Kuß bekommen hat, die erste Liebkosung, und zum erstenmal gespürt hat, daß da etwas in ihm ist, was es nicht kennt, daß da irgendwas ganz von selbst funktioniert, wenn ein Mann es anfaßt. Das ist erschreckend, das ist ein Schock, und es ist wunderschön.

So war es jedenfalls bei mir, und ich weiß noch, daß ich tagelang die harmlose kleine Szene immer wieder nachvollzog, nacherlebte und auch, wenn auch nach und nach schwächer werdend, dieselbe Wirkung verspürte. Ich weiß nicht, ob es bei allen jungen Mädchen so ist, aber ich möchte es annehmen. Später legt sich das, man reagiert nicht mehr so feinfühlig, nicht mehr so leicht erregbar auf Kleinigkeiten. Und jezt auf einmal passiert mir das wieder auf meine alten, vielerfahrenen Tage. All die Liebe, die ich genossen habe, die Männer, die mich umarmt haben, die Leidenschaft, die mich mit ihnen verband – alles weg, nie gewesen. Ich bin wie neu, ganz ungeküßt. Ein Mann legt seine Hand auf meinen Arm, und ich stehe in Flammen. Pardon! Aber ich muß es so primitiv ausdrücken, denn genauso war es. In Flammen – tut mir leid – lichterloh. Wenn er gesagt hätte: Komm mit – ich wäre gegangen, wohin er wollte. Hätte getan, was er wollte. Oh, verdammt! Was ist mir hier passiert?

Am besten, ich reise morgen ab. Ich kann flirten, ich bin auch einer Affäre nicht abgeneigt, aber ich will mich nicht ernstlich verlieben in einen Mann, der einer anderen gehört. Dazu habe ich die Nerven nicht mehr.

Ich werde gleich morgen früh den Transporteur anrufen, den Wagen bestellen und mit Lorine nach Hause fahren.

Rette dich, Vera, rette dich! Denn diesmal geht es dir ernstlich an den Kragen.

Zweiter Ritt mit Robert und Tim

Ich reise nicht ab, ich bin fünf nach neun im Stall, nicht richtig ausgeschlafen, ein wenig verkatert.

Robert ist schon da, er lehnt bei Lorine und Timo an der Box, beide sind gesattelt, er sieht mir entgegen, wie ich durch den Stall komme. Sein Gesichtsausdruck ist undefinierbar. Beherrscht und kühl, wohlausgeruht und wohlgepflegt sieht er aus, ein gemessener, überlegener Herr vom Scheitel bis zur Sohle. Nichts hat ihn erregt, nichts hat ihn aus der Ruhe gebracht. Er war zu allen Damen charmant gestern abend, er hat mit allen geflirtet, auch mit allen getanzt, mit mir zwar nicht, und dann hat er ein bißchen

seine Hand auf meinen Arm gelegt, so what? Ist das auch schon was?
Ich muß mich zusammennehmen. Er würde sich totlachen, wenn er meine Gefühle und Gedanken kennen würde. Nun, er wird sie nicht kennenlernen, ich kann mich auch beherrschen. Ich lächle ihn unbefangen an, sage »guten Morgen«, sage, daß ich ein bißchen verkatert bin und mich auf den Ritt freue, und dann führen wir unsere Pferde aus dem Stall, sitzen auf und reiten los.
»Da war Ihnen neun vielleicht zu früh?« sagt er, als wir im Schritt aus dem Hof reiten.
»Ach wo, ich werde schon munter beim Reiten.«
»Frau Kreutzer wollte um halb zehn kommen, ich dachte, es wäre besser, wir sind schon um die Zeit unterwegs.«
»Wollen Sie damit sagen, daß Sie sie versetzen?«
»Aber nein, wir haben nichts ausgemacht. Sie erwähnte es nur.« Aber er grinst dabei wie ein Lausejunge.
Heute geht es schon sehr gut mit uns vieren, wir kennen uns nun, wissen, was wir voneinander zu halten haben, die Pferde machen zufriedene Gesichter, es gefällt ihnen, miteinander zu gehen.
Wir reiten von Anfang an ein scharfes Tempo, der Morgen ist noch kühl und dabei voll strahlender Sonne, beim Galoppieren weht mir der Fahrtwind um die Ohren und vertreibt die letzte Müdigkeit. Wir gehen schräg über mehrere Stoppelfelder, das ist herrlich, da kann man flottes Tempo reiten. Auch Lorine findet es herrlich, sie läuft, daß es eine Wonne ist, ich bin im leichten Sitz, ein wenig vorgeneigt, ich habe sie nur locker in der Hand, ein Pferd wie eine Wolke im Wind.
Wir gehen heute nach Osten, über die kleine Bahn und die

kleine Landstraße, und dann drüben in die Wälder hinein. Robert kennt hier offenbar jeden Weg und Steg, er findet kleine Pfade im tiefsten Wald, und dann ist mitten im Wald eine Wiese, tiefgrün, und am Wiesenrand steht ein Kruzifix, doppeltmannshoch etwa, zu seinen Füßen ist eine Gruppe von kleinen Tannen gepflanzt und Blumen. Davor halten wir eine Weile.

»Wie schön«, sage ich. »Was ist das?«

»Eine Gedenkstätte. Die Wiese gehört einem Bauern aus Dirlach, dessen beide Söhne im Krieg gefallen sind. In Rußland. Er kennt ihre Gräber nicht, er weiß nicht, wie sie gestorben sind. An Allerheiligen zündet er hier die Kerzen an, an Weihnachten bringt er einen kleinen Christbaum heraus, und an den Geburtstagen der Buben Blumen.«

Ich schaue den Christus an, der über mir am Kreuze hängt, es ist eine einfache Schnitzarbeit, verwittert von Sonne, Regen und Schnee, aber es ist eine schlichte Schönheit in dem Bildwerk. Ich hebe die Hand und schlage ein Kreuz.

»Sie sind katholisch?« fragt er.

»Nein. Aber ich finde, es ist eine gute Sitte, und darum tue ich es manchmal.«

Wir reiten im Schritt weiter, wieder in den Wald hinein, auf samtweichem Nadelboden.

Hinter dem Wald sind wieder Stoppelfelder, wir reiten wie der Sturmwind nach Osten auf eine ferne Hügelkette zu und kommen schließlich an einen Fluß. Robert kennt eine seichte Stelle, wo das Ufer nicht zu abschüssig ist, und Timo steigt begeistert ins Wasser, patscht mit der rechten Vorhand darin herum. Lorine weigert sich, das kommt ihr nicht geheuer vor. Nach langem Zureden bringe ich sie schließlich wenigstens mit den Füßen ins Wasser.

»Genügt im Moment«, meint Robert. »Das nächstemal traut sie sich weiter.«
Noch eine Mutprobe wird Lorine abverlangt. Wir reiten durch ein Dorf. Bisher ist es mir nicht gelungen, sie auf eine Dorfstraße zu bringen. Auch heute gibt es einen Tanz, aber schließlich geht sie zitternd und tänzelnd und schnaubend hinter Timo her.
»Na, siehst du, mein Mädchen«, sage ich, »ist doch gar nicht so schlimm.«
Das findet sie nicht. Im Dorf gibt es Geräusche und Gerüche, die sie nicht kennt. Und dann fährt rasselnd ein Traktor mit einem Anhänger aus einem Hof auf die Straße heraus. Lorine macht entsetzt kehrt, buckelt, und ich habe allerhand Mühe, sie wieder zu beruhigen. Aber schließlich kommen wir am anderen Ende wieder aus dem Dorf heraus. Ich lobe sie lange und ausführlich, sie bekommt ein Stück Zucker in den Mund geschoben.
Kurz vor zwölf kommen wir zurück. Es ist Samstag und im Stall viel Betrieb, Frau Kreutzer ist da und schaut mich gehässig an, der Zahnarzt, der Fabrikant, der Aschaffenburger. Die Männer begrüßen mich sehr nett, war doch lustig gestern abend, nicht? Das machen wir wieder mal ...
Ich erfahre, daß Herr Meisel am Nachmittag eine Springstunde gibt und daß alle kommen wollen, um zuzusehen.
Ich komme nicht mehr dazu, mit Robert allein zu sprechen, aber als ich mich verabschiede, sagt er: »Wenn Sie es morgen fertigbringen, schon um acht hier zu sein, könnten wir mal zum Kloster reiten. Montag ist Stehtag, da können sich die Pferde ausruhen.«
»Ich komme gern.«
Er nickt. Er hat es wohl nicht anders erwartet.

Am Nachmittag komme ich, um beim Springen zuzusehen, das ist teilweise sehr dramatisch, es gibt ein paar Stürze; überraschenderweise erweist sich der Schimmel Balduin als großartiger Springer, und auch der Braune vom Zahnarzt geht mit Schwung über die Hürden. Anschließend bekommen wir von Frau Meisel Kaffee serviert auf der Wiese vor dem Haus. Es ist alles sehr gut und schön und wäre noch viel besser, wenn Robert da wäre. Aber er ist nicht gekommen.

Was tut er? Was macht er? Zweifellos muß er sich um Frau Gerlach kümmern. Ob er ihr erzählt von unserem Ritt heute morgen? Ob er sagt: Da ist eine ganz nette Person aus München, mit der bin ich ausgeritten, wir waren da und dort, und morgen wollen wir zum Kloster reiten.

Er wird es nicht sagen. Ist wohl auch besser.

Abends bin ich allein und gehe wieder mal ins Kino und dann gleich ins Bett, um am Morgen fit zu sein.

Und dritter Ritt des Quartetts

Unnötig, wieder einmal zu erwähnen, *wie* schön das Wetter ist. Märchenhaft geradezu. Die Glocken läuten, als ich zum Stall fahre. Ich freue mich. Freue mich auf den Ritt, auf Lorine. Und ich freue mich, Robert wiederzusehen.

Es ist wie gestern. Er ist da, die Pferde sind bereit. Wir reiten nach Norden, die Tour wie beim erstenmal, über die Straße, die sonntäglich still ist, über die Bahn, dann aber durch das Dorf durch und nach Westen in die Wälder hinein, den Hügel hinauf. Wenn wir Schritt gehen, unterhalten wir uns, ich erzähle vom Springen gestern, erzähle von Beobachtungen, die ich in Bad Waldhofen gemacht habe, auch Robert hat so seine Erfahrungen, und ich höre bei dieser Gelegenheit, daß ihm Kurgäste nicht so fremd sind, denn seine Tanten, die Töchter von Großpapa Kurarzt, betreiben eine frequentierte Kurpension.

»Sie führen ein strenges Regiment«, berichtet er und lacht vergnügt, »ich glaube in ganz Waldhofen wird nicht so eisern und erbarmungslos gekurt wie bei uns. Das ist noch die Schule von Großvater. Der kannte auch kein Pardon. Das Wasser konnte nicht kalt und naß genug sein. Und teilweise sind auch noch Leute im Haus, die bei ihm gearbeitet haben. So Schwester Melanie, ein Drachen, ein goldiger zwar, zu mir jedenfalls, aber ein Drachen. Bei der haben die Kurgäste nichts zu lachen. Und unser Masseur, der Bastian, stammt auch noch aus Großvaters Epoche. Zugegeben, unser Personal ist ein bißchen überaltert. Aber ich glaube, sie nehmen es leicht mit den Jungen auf.«

Ich weiß gar nicht, wo er wohnt. Wie sollte ich auch, ich weiß ja überhaupt nichts von ihm. Nun kenne ich zwar Schwester Melanie und den Masseur Bastian und erfahre, daß die Tanten Dori und Leni heißen und beide nie geheiratet haben und allerhand Haare auf den Zähnen haben. Aber von seiner Frau und seiner Tochter spricht er kein Wort. Tut er das absichtlich?

»Sie wohnen dort mit im Haus?« frage ich.

»Nein, nicht mehr. Es ist ein riesiges Haus. Das alte Doktorhaus von Großvater, stabil und für die Ewigkeit gebaut. Früher wohnte ich im Dachgeschoß, wenn ich hier war, aber inzwischen habe ich mir meine eigene Bleibe gebaut, ganz hinten auf dem Grundstück, klein nur, aber für mich reicht

es. Da komme ich mit den Gästen nicht so zusammen. Und die Tanten können mich nicht allzusehr tyrannisieren.«
Er lacht zu mir herüber und fügt hinzu, ganz lässig und mit großer Selbstverständlichkeit: »Besuchen Sie mich doch mal. Sie müssen schließlich auch Xaver kennenlernen.«
»Wer ist Xaver?« frage ich schwach, ganz erschüttert von der so en passant ausgesprochenen Einladung.
»Ein Dackel. Ein alter Herr schon. Aber immer noch eine sagenhafte Persönlichkeit. Mir ist selten im Leben so eine ausgeprägte Persönlichkeit begegnet. Früher hatte er mich immer in den Stall begleitet und dann dort auf mich gewartet, bis ich mit Tim zurückkam. Das heißt, manchmal hat er sich auch selbständig gemacht und ist in die Wälder gegangen, wodurch ich oft Ärger bekam. Zur Zeit haben wir hier Hundesperre. Tollwutgefahr. Da lasse ich ihn lieber zu Hause. Er hat einen großen Garten zur Verfügung. Und er hält auch nicht mehr sehr viel von längeren Spaziergängen.«
Die Tanten, der Dackel, das Personal – nur Madame Gerlach bleibt im Dunkel.
Nach anderthalb Stunden etwa kommen wir bei dem Kloster an. Es liegt ziemlich auf der Höhe, man reitet eine Weile bergan durch den Wald, und auf einem vorgeschobenen freien Platz findet man das wuchtige alte Gebäude, romantisch unter Buchen und Eichen. Ein Kirchlein ist dabei, eine Gaststätte.
Robert Gerlach ist hier bekannt, er wird erfreut begrüßt. Der Pächter der Gaststätte kommt persönlich, und wieder geht es los wie neulich bei der Marei: »Ja, der Herr Doktor! Das ist schön, daß Sie sich wieder einmal sehen lassen. Wir haben uns schon gewundert, wo Sie stecken. Meine Frau

sagte: Sicher sind Sie wieder auf Reisen ...« Und so weiter und so fort.

Man nimmt uns die Pferde ab, sie haben hier sogar einen Stall, Tim und Lorine werden abgesattelt und bekommen eine Schwinge Hafer. Das Kloster ist kein Kloster mehr, es gibt hier weder Mönche noch Nonnen, das alte Gemäuer ist halb verfallen, nur die Kirche und das Lokal sind instand gesetzt.

Es ist wirklich ein romantischer Platz. Wir sitzen im Garten, direkt an einer halbhohen Mauer, und haben einen wunderschönen Blick ins Tal, in jenes Gelände, wo wir bei unserem ersten Ausritt waren.

»Was möchten Sie trinken?« fragt Robert mich.

»Oh, ich weiß nicht. Worin besteht hierzulande ein Reiterfrühstück?«

»Sie können alles haben, was Sie wollen. Kaffee, Bier, Wein, Tee, und wenn Sie mir die Wahl überlassen, würde ich sagen, wir trinken eine Flasche Sekt.«

»Oh ja, gern.«

Der Wirt hat offenbar nichts anderes erwartet, er kommt bereits mit der Flasche. Ein Mädchen bringt eine Platte mit Schinken und Wurst, frische Butter und schwarzes Brot.

»Das finde ich gar nicht schlecht«, sage ich begeistert, als alles vor uns auf dem Tisch steht. »Alle guten Sachen lerne ich hier durch Sie kennen.«

Und nun, das erstemal wieder, sieht er mich an wie ein Mann. Über den Tisch hinweg, sehr intensiv. Sieht mich so an, daß ich die Zähne zusammenbeißen muß. Kann auch sein, ich habe was Dummes gesagt. Man kann natürlich vielerlei Sinn darin entdecken. Aber ich schweige und schwäche nichts davon ab.

Er nimmt sein Glas in die Hand. »Prost Reiter«, sagt er, und obwohl ich den Brauch kenne, bei diesem Ausspruch das Glas in der linken Hand zu haben, anders sonst man eine Runde bezahlen muß, habe ich es in meiner Verwirrung rechts und trinke so. Ich sehe an seinem Lächeln, daß ich es falsch gemacht habe.

»Die nächste Flasche geht dann also an mich«, sage ich.

»Ich glaube, daß uns eine Flasche genügen wird«, sagt er, »wir müssen schließlich noch zurückreiten. Aber Sie können es anderweitig gutmachen.«

»Wie?« frage ich mit einer kleinen piepsigen Stimme und mit Herzklopfen, denn wie er mich ansieht – Gott, steh mir bei!

Er steht gelassen auf, kommt um den Tisch herum, setzt sich neben mich auf die Bank. Da sitzt er, legt den Arm hinter mich auf die Lehne, ist mir zugewandt, und die blauen Augen sind nahe, so verdammt nahe, und ich sitze wie ein hypnotisiertes Häschen, und er sagt: »So.«

Sein Arm, der auf der Lehne lag, umfaßt mich, zieht mich heran, eine kleine Weile noch sieht er mich an, ganz ruhig, er läßt sich Zeit, genießt zweifellos die Verwirrung in meinem Gesicht, und dann küßt er mich.

Küßt mich in aller Ruhe und Selbstverständlichkeit, nicht sehr heftig, nicht sehr leidenschaftlich, aber ziemlich intensiv und ausführlich. Dann läßt er mich los, biegt ein wenig den Kopf zurück und sieht mich wieder an. Das ist ein Genießer! Er will sehen, was er anrichtet. Ich kenne die Sorte. Es soll ihm nicht gelingen, mich aus der Fassung zu bringen. Jedenfalls soll er es nicht sehen. Aber wie auch immer und wenn ich mich noch so anstrenge, ruhig und kühl zu bleiben, ich bin verloren. Ich bin ganz und gar verloren. Ich bin dabei, mich rettungslos in diesen Mann zu verlieben.

»Und das in einem Kloster«, sage ich, und meine Stimme gehorcht mir nicht ganz.

Er lächelt. »Es mißfällt dem lieben Gott nicht.«

»Wissen Sie das so genau?«

»Ja.«

Und damit zieht er seelenruhig seinen Teller von der anderen Seite des Tisches herüber und fängt an, Butter auf ein Brot zu schmieren. Der Mann hat Nerven. Das ist ein ganz ausgekochter Hund. Und so was muß mir über den Weg laufen. Na warte! Ich bin auch nicht so ein heuriger Hase, wie du vielleicht denkst. Ich sehe ihm zu, wie er das Brot streicht, wie er eine Scheibe Schinken drauf legt und mir es dann bietet. Ich nehme es und beiße hinein. Was soll ich sonst tun? Ich esse ein Schinkenbrot und esse ein zweites, aber ich könnte genausogut eine tote Maus oder ein Stück Pappe essen. Er schiebt mir ein Rädchen Gurke in den Mund, und dazwischen trinke ich den Sekt, hastig und durstig, ein Glas, zwei Glas, ein drittes und merke auch gleich die Wirkung, mein Kopf wird leicht, ich schwebe über der Wirklichkeit.

Der Wirt kommt und setzt sich zu uns, die beiden Männer reden über dies und das, ich brauche nichts weiter dazu zu sagen. Ich weiß nur eins, daß er dicht neben mir sitzt, sehr dicht, wir berühren uns nicht, aber ich spüre ihn, es ist genau wie an dem Abend der Geburtstagsfeier. I've got you under my skin, so ungefähr in der Art. Das gibt es, das gibt es alles. Ich habe schon viel erlebt, aber so etwas wie dieses noch nicht. Und wie ich damit fertig werden soll, das weiß ich nicht.

Schließlich zahlt er, es ist schon fast elf, wir stehen auf, er sagt: »Jetzt müssen wir aber flott reiten«, wir gehen in den Stall zu unseren Pferden, die dicht nebeneinander stehen und die Köpfe zusammengesteckt haben, und Robert sagt: »Die beiden mögen sich.«
»Ja, es sieht so aus.«
Wir stehen neben den Pferden im Stall, es ist ein wenig dämmrig hier, ein alter kühler Klosterstall, er hebt die Hand, streicht mir weich das Haar aus der Stirn, legt die Hand in meinen Nacken, zieht meinen Kopf heran und küßt mich wieder, sehr leicht, sehr zärtlich, läßt mich los und sieht mich an, ich möchte lächeln, möchte etwas sagen, etwas Leichtes, Oberflächliches, aber es geht nicht, mein Gesicht ist ernst, und auch er ist ernst. Und dann legt er beide Arme um mich, und wir küssen uns. Ich ihn nun auch.
Wir küssen uns.
Küssen uns eine Ewigkeit.
Ach!
Es ist kein Zentimeter mehr zwischen uns, kein Millimeter, ich spüre ihn, er trägt nur ein Hemd und ich nur eine Bluse, und wir sind uns ganz nahe. Es ist atemberaubend. Ich will diesen Mann, ich bin verrückt nach diesem Mann. Es ist mir egal, ob er verheiratet ist. Ob er eine Frau hat und eine Tochter und diverse Tanten, alles ist mir egal. Ich will nichts auf der Welt als diesen Mann. Es ist der Mann, von dem ich mein ganzes Leben lang geträumt habe. Denn nie – *nie* – ist es mir passiert, daß ich so unvermittelt, so gewissermaßen aus dem Stand mitten in die Liebe hineingesprungen bin. Mitten in ein heißes Begehren, in ein wildes Verlangen.
Ach! Es ist nicht zu glauben, daß es so was gibt. Ich weiß

nicht, wie ich aufs Pferd gekommen bin, wie wir losreiten, ich sage adieu zu dem Wirt, schüttele ihm vom Pferd herab die Hand, wir reiten durch den Wald abwärts, es ist warm, nahe der Mittagsstunde. Wir sprechen kein Wort. Wir brausen unten durch die Ebene. Als wir in den Stall kommen, ist es schon halb eins, Herr Meisel hat gewartet und schaut uns vorwurfsvoll an, sagt aber nichts.
Noch einer wartet. Ferdinand. Er sitzt im Hof auf den Stufen zur Reitbahn. Ich habe ihn ganz vergessen. Und ich habe gar keine Verwendung für ihn.
Aber vielleicht hat auch Robert Gerlach jetzt keine Verwendung mehr für mich. Er muß schließlich nach Hause zum Mittagessen. Unser Abschied ist sehr rasch und unpersönlich, ich mache die Herren noch miteinander bekannt, sie schütteln sich die Hände, ein flüchtiges Lächeln, Roberts Gesicht ist wieder undurchdringlich, höflich-glatt, er sagt nicht, wann wir uns wiedersehen, nichts von morgen, nichts von Dienstag, er schwingt sich auf sein Rad und fährt davon. Ich stehe da und sehe ihm nach.
Ferdinand sieht mich an. »Na, da!« sagt er.
»Was soll das heißen?« frage ich gereizt.
»Nichts«, sagt er friedlich. »Ich meine nur.«

Begegnung mit Pan

Der arme Ferdinand! Es ist sein Schicksal, an meinem verworrenen Seelenleben teilzunehmen. Er muß immer alles ausbaden, meine schlechten Launen, meine Zweifel, meine Komplexe, und wenn ich glücklich bin, habe ich keine Verwendung für ihn. Er kennt mich so gut. Ich glaube, es gibt keinen Menschen auf der Welt, der mich so gut kennt wie er. Und natürlich hat er gleich gemerkt, was los ist.

»Ist er das?« fragt er, ehe wir unsere Wagen besteigen.

»Wer ist was?« frage ich kriegerisch zurück.

»Dein neuester Flirt?«

»Keine Rede davon.«

»Dann also schlimmer.«

»Ach, laß mich in Ruhe.«

Wir fahren zu mir ins Hotel. Während ich mich umziehe, trinkt er unten einen Aperitif, dann essen wir. Ich bin zerstreut und in Klärchens Stimmung: himmelhochjauchzend, zu Tode betrübt. Wie alt bin ich eigentlich? Achtzehn? Oder erst siebzehn. Sweet seventeen und fallen in love.

»Ich soll dich grüßen«, sagt Ferdinand bei der Suppe.

»So!«

»Von Gert.«

»Ach! Ihr seid offenbar seit neuestem die dicksten Freunde.«

»Ich kann nichts dafür. Er war wieder da, diesmal allein, und hat sich ewig mit mir unterhalten.«

»So. Fährt er denn nicht in Urlaub?«

»Er kann nicht, sagt er. Wahnsinnig viel zu tun. Ganz dolle neue Aufträge. Die Firma blüht und gedeiht.«

»Freut mich für ihn.«

»Du fehlst ihm.«

»So.«

»Jetzt hast du zum drittenmal ›So‹ gesagt.«

»Na und?«

»Nichts. Aber sonst bist du im Gespräch einfallsreicher.«

»Tur mir leid, wenn ich dich langweile.«

»Dein ›So‹ ist unterhaltender und aufschlußreicher als anderer Leute gekonnteste Formulierungen.«
»So. Ich meine, dann ist es ja gut.«
»Ich habe so eine Art Botschaft auszurichten.«
»So. Und?«
»Er sagt, du sollst nicht zu lange Urlaub machen und dich lieber wieder mal bei ihm in der Firma sehen lassen.«
»Fallen ihm keine guten Texte ein?«
»Es sieht so aus.«
»Das bekümmert mich verhältnismäßig wenig. Ich bin fertig mit dem Werbegeschäft. Ich schreibe wieder ein Buch.«
»So?«
»Gewiß.«
»Was für eins?«
»Weiß ich noch nicht. Ich bin zur Zeit dabei, darüber nachzudenken.«
»Daß du dazu Zeit hast...« Es klingt hinterhältig.
»Ich habe jede Menge Zeit hier.«
Pause. Ich komme mit meinem Schweinsbraten nicht recht voran. Kein Appetit. Das sicherste Zeichen, daß ich verliebt bin. Dann brauche ich so gut wie nichts zu essen.
Ferdinand schmeckt es. Er ißt alles auf bis zum letzten Knödelbrocken. Dann lehnt er sich zurück, betrachtet mich mit der Miene eines abgeklärten Großvaters und sagt: »Er sieht gut aus.«
»Wer?«
»Na, dieser Mann, mit dem du heute ausgeritten bist.«
»Mmmmm.«
»Reitest du öfter mit ihm?«
»Mmmmm.« Das habe ich von Friedrich gelernt. Man kommt damit ganz gut durchs Leben.

»Du machst doch keine Dummheiten, Vera?«
»Was verstehst du unter Dummheiten, teurer Freund?«
»Du weißt recht gut, was ich darunter verstehe. Dasselbe wie du.«
Ich schiebe meinen Teller zurück, stütze die Ellenbogen auf den Tisch, lege meinen Kopf in die Hände und schaue meinen guten Freund an. »Doch, Ferdinand, ich glaube schon. Wenn es eine Dummheit ist, sich zu verlieben.«
»Was meinst du?«
»Sicher, es ist eine. Oh, Ferry, wie alt muß man werden, daß es nicht mehr passiert?«
»Ich weiß nicht, ob es mit dem Alter etwas zu tun hat. Bei dir sicher nicht, Vera. Sagtest du nicht, der Herr ist verheiratet?«
»Ist er. Stört es dich?«
»Dich?«
»Doch, ja.«
»Willst du nicht lieber mit mir nach Hause fahren?«
»Nein.«
Wir sitzen lange auf der Terrasse vor dem Hotel, trinken eine Tasse Kaffee, ich füttere die Vögel mit Brotkrumen. Und ich denke: Was geschieht nun? Ein Kuß, gut. Zwei oder drei Küsse, was ist das schon. Aus der Stimmung des Augenblicks heraus. Ernst gemeint im Moment oder nicht, es vergißt sich, es verweht, es ist vorbei. Was weiß ich über Robert Gerlach.
Vielleicht ist er ein Don Juan, der ganz gern mal ein wenig mit dem Feuer spielt. Für ihn bin ich eine erwachsene, erfahrene Frau. Eine sophisticated lady. Kann er annehmen, daß ich an Liebe denke, daß ich mich so töricht hineinsteigere? Das kommt ihm sicher nicht in den Sinn. Er ist jetzt

zu Hause bei Weib und Kind, hat sich das Mittagessen schmecken lassen, macht einen Mittagsschlaf, mich hat er längst vergessen.

Man wird sehen, der Sonntag ist noch lang, morgen ist Montag, Ruhetag im Stall. Er weiß, wo ich wohne. Er könnte sich melden. Mal anrufen. Mal vorbeikommen, so was in der Art. Wenn er nur eine Spur von Interesse an mir hätte, müßte er das tun.

Tut er es?

Er tut es nicht.

Nur widerstrebend gehe ich am Nachmittag mit Ferdinand spazieren, dränge zum Hotel zurück. Am Empfang frage ich: »Hat jemand für mich angerufen?«

Niemand hat.

Ferdinand hat mir verschiedenes mitgebracht. Silvodor, mein Lieblingsbadeöl, die Babyseife, mit der ich mich wasche, eine Sonnencreme, Nagellack, meinen bevorzugten Lippenstift. Er räumt es aus seinem Wagen und meint dabei, wir sollten abends mal woanders hingehen zum Essen.

»Warum denn?«

»Zur Abwechslung.«

Also gut. Er kann ja, wenn er anruft, eine Nachricht hinterlassen. Wir essen anderswo, wir kommen bald zurück, sitzen noch in der Bar. Hier habe ich ihn schon einmal gesehen an einem Sonntagabend. Könnte er nicht heute auch kommen? Er kommt nicht.

Der Montag nimmt kein Ende. Ich fahre in den Stall, Lorine zu besuchen. Ich bin nachmittags im Schwimmbad. Kein Robert. Übrigens habe ich im Telefonbuch nachgesehen, dort steht sein Name nicht. Wie die Pension von den Tanten heißt, weiß ich nicht. Ich habe keine Ahnung, in welchem Teil von Waldhofen er wohnt. Ich gehe am späten Montagnachmittag über die Kurpromenade, dann spaziere ich durch den Ort, ausgiebig nach allen Seiten hin. Die ganze Zeit bin ich darauf gefaßt, daß er plötzlich auftaucht, zu Fuß, zu Rad, es ist ein ganz blödsinniger Zustand, in dem ich mich befinde.

Kaum zu glauben, daß einem so was auf seine alten Tage noch passieren kann. Es erinnert mich an meine Jungmädchenzeit. Damals, als ich in der Kleinstadt lebte, bei dem Tierarzt während des Krieges, war ich wahnsinnig verliebt in einen Arzt. Es war der Hausarzt der Familie. Ein Mann etwa Anfang vierzig, blendend aussehend, von einem leicht verwegenen Charme. Er war im Krieg gewesen, verwundet worden, hinkte ein wenig, was ihn noch interessanter machte, war freigestellt vom Militär und hatte eine große Praxis.

Er behandelte mich bei einer Mandelentzündung, später nochmal, als ich vom Pferd gefallen war und mir das Handgelenk verstaucht hatte. Ich war dreizehn, dann vierzehn. Ich liebte den Doktor mit leidenschaftlicher Inbrunst. Man hat in diesem Alter eine umwerfende Phantasie. Natürlich hatte er eine Frau und auch Kinder, ich ließ die Frau sterben und die Kinder ebenfalls irgendwie verschwinden und aus uns beiden ein glückliches Paar werden. Jeden Tag ging ich mehrmals am Doktorhaus vorbei, und manchmal glückte es, er kam gerade heraus oder fuhr in seinem Wagen ab, und ich konnte ihm »guten Tag, Herr Doktor« entgegenhauchen. »Ah, Vera, wie geht's dir? Du wirst immer hübscher.« So etwas sagte er oft, er war ein Charmeur. Ich kannte seinen Wagen, einen alten grauen Opel, und fuhr mit meinem Rad durch die Kleinstadt, ob ich den Wagen irgendwo stehen sah, wo er vielleicht einen Besuch machte. Dann wartete ich hinter der nächsten Ecke oder in einer Toreinfahrt, bis er kam, und wenn er einstieg, kam ich zufällig vorbeigeradelt. »Guten Tag, Herr Doktor!« – »Hallo, Vera!« Mit der Zeit wurde ich mutiger und erfindungsreicher. Ich legte mir die eine oder andere Krankheit zu, leider war ich damals sehr gesund, ich mußte simulieren, und die Frau vom Tierarzt, die zwei Söhne großgezogen hatte, die auch manchmal gern die Schule schwänzten, war nicht leicht zu täuschen. Immerhin – mit einem fremden Kind ist man vorsichtiger. »Hast du Halsschmerzen, Vera?« »Ja, schrecklich.« Die Hand auf meiner Stirn. »Fieber hast du nicht. Kopfschmerzen?«

»Furchtbar.« – »Hm. Schreibt ihr heute eine Arbeit?« – »Nein. Aber Tante Hanna!« Ich war sehr gekränkt.

»Hm. Mach den Mund auf, sag aah! – Bißchen rot vielleicht. Also gut, geh ins Bett, ich mach dir einen Wickel.«

Der Doktor wurde nicht geholt, und ernstlich krank wurde ich einfach nicht. Also blieben nur die Promenaden am Doktorhaus vorbei, die Radfahrten durch die Stadt.

Als mich meine Mutter dann dort fortholte und mit mir nach Süddeutschland ging, brach mir das Herz.

Benehme ich mich heute anders als mit vierzehn? Ich spaziere durch Waldhofen und hoffe, ihn hinter jeder Ecke zu treffen. Aber ganz schlimm wird es, als er Dienstag auch nicht im Stall auftaucht. Ist er denn wieder verreist? Wo fährt er denn bloß immer hin? Angelika ist nicht mehr da, die ich fragen kann. Nachmittags bringe ich Lorine auf die Koppel, zusammen mit Timo, lehne am Koppelzaun und warte, daß er kommt, wie schon einmal. Er kommt nicht.

Er hat auch nicht angerufen. Und ich mache mich lächerlich.

Gut, daß es niemand weiß – er vor allem nicht –, wie ich mich benehme. Ein paar Küsse, na gut. Habe ich nicht schon oft einen Mann geküßt und morgen nicht mehr daran gedacht? So geht es ihm eben mit mir.
Mittwoch morgen ist er im Stall. Sattelt gerade seinen Timo, wie ich komme, sagt er freundlich »guten Morgen«, ohne mir einen besonderen Blick zu schenken, nimmt den Timo am Zügel und geht mit ihm aus dem Stall.
Das ist deutlich. Ich könnte heulen. Aber nun langt es mir. Nun ist der Film für mich gelaufen.
Aber wie ich mit Lorine herauskomme, wartet er draußen hoch zu Roß. Sitzt gewissermaßen auf dem hohen Roß und schaut zu mir herab.
»Wohin reiten wir heute?«
Ich möchte etwas ganz Gemeines, etwas ganz Häßliches sagen. Und zumindest wünsche ich, ich hätte mich mittlerweile mit einem der anderen Herren angefreundet und mit einem von ihnen ein Ausreiterendezvous.
»Mir egal«, sage ich statt dessen und versuche, es gleichmütig klingen zu lassen. Bloß keinen Ärger zeigen. Der Herr ist ein Sadist und vermutlich tut er das absichtlich. Das ist eine Masche von ihm.
»Ist Lorine gestern viel gegangen?«
»Nein. Nur eine Stunde.«
»Fein. Tim hat überhaupt gestanden, dann können wir ein Stück weiter gehen. Wollen wir zur Marei reiten und dort zu Mittag essen?«
Wunderbar! Mein Ärger verfliegt, ich schaue eifrig zu ihm hinauf wie ein Schulmädchen, dem der Lehrer einen Schulausflug verspricht.
»Dann müßten wir bloß Herrn Meisel Bescheid sagen.«

»Das mache ich«, rufe ich begeistert. »Er ist in der Bahn. Halten Sie Lorine, ja?«
Er nimmt Lorines Zügel, ruft mir nach: »Warten Sie!«
»Sie haben nicht zufällig einen Badeanzug zur Hand?«
Ich kehre um.
»Doch, im Wagen.«
»Wunderbar. Nehmen Sie ihn mit. Wir können schwimmen vor dem Essen.«
Ein richtiges großes, dickes Programm. Hört sich an, als ob wir viele Stunden zusammen sein würden. Bin ich ihm also gleichgültig? Wohl doch nicht. Sonne, wie scheinst du strahlend! Himmel, wie bist du blau! Leben, wie bist du schön!
Ich komme zurück, etwas ratlos den Badeanzug in der Hand. Das heißt, es ist kein richtiger Badeanzug, bloß ein alter Bikini, den ich zur Reserve im Wagen habe. »Wie soll ich das transportieren?«
Er grinst. »Na, soviel ist das ja nicht.«
Ich befestige das Oberteil am Hosenbund, das Höschen würge ich in die Tasche. Dann sitze ich endlich auf. Lorine hat das ganze Unternehmen interessiert beobachtet. Sie stampft ungeduldig mit dem Bein. Geht's endlich los?
Es geht los.
Diesmal entfernen wir uns vom Stall in Richtung Süden. Ein Stück Feldweg im Schritt, dann kurz vor dem Ort über die Straße und die kleine Bahn.
Natürlich muß ich ihn fragen. Frauen fragen immer, ich sagte es bereits, sonst ersticken sie daran.
»Wo haben Sie denn gesteckt?«
»Haben Sie mich vermißt?«
»Mmmmmm.«
»Hätte ich mich abmelden müssen?«

»Ich hätte es nett gefunden.«

Er lacht zu mir herüber, so richtig unverschämt. Oh, du Mannsbild, du! Du bist deiner Wirkung verdammt sicher.

»Ich war in München.«

»Aha.«

»Ich habe meinen Verleger getroffen. Und sonst noch einiges erledigt. Zufrieden?«

»Sie denken doch nicht etwa, daß ich neugierig bin?«

»Nicht?«

Dann bleibt nicht mehr viel Zeit zum Reden, er legt ein scharfes Tempo vor, erst ein Stück nach Osten, dann südwärts.

Diesmal galoppiert er voran. Lorine dem Timo nach, manchmal ist sie heftig, und ich habe Mühe, sie zu halten. Aber wenigstens schießt sie mir nicht vor.

Grüne Feldwege, Stoppelfelder, ein Stück durch den Wald. Ein richtiger ausgewachsener Geländeritt, immer voran, immer weiter. Eigentlich kennen wir so etwas gar nicht, Lorine und ich. Der Englische Garten in Ehren, man kann sehr schön in ihm reiten, wenn er nicht zu naß oder zu trokken ist und wenn uns die Parkverwaltung nicht liebenswürdigerweise dicke Steine auf die Reitwege geschüttet hat.

Aber das hier ist natürlich eine andere Sache. Das ist kein Spazierenreiten, das ist ernsthafte Fortbewegung. Von einem Ort zum anderen.

Wir brauchen zwei Stunden bis zum Ort, wo der »Oberwirt« steht und die Marei residiert. Zwei Stunden scharfer, flotter Ritt.

Die Sonne brennt, mir ist heiß, aber es ist wunderbar.

Robert springt vor dem Gasthof mit einem Cowboysatz vom Pferd, läßt den Timo stehen und kommt zu mir.

»Gut. Sie haben sich prima gehalten. So einen Partner lob' ich mir.«

Wie blau seine Augen sind! Wie jung er aussieht!

Er streckt mir die Arme entgegen, ich schwinge auch mein rechtes Bein auf Cowboyart über Lorines Kopf und lasse mich in seine Arme gleiten. Einen kleinen Augenblick hält er mich, lacht mir in die Augen.

Wir führen die Pferde am Zügel durch den Wirtsgarten, dann hinters Haus. Die Marei hat den Hufschlag gehört, erscheint auf der Holzveranda.

»Jessas, der Herr Doktor! Grüß di Gott, Robert!«

Hinter ihr erscheint ein stattliches, kräftiges Mannsbild. Das ist Aloys, wie ich erfahre, der Marei ihr Mann und Wirt des Hauses.

Beide schütteln auch mir die Hand, dann geht wieder ein großes Gespräch los, an dem ich nicht viel teilnehmen kann. Dazwischen satteln wir die Pferde ab und bringen sie zu einer Koppel, die am Rand des Dorfes liegt. Eine saftige grüne Wiese, wo die beiden grasen können. Anschließend müssen wir mit dem Aloys einen Schnaps trinken, und dann sagt Robert: »Ich hab' gedacht, wir könnten baden gehen, bis das Essen fertig ist. Zum kleinen See hinunter. Leihst mir deinen Wagen, Aloys?«

Das tut der Aloys mit Vergnügen. Und die Marei bringt noch ein paar Handtücher und eine Decke zum Drauflegen. Um eins könnten wir zum Essen kommen, sie würde heute Göckerl braten, ganz junge, zarte.

Als wir in Aloys' Wagen sitzen – ein Mercedes versteht sich –, frage ich: »Müssen die armen Hähnchen sterben wegen uns?«

»Vermutlich.«

»Dann hätte ich eigentlich lieber wieder Schnitzel gegessen.«
»Das Kalb ist auch nicht freiwillig verschieden.«
»Na ja, aber es ist vermutlich schon tot. Die Göckerl müssen extra unseretwegen sterben.«
»Ich nehme an, sie sind sowieso doomed to death. Essen wir sie nicht, hätten andere sie gegessen. Haben Sie so ein zartbesaitetes Gemüt, Vera?«
»Trauen Sie mir das nicht zu?« – Er hat mich das erstemal Vera genannt.
»Doch. Durchaus. Nicht, daß es mich stört.«
»Das beruhigt mich.«
Ich bin gewappnet und bereit, es mit ihm aufzunehmen. Er mit seiner verdammten Sicherheit und Überlegenheit soll bloß nicht denken, daß er mir so gewaltig imponiert. Er ist auch bloß ein Mann. Er wäre der erste, mit dem ich nicht fertig werde.
Zum erstenmal fahre ich mit ihm im Auto. Er steuert den Wagen mit lässiger Sicherheit, wie alles, was er tut. Wir fahren zum Ort hinaus, ein Stück Landstraße entlang, dann biegt er auf einen Feldweg ab, der nach einer Weile in den Wald mündet.
»Wo fahren wir eigentlich hin, falls ich mir die Frage erlauben darf?«
»Sie dürfen. Wir fahren baden.«
»Ja, das habe ich vernommen. Ist ein See in der Nähe?«
»Ja. Sie werden sehen, ein hübscher kleiner See, mitten im Wald. Wir haben dort als Buben schon gebadet.«
Wir sind nun allein, er hätte Gelegenheit, ein bißchen, nun ja, also sagen wir mal, seine Sympathie zu zeigen. Aber er tut nichts dergleichen. Auch nicht, als wir bei dem See angekommen sind. Er steigt aus, reckt sich und schaut sich zu-

frieden um. Ein hübscher Platz, der See ist nicht groß, er wirkt etwas düster. Auf der einen Seite reicht der Wald bis an sein Ufer, da wo wir halten, ist ein Stück Wiese.
Hier sind ein paar Buben beim Fußballspiel, doch sogar sie kennen den Herrn Doktor und verziehen sich manierlich in die äußerste Ecke.
Robert hat den Wagen unter den Bäumen geparkt und steigt ohne weitere Verzögerung aus seinen Stiefeln und seinen Reithosen. Die Badehose hat er bereits an, wie ich sehe.
Bei mir geht das nicht so einfach. Eitel, wie ich bin, habe ich sehr elegante, sehr enge Stiefel und komme ohne Stiefelknecht nicht aus ihnen heraus. Robert sieht mir eine Weile zu, wie ich mich abmühe, dann deutet er auf einen Baumstumpf.
»Setzen Sie sich, Madame! Ich werde Sie ausziehen.«
Er zieht mir gekonnt die Stiefel aus. Die Hose schaffe ich allein, er wendet sich diskret ab, während ich mich in den Bikini zwänge. Reichlich knapp ist der. Ich habe ihn ewig nicht mehr angehabt. Er liegt nur so zur Reserve im Wagen. Bademütze habe ich natürlich auch nicht. Aber in der Hosentasche steckt ein gelbes Stirnband, das ich manchmal zum Reiten überziehe. Mit dem binde ich, so gut es geht, die Haare hoch.
Er sieht mir dabei zu. Er sieht mich ziemlich unverhohlen an. Ich gäbe ein Vermögen drum, zu wissen, was er denkt.
Das Ufer ist moorig, ein bißchen glitschig, ich rutsche mehr oder weniger ins Wasser hinein. Überraschenderweise ist es schön warm, wärmer als das Waldhofener Schwimmbad.
Das tut gut nach dem schnellen, heißen Ritt. Wir schwimmen quer über den See, halten uns drüben an einer Wurzel fest.

»Schön?« fragt er.

»Herrlich!«

Zurück und das Ganze nochmal. Auf der zweiten Tour veranstalten wir eine Art Wettschwimmen. Ich bin eine gute Schwimmerin, aber er schlägt mich mühelos, läßt mich auch nicht aus Höflichkeit gewinnen.

Wie alt mag er sein? Mitte, Ende vierzig etwa. Aber er ist tadellos in Form.

Die Buben sind verschwunden, wie wir aus dem Wasser kommen. Mir ist wunderbar zumute.

Robert holt die Decke von Marei aus dem Wagen, breitet sie im Gras aus, und wir legen uns hin.

Da liegen wir und reden kein Wort. Es ist hoher Mittag, es ist ganz still, ein Vogel läßt sich hier und da vernehmen, sonst tiefste Stille. Eine Stille aber, die lebt. Die Stunde des Pan. September, warme letzte Sommertage. Ich liege auf dem Rücken, habe die Augen geschlossen und spüre, daß ich lebe.

Eine lange Weile rührt er sich nicht. Zwischen unseren Körpern ist ein kleiner Raum, der winzigste Raum, den man sich vorstellen kann. Und in diesem Raum – ja, was ist da? Vielleicht Elektrizität? Oder wie soll man das nennen? Wenn man es überhaupt benennen kann.

Dann bewegt er sich, rollt sich auf den Bauch, und nun ist kein Zwischenraum mehr da, sein Arm berührt meinen Arm. Und dann ist sein Mund auf meiner Schulter. Zärtliche Lippen, ganz sanft, sehr behutsam. Ich rühre mich nicht. Ich könnte mich gar nicht bewegen. Doch alles in mir und an mir beginnt zu leben. Zauberstunde im mittäglichen Wald. Pan geht durch den Wald und bläst sehnsuchtsvoll auf seiner Flöte.

Ich warte, was geschieht. Und alles, mein ganzes Sein ist auf diese Lippen konzentriert, die sanft und weich über meine Schulter gleiten, in die Halsbeuge, und langsam, quälend langsam, millimeterweise tiefer wandern zum Ansatz der Brust, dort zärtlich verweilen, verschwunden sind, wiederkehren, und das Spiel wiederholen, immer wieder, bis alles an mir vibriert, und ich meine Hände in den Boden kralle, um ihn nicht einfach zu fassen, festzuhalten.
Auch das bemerkt er. Seine Hand streichelt meinen Arm, bis meine Finger sich lockern, bis ich ihn schließlich doch umarme. Jetzt endlich küßt er mich. Er küßt mir den letzten Rest Verstand aus dem Kopf.
Und dann läßt er mich plötzlich los, richtet sich auf. Ich öffne aufgeschreckt die Augen. Ist jemand gekommen? Nein. Nichts und niemand, Wald und Wiese schweigen, über dem See flirrt eine Libelle im Licht.
Er steht auf, steht plötzlich vor mir und streckt mir die Hände entgegen. Ich ergreife sie verwirrt, er zieht mich hoch, und wir stehen dicht voreinander, Körper an Körper, er sieht mich an, ganz nah, und fragt: »Willst du?«
Weiter nichts. Steht vor mir, hält mich an den Händen, sieht mir in die Augen und fragt: »Willst du?«
Gibt mir keine Zeit für Spiel und Koketterie, keine Zeit für ein bißchen Theater, für ein kleines Zögern, und ich, was tue ich? Ich sage: »Ja.«
Nichts weiter.
Willst du?
Ja.
Er hat es nicht anders erwartet, nimmt mich bei der Hand, geht das Stück über die Wiese bis zum Wald, in den Wald hinein.

Kann ich weglaufen? Kann ich sagen, was fällt Ihnen ein? Kann ich vielleicht ein bißchen lachen und die Situation für mich retten? Nicht daran zu denken.

Ich gehe mit an seiner Hand, er redet kein Wort, ich auch nicht. Ein Stein piekt mich in den Fuß, ich sage nicht mal au, ich gehe brav und folgsam mit, und dann ist da ein grüner Rasenfleck unter den Bäumen, er läßt meine Hand los, faßt mich an den Armen, küßt mich, küßt mich, wie ich nie geküßt worden bin, und noch im Küssen zieht er mich nieder auf die Erde, auf den grünen weichen Waldboden, streift mir geschickt und geübt das Oberteil ab und dann das Nichts von Höschen, ich denke noch: Das kann er gut! Das kann er verdammt gut, das macht er nicht zum erstenmal, und dann denke ich nichts mehr.

Es ist alles ganz einfach und ganz natürlich. Es braucht weiter keine Präluminarien. Ich bin so wohlvorbereitet, so bereit, ich bin gleich da, wir lieben uns, als hätten wir nie etwas anderes getan. Wir lieben uns mit einer Vollkommenheit, die andere Paare nicht nach tausend Versuchen erreichen und die auch wir vielleicht nie wieder erreichen können, weil soviel Vollendung, soviel Glück nicht wiederholbar ist.

Das jedenfalls denke ich, als ich langsam wieder denken kann. Ich habe nie einen Mann auf diese Weise geliebt, nie einen Mann so in mich aufgenommen. Und ich halte ihn noch fest, spüre ihn noch mit meinem ganzen Körper, und er hält mich auch. Ich weiß nicht, wie lange wir so liegen, ohne uns zu bewegen. Dann merke ich, daß er mich ansieht. Soll ich die Augen öffnen? Soll ich jemals wieder die Augen aufmachen, um zu sehen, was geschieht? Um zu sehen, wer es ist, der mich so wunderbar geliebt hat?

Blau sind seine Augen. Und glücklich. Gibt es etwas Schöneres als in die glücklichen Augen eines Mannes zu sehen? Zu sehen, zu erkennen, daß man ihn glücklich gemacht hat? Er küßt mich leicht, rollt sich zur Seite, liegt neben mir nun, aber er hält mich noch mit beiden Armen.

Und so liegen wir endlos lange, während Pan langsam durch den Wald geht und zufrieden auf seiner Flöte bläst.

Um dich zu sehen

Erst am Nachmittag gegen fünf kommen wir in den Stall zurück. Der Heimritt hat mir ein wenig Gelegenheit gegeben, meine Gedanken zu sammeln. Ich bin wie in einem Rausch. Die Stunden, die hinter mir liegen, waren außerhalb jeder Wirklichkeit, außerhalb dieser Welt, in der ich sonst lebe.

Das Mittagessen, von Marei exzellent zubereitet, war im Grunde an mich verschwendet, die Göckerl hätten meinetwegen nicht sterben müssen. Natürlich esse ich, und es schmeckt gut, aber genau weiß ich nicht, was ich esse.

Er sitzt mir gegenüber, wir sehen uns an, ihm schmeckt es offenbar, er ist jung, er ist so lebendig, es geht etwas von ihm aus, wie ein Strahlen, eine Kraft, die man fast mit Händen greifen kann. Wenn er mich ansieht, wenn unsere Hände sich berühren, antwortet alles an mir sofort. – Später muß ich darüber nachdenken, was das ist. Wie ich mir das erkläre. Jetzt komme ich nicht zum Denken, die Marei und der Aloys setzen sich nach dem Essen zu uns, wir trinken zusammen Kaffee, die drei unterhalten sich, und ich sage manchmal auch etwas dazu, schließlich kann ich nicht gänzlich stumm dasitzen. Ich frage mich nur, ob man mir ansieht, in welchem Zustand ich mich befinde. Wohl nicht, meine Miene ist gleichmütig, mein Lächeln beherrscht, was meine Augen tun, weiß ich nicht.

»Du bist schön heute, Vera«, sagt er, als wir auf der Koppel sind, um die Pferde zu holen. »Deine Augen leuchten.«

Natürlich muß ich schön sein. So schön, wie nur die Liebe eine Frau machen kann. Timo kommt sofort auf seinen Pfiff, Lorine macht ein bißchen Theater, bis sie sich einfangen läßt, aber schließlich kann ich ihr den Zügel über den Kopf streifen und sie aufzäumen.

Auf dem Heimweg, als wir ein Stück Schritt durch den Wald gehen, schaut er auf die Uhr. »Reichlich spät geworden. Ich muß noch nach München fahren.«

»Heute noch?«

»Ja. Ich habe abends eine Verabredung. An sich wäre ich in München geblieben. Ich bin nur gekommen, um dich zu sehen.«

Daß er das sagt, ist wunderbar. Den ganzen restlichen Heimweg über klingt der kleine Satz in meinem Ohr. Ich habe nicht darauf geantwortet. Bei jedem anderen Mann hätte ich vermutlich gesagt: Na und? Hat es sich gelohnt? So was in der Art. Bei ihm sage ich das nicht. Irgendwie, es ist ganz komisch, kenne ich mich selbst kaum wieder. Und es ist sehr gut, daß er wieder wegfährt. So habe ich Zeit, heute abend über mich selbst nachzudenken. Und was eigentlich mit mir los ist. Und was ich da getan habe, so in aller unschuldvoller Selbstverständlichkeit. Und was das nun eigentlich werden soll. Ob es überhaupt etwas werden soll. Und werden kann.

Kurz ehe wir zum Stall kommen, frage ich: »Wann kommst du wieder?«
»Ich weiß noch nicht. Morgen sicher nicht. Ich will sehen, ob ich es bis übermorgen schaffe.«
Heute ist er nicht mit dem Rad, er fährt einen Wagen, einen hellen französischen Sportwagen, und gleich nachdem wir angekommen sind, verschwindet er.
»Tut mir leid, aber ich muß weg, du verstehst?«
Unser Abschied ist formell, ohne große Umstände, er küßt mir die Hand, ein flüchtiges Lächeln, und weg ist er.
Ich stehe vor dem Stall und sehe dem Wagen nach. Dann reiße ich mich zusammen. Wenn jemand mich so sieht... vermutlich sieht man mir mehr an, als mir lieb sein kann.
Ich gehe zurück in den Stall zu den Pferden und bleibe noch eine Weile bei Lorine und Timo, gehe zu ihnen in die Box, verfüttere alle Rüben, die ich habe, lege meine Wange, die glüht von Sonne und Wind und Liebe, an Lorines Seidenfell, flüstere ihr allerlei törichtes Zeug zu und verschwinde erst, als es um sechs lebhaft im Stall wird. – Herr Meisel kommt mit seiner Truppe vom Ausritt zurück, die Reiter für die Sechsuhrstunde finden sich ein.
Im Schneckentempo trödle ich nach Waldhofen zurück. Ich bade, liege eine halbe Stunde auf meinem Bett und denke zurück, dann ziehe ich mich an, mache einen kleinen Rundgang durch den Ort, nur um überhaupt etwas zu tun. Zum Abendessen habe ich keine Lust. Ich müßte Leute sehen und mich von Leuten ansehen lassen, aber viel lieber will ich allein sein.
Um neun liege ich schon im Bett, mit einem Buch in der Hand. Aber ich lese nicht. Aus dem Transistor kommt leise Musik. Frank Sinatra singt: »Strangers in the night...«

Das Lied paßt gut, finde ich. Zwar war es nicht Nacht, aber der eine Satz – »lovers at first sight« –, der stimmt genau. Jedenfalls soweit es mich betrifft. Und er? Hat er am Ende ähnlich empfunden, trotz seiner Arroganz, seiner hochnäsigen Kühle? Es wäre zu schön, um wahr zu sein. Immerhin hat er gesagt: Ich bin gekommen, um dich zu sehen. Das bedeutet eine Menge. Bei ihm schon.

Und so komme ich schließlich zu der Frage, die ich nicht beantworten kann. Was nun? Wie geht das weiter? *Wenn* es weitergeht. Doch, es geht weiter. Das weiß ich. Aber wie? Noch immer weiß ich so wenig, fast nichts, von ihm. Seine Familie, wie er lebt. Und dann natürlich auch – hat es ihm überhaupt etwas bedeutet? Und warum, in aller Götter Namen, ist es mir so wichtig?

Doch diese Frage kann ich beantworten. Weil ich nie einem Mann begegnet bin, der mir besser gefallen hat. Weil ich nie – ja was eigentlich? – weil ich nie so plötzlich, so heftig verliebt war. Nie. Das schwöre ich, nie in dieser Art.

Kurz nach zehn ruft Ferdinand an.

»Wie geht's dir?«

»Oh, gut.«

»Was machst du?«

»Ich liege schon im Bett.«

»Brav. So solide kenne ich dich gar nicht, Vera.«

»Nein? Nein. Du kannst mich gar nicht kennen. Ich kenne mich ja selber nicht.«

»Vera! Ist was los?«

»Was soll los sein?«

»Du hörst dich so merkwürdig an.«

»Höre ich mich merkwürdig an? Ja, schon möglich. Und es ist auch was los. Ich bin glücklich.«

Pause.
»Glücklich?«
»Ja, sehr.«
»Verliebt also?«
»Ja, sehr.«
»Ach, um Gottes willen. Mußte das sein?«
»Ja.«
»Hm. Dann soll ich wohl Sonntag nicht kommen?«
»Ach, Ferry... ich weiß nicht. Ich weiß noch gar nichts. Ich rufe dich an, ja?«
»Du rufst mich an, wenn ich kommen soll.«
»Ja.«
»Und wenn ich nicht kommen soll, rufst du nicht an.«
Ach, armer Ferdinand! Armer, lieber Freund, aber du weißt ja nicht, du kannst ja nicht wissen...
»Wünsch mir Gutes, Ferry, ja? Wünsch mir ganz viel Gutes.«
»Aber das tue ich doch immer, Vera.«
»Nein, du mußt es jetzt tun, jetzt gleich und morgen und übermorgen und immerzu.«
»Wenn ich nur wüßte, was gut für dich ist.«
»Das, was mich glücklich macht.«
»Was dich jetzt und heute glücklich macht, Vera. Und morgen? Was wird morgen sein?«
»Das weiß ich nicht. Aber das weiß keiner, nicht? Aber wenn man so richtig glücklich gewesen ist, das geht ja nicht wieder verloren, da bleibt ja etwas zurück.«
»Vielleicht. Vielleicht ist man auch nur um so trauriger, je glücklicher man war.«
»Ja, Ferry, wer wüßte das besser als ich. Alles im Leben hat seinen Preis. Irgendwie und irgendwann muß man im-

mer bezahlen. Und Glück ist besonders teuer. Aber wenn es so ist, dann zahle ich diesmal Höchstpreise.«
»Ach, Vera! Du machst mir Kummer.«
»Nein, Ferry, das will ich nicht. Schlaf gut. Und wünsch mir Gutes.«
Ich lese nicht mehr. Ich knipse das Licht aus nach diesem Telefongespräch, und dann schlafe ich gleich ein.

Märchen im Wald

Der nächste Tag ist ein sehr friedlicher, sehr geruhsamer Tag. Ich weiß ja, daß er nicht kommt. Und ich habe Zeit, über mich und alles nachzudenken. Vormittags reite ich, nicht weit, eine knappe Stunde, Lorine scheint genauso sanfter, nachdenklicher Stimmung zu sein wie ich, zwei verträumte Jungfern, so wandeln wir im Wald einher, und ich erzähle ihr lange Geschichten.
»Die Liebe, Lorine, weißt du, ist eine komische Sache. Ein seltsam Ding – heißt es nicht irgendwo so?
Eigentlich, von Natur aus, ist es ein ganz unkomplizierter und absolut nicht romantischer Vorgang. Biologisch, verstehst du? Der Fortpflanzung gewidmet. So ist das gedacht. Und was haben die Menschen daraus gemacht? Eine ganze Oper. Ein Riesendrama. Ein gewaltiges Ungeheuer. Liebe! Man wächst von vornherein auf mit der Vorstellung, daß es sich da um eine gewaltige Sache handelt, man kommt gar nicht dazu, eine sachliche Einstellung zu diesen Dingen zu gewinnen.
In Büchern steht es, und in Schlagern wird es gesungen, in

Volksliedern natürlich auch, und sogar in den Märchen kommt es vor, wenn man noch ein kleines Kind ist. Da ist immer von Liebe die Rede und was sie alles anrichtet im Guten und im Bösen. Als ich ein kleines Mädchen war, Lorine, liebte ich vor allem das Märchen vom Dornröschen. Es regte meine Phantasie ganz ungeheuer an. Mein Vater war nicht unschuldig daran. Er war bei uns zuständig für Märchen. Er war ein Mann des tätigen Lebens, Journalist, falls du dir darunter etwas vorstellen kannst, sehr wendig, sehr gescheit, sehr up to date, wie man heute sagt. Aber irgendwo hatte er so eine kleine verkappte lyrische Ader. Sicher hat er in seiner Jugend Gedichte geschrieben. Er konnte wunderbar formulieren, sehr scharf und treffend, aber dazwischen hatte er dann plötzlich so eine bunte Blüte drin, die dem Ganzen etwas Melodisches gab, etwas, worüber man nachdenken mußte.

Ich hab' das damals als Kind noch nicht so richtig verstanden, nicht so ganz gewürdigt. Und viel ist nicht übriggeblieben von dem, was er geschrieben hat, fast alles ist verbrannt. Aber das, was übriggeblieben war, habe ich später oft gelesen, und da merkte ich das. – Ja, was wollte ich sagen. Ach ja, Dornröschen.

Die Geschichte von dem erweckenden Wunder der Liebe, wo ein Kuß nicht nur ein Mädchen, sondern ein ganzes Land aus tödlicher Starrheit erweckt. Wo ein Kuß, wo eine Begegnung mit der Liebe Leben schafft. Ein sehr kluges Märchen. Denn Liebe schafft immer Leben. Die ganze Welt, die ganze Menschheit bestünde nicht, ohne das Wunder der Begegnung.

Mein Vater also erzählte mir Märchen. Nicht so, wie sie im Märchenbuch standen. Die Story natürlich, die blieb und die stellte er sehr klar und überzeugend dar. Aber das Drumherum, die Atmosphäre, der Background, ganz egal, wie du das nennen willst, das war seine persönliche Zutat. Und das brachte mich zum Nachdenken, als sehr kleines Mädchen schon. Es waren gewissermaßen feuilletonistische Märchen mit allerhand Tiefgang. Kinder haben ja viel Verständnis für so etwas. Dornröschen muß es ihm ganz besonders angetan haben. Er schilderte sehr ausführlich das Schloß und die Leute, die in dem Schloß lebten und wie sie so im einzelnen waren und was sie taten.

Die Königin, Dornröschens Mutter, war ein bißchen dumm. Und der König, der Vater, war nur mit dem Regieren beschäftigt. Und Dornröschen selbst war so einsam. Sie lebte schon vorher, ehe das alles passierte, in einer Traumwelt. In einer Traumwelt voll Sehnsucht. Sie suchte immer irgend etwas und wußte selber nicht, was. Es war sehr lustig auf dem Schloß, sie hatten große Feste und prächtige Bälle, und Dornröschen bekam schöne Kleider und hatte viele Verehrer, aber sie sehnte sich nach etwas, von dem sie nicht wußte, was es war. Und wenn keiner auf sie aufpaßte, strolchte sie im Schloß herum oder im Schloßgarten auf der Suche nach ihrem Traum. Anfangs suchte sie nur ein Tier. Sie wünschte sich ein Kätzchen. Aber die Königin konnte Katzen nicht leiden. Dann wollte sie einen Hund haben. Aber auch den bekam sie nicht. Die Königin, ihre Mutter, sagte: Katzen riechen, und Hunde bellen, das kann ich nicht vertragen.

Übrigens konnte ich das sehr gut mitempfinden, denn ich wünschte mir auch ein Tier, als ich klein war, und ich bekam es nicht. Mein Vater wußte das.

Und dann traf Dornröschen im Schloßpark ganz am

äußersten Ende einen großen schwarzen Kater. ›Wer bist du denn?‹ – ›Ich bin der Kater Sokrates und bin schon dreitausend Jahre alt. Und wer bist du?‹ – ›Ich heiße Röschen und bin die Prinzessin. Ich bin erst fünfzehn Jahre alt. Ich habe dich noch nie gesehen. Hier dürfen keine Katzen sein beim Schloß. Wenn meine Mutter, die Königin, dich sieht, läßt sie dich wegjagen.‹ – ›Deine Mutter, die Königin, sieht mich nicht. Und im Schloß selbst ist auch eine Katze, meine Frau.‹ – ›Deine Frau? Das kann nicht wahr sein. Ich habe sie nie gesehen.‹ – ›Doch. Sie ist schon seit hundert Jahren im Schloß. Sie ist ganz oben im Turm, bei der Spinnerin.‹ – ›Wer ist die Spinnerin?‹ – ›Du wirst sie kennenlernen.‹

Und so ging es weiter. Immer wieder ging Dornröschen in den Schloßpark, ganz hinten, wo die Mauer war, und unterhielt sich mit dem Kater Sokrates. Und dazwischen suchte sie im Schloß die Katze, die seine Frau war. Und die Spinnerin suchte sie auch. Denn Sokrates hatte gesagt: ›Sie spinnt den Faden des Schicksals. Nur sie kann es, sonst keiner. Hüte dich, die Spindel anzufassen.‹ – ›Was geschieht, wenn ich die Spindel anfasse?‹ Sokrates wußte es auch nicht. Er wiegte seinen schwarzen dicken Kopf mit den bernsteingelben Augen und vermutete: ›Dann reißt der Schicksalsfaden ab.‹ – ›Du meinst, dann hört das Leben auf?‹ – ›Vielleicht.‹ – ›Dann wird mein Vater nicht mehr regieren? Und meine Mutter nicht mehr die Katzen und die Hunde hassen? Und was wird mit mir?‹ – ›Du gehst verloren.‹ – ›Verloren? Findet man mich nicht wieder?‹ – ›Vielleicht. Vielleicht nicht. Viele gehen verloren und werden nicht wiedergefunden. Finden kann dich nur die Liebe.‹ Oh, Lorine, kannst du dir solche Märchen vorstellen? Immer wieder neu, immer wieder anders waren die Gespräche zwischen der Prinzessin und Sokrates. Manchmal unterbrach meine Mutter, wenn sie dabei war: ›Axel, du findest wieder keinen Bahnhof. Wie soll das Kind das begreifen?‹

Das Kind begriff. Nicht mit dem Verstand, aber mit dem Herzen. Und wie herrlich ging die Geschichte weiter.

Auf ihren vielen langen Wegen durch das Schloß kam die Prinzessin schließlich in das oberste kleine Zimmer im Turm. Und da saß wirklich die Spinnerin. Und bei ihr eine große graue Katze. Und dann die Gespräche, die dort stattfanden. Oh, Lorine, du hast ja keine Ahnung. Heute tut es mir leid, daß das keiner aufgeschrieben hat.

Bis also dann die Prinzessin wirklich zu spinnen versuchte, sie tat es schon deswegen, weil Sokrates sie davor gewarnt hatte. Denn, Veruschka, so sagte mein Vater, wenn man ein kleines Mädchen vor etwas behüten will, muß man es ihm verschweigen. Aber wenn das Mädchen groß geworden ist, hilft auch das Schweigen nichts mehr, dann sprechen die Mauern zu ihm, die Bäume, die Blumen, die Sterne und sein Blut.

›Axel, bitte‹, sagte meine Mama.

Nun also, die Geschichte ist bekannt. Das heißt, Lorine, vielleicht kennst du sie auch nicht. Die Prinzessin versucht zu spinnen und sticht sich in den Finger und versinkt in Schlaf und mit ihr das Schloß und das ganze Land. Und um das Schloß herum wächst eine dichte Hecke, unten vom Garten rankt sie sich an den hohen Mauern empor, bis zum Turm. Und der Kater Sokrates sitzt vor der Dornenwand und wartet. Er ist schon dreitausend Jahre alt, hundert Jahre mehr oder weniger machen ihm gar nichts aus. Denn hundert Jahre lang schläft das Schloß und alle, die darin sind. – Und wie mein Vater das schilderte! Das hättest du hören müssen, Lorine. Es war ein abendfüllendes Programm, das schlafende Schloß und seine schlafenden Bewohner und die dornige Rosenhecke, die höher und höher wuchs. Rote Rosen waren es, die in der Nacht betäubend dufteten und am Tage mit spitzen Dornen jeden Eindringling abwiesen.

Die armen Kinder heutzutage, die man vor den Fernseher setzt und die sich ansehen müssen, wie die Leute einander mit Kinnhaken und Schießprügeln traktieren, nie bekommen sie solche Märchen zu hören. – Das Ende der Geschichte, Lorine, es kommt ein Prinz, der keine Angst vor den Dornen hat, er ist sehr klug, er wartet eine Vollmondnacht ab, in der Dornen nicht stechen können, in der Rosen nur blühen und leuchten und duften, und da dringt er in das Schloß ein, geht vorbei an all den Schlafenden, an ihnen, die kein Schicksal mehr haben, weil die Prinzessin den Faden reißen ließ, und zuletzt kommt er in das Turmzimmer. Die Spinnerin ist verschwunden, die Prinzessin liegt in einem grünen Sessel, ihr blondes Haar ist ganz matt und bleich, und in ihren Arm geschmiegt schläft die graue Katze. Und nun tut der Prinz etwas Merkwürdiges, er fängt die Geschichte logisch an. Er geht an das Spinnrad und knüpft den Faden wieder zusammen. Und erst dann küßt er Dornröschen.

›Mißtraust du dem Wunder?‹ fragte Mama. Und mein Vater antwortete: ›Er soll nicht nur küssen können, der Prinz. Er soll sich auch etwas denken bei dem, was er tut. Verstehst du mich, Veruschka? Liebe ist ganz schön. Aber Liebe plus Verstand, das ist erst richtig schön. Und nur das kann auf die Dauer etwas Sinnvolles ergeben.‹ – ›Axel!‹ sagte Mama und lachte. Und ich sagte: ›Ich verstehe es, Papa.‹«

Jetzt sind wir schon dreimal kreuz und quer durch den Wald gegangen. Lorine hört mir immer noch geduldig zu. Und mir fällt unter dem Reden immer noch mehr ein. Komisch, daran habe ich lange nicht mehr gedacht. Eigentlich nie. Vaters Märchen. Und warum denke ich jetzt auf einmal daran? Etwas ganz Seltsames kommt mir in den Sinn. War mein Vater nicht der erste, der zu mir von Liebe sprach? Ich war zu jung, um zu begreifen, was für ein *Mann* er war. Und nun kommt es mir vor, als sei es einer gewesen, der von Liebe etwas verstand. Hat meine Mutter nicht später immer wieder die Liebe gesucht, bei diesem und jenem, und sie schließlich auch gefunden? Hätte sie das getan, wenn sie nicht daran gewöhnt gewesen wäre, zu lieben und geliebt zu werden?

Langsam trotteln wir in den Stall zurück, Lorine und ich. Der ganze Tag trödelt sich so hin. Nachmittags gehe ich zum Friseur, und anschließend fahre ich wieder hinaus und bringe Lorine und Timo auf die Koppel, sitze bei ihnen im Gras und warte. Aber es kommt keiner.

Abends warte ich auf einen Anruf. Aber es kommt keiner.

Nächsten Morgen komme ich in den Stall. Aber es ist keiner da.

Ich sehe Herrn Meisel eine Weile bei der Stunde zu, ich versuche wieder einmal eine Unterhaltung mit Friedrich. Schließlich fällt mir nichts mehr ein. Ich reite los. Allein. Er ist nicht gekommen.

Wir reiten heute wieder einmal nach Norden, über die weite Ebene. In flottem Trab, eine lange Strecke Galopp über ein leeres Feld. Es ist sehr windig, Wolken fahren über den Himmel, mein Haar bäumt sich auf, die neue Frisur ist beim Teufel. Kurz vor der Straße pariere ich durch. Über die Straße allein? Nö, das machen wir nicht. Schlagen wir hier noch einen Bogen.
Ich wende, und plötzlich, ganz hinten, da, wo wir hergekommen sind, ist etwas. Man kann nicht sehen, was. Irgend etwas bewegt sich. Etwas Goldenes in der grünen Landschaft. Wir stehen wie aus Erz, Lorine und ich, und starren in die Ferne. Ist es nicht wie ein wehender Schweif? Eine tanzende goldene Mähne im Wind?
»Lorine, ich glaube, da ist dein Freund Timo. Was meinst du?« Wir setzen uns in Bewegung, gehen erst Schritt, und dann, als wir sehen, was da in gestrecktem Galopp auf uns zukommt, traben wir an. Es ist der Timo, wer macht sonst so weite Sprünge. An einer Wegkreuzung halten wir wieder und jetzt sehen wir es ganz genau, es ist Timo mit seinem Herrn, sie reiten direkt auf uns zu.
Mir klopft das Herz im Hals. Die erste Begegnung – danach. So wichtig, so entscheidend. Wie wird es sein?
Plötzlich stößt Lorine ein helles Wiehern aus. Einmal, noch einmal, der ganze Pferdeleib zittert. Der Fuchs fällt in Schritt und wiehert auch. Das ist so schön, so rührend, daß ich weinen könnte. Die Pferde begrüßen sich, sie freuen sich, einander zu sehen.
Da sind sie. Seine blauen Augen blitzen, er lacht, mit seinem Blick schon greift er nach mir.

»Muß ich auch wiehern?« fragt er.
»Versuch's!«
»Tim kann es besser.«
»Da bist du.«
»Ja, da bin ich. Grad aus München gekommen.«
»Und wann fährst du wieder?«
»Nicht so bald. Jetzt bleibe ich erst mal da und beschäftige mich mit dir.«
»Richtig ernsthaft?«
»Sehr ernsthaft. Und sehr ausführlich.«
Das sagt er und sieht mich nur an dabei. Wir sitzen auf unseren Pferden, zwischen uns ist ein guter Meter Zwischenraum. Aber ich bin schon wieder rettungslos verloren.
All lost.

Das Drei-Männer-Haus

Heute endlich sagt er, was ich schon so gern einmal hören wollte: Sehen wir uns heute?
Er sagt es, als wir in den Stall zurückkommen und die Pferde absatteln. Geritten sind wir etwa anderthalb Stunden, nach Osten hinüber, zu dem Kruzifix auf der Waldwiese, im großen Bogen wieder auf Waldhofen zu, so daß wir uns von Süden her dem Stall nähern.
Gesprochen haben wir unterwegs nicht allzuviel, jedenfalls nichts Persönliches. Denn noch kennen wir uns ja kaum, noch müssen wir das Terrain sondieren, müssen erst behutsam ausprobieren, in welcher Klasse wir angetreten sind. Um einmal einen anderen Sport zu Hilfe zu nehmen: Es ist wie beim Tennisspiel, die richtige Spielstärke des ande-

ren erkennt man erst beim Spiel. Erst dann merkt man, wie er die Bälle setzt und wie man am besten darauf reagiert. Wir sind zweifellos beide starke Charaktere, und das macht die Sache nicht einfacher. Der Flirt, der bisher stattfand, die kurze leidenschaftliche Begegnung, das ergibt noch keine Basis. Erst jetzt wird sich entscheiden, ob und wie das Spiel weitergeht.

Ich bin jedenfalls nicht gewillt, ihm unnötig entgegenzukommen. Erstens kenne ich seine Lebensverhältnisse nicht, es empfiehlt sich also, vorsichtig zu sein, und zweitens hat er bewiesen, daß er der Mann ist, im gegebenen Moment zu handeln. Darum kann ich getrost ihm die Initiative überlassen. Was ich sehr gern tue. Ich glaube, jede Frau tut das gern. Man fordert einen Mann nur in äußersten Notfällen heraus, man wartet lieber ab, daß er aktiv wird, um dann mit erschreckten Augen und heimlichem Entzücken »Oh!« zu hauchen.

Er also sagt beiläufig: »Sehen wir uns heute?«, und ich antworte gleichmütig: »Gern.«

Und bin gespannt, was er vorschlägt.

Sein Vorschlag überrascht mich.

»Kennst du das Denkmal rechts vorn im Kurpark, kurz vor dem Hotel ›Sonne‹?«

»Ja.«

»Darf ich dich dort um fünf erwarten?«

Präzise und offenbar wohlüberlegt.

»Und dann?« frage ich.

»Wenn es dir recht ist, gehen wir zu mir.«

O la, la! – Nun denn!

Und seine Frau? Die eventuellen Kinder und Tanten und sonstiges Getier? Er muß es wissen. Ich weiß es nicht.

Und ohne größere Umstände trennen sich unsere Wege für die nächsten paar Stunden. Ein bißchen kenne ich ihn nun doch schon. Er ist, so würde ich es nennen, ein Stratege. Ein Diplomat dazu. Und hinter den Ohren hat er es wohl auch. Er macht es einer Frau nicht leicht, beläßt sie gern in einer kleinen Ungewißheit. Und weiß offenbar sehr gut, was er damit tut. Es erhöht die Spannung, stärkt seine Position, schwächt die des Partners. Man muß bei ihm auf überraschende Angriffe gefaßt sein.

So ein Angriff ist die Einladung, ihn zu besuchen. Er muß sich darüber klar sein, daß mir seine Lebensform unbekannt ist. Bisher hat er nicht davon gesprochen. Vermutlich bewußt nicht. Und wenn er denkt, ich frage, dann täuscht er sich. Man wird sehen.

Mittagessen ist nicht so wichtig, ich erledige es knapp und kärglich. Dann versuche ich es mit einem Mittagschlaf, was mir heute nicht recht gelingen will. Dieses Biest hat es doch fertiggebracht, mich aus der Ruhe zu bringen und meine Sicherheit wackeln zu lassen. Gott, wie ist das schön!

Um vier fange ich an, mich hübsch zu machen. Diskret hübsch zu machen. Kein Make-up, ist auch nicht nötig, ich sehe frisch und braungebrannt aus von Sonne und Wind, auf alle Fälle eine haltbare Wimperntusche und heller Lippenstift. Und was ziehe ich an? Lange Hosen und eine Bluse? Nein, das wäre ungeschickt. Ein Kleid und zwar ein praktisches, ein Hemdblusenkleid, helles Grün mit ein bißchen Gelb darin, das vorn zum Knöpfen ist. Das hat gegebenenfalls seine Vorteile. Ein bißchen Schmuck, Clips in die Ohren und eine Kette. Gelbe Sandaletten. Ich bin bereit.

Es ist immer erst halb fünf. Vielleicht doch lieber das weiße Kleid mit dem großen Dekolleté? Ich ziehe mich um. –

Nein, so warm ist es heute auch wieder nicht. Oder marineweiß, wie wäre das? Ich habe ein hübsches dunkelblaues Leinenkleid mit weißem Kragen, Verschluß im Rücken. Schließlich kehre ich doch zu dem grünen zurück.

Zehn Minuten nach fünf schlendere ich auf das Denkmal zu. Er ist bereits da, wie immer salopp gekleidet, helle graue Hose, ein weißes offenes Hemd. Habe ich ihn schon einmal in einem Anzug gesehen? Ach ja, abends in der Bar. An der Leine hat er einen Dackel.

Einen blondgelockten Dackel mit klugem Gesicht.

»Das ist sicher Xaver?«

»Das ist er. Er wollte dich gern mit abholen.«

»Das ist nett von ihm.«

Ich beuge mich zu dem Hund herunter und streichle ihn. Er verhält sich abwartend.

»Hast du gut geschlafen?«

»Ich habe nicht geschlafen.«

»Warum nicht?«

»Oh – ich weiß nicht. Mir fehlte die rechte Ruhe.«

Den Gefallen kann ich ihm schon tun, das zu sagen. Er quittiert es mit einem amüsierten Blick und einem befriedigten Lächeln.

Wir gehen schräg durch den Kurpark, am anderen Ende wieder hinaus, und kommen auf die Straße, die in südlicher Richtung aus Waldhofen herausführt. Es ist eins der hübschesten Viertel von Waldhofen, besonders schöne Häuser, Villen und Kurheime sind hier angesiedelt. In dieser Straße, ziemlich am äußersten Ende, wohnt er.

Ein riesiggroßes Allgäuer Haus mit herabgezogenem Dach, breiten Holzveranden rundum, Kurheim Sanitas steht darauf.

Der Vorgarten ist bunt von Blumen, der Kiesweg ordentlich geharkt, das Gras geschnitten und tiefgrün.
»Das ist also Großvaters Haus?«
»Ja, das ist es.«
Wir gehen nicht ins Haus hinein, sondern seitwärts am Haus vorbei. Hinter dem Haus ist eine richtige schöne Wiese, auf der Wiese Tische und Korbsessel und Liegestühle. Darauf die Kurgäste. Sonnend, lesend, kaffeetrinkend, plaudernd. Xaver wird von der Leine gelassen und läuft stracks über die Wiese, verschwindet. Wir können nicht laufen, wir müssen langsam gehen. Robert grüßt mit verbindlichem Lächeln nach rechts und links, er wird ebenfalls gegrüßt, sehr freundlich, öfter mit Namen angesprochen, von einigen Damen mit schmelzendem Lächeln bedacht. Die Blicke, die mich treffen, reichen von kritisch bis feindselig. Besseres ist nicht dabei.
An einem der Liegestühle, in dem eine alte Dame ruht, steht eine ältere Schwester in weißer Tracht. Der Blick, den ich von ihr erhalte, läßt sich nur mit einem Pfeil vergleichen. Ein Pfeil mit Widerhaken und ein bißchen in Gift getaucht.
»Schwester Melanie, nehme ich an«, sage ich, nachdem wir vorbei sind.
»Genau.«
»Sehr gern scheint man mich hier nicht zu sehen. Die Frage ist nur, lotsen Sie öfter eine fremde Frau hier durch, so daß man denkt: schon wieder eine? Wer ist denn die nun wieder? Oder ist es so eine Seltenheit, daß man es als eklatanten Einbruch in Ihren Seelenfrieden betrachtet.«
Ganz unwillkürlich habe ich wieder ›Sie‹ gesagt.
Er grinst. »Letzteres, Madame, letzteres.«

Die Wiese wird von einer Hecke begrenzt. Eine ziemlich dichte, wie mir scheint sogar dornige Hecke. Nur ein schmaler Durchlaß ist geblieben, durch den Xaver längst verschwunden ist. Jetzt schlüpfen wir dort durch, was mich sehr erleichtert, wir lassen die neugierigen Blicke hinter uns, haben erneut ein Stück Wiese vor uns und mittendrin ein kleines Haus. Ein kleines, hübsches, ebenerdiges Haus, weiß gestrichen mit grünen Fensterläden, ein ganz normales Haus ohne jeden Aufwand und dadurch sehr anheimelnd.

»Voilà, Madame«, sagt Robert und macht eine einladende Handbewegung. »Seien Sie mir gegrüßt!«

»Hier wohnst du also?«

Das kann man ja nicht wissen. Und das konnte ich auch nicht finden. Er lebt wie auf einer kleinen Insel, ganz für sich, sehr ruhig und friedlich. Bloß eben immer den Weg durch die Kurgäste. Ich sage das, und er antwortet: »Der muß nicht sein. Ich kann da unten über die Wiese kommen und über den Zaun steigen. Dann sehen sie mich nicht. Und wenn ich Damenbesuch heimlich einschleusen will, mache ich es so.«

»Verstehe. Und wie komme ich zu der Ehre, dem versammelten Volk präsentiert zu werden. Oder ist es keine Ehre?«

»Doch. Durchaus. Warum soll ich dich nicht herzeigen? Du bist von Kopf bis Fuß des Herzeigens wert.«

»Danke.«

»Bitte.«

Wir stehen voreinander. Er nimmt mich leicht an den Armen und gibt mir einen kleinen Kuß auf die Stirn. Also über etwas kann ich wohl beruhigt sein: Frau Gerlach ist bestimmt nicht auf dem Gelände, sonst täte er das nicht.

Ist sie vereist? Oder gibt es am Ende gar keine Frau Gerlach? Das wäre zu schön, um wahr zu sein. Aber er hat schließlich selbst von ihr gesprochen. Und die Dame Kreutzer hat sie auch erwähnt. Also doch verreist? Oder vielleicht vorn im großen Haus mit tätig, und dies hier ist so eine Art Dichterklause?

Na, irgendwie und irgendwann, am besten heute, werde ich ja das wohl endlich mal erfahren.

Wir treten ein. Das Haus ist innen genauso reizend, so anheimelnd und gemütlich wie von außen.

Er fragt mich: »Tee, Kaffee, Whisky? Gin-Tonic, Campari, sonst einen kühlen Trunk?«

»Tee«, erwidere ich. Im Grunde ist es mir gleich, aber Tee finde ich irgendwie beruhigend.

»Schau dich um«, sagt er, »ich setze Wasser auf.«

Links ist die Küche, eine gar nicht mal kleine, wohlausgestattete Küche, gut aufgeräumt, hell und freundlich. Ich werfe nur einen Blick hinein und mache dann von seiner Aufforderung, mich umzuschauen, Gebrauch.

Das Haus hat drei Zimmer. Ein sehr großer Raum mit einer Fensterwand, die nach Südosten geht, und eine Terrasse davor, ein herrlicher Blick über Wiesen und Wälder, im Hintergrund die Berge. Dies ist offenbar Wohn- und Arbeitsraum. Eine Sitzecke, ein großer Schreibtisch, der nach Arbeit aussieht, zwei Wände voller Bücher bis zur Decke, kostbare Teppiche, ein alter gotischer Schrank, der echt aussieht, ein paar gute Bilder.

Das zweite Zimmer ist das Schlafzimmer, auch ziemlich groß, mit einem überdimensionalen französischen Bett, das ich ein wenig nachdenklich betrachte, kaum anzunehmen, daß er immer allein darin schläft, ein dicker weißer Lammfellteppich, eingebaute Schränke, ein großer Spiegel. Das wieder läßt auf die Anwesenheit einer Frau schließen.

Mitten auf dem Bett, das mit einer goldgelben Decke zugedeckt ist, liegt ein bildschöner schwarzer Kater mit seidig glänzendem Fell; schlank und entspannt und graziös liegt er da, blinzelt, wie er mich sieht, rührt sich aber sonst nicht. Xaver, der mich auf meinem Rundgang begleitet, stemmt die Vorderpfoten auf das Bett und schwänzelt. Der Kater blinzelt noch einmal und hebt, wie zur Begrüßung, die Schwanzspitze. Das dritte Zimmer ist klein. Eine Couch, ein Bauernschrank, ein Bücherregal, an der Wand ein kleiner Tisch und ein Sessel davor.

Robert ist mir nachgekommen. »Das ist als Gastzimmer gedacht.«

»Aha! Sehr hübsch hast du es hier. Ganz besonders hübsch sogar. So richtig gemütlich. Und so schön übersichtlich. Hast du das Haus selbst gebaut?«

»Ja. Nach eigenen Angaben. Früher habe ich vorn gewohnt, oben. Aber da hatte ich nie Ruhe zum Arbeiten. So wie hier, das genügt mir. Das Grundstück war ja da, groß genug ist es auch, und die Kurgäste brauchen nicht den ganzen Garten. Die haben Platz genug.«

Jetzt muß ich es endlich wissen. »Und wer wohnt hier alles?«

»Ich. Wer sonst?«

»Nun, deine – Familie?«

»Die Tanten wohnen natürlich vorn.«

Das ist nun ausgesprochen gemein von ihm. Ich sehe ihm an, daß er genau weiß, was ich meine. Er will mich so ein bißchen zappeln lassen. Albern finde ich das.

»Und deine Frau? Deine Tochter?«

»Ich habe zwar eine Frau, aber ich lebe nicht mit ihr zusammen«, erklärt er ganz sachlich. »Suzanne lebt in Paris.«
»Sie ist Französin?«
»Ja.«
»Ulkig.«
»Wieso?«
»Mein Mann war auch Franzose.«
»War?«
»Ich bin geschieden.«
»Ah, so!«
»Aber sie ist manchmal hier, deine Frau Suzanne?« Ich lächle ihn unbefangen an. »Ich bin nicht neugierig. Oder doch, ein bißchen schon. Ich will bloß in etwa wissen ...«
»Aber natürlich«, er legt seine Hand um meinen Arm, und wir gehen zurück in den großen Wohnraum, »es ist gar kein Geheimnis dabei. Ja, Suzanne hat mich manchmal besucht. Gelebt hat sie nur vorübergehend hier. Das ist kein Platz, an dem sie leben könnte. Sie ist eine sehr mondäne Frau, sie braucht die Atmosphäre einer großen Stadt, und möglichst Paris muß es sein. Sie stammt zwar aus Bordeaux, aber Paris war für sie immer der einzige Platz, an dem sie leben wollte und konnte. Nun – ich nicht. Wir sind nicht etwa zerstritten. Wir sind die besten Freunde. Oder sagen wir mal, wir sind es wieder, nachdem alle Stürme vorüber sind. Heute läßt jeder den anderen nach seiner Façon selig werden.«
Na, das hört sich alles ganz vernünftig an. Es erleichtert mich sehr. Wenn er schon eine Frau hat, dann ist dieser Status sehr handsam.
»Und deine Tochter? Ist es das junge Mädchen, mit dem ich dich einmal abends in der Hotelbar gesehen habe?«

»In der Hotelbar? Doch, du hast recht. Da haben wir uns gesehen. Das war Nathalie.« Er betont den Namen französisch auf der letzten Silbe. »Sie ist nicht meine Tochter. Sie ist eine Tochter meiner Frau aus erster Ehe. Aber wir verstehen uns sehr gut. Und wir haben uns sehr gern. Und wenn sie irgend etwas auf dem Herzen hat, Liebeskummer oder Studiensorgen oder so, dann kommt sie meist zu mir. Zur Zeit ist sie in England.«

Ich lächle ihn an, sehr erleichtert. »Jetzt weiß ich immerhin ein wenig von dir.«

»Du weißt schon eine ganze Menge, würde ich sagen. Du kennst mein Haus und du kennst mich.«

»Nein, ich kenne dich kaum. Sehr, sehr flüchtig. Es ist seltsam.«

»Was?«

»Ach, überhaupt.«

Er lächelt, ein wenig spöttisch, ein wenig zärtlich. Er könnte mich jetzt mal küssen, finde ich. Aber er tut es nicht.

So eine zweite Begegnung ist schwierig. Dabei entscheidet sich viel. Das erstemal, besonders in unserem Fall, war so spontan, so unüberlegt und vermutlich gerade darum so gelungen.

Wie es nun weitergeht, wissen nur die Götter.

Wie ich bald erfahren soll, Robert weiß es auch. Und er hat gar keine Bedenken, daß die Dinge schwierig sein könnten. Er hat zu sich selbst ein großes Zutrauen. Und hat unerhört viel Geschick, auch prekäre Situationen zu meistern. Auf jeden Fall aber läßt er sich die Führung nicht nehmen.

Jetzt pfeift zunächst mal der Teekessel, er entschwindet in die Küche, kommt nach einer Weile zurück mit dem Tablett, deckt sehr sorgsam den Tisch vor dem Sofa und den Sesseln, stellt ein bißchen Gebäck dazu, Rum, Zitrone, eine Flasche Kognak.

Wir sitzen kaum, da kommen die beiden Tiere, Xaver und der Kater.

»Die beiden und Tim«, sagt er, »das ist meine Familie. Der Schwarze heißt übrigens Tom.«

»Und die beiden vertragen sich?«

»Sie sind die besten Freunde. Xaver hat natürlich ältere Rechte. Tom ist erst seit einem Jahr bei uns. Aber er hat sich gut angepaßt.«

Tom setzt sich neben mich auf das Sofa und fängt sofort an, mit mir zu flirten. Er liebe Frauen, sagt mir Robert. Wenn schon keine Katzendame in der Nähe sei, dann dürfe es auch eine Menschenfrau sein, die er umschmeichelt.

Nach einer Weile liegt Tom auf meinem Schoß, er schnurrt, er sieht mich verliebt mit seinen grünen Augen an. Xaver ist ein wenig beleidigt, er nimmt den Keks nicht, den ich ihm anbiete und setzt sich dicht zu seinem Herrn.

»Ein sehr beschauliches Leben, das du führst«, sage ich. »Wenn nicht noch andere Seiten hinzukommen, die ich nicht kenne. Ein kleines Haus, versteckt in einem Garten, drei Tiere, eine weit entfernte Ehefrau. Ist das nun alles?«

»Das ist alles.«

»Sonst niemand?«

»Niemand. Ein paar Bekannte. Aber keine Frau – denn das meinst du doch.«

»Das meine ich.«

»Nein, keine Frau.« Er sagt es sehr ruhig und schaut mich sehr gelassen dabei an. Irgendwie kommt es mir unwahrscheinlich vor. Gewiß, daß er zurückhaltend ist, das habe ich anfangs gemerkt und merke ich auch jetzt noch. Aber

ich kenne ihn immerhin nun schon anders. Sehr temperamentvoll, das muß man sagen, und keineswegs schüchtern und schon gar nicht ungeschickt, soweit es Frauen betrifft. Denn so naiv bin ich nicht, daß ich mir einbilde, dies würde nun ausgerechnet mir allein geboten. Immerhin könnte dieser verflixte Kerl ja so etwas sagen, vielleicht daß ich genau die Frau wäre, die ihm gefiele und auf so etwas habe er lange gewartet; in der Art etwas könnte er sagen.
Er denkt nicht dran.
Wir zünden uns Zigaretten an, und er redet weiter: »Du sprachst von anderen Seiten, die dazukommen könnten. Nun, da ist vor allem meine Arbeit. Sie beansprucht viel Raum in meinem Leben. Sie macht mir Freude und sie verlangt meinen vollen Einsatz.«
Was er für hübsche, gepflegte Sätze spricht!
»Ja, das verstehe ich. Ich habe dein Buch gelesen. Und es hat mir großartig gefallen. Es ist, glaube ich, etwas ganz Seltenes, was du da machst. Geschichte, zwar sachlich und historisch getreu berichtet, und dabei so voll Feuer und Schwung geschrieben, daß es sich liest, wie der spannendste Roman. Und du hast auch gute Erfolge damit?«
»Im Rahmen des Möglichen, ja. Natürlich haben solche Bücher nur einen gewissen Leserkreis. Aber wie mir mein Verleger sagt, haben wir diesen voll erfaßt und auch noch neue, abseits stehende Leser, dazugewonnen. Der ›Falke‹ hat bis jetzt vier Auflagen.«
»Respekt!«
»Diese Bücher bedingen natürlich viel Vorarbeit, viel Recherchen, viel Studien. Und darum bin ich bis jetzt auch in einer Zeit geblieben, im späten Mittelalter. Nach dem Karl werde ich mich einer anderen Zeit zuwenden.«

»Welcher?«

»Vielleicht das Altertum, die Römer, die Griechen, vielleicht auch eine ganz andere Zeit. Ich weiß es noch nicht. Es gibt so viel. Und Geschichte ist überall interessant. So voll Leben.«

»Du hast Geschichte studiert?«

»Eigentlich nur im Nebenfach. Ich studierte Jura und politische Wissenschaften. Aber Geschichte machte mir am meisten Spaß und auf diesem Gebiet war ich am fleißigsten.«

»Ich habe auf dem Klappentext gelesen, daß du Diplomat warst.«

»Früher, ja. Es ist eine Familientradition. Mein Vater war in diplomatischen Diensten, mein Großvater auch. Man erwartete von mir dasselbe. Und darum tat ich es, schon meinem Vater zuliebe, den ich sehr verehrt habe.«

»Und warum bist du nicht dabei geblieben? Ich kann es mir gut vorstellen. Ich meine, daß du Diplomat bist. Es paßt irgendwie zu dir.«

»Findest du? Nun, gewiß, ich habe in mancher Beziehung an diesem Beruf Freude gehabt. In andrer nicht. Ich liebe die Ungebundenheit, die Unabhängigkeit. Ich bin vielleicht auch – zu ehrlich. Am falschen Platz und zur falschen Stunde. Private Gründe kamen auch dazu, daß ich den diplomatischen Dienst verließ. Ist das ein Interview, Madame?«

»Nein. Aber ein wenig sollte ich doch über dich wissen.«

»Was möchtest du noch wissen?«

»Ob du ...«, nein, ich spreche den Satz nicht zu Ende. Ob du mich magst, wollte ich sagen. Aber ich denke nicht daran. Ich werde es irgendwie schon erfahren.

»Ob ich ...?«

»Ach, nichts. Erzähl mir von deinem neuen Buch. Von Karl

von Anjou. Das muß ja ein toller Bursche gewesen sein. Ob du es glaubst oder nicht, ich habe den Namen nie gehört. Beweist das meine Unbildung?«
»Nicht unbedingt. Ich glaube, daß nur die Historiker ihn kennen. Was bedauerlich ist. Und darum will ich über ihn schreiben.«
»Er war also gewissermaßen ein Gegner des Staufers? Das habe ich jedenfalls aus dem ›Falken‹ gelernt.«
Er lächelt. Er lächelt sehr lieb und sehr zärtlich. Steht auf und setzt sich neben mich auf das Sofa.
»Ich werde dir gelegentlich von Karl erzählen. Falls du mir die Freude machst, mich wieder einmal zu besuchen. Im Moment interessiert er mich nicht so sehr.«
Wie er mich ansieht! Mir wird ein wenig kalt zwischen den Schulterblättern.
»Nein? Nicht? Und was interessiert dich im Moment?«
»Du.«
Und mit der wohlausgewogenen Ruhe und Gelassenheit, mit der er diese Dinge immer anfängt, legt er einen Arm um meine Schulter, dreht mit der anderen Hand mein Gesicht zu sich und küßt mich.
Endlich!
Ein Kuß, was ist ein Kuß? Eine ganz alltägliche Sache, könnte man meinen. Eine billig hergegebene und empfangene Münze. Und er kann der Himmel auf Erden sein.
Nicht jeder kann küssen. Nicht jeder Mann, nicht jede Frau. Robert kann es. Er kann es wunderbar. Und mir hat man schon öfter gesagt, ich könne es auch sehr gut.
Küssen kann man sich lange. Auf viele verschiedene Arten. Und vor allen Dingen gibt es unwahrscheinliche Steigerungsmöglichkeiten. Nach einer Weile ist meine Position

auf dem Sofa sehr verändert. Tom hat verärgert meinen Schoß verlassen. Die beiden obersten Knöpfe meines Kleides sind von seinem Herrn ganz nonchalant und nebenbei geöffnet worden. Dazwischen versuche ich immer mal wieder, ein wenig Abstand zu gewinnen, nicht weil ich möchte, nur weil ich denke, das müsse ich tun. Aber viel Erfolg habe ich damit nicht. Hat dieser Mann ein Temperament und ein Feuer! Daß es so was noch gibt! Es ist zu schön, um wahr zu sein.

Schließlich gelingt es mir, mich freizukämpfen, benommen stehe ich auf, stehe vor ihm.

»Robert, bitte...«

»Was?« Er sitzt vor mir, legt beide Hände an meine Oberschenkel, streichelt sie zärtlich.

»Du machst mich vollkommen verrückt.«

»Aber das will ich ja.«

Ich schaue auf ihn herab, ich bin ziemlich aufgelöst, und ich weiß eins: Entweder ich muß davonlaufen, endgültig, so weit ich kann, oder ich werde diesen Mann ganz wahnsinnig lieben. So etwas weiß man. Und ein wenig habe ich Angst vor allzuviel Liebe. Ich weiß zuviel über die Liebe, um sie nicht zu fürchten.

Er fängt nun an, auch die untersten Knöpfe meines Kleides aufzuknöpfen. Das praktische Kleid! Ich habe mir durchaus etwas dabei gedacht, als ich es anzog. Jetzt denke ich, ob es nicht besser gewesen wäre, doch lange Hosen zu nehmen und einen hochgeschlossenen Pullover. – Hätte es etwas geändert? Mitnichten. Es hätte nicht.

Schließlich hält nur noch der Gürtel das Kleid in der Mitte zusammen. Aber auch das ist für ihn kein Hindernis, mit solchen Dingen kennt er sich bestens aus.

»Ein hübsches, handliches Kleid«, lobt er. Steht seinerseits auf, tritt hinter mich und zieht es mir von der Schulter. Ich mache die Augen zu und lasse mich in die Arme nehmen. Und dann führt er mich an der Hand, genau wie neulich vom See weg in den Wald, nach nebenan in sein Schlafzimmer. Hier hat sich inzwischen wieder Tom auf der goldgelben Decke niedergelassen.
»Verschwinde!« sagt Robert zu ihm und zieht die goldgelbe Decke von seinem Riesenbett.
»Tom wird mir das übelnehmen«, sage ich. »Immerzu wird er von seinen Ruheplätzen verscheucht. Oder ist er das gewöhnt?«
»Was du für dumme Fragen stellst!« sagt dieser fremde wunderbare Mann, der das einmalige Talent besitzt, die Situation zu beherrschen.
Ob das die diplomatische Schulung ausmacht? frage ich mich. Und das ist der letzte klare Gedanke, den ich bis auf weiteres in meinem Kopf gestalten kann.

Und drei Männer im Bett

Ich habe mich des längeren und breiteren über das Glück ausgelassen, das einem das Reiten beschert, das man auf dem Rücken eines Pferdes genießt. Nun wird es Zeit, über das Glück der Liebe, die Wonnen der Liebe zu meditieren. Wonnen der Liebe, sage ich, und keiner möge mir vorwerfen, ich bediene mich eines altmodischen und abgenutzten Klischees. – Ich meine, was ich sage. Und auf die richtige Weise geliebt zu werden ist die höchste Wonne, die man

sich denken kann. Seligkeit, Glück, Wonne – mir fällt kein richtig modernes Wort ein.
Aber schließlich ist die Liebe keine Erfindung der Jetztzeit, alles andere als eine Modernität ist sie, sondern bestens erprobt und gut erhalten durch Jahrhunderte und Jahrtausende, also laßt sie uns getrost mit altbewährten Worten besingen. Zu besingen ist sie dann, wenn sie wohlgelungen ist. Und damit meine ich nicht nur die schönen und edlen und tiefen Gefühle, sondern auch – ja, wie könnte man diskret sagen, vielleicht so: die praktische Anwendung.
Das Wort Anwendung stört mich ein wenig in diesem Zusammenhang. Seit ich in einem Kneippkurort residiere, verbinden sich mit diesem Begriff für mich kalte Güsse und nasse Wickel. Also sage ich: die Fähigkeit, die einer besitzt, seine schönen Gefühle in wohltuendes, lustvolles und beglückendes Handeln und Tun umzuwandeln. – Geht es so? Ach, ist ja egal. Wer mich versteht, versteht mich ohne umständliche Formulierungen. Wer nicht versteht, dem kann man es sowieso nicht erklären, zumindest nicht mit Worten.
Um nun in medias res zu gehen – Robert, dieser Mann, der seit neuestem mein Geliebter ist, Robert, dieser Mann, den alle guten Geister dieses himmelblauen, sonnenwarmen Septembers mir beschert haben, dieser Robert ist ein Meister der Liebe. Dafür muß man dem Schicksal dankbar sein. Und ich bin es. Wie auf allen Gebieten des Lebens sind auch auf diesem die Spitzenkönner, die wahren Meister, dünn gesät.
Diese Erfahrung macht jede Frau, sofern sie sich die Mühe nimmt und das Vergnügen bereitet, einige Erfahrungen zu sammeln. Man sollte annehmen, eine so altbewährte und

vielerprobte Angelegenheit wie die Liebe sei für einen jeden leicht zu erlernen.

Mitnichten.

Manchmal habe ich mir schon gedacht, man sollte auch hierfür Schulen errichten. Eine Art Liebesschule, die für junge Männer obligatorisch sein müßte. Meinetwegen auch für junge Mädchen. Aber da noch immer viele Männer in unseren Regionen Wert darauf legen, ein Mädchen mehr oder weniger fabrikneu in Gebrauch zu nehmen, so stieße eine Schulung der Weiblichkeit wohl auf Widerstand. Sollen die jungen Männer, die Jünglinge es also lernen! Bei erfahrenen, beschwingten und die Liebe liebenden Damen, die in ihrer Rolle als Lehrerin höchste Achtung genießen müßten. Die so Geschulten könnten es dann an die Mädchen weitergeben. Und damit wäre allen gedient.

Es wird heute sehr viel von der Freiheit der Liebe, dem Sex, dem möglichst hemmungslosen, gesprochen und geschrieben. Grau jedoch ist bekanntlich alle Theorie. Und wenn es an die Praxis geht, sind auch die scheinbar aufgeklärten Kinder dieses Jahrhunderts auf die gleiche Stümperei, auf das gleiche ungeschickte Probieren angewiesen wie ihre prüden Vorfahren.

Es gibt natürlich Naturbegabungen. Es gibt, wie in allen Bereichen des Lebens, auch hier intelligente und aufgeschlossene Anfänger, die ohne Mühe und in Kürze das Nötige gelernt und begriffen haben, sich dann im Laufe der Zeit weiterbilden und, wenn alles wohlgelingt, zum Meister werden. Denn ich stehe auf dem Standpunkt: Ein guter Liebhaber, eine beglückende Geliebte zu sein – es wird einem dummen, einem stumpfen, einem bornierten, einem engherzigen Menschen nie gelingen.

Ich bin also an einen Meister geraten. Er weiß Bescheid. Er kennt die ganze Skala der Lust und des Entzückens, er weiß etwas anzufangen mit seinem und meinem Körper, und er ist dabei ohne Krampf, ohne Brutalität, ohne Perversität, ohne falsche Scham, und ich betone hier das Adjektiv, und kein Gefühl der Peinlichkeit, der Abwehr kann erwachen. Er läßt sich Zeit, ohne unnötig zu zögern. Er ist wie ein guter Virtuose, der sein Instrument beherrscht und es jedesmal aufs neue gewinnen will, der Sinn hat für riterdandi und crescendi und auch für die Fermaten, der die Höhepunkte voll ausspielt und der schließlich und endlich sein eigenes meisterhaftes Musizieren voll genießt.

Eine göttliche Musik ist das.

Da liege ich in seinen Armen eine Stunde später und bin noch erfüllt von dem seligen Klang und lausche ihm nach, genau wie man ein herrliches Konzert nicht vergißt, nachdem der letzte Ton verklungen ist. – Und damit verlasse ich den Abstecher in musikalische Gefilde, um das Gleichnis nicht zu Tode zu reiten.

Kann es etwas Schöneres geben, als müde, glücklich, ein wenig erschöpft, im Arm eines Mannes zu liegen, den Kopf an seiner Schulter, ihn zu spüren von Kopf bis Fuß, zu entdecken, daß einem seine Haut angenehm ist, sein Atem, sein Geruch, auch noch, nachdem alles vorbei ist?

Zwei glückliche Menschen, die sich wunderbar geliebt haben – ich denke, daß Gott an ihnen seine Freude haben muß. Weil sie den rechten Gebrauch von seinem schönsten Geschenk machen.

Übrigens liegen noch mehr Männer im Bett. Der Kater Tom hat sich vor einiger Zeit, nachdem es ruhiger im Schlafzimmer geworden war, wieder eingefunden. Er liegt mir warm und weich und mollig zwischen den Schulterblättern, manchmal gleitet seine Pfote spielerisch über meinen Arm, er schnurrt. Ich habe es rundherum und von allen Seiten warm und gemütlich, denn am Fußende hat sich Xaver angesiedelt.

Und so nach und nach, als die Erregung abgeklungen ist, als die erste Müdigkeit aus mir herausgeruht ist, als meine Gedanken wieder hin und her spazieren, lässig und behaglich, ziellos und planlos, heitere Bummelanten, die alle Zeit der Welt haben, so allmählich stelle ich mir das Bild vor, das wir vier hier bieten.

Ich würde sagen, es ist kein alltägliches Bild. Es müßte jedem Betrachter ein Schmunzeln entlocken. Mir wird nun klar, warum dieser Mann Robert ein gar so breites Bett benötigt.

»Fehlt nur noch, daß Tim sich mit hereinlegt«, murmele ich.

Er versteht sofort, lacht leise und drückt mich ein wenig an sich.

»Ich weiß nicht, ob er sich daran gewöhnen könnte.«

»Tim schon«, sage ich, »dem traue ich alles zu, den bringt nichts aus der Ruhe.«

Als nächstes beschäftigt mich die Frage, ob wohl die hier versammelten Tiere, Xaver und Tom, an ähnliche Situationen gewöhnt sind. Würden sie sich so selbstverständlich dazugesellen, wenn sie so etwas noch nie erlebt hätten? Offen gestanden quält mich die Frage nicht weiter. – Jetzt bin ich es jedenfalls, das ist mir im Moment genug.

»Du bist mir angenehm im Arm«, läßt sich Robert eine Weile später vernehmen, »angenehm im Arm und angenehm in meinem Bett.«

»Das freut mich. Man kann das vorher nie wissen, nicht wahr?«

»Nein, nicht genau. Aber man hat die Vorstellung, es könnte so sein. Man vermutet es.«

»Du hast es bei mir vermutet?«

»Mhm.«

»Wann?«

»Ziemlich bald.«

»Das kann nicht sein. Du hast mich kaum angeschaut.«

»Ich habe dich sehr genau angeschaut.«

»Davon habe ich nichts gemerkt.«

»Das war auch nicht nötig.«

Wir beginnen das alte Spiel der Liebenden, davon zu reden, wie es kam, wie es war, wann man das erste Mal gedacht hat, man könnte und man möchte, und wieso man es gedacht hat, und wie es dazu kam, und als du das gesagt hast, da dachte ich... und als ich dir nachsah, war mir so, als ob...

Das ist ein unerschöpfliches Thema. Denn noch ist man mit dem Wunder dieser Begegnung und dem Erstaunen über das Geschehene lange nicht fertig. Noch ist man voller Überraschung, wie das denn eigentlich kam. Ein fremder Mann, eine fremde Frau und dann auf einmal dies? – Es kann nicht möglich sein. Man kennt sich nicht. Man weiß im Grunde nichts voneinander. Auch wenn man sich erkannt hat, wie es in der Bibel so ausdrucksvoll heißt. Man hat eine Forschungsreise in unbekanntes Land angetreten, man geht sehr vorsichtig, man ist behutsam, man will möglichst keine unliebsamen Entdeckungen machen, nur Dinge sehen, hören und finden, die einen erfreuen. Das ist das Schöne, das Unschuldige an neuer und junger Liebe. Und das Gefährliche. Denn natürlich wird man, muß man eines Tages auf dem unbekannten Terrain die Brennesseln, die Disteln, ein wenig Unkraut und eine verborgene Bestie entdecken.

Muß man?

Sei uns gnädig, Aphrodite, laß uns wenig davon finden.

Nachdem wir beide schließlich zu dem Ergebnis gekommen sind, daß es, wenn nicht gerade Liebe, so doch Sympathie auf den ersten Blick gewesen sei, meint Robert, darauf könnten wir einen Schluck trinken. Was er mir servieren dürfe?

Ich werde aus seinem Arm entlassen, er erhebt sich, steht schlank und wohlgewachsen vor mir, ein erfreulicher Anblick, und ich wünschte, er wäre schon zurück und ich könnte ihn wieder fühlen und umfangen. Es ist dunkel im Zimmer, nur durch die offenen Türen vom Wohnraum her kommt Licht.

»Ja, was meinst du?« frage ich träge.

»Ich würde sagen, Whisky wird der Stunde nicht gerecht. Eine Premiere sollte man mit Champagner begießen.«

»Eine gute Idee. Obwohl es ja genaugenommen keine richtige Premiere war.«

»Nehmen wir das Vorhergegangene als Generalprobe. Wäre sie mißglückt, hätte man das Stück immer noch absetzen können.«

»Du bist ein Biest.«

»Warum? Ich bin ein Realist. Und nun können wir ja getrost ein wenig feiern. Ich würde sagen, die Premiere war ein Erfolg. Oder bist du anderer Ansicht?«

»Ich bin ganz deiner Meinung. Sie war ein Sensationserfolg. Von mir aus kann das Stück eine Weile auf dem Spielplan bleiben.«

»Sie sind sehr vorsichtig, Madame.«
»Du vielleicht nicht?«
Er lacht und geht. Ich versuche langsam, meine Lage mal zu verändern. Xaver knurrt verärgert. Tom dagegen paßt sich geschmeidig an, er liegt nun in seiner ganzen Länge ausgestreckt auf meiner Vorderseite. Den Kopf zwischen meinen Brüsten, die Pfote an meinem Hals, er schnurrt, als wenn er es bezahlt bekäme.
»Du bist ein Schmuser«, sage ich und kraule ihm das Fell.
»Ich würde sagen, ihr habt eine ausgesprochen erotische Atmosphäre in eurem Drei-Männer-Haus. Wo kommen diese Talente her, Provinzler, die ihr seid?«
Mein Geliebter kommt mit der Flasche, den Gläsern und Zigaretten, knipst eine Stehlampe an, die in der Ecke steht und die einen nicht blendet.
»Hattest du die Flasche vorsorglich kalt gestellt?«
»Das tue ich immer, wenn ich Damenbesuch erwarte. Man kann nie wissen.«
»Bist du einer, der gern Premieren begießt?«
»Sehr gern.«
»Kommst du auf deine Kosten?«
»Unterschiedlich.«
»Ich mag dich trotzdem.«
»Warum trotzdem?«
»Weil ich dir nicht ganz traue. Aber das macht nichts.«
»Ich würde auch sagen, daß es nichts macht.«
Nach dem zweiten Glas fragt er mich, ob ich Hunger habe. Bis jetzt hatte ich keinen. Aber nun, so aus der Nähe betrachtet, kommt es mir fast so vor.
»Ich könnte was essen.«
»Dann werde ich dir etwas kochen.«

»Kochen?«
»Ja. Kochen ist nämlich eine Leidenschaft von mir.«
»Das hätte ich mir denken können.«
»Wieso?«
»Es erklärt manches. Zum Beispiel die Atmosphäre in deinem Haus. Kochen und essen ist auch ein sinnliches Vergnügen. Ich koche nämlich auch gern. Jemand, der nicht gern ißt, wird auch nicht gut lieben können. Und wer gern ißt und ein bißchen intelligent dabei ist, Phantasie besitzt, der kocht auch gern.«
Er liegt wieder neben mir, mit aufgestütztem Arm, raucht, lächelt auf mich herab und sagt: »Du bist ein kluges Mädchen.«
»Gefällt dir das?«
»Das gefällt mir sehr. Dumme Mädchen zu lieben ist sehr bald langweilig.«
Später in der Küche sehe ich ihm interessiert zu, was er da zaubert. Das geht ihm flott und geschickt von der Hand, jeder Griff sitzt, er koordiniert, meine Hilfe ist gar nicht vonnöten.
Er hat Pfifferlinge, die er mit Tomaten und einer Paprikaschote kurz brät, aus einer Büchse kommen junge Erbsen dazu, ein wenig Petersilie darüber, daneben kocht bereits der Reis, kein Beutel, sondern schmaler, echter Reis. Zum Schluß pfeffert und papriziert er ein Stück Filet, schneidet es in schmale Streifen, brät es kurz mit Zwiebel und einer Spur Knoblauch, löscht ab mit etwas Sahne, kostet sachverständig.
Auf den Teller kommt zunächst der Reis, darauf das Gemüse und oben drauf das Fleisch mit der Sahnensauce.
Es schmeckt herrlich. Es ist ein Gedicht. Zum Essen trinken

wir einen leichten hellen Rotwein aus Baden. Von einer Platte hören wir dazu das Warschau-Konzert.
Es ist neun Uhr.
»Eigentlich könnte ich ja nun nach Hause gehen«, sage ich höflich.
Er widerspricht, wie ich gehofft habe.
»O nein, du mußt dich ausruhen. Wir suchen uns eine ganz lange Langspielplatte aus mit einer ganz bezaubernden Musik und gehen wieder ins Bett.«
Er sagt es mit viel Autorität. Und ich gehorche ihm mit Vergnügen.

Familienleben

Mit jeder Liebe beginnt das Leben neu. Aber mit so einer Liebe und so einem Mann ist man wie neugeboren, wie neuerschaffen, könnte die ganze Welt umarmen und dazu noch erobern. So jedenfalls geht es mir. Ich berste vor Tatendrang. Die etwas matte, oft melancholische Stimmung der ersten Waldhofener Tage ist verflogen.
Übrigens, was heißt erste Tage. Es ist kaum zu glauben, ich bin schon drei Wochen da. Und obwohl ich mich manchmal ziemlich gelangweilt habe, jedenfalls anfangs, ist die Zeit rasch vergangen. Seit die Sache mit Robert so ein bißchen in Gang kam, war das Dasein natürlich interessant. Und jetzt rinnt mir die Zeit durch die Finger wie feinster Seesand. Vier Wochen wollte ich bleiben. Aber daran zu denken, daß ich in acht Tagen schon abreisen sollte, ist natürlich ein Ding der Unmöglichkeit. Ein wenig werde ich verlängern. Eine Woche – eine zweite. Auch wenn es der schiere

Leichtsinn ist, denn das Leben hat ja nicht nur romantische und verliebte Seiten, es ist auch verdammt realistisch und ernst. Es gibt Finanzämter, Monatserste, unbezahlte Rechnungen und sonstige Verpflichtungen.
Mit anderen Worten, ein ganz klein wenig muß ich mich mit meiner Zukunft beschäftigen. Denn genaugenommen bin ich zur Zeit arbeitslos. Ich lebe von der Substanz, von selbstverdienten und daher begrenzten Rubeln. Sicher, Gert kann mich nicht auf die Dauer so hängenlassen. Er muß mir mindestens noch zwanzig- bis dreißigtausend Mark aus der Firma auszahlen, wenn nicht auf einmal, dann peu à peu. Und wenn er nicht von selbst so einsichtig ist, werde ich mich an seinen und auch meinen Steuerberater wenden, damit er die Dinge mal auseinanderfieselt. Abgesehen davon aber muß ich mir nun langsam klarwerden, was ich in Zukunft tun will. In den letzten Wochen habe ich schon meine Fühler ausgestreckt, Redakteure und Lektoren, die ich kenne, habe ich wissen lassen, daß ich einen Job suche. Ich habe es nicht mit großem Nachdruck getan, zugegeben.
Und warum das so war, ist mir inzwischen klargeworden. Weil ich, halb unbewußt, mehr oder weniger mit dem Gedanken gespielt habe, wieder zu schreiben. Auf eigenes Risiko, auf freier Wildbahn. Und ganz nebenbei, ohne daß ich allzu intensiv darüber nachgedacht habe, ist aus dem Gedankenspiel ein Entschluß geworden. Ja. Ich werde ein neues Buch schreiben. Und da ich ein ordentlicher Mensch bin, muß ich einen Plan machen.
Zunächst ist es nötig, daß ich einen Verleger dafür interessiere. Am besten jenen, der das Pariser Buch damals von mir herausbrachte. Ich habe gut mit ihm zusammengearbei-

tet, er ist ein älterer, sehr aufgeschlossener Mann mit Ideen, wir waren uns sympathisch, und er hat in den vergangenen Jahren, oder sagen wir die ersten beiden Jahre nach Erscheinen meines Buches, immer mal wieder nachgefragt, wann es denn nun weiterginge. Falls er interessiert ist, muß ich mich mit ihm über den Stoff einigen. Dann brauche ich das Material. Auf jeden Fall kann ich mich nicht zu langwierig mit den Vorbereitungen befassen, denn im Angesicht meiner derzeitigen Lage wäre es nötig, daß das Buch im nächsten Herbst erscheinen könnte. Mit ein bißchen Vorschuß und bei sparsamer Einteilung meiner Finanzen müßte ich bis dahin über die Runden kommen.

Am Tag, der meinem Rendezvous mit Robert folgt, es ist ein Samstag, schreibe ich einen Brief.

Vormittags sind wir geritten. Es war ein wenig trüb an diesem Tag, auch ziemlich kühl, manchmal spürt man nun schon den nahenden Herbst. Robert bekommt am Nachmittag Besuch, wie er mir gesagt hat, sein Anwalt, und er würde, wenn sie mit ihren Besprechungen fertig wären, am Abend mit dem Herrn ins Hotel kommen, um mich in der Bar zu treffen. Ob mir das recht wäre? Er ist wie immer sehr höflich, er fragt stets nach meinen Wünschen, und es ist durchaus angenehm, mit ihm Vereinbarungen zu treffen.

»Das wäre fein«, sage ich. »Bleibt dein Besuch übers Wochenende?«

»Er ist auf der Fahrt in die Schweiz und wird wohl morgen früh weiterfahren. Ich denke, daß wir zur gewohnten Zeit reiten können. Bekommst *du* morgen Besuch?«

»Das kann ich haben, wie ich will. Ferdinand kommt, wenn ich sage, er soll kommen, und wenn ich nicht mag, bleibt er zu Hause.«

»Sehr praktisch. Wer ist eigentlich Ferdinand?«

»Ein langjähriger, sehr, sehr guter Freund. Einer, der sich um mich kümmert. Und zwar selbstlos.«

»Etwas Seltenes also. Dann solltest du ihn vielleicht nicht enttäuschen.«

»Er war immerhin an drei Sonntagen hintereinander da. Er könnte ruhig einmal daheim bleiben, angenommen du und ich ...«

»Ja, das dachte ich, du und ich.«

Das Gespräch findet nach dem Ausritt statt, im Hof vor dem Stall, es ist Samstagsbetrieb, viele Leute sind da, wir sprechen mit sachlicher Miene miteinander, nur unsere Augen lächeln sich zu.

»Gut. Ein Sonntag für uns. Wirst du wieder kochen?« Ich habe es halb im Scherz gefragt, aber er antwortet ganz ernsthaft darauf: »Ich denke. Die Lokale sind sonntags immer so voll. Ißt du gern Forellen? Ich kann schöne Forellen bekommen.«

»Ich esse gern Forellen.«

»Vorher eine Suppe, ja?«

»Und das Dessert werde ich machen«, sage ich eifrig. »Ich gehe gleich noch einkaufen, damit ich alles da habe, was ich dazu brauche.«

Wir sagen nichts mehr. Wir sehen uns nur an, es ist so schön, wenn man sich so gut versteht. Und wenn man sich auf etwas freuen kann.

»Bis heute abend dann«, sagt Robert, »so gegen neun in der Bar. Auf Wiedersehen, mein Liebling.« Und damit schwingt er sich auf sein Rad und flitzt davon.

»Na?« tönt es süß hinter mir. »Sie sehen ja ganz beglückt aus.«

Die Dame Kreutzer, mit spöttischem Mund.
Ich lache sie freundlich an. »Ich bin auch beglückt.«
»So gut gefällt Ihnen der Urlaub hier?«
»Der schönste Urlaub meines Lebens.«
»So, so, so, so!« Jedes So in einer anderen Tonlage.
Ich gehe noch einmal hinein zu Lorine und Tim. Sie sind beim Mittagessen und momentan nur mäßig an mir interessiert.
Dann fahre ich in den Ort hinein, um einzukaufen, ehe die Läden schließen.
Am Nachmittag borge ich mir aus dem Hotelbüro eine Schreibmaschine und verfasse den Verlegerbrief. Ich sei entschlossen, ein neues Buch zu schreiben, und zwar solle es bis zum frühen Sommer fertig sein, und falls er grundsätzlich daran Interesse habe, schlage ich folgende Themen vor...
Die Themen sprudeln nur so. Es fällt mir eine Menge ein. Irgend etwas, so hoffe ich, wird Anklang finden.
Später rufe ich Ferdinand an und frage, ob er sehr traurig ist, wenn er morgen daheim bleiben muß.
Er habe damit gerechnet, sagt er. Und er wünsche mir viel Vergnügen.
»Oh, Ferry, Ferry, Ferdinand!«
»So schön ist das?«
»Es ist unvorstellbar schön. Sei darauf gefaßt, daß mir das Herz bricht, wenn das eines Tages aufhört.«
»Aufhören muß es ja wohl irgendwann. Oder?«
»Sicher. Aber vielleicht auch nicht. Und vielleicht nicht so bald. Und weißt du was, Ferry? Ich schreibe ein neues Buch.«
»Über die Liebe?«

»Nein, leider nicht. Über irgend etwas anderes Aktuelles. Was, weiß ich noch nicht genau.«
»Es freut mich jedenfalls, daß du solche Pläne hast. Das beweist, daß du doch nicht ganz den Kopf verloren hast.«
»Ich habe überhaupt nicht den Kopf verloren. Eine schöne Liebe, eine gute Liebe hat immer etwas Positives. Etwas Aufbauendes.«
Es gluckert amüsiert am anderen Ende. »Das hört sich prächtig an. Da bin ich ja wirklich gespannt, wie es weitergeht.«
Ein kleiner Seufzer von mir. »Ich auch.«
Am Abend ist es sehr nett in der Bar, wir unterhalten uns ausgezeichnet und gehen nicht zu spät ins Bett.
Am nächsten Morgen ist es immer noch kühl, aber sonnig. Wenn es mir Spaß macht, könnten wir wieder zum Kloster reiten. Es macht mir Spaß. Im Klostergarten hat er mich zum erstenmal geküßt, daran erinnern wir uns beide gut, und das ist ein Grund, auch heute ein Glas Sekt zu trinken, um das Ereignis, das eine Woche zurückliegt, zu feiern.
Nachdem wir zurückgekommen sind und die Pferde versorgt haben, fahre ich schnell ins Hotel, um mich umzuziehen. Eine halbe Stunde später finde ich mich bei meinen Freunden Robert, Xaver und Tom ein.
Robert ist schon dabei, eine Tomatensuppe zu rühren, ich schäle Kartoffeln, und dann mache ich eine Mousse au chocolat mit Nüssen und Schlagsahne verziert.
Ein Sonntag wie aus dem Bilderbuch. Wir essen ausführlich und mit Genuß, trinken den Kaffee vor dem Haus in den Liegestühlen, lesen dabei die Sonntagszeitungen, fast wie ein richtiges Ehepaar, und später verzieht sich die ganze Familie ins Bett, das sie an diesem Tag nicht mehr verläßt.

Der Antwortbrief meines Verlegers kommt postwendend, und das betrachte ich als gutes Zeichen, noch ehe ich ihn gelesen habe. Ich täusche mich nicht. Es ist ein langer, sehr persönlicher Brief.
Unter anderem heißt es darin:

Es freut mich besonders, daß ich mich nicht getäuscht habe in Ihnen, denn ich war immer der Meinung, daß Sie wieder schreiben würden. Manchmal muß man eben Geduld haben, das gehört zu meinem Beruf. Natürlich ist es schade, daß wir auf dem recht netten Erfolg des ersten Buches nicht gleich weiteraufbauen konnten, fünf Jahre sind eine lange Zeit, besonders heute, wo Bücher leider so kurzlebig geworden sind. Wenn Sie nun noch einmal starten wollen, und ein neuer Start ist es, darüber müssen Sie sich klar sein, bin ich bereit, Ihnen mit vollem Einsatz Starthilfe zu geben, aber nur unter einer Bedingung: Sie müssen mir versprechen, nun bei der Sache zu bleiben, bald ein zweites und drittes Buch folgen zu lassen, damit wir Sie auf dem Buchmarkt etablieren können.
Und noch etwas, liebe verehrte gnädige Frau. Ich bin, auch das bringt mein Beruf so mit sich, ein Seelenfänger. Ich möchte Sie systematisch aufbauen und bin der Meinung, daß Ihr Talent weiter gespannt ist, als Sie selbst vermuten. Sie haben mir einmal gesagt und sogar geschrieben – Ihr Brief liegt hier vor mir –, Sie hätten keine Eignung, Belletristik zu schreiben. Nun, ich bin andrer Meinung. Sie haben einen guten Stil und eine moderne Diktion. Sie wären durchaus in der Lage, einen Roman zu schreiben, einen

modernen Roman, der das Leben der Frau in der heutigen Zeit mit heutigen Worten und Begriffen darstellt. Keine verschrobene überhöhte Literatur, die ihre Meriten haben mag, aber letzten Endes doch schwer verkäuflich ist und im luftleeren Raum operiert. Nein, Sie sollen Bücher schreiben, die gelesen werden.

Ich kam darauf, als ich Ihren Vorschlag erwog, ein Buch über die Praktiken und Usancen im Werbefach zu veröffentlichen. Zweifellos spielt die Werbung eine große Rolle in unserem Dasein heute. Andererseits gibt es Sachbücher zu diesem Thema in Massen. Warum wollen Sie nicht einen Roman schreiben, der in diesem Milieu spielt? Sie schreiben mir, Sie hätten ausreichende Erfahrungen zu diesem Thema gesammelt. Versuchen Sie einmal diese in einem Roman unterzubringen; facts, die stichhaltig sind, werden in modernen Romanen verlangt – und Sie werden sehen, daß man damit weiterkommt als mit einem reinen Sachbuch. Denn, auch das sei nicht verschwiegen, Ihre Schreibweise ist für das trockene Sachbuch sowieso zu temperamentvoll. Sie haben in ›Fremd in Paris‹ den Erfolg dadurch gehabt, weil die *menschlichen* Schicksale plastisch und mit Anteilnahme dargestellt waren. Ich habe mit meinem Lektor darüber gesprochen, und er ist der gleichen Meinung. Es ist übrigens immer noch Herr Burkhard, den Sie ja kennen. Als Übergang habe ich Ihnen einen Vorschlag zu machen, den Sie sich bitte gründlich überlegen wollen. Durch Zufall wurde ich mit folgender Situation bekannt:

Ein Mann, Studienrat an einer höheren Schule, hat drei Töchter. Sie sind alle in der ersten Hälfte zwanzig, alle drei wohlgeraten und wohlerzogen und offenbar mit Unternehmungsgeist ausgestattet. Zwei der jungen Damen befinden sich zur Zeit in Amerika. Die eine studiert dort Physik und soll, wie mir glaubwürdig berichtet wurde, geradezu ein Genie auf diesem Gebiet sein und es leicht mit jedem Mann aufnehmen können. Was sie wohl auch vorhat.

Die andere, wohl die hübscheste der drei, kam zwar auch zum Studium in die Vereinigten Staaten, hat aber inzwischen als Fotomodell – auch ein sehr moderner Frauenberuf – Karriere gemacht und bereits ein Titelbild in ›Look‹ oder ›Life‹ gehabt, was, wie man mir sagte, eine Art Ritterschlag in diesem Beruf bedeutet. Sie verdient für ihre jungen Jahre erstaunlich viel Geld.

Die dritte der Schwestern ist hiergeblieben, hat studiert und soeben ihr Staatsexamen gemacht, will promovieren und wird gleich dem Vater das Lehramt ausüben, hat aber den stillen Ehrgeiz, sich später zu habilitieren.

Ist so etwas nicht bemerkenswert? Für mich auf jeden Fall, der ich noch aus einer Zeit stamme, der den Frauen nur beschränkte Berufs- und Bewegungsmöglichkeiten bot. Könnte es Sie nicht reizen, ein Buch über diese drei Mädchen zu schreiben? Ihr Wesen, ihre Art, ihre Laufbahn, ihre Hoffnungen, ihre Pläne. ›Mädchen von heute – Frauen von morgen‹, so etwa könnte der Titel lauten. Und ich bin der Meinung, Sie wären die richtige Autorin dafür.

Sie müßten nach den Staaten fahren, die beiden Mädchen dort interviewen, eine Weile an ihrem Leben teilnehmen. – Über die Form des Buches müßten wir uns unterhalten – sachlich berichtend, romanhaft ausgestattet oder vielleicht auch in Form von Briefen, die die beiden in Amerika an die daheimgebliebene Schwester schreiben. Wie gesagt, das muß sich ergeben. Was halten Sie davon? Würde Sie diese Aufgabe reizen? Und könnten Sie es schaffen bis zum nächsten Sommer, sagen wir bis Ende Juli, das Manuskript abzuliefern?

Ich lese den Brief dreimal, und mir wird direkt heiß dabei. Würde mich diese Aufgabe reizen? Doch, das würde sie. Ich habe das Gefühl, das ist etwas für mich, und das hat dieser Mann sehr gut erkannt. Ein Schönheitsfehler ist dabei. Ich muß weg. Ich muß nach Amerika. Und Robert? Meine schöne Liebe? Da sitze ich und hadere mit mir und dem Schicksal. Ich kann schließlich nicht mein Leben in Bad Waldhofen verbringen, ich kann nicht hier sitzen bleiben und fürderhin der Liebe leben. Einmal habe ich den Fehler gemacht, wegen eines Mannes, wegen einer Verliebtheit meine Zukunft, meine beruflichen Erfolge leichtfertig in den Wind zu schlagen. Gert war diesen Einsatz nicht wert. Und auch wenn Robert ein ganz anderes Kaliber von Mann ist und mir viel mehr bedeutet – oder gerade deshalb –, darf ich nicht wieder den Fehler machen, wie eine dumme kleine Gans zu handeln, die sich mühelos einkaufen und vereinnahmen läßt und darüber ihr eigenes Dasein, ihre eigene Entwicklung vergißt.
Ich muß mich also von ihm trennen? Der Gedanke ist im Moment furchtbar. Aber ich muß sowieso. Wenn ich eine neue Stellung annehme, an einer Zeitung, beim Funk, irgendwo sonst, falls ich überhaupt etwas Passendes bekomme, muß ich ja auch weg. In Waldhofen kann ich so und so nicht bleiben. Und dann bin ich angebunden, habe im Jahr drei bis vier Wochen Urlaub und wenig Freiheit. Gelingt es aber, mir ein Auskommen als Autor zu schaffen, bin ich ein freier unabhängiger Mensch. Und gerade das ist es, was

mir als erstrebenswert erscheint. Als schlechthin beste Form des Lebens. Dann kann ich ihn sehen, wann ich will. Kann bei ihm sein, wann ich will. Vorausgesetzt, *er* will mich sehen und mich haben.

So kurz kenne ich ihn, so wenig wissen wir noch voneinander, aber ich wünsche mir nur eins, ihn zu behalten. Eine Weile wenigstens, ein paar Monate, ein paar... Jahre? Vera, du bist vermessen, du bist unvernünftig. Aber ich liebe ihn. Ich werde ihn immer lieben. Und nie wird mir jemals wieder ein Mann begegnen, der mir so gut gefällt wie er.

Vera! Wie alt bist du eigentlich? Und wie dumm bist du geblieben? Hast du nicht längst erkannt, daß man nie immer und nie nie sagen soll? Daß nichts so wandelbar ist wie des Menschen Herz und nichts so ungewiß wie des Menschen Leben. Und dennoch – es gibt Dinge, die weiß man, die fühlt man, und irgendwann ist man auch alt genug, um sich selbst zu kennen. Und zu *erkennen*, wenn ein Traum sich erfüllt, ein Ziel erreicht ist.

Am späten Nachmittag bin ich mit Robert verabredet. Er wolle arbeiten zuvor, sagte er. Den Brief fand ich vor, als ich vom Reiten kam. Die Stunden bis sechs wollen kaum vergehen. Ich gehe wieder mal zum Friseur, kaufe mir in einem Laden an der Kurpromenade eine neue Bluse, vertrödle einige Zeit beim Kaffeetrinken, und dann endlich ist die Stunde da, wo ich zu ihm gehen kann. Unsere Liebe, unsere Verbindung ist noch zu neu, von keiner Gewohnheit verwässert – obwohl auch Gewohnheit, schöne Gewohnheit, den Reiz einer Liebe ausmachen kann –, noch immer ist es für mich ein Moment höchster Spannung, zu ihm zu kommen.

Heute komme ich allein. Im Vorgarten der Kurpension »Sanitas« bei den Rosensträuchern steht eine zierliche weißhaarige Dame, die zwar zerbrechlich aussieht, aber den Eindruck großer Energie und eines fundierten Selbstbewußtseins ausstrahlt. Neben ihr die schon bekannte Schwester Melanie. Ich weiß es nicht, aber ich vermute, die alte Dame ist eine von Roberts Tanten, die ich ja bisher nicht kennengelernt habe. Sicher aber ist ihnen nicht entgangen, daß der Neffe in letzter Zeit öfter mal den Besuch einer Dame hatte. Ich weiß ja nun nicht – nein, ich weiß wirklich nicht –, ob das bei meinem lieben Robert öfter vorkommt und also nichts Sensationelles an sich hat. Natürlich bin *ich* geneigt zu glauben, es sei eine Besonderheit.
Die beiden Damen im Vorgarten, die schwarzgekleidete Zierliche und die große, finsterblickende Schwester, mustern mich ziemlich unverhohlen. Ich gestehe, es macht mich befangen. Ich bin gewiß kein heuriger Hase und auch kein unerfahrenes junges Mädchen, aber im Moment komme ich mir so vor. Männer sind in diesem Punkt ziemlich unbekümmert. Wenn sie mit einer Frau schlafen wollen, dann tun sie es einfach und verkünden im Brustton der Überzeugung: Ach, das merkt ja keiner, und wenn auch. Für eine Frau ist die Situation ein wenig anders, besonders familiärer Weiblichkeit gegenüber, als da sind Mütter, Schwestern, Tanten, von Ehefrauen ganz zu schweigen. Meist wird man mit kritischen und fast nie mit freundlichen Augen gemustert. So geht es mir jetzt, und zwar sehr offensichtlich. Ich lächle, sage freundlich »Guten Abend«. Die alte Dame erwidert meinen Gruß, Schwester Melanie gibt nur einen Brummlaut von sich. Fast fürchte ich, eine von ihnen würde mich fragen: Bitte? Zu wem wollen Sie? –

Aber das tun sie nicht. Also wissen sie, zu wem ich will.
Ich bin froh, als ich um das Haus herum verschwunden bin. Und auch dort wird mein Gang über die Wiese von diversen Blicken begleitet. Die Einwohner des Kurheims »Sanitas« mißbilligen.
Uff! Endlich die Hecke und Xaver, der mir freundlich schwänzelnd entgegenkommt. Hat Robert nicht einmal gesagt, man könne irgendwo über den Zaun klettern? Andererseits, wenn man mich dabei erwischt, ist es erst recht peinlich.
Ich kichere wie ein Backfisch. Es ist komisch, aber neue Verliebtheit macht immer irgendwie jünger. Es bringt einen in Situationen der Jugendzeit, es bringt Heimlichkeiten, Albernheiten und eine gewisse Spannung mit sich. Und das ist ja nun auch wieder das Schöne dabei.
Die Tür ist offen. Ich finde Robert am Schreibtisch. Er dreht sich um und steht auf, als er mich hört.
»Laß dich nicht stören«, sage ich. »Komme ich zu früh?«
»Du kommst nie zu früh«, sagt er und nimmt mich liebevoll in die Arme.
Es ist ein wundervoller, ein glücklicher Moment, wenn er mich umfängt, wenn ich ihn fühle, es ist schöner als alles, was ich je erlebt habe. Oh, ich muß mich hüten, ich muß mich bewahren, um mich nicht ganz zu verlieren. Ein kluger Mann hat mir einmal gesagt: Die Liebe in der Jugend hat gewiß ihre Reize. Aber es ist ein mattes Gefühl gegen das, was der reife Mensch, der bewußt Liebende, empfindet.
Damals war ich selbst jung und habe ungläubig gelächelt. Nun erlebe ich, daß dieser Mann recht hatte.
Wir sehen uns an.

»Du machst so ein ernstes Gesicht«, sagt Robert. »So nachdenklich. Was ist?«
»Etwas ziemlich Furchtbares ist im Gange«, sage ich. »Man müßte es verhindern.«
»Was?«
»Ich bin dabei, mich ernsthaft in dich zu verlieben.«
»Und das willst du nicht?«
»Nein. – Einerseits schon. Aber andererseits habe ich Angst davor.«
»Liebe ist immer etwas zum Angsthaben. Sonst ist sie nicht viel wert.«
»Ich habe mir geschworen ...«
»Was?«
»Ach, nichts. Ich habe mir geschworen, nur noch unverbindliche Affären zu haben. Sonst nichts. Und gerade diesmal ...«
»Gerade diesmal?«
»Ist es schlimmer als alles, was je war. Ach, Robert!«
Ich lege den Kopf an seine Brust und mache die Augen zu. Eine ganz dumme, kleine, schwache Frau bin ich, genau das, was ich nie war und bestimmt nie sein wollte. All lost. Das kann nicht gutgehen.
Er lacht leise, er legt seine Lippen an meine Schläfen, wir stehen regungslos, und dann hebe ich den Kopf, und er küßt mich.
Verloren. – Und was daraus werden soll, wissen die Götter.
»Da drüben steht Whisky. Und Eis«, sagt er ganz unvermittelt sehr sachlich. »Bediene dich bitte. Ich habe etwa noch eine Viertelstunde zu tun.«
Ich setze mich artig auf das Sofa, schenke mir einen Whis-

ky ein, zünde mir eine Zigarette an und bemühe mich, nicht zu ihm hinzusehen, solange er arbeitet. So etwas macht einen nervös, das weiß ich selbst gut genug.

Freund Tom kommt und leistet mir Gesellschaft. Er ist mindestens so zärtlich wie sein Herr, und er zeigt seine Zuneigung unverhohlen. Klettert auf meinen Schoß, rangelt mit seinen geschmeidigen Pfoten an mir hoch, schnurrt und kost mit voller Hingabe. Die Katzendamen müssen es wunderbar bei ihm haben. Er ist der geborene Liebhaber.

Dann kommt Robert, schaut uns an, nimmt sich auch einen Whisky und sagt: »Na, ihr beiden!«

»Dein Kater ist noch zärtlicher als du.«

»Das kann ich nicht auf mir sitzen lassen. Geh da weg, Schwarzer. Such' dir selber eine Frau. Die da gehört mir.«

Er setzt sich neben mich auf das Sofa, zieht mich an sich, küßt mich und knöpft auch schon an meiner Bluse herum.

»Nein!« sage ich, »schau sie dir wenigstens erst an. Sie ist neu.«

»Sehr schick. Es täte mir leid, wenn wir sie zerdrücken.«

»Sag mal, was tätest du, wenn jetzt eine deiner Tanten käme?«

»Hm. Ich würde sie auch zu einem Whisky einladen.«

»Und wenn ich hier so säße mit der aufgeknöpften Bluse und überhaupt, was täte sie dazu sagen?«

»Sie wäre schockiert.«

»Siehst du.«

»Ich werde die Tür abschließen.«

»Hast du sonst deine Tür abgeschlossen um diese Zeit?«

»Nie.«

»Siehst du!«

»Na und?«

»Ich glaube, ich habe heute die eine Tante gesehen. Wie sieht sie aus? Eine schmale, zarte alte Dame, ganz weißhaarig. Mit sehr energischem Gesichtsausdruck?«

»Das war Tante Dori. Tante Leni ist zwar einen Kopf größer, aber viel gemütlicher. Von sehr weicher Gemütsart. Sie würde dich sofort liebhaben.«

»Tante Dori nicht?«

»Wohl kaum.«

»So kam es mir auch vor. Und Schwester Melanie war auch dabei. Wie die mich erst angesehen hat!«

»Das kann ich mir denken. Vor ihr mußt du dich hüten. Sie würde mich am liebsten in einen Käfig sperren und bewachen. Sie hält mich für einen unseriösen Menschen, der nur Unfug macht.«

»Dich?«

»Ja. Sie kennt mich seit meiner Kindheit. Damals kam sie zu diesem Urteil und hat es nie revidiert. Sie ist einer von den Menschen, die nie von einer vorgefaßten Meinung abgehen.«

»Eine Menge Frauen um dich herum. Ehefrau und Tochter gibt es auch noch.«

»Die sind weit vom Schuß.«

»Schwester Melanie hat recht. Du *bist* ein unseriöser Mensch.«

»Ich habe gefürchtet, daß du es eines Tages merken würdest.«

»Und du wirkst so ganz anders, wenn man dich das erstemal sieht.«

»Das ist ja eben das Unseriöse an mir.«

Später am Abend zeige ich ihm den Verlegerbrief. Er liest ihn aufmerksam, nickt dann anerkennend.

»Das ist ein guter Brief. Ich würde sagen, das ist keine schlechte Verbindung, die du da hast. Er schreibt wie ein richtiger Verleger. Wie ein Verleger sein soll. Ein Seelenfänger, ja, genau das ist es. Wenn einer nur Bücher herstellt und verkauft, wenn er nur seine Bilanzen sieht, wenn der Autor für ihn nur ein Geschäftsfaktum ist, so einer wird nie ein richtiger Verleger werden. Für einen echten Verleger ist das Buch fast nur ein Nebenprodukt. Er ist ein Seelenfänger, genau das, das schreibt er richtig. Ein Menschenfänger. Für ihn ist der Autor das Material, mit dem er arbeitet, er fängt ihn ein, er heizt ihn an, er führt ihn behutsam in die brauchbare Richtung, er holt das Beste aus ihm heraus, er holt Dinge aus ihm heraus, von denen der Autor selber nicht weiß, daß sie vorhanden sind. Es ist etwas Schöpferisches an der Arbeit eines echten Verlegers. Er ist ein Gestalter. Und er gestaltet am edelsten Material, das es geben kann: am Menschen. Meist an einem hochgezüchteten, hochempfindlichen, leicht beeinflußbaren Menschen. An einem, dessen Seele wie eine straffgespannte Saite vibriert. Und die reißen kann, wenn einer sie mit groben und dummen Fingern anfaßt. Und die zum Klingen kommt, wenn einer die richtige, verständige Hand dafür hat. Nein – dieser Mann gefällt mir. Ich will sagen, sein Brief gefällt mir. Du solltest auf ihn hören.«

»Ich soll diese amerikanische Sache machen?«

»Warum nicht? Ich finde, es klingt irgendwie verlockend.«

»Das schon. Aber ich müßte für einige Zeit nach Amerika gehen.«

»Möchtest du nicht?«

»Es ist so weit weg.«

»Es kommt auch ein Flugzeug zurück.«

Es tut mir weh, daß er das alles so gleichmütig sagt. Müßte er nicht sagen, ich soll bleiben? Soll nicht so weit weggehen. Soll bei ihm bleiben. Ich möchte es wenigstens hören.

»Warst du schon einmal in den Staaten?«

»Nein.«

»Dann solltest du die Chance wahrnehmen, dieses Land kennenzulernen. Oder besser gesagt, diese Welt. Land sagt zu wenig. Jeder Europäer, der mitreden will, sollte einmal drüben gewesen sein. Erst recht jemand, der schreiben will.«

Und ich sage, so richtig dämlich weiblich: »Dir macht es wohl gar nichts aus, wenn ich so lange weg bin?« – Und ärgere mich, kaum daß ich es ausgesprochen habe. Wie so eine richtige dumme Ziege.

Er antwortet mir sehr sachlich darauf. »Was glaubst du, wie lange du brauchen würdest für diese Recherchen?«

»Keine Ahnung. Vier bis sechs Wochen mindestens. Es ist auch eine Finanzfrage. Ich kann es nicht bezahlen. Der Verlag müßte es finanzieren. Na, und so leicht spucken die das Geld auch nicht aus. Also könnte ich mich drüben sowieso nicht endlos ausbreiten.«

»Siehst du! Sechs Wochen für die Vorarbeiten. Dann schreibst du das Buch.«

»Und was mache ich mit meiner armen Lorine?«

»Was machst du sonst mit ihr, wenn du verreist?«

»Ja, früher hatte ich einen guten Reitlehrer, der sie dann geritten hat. Den habe ich leider nicht mehr. Jetzt kenne ich ein junges Mädchen bei uns im Stall, ein sehr liebes Ding, die gut reitet, mit Gefühl und weicher Hand, die übernimmt Lorine, wenn ich nicht da bin.«

»Und ist wahrscheinlich noch sehr froh darüber.«

»Sie ist selig. Sie bringt sich um mit dem Pferd.«
»Na also, dies Problem ließe sich lösen. Ich könnte sagen, du läßt sie hier, aber ich werde auch einige Wochen nicht da sein.«
»Wo bist du denn?«
»Ich fahre im Oktober nach Paris, anschließend muß ich nach England. Dann beginnen die Vorarbeiten für mein neues Buch. Ich muß vermutlich nach Italien und auch nach Frankreich. Ich werde lange unterwegs sein.«
Ganz plötzlich ist so etwas wie eine Abschiedsstimmung in unser Gespräch gekommen. Ich wehre mich dagegen. Das ist zu früh. Das ist einfach zu früh. Wir haben erst angefangen, wir kennen uns kaum, unsere Liebe ist so jung, so unschuldig, so... unbewährt noch, ich möchte mich noch nicht wieder von ihm trennen. Dieses wenige, das zwischen uns war, das verfliegt zu leicht. Das bindet noch nicht.
Mein Gott, Vera, wer spricht von Bindung? Du verstößt gegen die Spielregeln. Wer in aller Welt sprach je von Bindung?
Ich muß mich zusammennehmen, um nicht in Tränen auszubrechen. Was ist bloß mit mir los? Das muß eine Alterserscheinung sein. Vor vier Wochen wäre ich vor Freude an die Decke gesprungen, wenn dieser Verlegerbrief gekommen wäre. Und wenn mir einer gesagt hätte, ich wolle mich in einem Nest wie Waldhofen verkriechen, um hier einem Liebesidyll zu leben, dann hätte ich mich totgelacht. Wie ist das Leben voller Überraschungen! Und wie wenig kennt man sich im Grunde selber.
Robert scheint zu wissen, wie mir zumute ist. Er hält mich in den Armen, er küßt mich. Und ich küsse ihn, als sei es schon das letzte Mal.

»Es hat eben erst angefangen«, das sage ich nun doch.
»Ja, mein Liebling, ich weiß. Aber ich weiß noch viel mehr. Es wird auch weitergehen.«
»Das redest du nur so.«
»Ich weiß, wovon ich rede. Ich gebe dich nicht so schnell wieder her. Und ich habe noch viel an dir zu entdecken. Das sind bisher so kleine Anfangsexkursionen gewesen.«
»Ich bin ein dummes Weib. Liebe macht immer dumm.«
»Oder auch klug. Liebst du mich denn?«
»Ach, ich weiß nicht. Frag mich nicht.«
»Ich tät's gern wissen.«
»Ich beiße mir eher die Zunge ab.«
Er lacht wie ein übermütiger Junge, legt sich mit seinem ganzen Gewicht auf mich und küßt mich mit Leidenschaft.
»Sag's!«
»Nicht um die Welt.«
»Wenn du's sagst, erzähle ich dir, was für eine Idee ich habe.«
»Eine Idee?«
»Mhm. Eine großartige Idee. Aber erst will ich wissen, ob du mich liebst. Nun?«
»Ich denk' schon. Ein bißchen vielleicht.«
»Ich werde mich sehr anstrengen, damit es mehr wird.«
»Die Idee also?«
»Was? Für so ein klägliches bißchen Liebe soll ich sie dir verraten!«
»Du hast's versprochen.«
»Angenommen, die Liebe würde mehr. Und du würdest mich ganz gern einmal wiedersehen. Und angenommen, du hast dir keinen amerikanischen Boy angelacht, der dir besser gefällt, und angenommen, du hättest dein Buch brav

geschrieben oder wenigstens gut in Fahrt gebracht, dann ...«

»Dann?«

»Dann könntest du mich auf der Frankreichreise begleiten.«

»Oh!«

»Ja. Wäre das nichts?«

»Auf den Spuren des Karl von Anjou?«

»Genau das. Wir bummeln durch die Provence, wir essen in französischen Restaurants, wir lieben uns in französischen Betten, wir sind ganz allein unter dem Himmel des Südens. Wenn die Mimosen blühen. Wenn der Frühling kommt.«

»Oh, Robert!«

Es ist ein schöner Plan.

Aber es ist so weit bis zum Frühling.

Und wenn ich es auch nicht sage: Ich liebe ihn so sehr. Und es wird mir so schwerfallen, mich von ihm zu trennen.

Suzanne

In dieser Nacht bleibe ich erstmals bei ihm. Bisher bin ich immer, wenn auch oft spät, ins Hotel gegangen. Miteinander schlafen, diesmal im echten Sinn des Wortes gemeint, es wollen und auch können, ist ein entscheidender Fortschritt in einer Zweisamkeit. Und ein Experiment ist es sowieso. Daß man einen Menschen die ganze Nacht neben sich erträgt, seine Nähe, seinen Atem, daß man gern neben ihm aufwacht und auch dann, in der Morgenstunde, nichts an ihm auszusetzen findet, ist ein Kriterium der Zuneigung, aber auch eine Bewährung für jeden der Partner. Jeder Mensch hat Angewohnheiten, die man entweder tolerieren kann oder die einen stören. Grundsätzlich bin ich ein Gegner davon, immer und ständig, Nacht für Nacht zusammen zu schlafen. So etwas muß meiner Meinung nach die größte Liebe töten. Das gemeinsame Schlafzimmer der Durchschnittsehe ist für mich ein unfaßbares Phänomen. Wie jemand es aushalten kann, jahraus, jahrein, täglich, beziehungsweise nächtlich in Gemeinschaft zu leben, niemals ein Einzelwesen zu sein, nicht sich einmal zu sich selbst zurückziehen zu können, auch nicht an Tagen, da man sich vielleicht nicht wohlfühlt oder wo man das Bedürfnis nach Einsamkeit hat, ist mir ein Rätsel.

Wir sprechen davon, nachdem wir aufgewacht sind und beiderseits festgestellt haben, daß wir sehr gut miteinander geschlafen und uns nicht gestört haben. Robert ist durchaus meiner Ansicht. Er findet, ein eheliches Doppelschlafzimmer sei ein Graus.

»Hast du eins gehabt, als du mit deiner Frau noch zusammen lebtest?«

Diese Frage stelle ich unnötigerweise, aber manchmal juckt es einen eben, Fragen zu stellen, zumal ich von dieser Frau immer noch so gut wie nichts weiß.

»Nie. Das hätte Suzanne gar nicht ertragen. Sie ist eine große Individualistin. Sehr verwöhnt, auch etwas launenhaft. Eine Frau, die man nicht besitzt, die man nicht vereinnahmt. Die man immer wieder erobern muß und bei der man sich sehr anstrengen muß, wenn man bestehen will.«

Das klingt natürlich gut. An sich. Nicht in diesem Zusammenhang. Ich würde lieber hören, Suzanne hinge ihm zum Halse heraus und sei ein Greuel.

»Würde dich das nicht mehr reizen?«

»Was?«

»Nun, sie zu erobern. Dich anzustrengen.«

»Nicht mehr. Es kommt ein Punkt, von dem aus man sich nur noch entfernen kann. Gerade, wenn eine Verbindung sehr ereignisreich, sehr stürmisch war.«

»Das war sie also?«

»Doch, das kann man sagen.«

Ich warte, ob er weiter redet, aber er tut es nicht. Einerseits bin ich froh, wenn ich nichts davon höre, andererseits plagt mich eben doch die Neugier, etwas über die Frau zu wissen, die seine Frau ist.

»Wie ist sie?«

»Suzanne? Oh, sie ist vor allem sehr schön. Sehr kapriziös, temperamentvoll. Und eine außerordentlich eigenwillige Persönlichkeit.«

»Das klingt gut«, sage ich nun doch. »Man sollte meinen, es sei eine Frau, die ganz gut zu dir paßt.«

»Das war auch so. Es wäre unrecht, dies zu leugnen. Mir hat Suzanne sehr viel bedeutet. Und ich habe sehr viel – nun, sagen wir mal, ich habe sehr viel für sie eingesetzt. Genaugenommen meine Karriere.«

»Deine Karriere als Diplomat?«

»Ja. Möchtest du gern etwas davon wissen?«

»Natürlich. Ich bin ein wenig neugierig.«

Ich liege in seinem Arm, den Kopf an seiner Schulter, im Zimmer ist es noch halb dunkel, durch die herabgelassenen Jalousien kommt nur mattes Licht. Es ist morgens acht Uhr, der Tag beginnt schon später zu erwachen. Herbstanfang ist heute, fällt mir ein. Vier Wochen bin ich jetzt in Waldhofen, und eigentlich müßte ich abgereist sein. Aber an Abreise mag ich nicht denken. Die Zeit war so kurz, die uns gehört. Es ist noch keine vierzehn Tage her, daß er mich oben beim Kloster geküßt hat. Eine Woche ist es her, daß ich zum erstenmal in dieses Haus kam. Es kommt mir unwahrscheinlich vor. Die Zeit, die wir zusammen hatten, zählt nach Tagen. Aber wie relativ ist Zeit. Mir ist, als hätte ich ihn ewig geliebt. Mir ist alles schon so vertraut, dieses Haus, dieses Zimmer, dieses Bett, Xaver an meinen Füßen und Tom, der erst gegen Morgen zurückgekehrt ist und jetzt fest neben mir schläft, um sich von seinem nächtlichen Ausflug zu erholen.

»Suzanne brach in mein Leben ein wie ein Vulkanausbruch. Dabei war ich keineswegs ein unbeschriebenes Blatt. Ich hielt mich für einen außerordentlich erfahrenen Mann. Ich hatte immerhin den Krieg hinter mir, den ich von Anfang bis Ende, abgesehen von einigen Semestern Studium dazwischen, mitgemacht hatte.

Mein Vater erschoß sich 1944, in der Folge des zwanzigsten Juli. Er war Diplomat, er hat ansehnliche Positionen bekleidet, auch unter Hitler, was er sich im Grunde nie verzieh. Ich habe den Konflikt meines Vaters sehr intensiv und genau miterlebt, schon als Junge. Ich liebte und bewunderte ihn. Er kam aus einem brandenburgischen Gutshaus, war ein echter Preuße und außerdem ein sehr weltläufiger Mann, der das Leben und besonders die Frauen liebte.

Meine Mutter war von hier, ein ganz anderes Milieu, eine ganz andere Einstellung. Sie harmonierten im Grunde nicht sehr gut miteinander, aber es wurde elegant überspielt und kam nie an die Oberfläche. – Mein Vater wollte, daß auch ich die diplomatische Laufbahn einschlug. Ich war von Jugend an in diesem Geiste erzogen worden, mußte Sprachen lernen, wurde auf Reisen mitgenommen, bekam vor allem den Sinn für Haltung und Disziplin eingeimpft. Mein Vater wußte sehr gut, daß ich auch künstlerische Neigungen hatte, aber er hatte nichts dagegen, förderte es sogar. Er war selbst sehr musikverständig, spielte hervorragend Klavier. Einmal, es war schon während des Krieges, sagte er mir: ›Du mußt gutmachen, was ich an mir und meinem Leben verdorben habe. Ich habe dem falschen Herrn gedient. Ich habe es immer gewußt. Und auch, daß ich es nicht hätte tun dürfen. Aber du wirst es gutmachen. Deutschland wird nicht untergehen. Es wird auch dies überleben.‹

Er hat selber versucht, es noch gutzumachen. Es mißglückte, und er zog die Konsequenzen daraus. Meine Mutter verstand ihn in diesem Punkt sehr gut. Sie kehrte hierher zurück und lebte bis zu ihrem Tod in Waldhofen. Ich, wie gesagt, studierte nach dem Krieg zu Ende, ich trat die von meinem Vater bereits vorbereitete Laufbahn an, und ich tat es nicht ungern.«

»Ich kann mir vorstellen, daß du für diesen Beruf gut geeignet warst.«

»Ich glaube, ich war es. Und es ließ sich zunächst auch alles ganz hoffnungsvoll an. Ich brauche dir nicht die einzelnen Stationen der ersten Jahre zu schildern. Es ging gut, bis zu dem Moment, als Suzanne meinen Weg kreuzte.«

Jetzt kam, was mich am meisten interessierte.

»Suzanne und ich, um es kurz zu sagen, wir waren ein Skandal. Ich war Attaché an einer deutschen Botschaft,

dreißig Jahre alt, und sie war die Frau des französischen Botschafters.«
»O weia!«
»Genau. Du hast es erfaßt. Sie war eine brillante Person, sprühend von Leben und Geist, Anfang Dreißig, eine Frau, der die Männer scharenweise zu Füßen lagen. Das mag kitschig klingen, aber es war so. Warum sie gerade mich erwählte – nun, sie tat es. Und ich verliebte mich wahnsinnig in sie. Das ging zunächst in aller Heimlichkeit vor sich, ließ sich aber auf die Dauer nicht verbergen. Dazu war Suzanne zu stolz, zu selbstbewußt. Je m'en fiche, pflegte sie zu sagen, ich habe nur dies eine Leben. Ich will es ganz haben. Ihr Mann war wesentlich älter, ein sehr charmanter Herr, aber an der Liebe nicht mehr so sehr interessiert. Man hatte Suzanne sehr jung aus ehrgeizigen Gründen mit ihm verheiratet. Ihr Vater war ein reicher Weinhändler aus Bordeaux, der seine Tochter um jeden Preis in der ersten Gesellschaft placieren wollte. Das ließ er sich etwas kosten, und das gelang ihm. Es ging eine Weile gut, dann wurde sie lebendig. Sie hat ihren Mann zuvor betrogen, aber nun – nun ja, nun war es eben Liebe.«
Liebe! Ich kann es verstehen. Dieser junge, dieser sicher strahlende und schwungvolle Robert, unverbraucht und voller Leben. Gott, ich kenne ihn heute, ich kenne seine Talente in der Liebe. Ich kann Suzanne verstehen.
»Wie gesagt, es wurde ein Skandal. Man versetzte mich in ein mittelamerikanisches Ländchen, weit vom Schuß, es half nichts. Wir trafen uns in Mexiko, in den Staaten, ich machte Schulden, ich kam in Verruf, man legte mir nahe, den diplomatischen Dienst zu quittieren. Ich tat es. Und Suzanne ließ sich scheiden.«

Ich seufze. »Eine richtige tolle Liebesgeschichte. Und doch kein Happy-End.«
»Zunächst schon. Wir heirateten. Wir waren glücklich, jedenfalls eine Zeitlang. Aber ich hatte kein Geld. Und Suzanne war eine sehr verwöhnte, anspruchsvolle Frau. Liebe scheitert oft an den Verhältnissen, das ist bekannt. So war es auch bei uns. Von ihrem Vater bekam sie keinen Pfennig, er war viel zu wütend. Du mußt bedenken, die Familie war außerdem streng katholisch, eine Scheidung war eine Katastrophe. Ich habe meine Schwiegereltern nie kennengelernt, sie weigerten sich, mich zu empfangen. Das alles spielte sich vor nunmehr acht Jahren ab.«
»Länger ist es noch nicht her?«
»Nein.«
Vor acht Jahren hatte ich meine Ehe schon hinter mir. –
»Und dann?«
»Ja, dann«, Robert blickt zur Decke hinauf, er ist ernst, wie ich ihn gar nicht kenne, das alles ist für ihn durchaus noch nicht so Vergangenheit, wie ich gemeint habe – »dann wurde es schwierig. Da war vor allem Nathalie.«
»Suzannes Tochter.«
»Sehr richtig. Suzanne war nicht nur eine leidenschaftliche Frau, sie war auch eine leidenschaftliche Mutter. Und die Tatsache, daß man ihr Nathalie zunächst vorenthielt, ihrem Einfluß entzog, sie nicht zu ihr ließ, machte sie halb wahnsinnig. Es überschattete unser Zusammenleben, daß sie ihre Tochter nicht bei sich haben konnte. Nathalie war damals zwölf. Sie kam in ein Internat in die Schweiz, und Suzanne war ständig auf Reisen zwischen Paris und Lausanne, um Nathalie heimlich zu sehen und zu treffen. Das alles mußte finanziert werden, ihre Reisen, unser Leben in

Paris, das auch damals schon nicht billig war. Ich hatte von meinem Vater nicht viel geerbt, woher auch. Von meinem Großvater hier bekam ich ab und zu eine kleine Hilfe, obwohl natürlich auch er mein Leben sehr mißbilligte. Als es gar nicht mehr weiterging, kamen wir hierher.«

»Nach Waldhofen?«

»Ja. Und das war der Anfang vom Ende. Suzanne konnte hier nicht leben. Man machte es ihr auch nicht leicht. Betrachtete die Familie in Bordeaux mich als das Verhängnis in Suzannes Leben, so sah meine Familie in Waldhofen Suzanne als meinen bösen Geist an.«

»Schwester Melanie und die Tanten!«

»Sehr richtig. Mein Großvater, einer schönen Frau gegenüber aufgeschlossen, fand sich am ehesten damit ab. Leider starb er bald, meine Mutter lebte damals schon nicht mehr.

Suzanne blieb nicht hier, sie kam und ging, sie lebte in Paris bei Verwandten, sie wurde immer rastloser, immer unzufriedener. Und unsere Liebe wurde dabei zerstört.«

»Du bist sehr unglücklich darüber?«

»Heute nicht mehr. Es ist vorbei. – Schließlich kehrte sie ganz nach Paris zurück. Sie wollte hier nicht bleiben. Sie haßte Waldhofen. Der Botschafter, der nun auch etwas milder dachte, wurde großzügiger, was Nathalie betraf, sie konnte das Mädchen öfter sehen, wir trafen Nathalie gemeinsam. Im Gegensatz zu Suzanne kam Nathalie gern nach Waldhofen, machte hier Ferien, ritt mit mir – sie reitet sehr gut – und freundete sich überhaupt mit mir an. Sie war natürlich auch sehr hin- und hergerissen worden und suchte die Freundschaft eines neutralen Dritten, und das war ich. Wir verstanden uns immer besser.«

»Sie ist reizend. Ich habe sie ja gesehen.«

»Ja. Sie ist ein liebenswertes Kind. Und sehr gescheit. Sie wird heute schon sehr gut allein fertig. Und kürzlich, als sie hier war, erzählte sie mir, daß sie sich in England demnächst verloben wird. Sie macht eine gute Partie. Um sie braucht man sich jedenfalls in nächster Zeit keine Sorgen mehr zu machen.«

»Und wie ging es weiter mit Suzanne und dir?«

»Eigentlich gar nicht. Der Höhepunkt war überschritten, die jahrelangen Kämpfe, erst daß wir zusammenkamen, dann wegen Nathalie und schließlich die Existenzsorgen, hatten uns zermürbt, hatten vor allen Dingen unsere Gefühle verbraucht. So ist es nun mal eben. Liebe ist eine empfindliche Pflanze. Sie kann zwar im Sturm erblühen. Aber sie welkt dann auch sehr schnell. Um zu gedeihen, braucht sie ein ruhiges Klima.«

Das hat er hübsch gesagt. Ich werde es mir merken. Nicht zu stürmisch, Vera! Was braucht ein Mann, um glücklich zu sein? Zärtlichkeit, Liebe, Wärme. – Letzten Endes dasselbe, was eine Frau auch braucht.

»Als ich damals in Mittelamerika war und angeödet von Kopf bis Fuß, hatte ich angefangen zu schreiben. Mehr zu meiner eigenen Unterhaltung. Ich nahm das selbst gar nicht so ernst. Geschichte hat mich immer interessiert, ich hatte mich während meiner Studienzeit sehr intensiv damit beschäftigt. Auch dazu inspiriert von meinem Vater. Ich ließ das Manuskript liegen, und erst später, als ich finanzielle Sorgen hatte, bot ich es einmal, ohne eine Hoffnung zu haben, einem Verleger an, und zu meinem größten Erstaunen wurde es angenommen, gedruckt und sogar verkauft. Und damit begann für mich ein neues Leben.«

Tom neben mir reckt sich und streckt sich. Er hat zunächst einmal ausgeschlafen, steigt auf die Bettdecke und sieht uns fragend an. Frühstück wäre ihm recht. Auch Xaver springt vom Bett, er möchte den Tag beginnen.

»Das Leben eines Schriftstellers«, fährt Robert fort, »hat mich immer gereizt. Die Ungebundenheit, die Freiheit. Und die Zurückgezogenheit, die man sich leisten kann. Ich hatte die ganze Welt ziemlich satt. Es interessierte mich alles nicht mehr, was sie mir zu bieten hatte. Auch von den Frauen hatte ich genug. Ich wollte hier leben, in Waldhofen, in Großvaters Haus, mit meinen Tieren und sonst möglichst allein. Ich wollte schreiben, und wieviel Geld ich damit verdienen würde, war mir gar nicht so wichtig.«

»Von den Frauen hattest du auch genug?«

»Ja. Wenn man einige Zeit lang Suzannes Leben geteilt hat, war das nicht so verwunderlich. Ich wollte allein sein und sagte ihr das. Und du wirst lachen, sie verstand es sogar. Das rechne ich ihr hoch an.«

»Und heute? Wie stehst du heute zu den Frauen?«

»Nun, das ist so. Mit der Zeit merkte ich, daß es ganz ohne Frau auch nicht richtig ist. Und jetzt habe ich eine funkelnagelneue Frau, die mir gut gefällt. Und mit der ich allerhand anfangen kann.«

Er könnte ja sagen, daß er sie liebt, diese neue Frau. Aber das sagt dieses Biest nicht. Oh, wie ist er vorsichtig! – Na warte, ich werde hier nicht liegen- und sitzenbleiben und darauf warten, was du mit mir anfängst. Ich werde mein Leben weiterleben, sehr strebsam, sehr zielbewußt, nun gerade, und wenn du diese neue Frau ernsthaft haben willst, dann wirst du dich ein bißchen anstrengen müssen, mein Lieber! Du hast mich zwar sehr leicht bekommen, du kamst gerade im richtigen Moment in mein Leben, das war es, aber nun wirst du dich bemühen müssen.

Ich *werde* nach Amerika fahren.

»Ah ja, ist das so?« frage ich gedehnt.

»Das ist so«, sagt er selbstsicher und fängt an, mich zu liebkosen.

»Wir müssen aufstehen«, sage ich, »Hund und Katze müssen Frühstück haben, und unsere Pferde warten.«

»Wir können in einer halben Stunde auch noch aufstehen«, antwortet er mir. »Hund und Katze werden nicht verhungern, und die Pferde kommen auch noch zu ihrem Recht. Jetzt bist du erst mal dran.«

»Vielen Dank, es geht nichts über eine sorgfältige Einteilung des Lebens.«

»So ist es.«

Und natürlich stehe ich nicht gleich auf, und natürlich dauert es länger als eine halbe Stunde, weil wir uns so warm und zärtlich im Arm liegen, nachdem wir uns geliebt haben.

Beim Frühstück frage ich: »Und was macht Suzanne heute?«

»Sie lebt in Paris, und es geht ihr gut. Sie hat sich Gott sei Dank mit ihrem Vater versöhnt. Nathalie, die der Alte sehr liebt, war das Bindeglied. Er hat in den letzten Jahren Suzannes Lebensunterhalt gezahlt, und als er im vorigen Jahr starb, hat sie geerbt. Viel geerbt. Sie kann heute leben, wie es ihr beliebt. Und das tut sie wohl auch.«

»Das ist sehr angenehm für dich.«

»Das kann man wohl sagen. Ich habe mir vorgenommen, wenn ich demnächst nach Paris fahre, mit ihr über eine Scheidung zu sprechen. Das heißt, gesprochen haben wir

früher schon davon. Aber es war unmöglich, daß sie sich noch mal scheiden ließ, solange der Alte lebte. Vielleicht können wir nun zu einer Einigung kommen.«
Er sagt das ganz ruhig und sachlich, legt keinerlei Bedeutung in diese Worte. Und ich hüte mich, darauf einzugehen. Hüte mich, irgendeine törichte Hoffnung daran zu knüpfen.
Möchte ich ihn heiraten? Ihn schon, ja. Das kann ich mir selbst gegenüber nicht leugnen.
Ich war aufs Heiraten nicht scharf, all die Jahre nicht. Eine Ehe einzugehen, nur um verheiratet zu sein, das fand ich immer albern. Unter meinem Niveau. Anders natürlich, wenn der Richtige kommt.
Der berühmte Richtige. Es gibt ihn nämlich wirklich, das weiß ich nun.
Ich würde ihn heiraten. Aber es muß nicht sein. Es spielt im Grunde keine Rolle. Es ist mir wichtiger, ihn zu lieben. Und von ihm geliebt zu werden.

Ein unerwarteter Besuch

Ich antworte meinem Verleger noch an diesem Tag. Bedanke mich für sein nettes Schreiben und lasse ihn wissen, daß ich seine Anregung interessant fände und mich gern mit diesem Stoff befassen würde. Ob es ihm recht sei, wenn ich ihn in etwa vierzehn Tagen besuchen würde?
Vierzehn Tage – diese Frist habe ich mir gestellt. Diese Zeit schenke ich mir noch, auch wenn es Leichtsinn ist. Denn wenn das Buch bis zum nächsten Sommer fertig sein soll,

muß ich möglichst bald anfangen. Und eine Reise nach Amerika bedarf schließlich auch einiger Vorbereitungen. Mein Freund Ulrich fällt mir ein. Er lebt in Washington, ist Journalist. Er wird mir behilflich sein, wird mir zur Seite stehen in der fremden Welt. Auch ihm schreibe ich und teile ihm mit, daß er demnächst mit meinem Kommen rechnen könne.

So habe ich die Dinge also in Bewegung gesetzt, obwohl ich es eigentlich gar nicht will. Aber so ist das Leben nun mal. Man muß meistens etwas tun, was man nicht will. Ich muß mich darum kümmern, was aus mir wird, muß an meine Zukunft denken, muß vor allem Geld verdienen. Nur so kann ich Robert eine ebenbürtige Partnerin sein. Falls es zu einer Partnerschaft kommen wird. Denn was ist es bis jetzt anderes als eine kurze Ferienliebe, ein seliges Abenteuer, das genauso schnell beendet sein kann wie es begonnen hat. Das sage ich mir immer, das vergesse ich keine Minute. Ein Intermezzo, kann sein, mehr ist es nicht. Quartett im September. Zwei Menschen, die sich begegnet sind und für die eine kurze schöne Liebe vom blauen Herbsthimmel fiel. Zwei Pferde, die dazugehören. Die genaugenommen diejenigen waren, die diese Begegnung verursacht haben. Man muß so klug sein zu wissen, wieviel in einer Schachtel drin ist. Wenn man ein Viertelpfund Pralinen aufgegessen hat, und es war eine köstliche Mischung, dann hat man einen Genuß gehabt und soll sich dran erfreuen. Und nicht darum weinen, daß es kein Dauerpaket war, das ein Leben lang reicht. Das wäre Torheit.

So philosophiere ich über die Liebe, so rede ich mir selbst gut zu, so versuche ich vernünftig zu sein, so unbeschreiblich vernünftig, jede Stunde zu genießen, jede Minute, die

ich bei ihm bin, und dabei rasen diese Stunden, diese Minuten dahin, galoppieren wie durchgehende Pferde, und die Zeit, die uns bleibt, wird immer weniger.
Wird es eine Fortsetzung geben? Werden wir uns wiedersehen? Ich weiß nicht. Und ich frage nicht danach. Nicht ihn. Nur mich selbst, nur das Schicksal, nur die Götter, die es vielleicht wissen.
Ferdinand hat seit unserem Gespräch vor jenem Sonntag, an dem ich ihn auslud, nichts mehr hören lassen. Ist er beleidigt? Er nicht. Aber ich bin auch oft oder vielmehr meist abends nicht im Hotel, er kann mich ja gar nicht erreichen. Also rufe ich ihn eines Tages an, um ihm mitzuteilen, daß ich noch lebe und so um den siebenten Oktober zurückkehren würde nach München.
»Also doch«, sagt er.
»Was heißt also doch?« frage ich leicht gereizt.
»Nun, ich dachte, du kommst nicht mehr zurück.«
»Leider muß ich. So weit habe ich es noch nicht gebracht, daß ich mich auf dem Land zur Ruhe setzen könnte.«
Er lacht. »Das wäre auch das letzte, was ich mir von dir vorstellen könnte.«
»Wieso? Was ist daran so komisch?«
»Du auf dem Land! Vielleicht sogar in Waldhofen. Das gäbe eine Katastrophe.«
Vor ein paar Wochen hätte ich das auch gedacht. Was denke ich heute? So sicher bin ich nicht. Ob es mir auf die Dauer genügen würde, nur Waldhofener Pflaster zu treten? Aber schließlich, man kann reisen, nicht wahr? Und um zu arbeiten, falls die Arbeit darin besteht, Bücher zu schreiben, und um zu lieben, falls es Robert ist, wäre das Landleben sicher ein ganz passender Rahmen.

»Waldhofen ist sehr hübsch.«
»Gewiß. Und du offenbar immer noch verliebt.«
»Immer noch? Bist du verrückt? Ich war nie in meinem Leben so verliebt. Und mir bricht das Herz, wenn ich von hier fort muß.«
»Das kann ja heiter werden«, sagt der ahnungsvolle Ferdinand.
»Ich habe bloß nicht viel Zeit dazu, unglücklich zu sein. Ich muß nach Amerika.«
»Was mußt du?«
Ich erzähle ihm von meinen neuesten Plänen, und es beruhigt ihn sehr, daß so wichtige Geschäfte und so große Taten auf mich warten.
»Dann ist es ja gut. Dann wirst du ja bald wieder du selbst sein.«
»Das bin ich auch jetzt noch. Aber es ist trotzdem alles anders geworden«.
Das glaubt er nicht ganz, zuviel Affären hat er miterlebt, kommen und gehen sehen, um nun ausgerechnet dies so ernst zu nehmen.
»Würdest du so lieb sein«, sage ich noch, »im Stall vorbeizugehen und meine Rückkehr zu verkünden? Und den Transporteur mußt du anrufen, ob er Lorine so um den Siebenten, Achten herum holen kann.«
So. Nun ist es entschieden. Das Ende ist in Sicht. Ob es ein Ende für immer sein wird, das liegt an Robert. So weit ist München schließlich von Waldhofen nicht entfernt. Und er ist ja auch bisher manchmal nach München gefahren.
Die Zeit rast. Rast wie ein Sturmwind. Und die Ereignisse überstürzen sich. Zunächst bekomme ich nochmals Post. Eine Hamburger Wochenzeitschrift, deren Chefredakteur

ich kenne und dem ich geschrieben hatte, läßt mich wissen, daß sie eventuell an meiner Mitarbeit interessiert wären. Ich soll zu einer Rücksprache vorbeikommen. Sehr gut. Man hat mich nicht ganz vergessen.

Und dann wird mir ein wohlbekannter Job wieder angeboten.

Eines Nachmittags, als ich mich gerade fertig mache, um zu Robert zu gehen – ich habe versprochen einzukaufen, abends kochen wir selbst –, klingelt mein Telefon, ein Herr sei unten, der mich sprechen wolle. Ich denke natürlich zuerst, es ist Ferdinand, aber da es ein Wochentag ist, kommt mir das unwahrscheinlich vor. Er kann schließlich den Laden nicht einfach zusperren. Er hat zwar eine Hilfe, die stundenweise kommt. Kann es also doch sein.

»Wer ist es denn? Hat der Herr seinen Namen nicht gesagt? Wo ist er?«

»Er sitzt im Restaurant.«

»Ich komme gleich.«

Ich schlüpfe in Hosen und einen Pulli, die Zeit der Sommerkleider ist leider vorbei, fahre hinunter, und wen treffe ich im leeren Restaurant vor einer Tasse Kaffee? Gert.

»Wo kommst du denn her?«

Er steht auf, lächelt mich unbefangen an. »Tag, Vera. Das klingt nicht gerade sehr begeistert.«

»Das hast du von Ferdinand. Dieser Schwätzer!«

»Mitnichten, meine Teure. Er hat geschwiegen wie ein Grab über deinen Verbleib. Ich hab' es von der Sekretärin in eurem Reitstall.«

»Ach!«

»Bitte sehr. Ganz so doof, wie du vielleicht denkst, bin ich auch nicht. Ich finde es überhaupt albern, daß du so ein Geheimnis um diese Reise gemacht hast. Kein Mensch weiß, wo du abgeblieben bist. Was soll denn das?«

»Ich wollte meine Ruhe haben.«

»Na, die hast du ja nun gehabt, fünf Wochen lang. Da müßte sich ja ein Elefant erholt haben.«

»Ein Elefant? Wieso ein Elefant? Braucht ein Elefant besonders viel Erholung?«

»Das denke ich mir so. Es ist schließlich ein großes Tier.«

Das sind so typische Gespräche mit Gert. Blödeln konnten wir immer gut.

Ich setze mich zu ihm, bestelle mir auch einen Kaffee.

»Kognak dazu?« fragt er.

»Bitte. Einen Doppelten.«

»Ist dir mein Anblick so in die Glieder gefahren?«

»Dein Anblick läßt mich ziemlich kalt.«

»Das ist unfein, Vera.«

»Was?«

»So etwas zu sagen. Es kränkt mein männliches Selbstbewußtsein. Du hast immer darauf hingearbeitet, mich psychiaterreif zu machen.«

»Du kannst ja dein männliches Selbstbewußtsein anderswo aufbügeln lassen. Wo hast du denn deine neue Braut? Hast du sie nicht mitgebracht?«

»Ich habe sie wieder nach Hause geschickt zu ihrer Mami. Sie hat mich nervös gemacht.«

»Tut mir leid für dich, mein Lieber.«

»Tut dir gar nicht leid, sondern freut dich. Übrigens schaust du blendend aus.«

»Danke.«

»Na ja, fünf Wochen Urlaub, da muß man sich ja erholen. Und ich kann mich inzwischen totarbeiten.«

»Das wäre das erstemal.«
»Ich konnte mir überhaupt keinen Urlaub gönnen, nachdem du mich so schnöde verlassen hast.«
»Gleich fange ich an zu weinen. Ich hoffe, du hast dann wenigstens viel Geld verdient und mir meine ausstehenden Anteile auf mein Konto überwiesen.«
»Ich verstehe immer Bahnhof. Die Firma ist durch deine Fahnenflucht nahe der Pleite. Wer soll eigentlich die Arbeit machen?«
Ich lache schadenfroh. »Na, ich jedenfalls nicht mehr. Strengt ihr euch halt selber ein bißchen an.«
»Im Ernst, Vera, du mußt zurückkommen. Ich brauche dich. Ich habe tolle neue Aufträge. Ich habe den Unitan-Konzern bekommen. Was sagst du dazu?«
»Gratuliere.«
»Ja. Das kann man wohl. Weißt du, was da drinsteckt? Wenn wir die richtig bedienen, gehören wir zur ersten Garnitur. Die Schweizer habe ich übrigens inzwischen auch, die Textilfritzen.«
»Auch ein schöner Brocken.«
»Eben. Also, wie ist es? Wann kann ich mit dir rechnen?«
»Gert!« sage ich und schaue ihn an. Ich bin nun ernst, böse bin ich ihm nicht mehr, es ist alles so ganz und gar vorbei, berührt mich gar nicht mehr. Komisch, wie schnell so etwas gehen kann. Vier Jahre lang habe ich das Leben dieses Mannes geteilt, vier Jahre lang haben wir zusammen gedacht, geplant und auch Erfolg gehabt. Und nebenbei auch ein gemeinsames Privatleben gehabt. Ich brauche mich dessen nicht zu schämen, er ist ein intelligenter, geschickter Bursche, er hat Einfälle und Schwung, er sieht gut aus, ist schmal, blond, sehr lebhaft, genauso alt wie ich und hat

sicher noch eine beachtliche Zukunft vor sich. Denn er hat den richtigen Beruf und versteht seine Arbeit gut zu verkaufen.

Wenn ich bei ihm bliebe, wenn ich wieder mit ihm arbeiten würde, hätte ich vermutlich keine Existenzsorgen. Ich würde einen vernünftigen Vertrag mit ihm machen, wäre Teilhaber der Firma, Aufträge sind da, Einfälle habe ich immer gehabt, wir würden vermutlich viel Geld verdienen. Und es ist durchaus nicht nötig, daß sich unsere private Beziehung wieder etabliert. Wir könnten Geschäftspartner sein, nichts sonst.

»Wie hast du dir das vorgestellt?« frage ich.

Er kommt sogleich in Schwung, geht auf wie ein Primeltopf, weil er meint, ich bin ansprechbar. Hält mir einen langen Vortrag über unsere zukünftige Arbeit. Wie er sich das alles vorstellt, was wir demnächst und was wir danach tun werden und tun müssen.

»Nun?« fragt er schließlich.

»Klingt alles gar nicht schlecht. Aber entschuldige mich bitte einen Moment, ich muß eben mal schnell telefonieren. Bestell mir bitte einen Whisky.«

Ich stehe auf und gehe, er bleibt etwas verdutzt sitzen, daß ich so plötzlich verschwinde und nichts weiter zu seinen Plänen sage. Aber ich muß schnell Robert anrufen. Er wartet auf mich.

»Ich kann jetzt nicht kommen, ich habe Besuch hier.«

»Besuch?«

»Ja.« – Er fragt nicht, wer, und ich sage es nicht.

»Ich hoffe, daß ich ihn bald wieder losbekomme. Aber ich weiß noch nicht, wann. Das Dumme ist nur, ich habe nicht eingekauft.«

»Das macht nichts. Das kann ich noch tun, es ist erst fünf Uhr. Meinst du, du wirst abends kommen können?«
»Auf jeden Fall. Wenn er nicht geht, lasse ich ihn hier sitzen.«
»Ist es ein Er?« fragt er nun doch.
»Ja. Ein alter Bekannter.«
»Ah so!«
Irgendwas muß ich noch sagen. »Er will mir einen Job anbieten.«
»Das ist nun schon der dritte. Ich würde sagen, du bist sehr begehrt.«
»Ja, nicht wahr? Irgendwie beruhigend, daß ich demnächst noch nicht verhungern muß.« – Ich lache ein wenig nervös. Hört er die Unsicherheit in meiner Stimme? Ich habe ihm von Gert nicht viel erzählt. Nur ziemlich flüchtig über die gemeinsame Arbeit, das gemeinsame Leben dabei nur angedeutet. Männer sind komisch in diesen Dingen. Sie hören nicht gern von ihren Vorgängern.
»Auf Wiedersehen, Robert, ich schaue, daß ich bald kommen kann. Und ich liebe dich.«
Das habe ich noch nie so deutlich gesagt. Er nimmt es ohne Kommentar entgegen. Über den Draht huscht eine kleine Fremdheit. Eine kleine Störung.
»Bis nachher dann«, sagt er.
Der andere fragt: »Wen hast du angerufen?«
»Jemand, mit dem ich jetzt verabredet war. Ich habe gesagt, daß ich später komme.«
»Später? Ich dachte, wir essen zusammen zu Abend.«
»Tut mir leid, Gert. Das geht nicht.«
»Ein Mann?«
»Ja.«

»Du betrügst mich?« fragt er maßlos überrascht.
Ich muß lachen. »Du bist gut. Was hast du denn gedacht? Bin ich Solveig?«
»Das sind ja tolle Sachen. Deswegen verschwindest du in diesem Kaff. Ich habe mich gleich gewundert, was du hier tust. Vera in so einem ulkigen kleinen Kurort, das kann ja wohl nicht wahr sein. Was hast du denn da für einen Knülch aufgetan, der dich hierher verschleppt? Muß aber eine bescheidene Kragenweite sein.«
»Mach dir bloß um mein Privatleben keine Sorgen.«
»Ich bin außer mir. Wo ist denn der Kerl? Hier im Hotel?«
»Geht dich das was an?«
»Und ob mich das was angeht. Wen denn sonst, wenn nicht mich?«
»Da bist du in einem Irrtum, mein Lieber. Dich am allerwenigsten, darüber wollen wir uns doch mal klarwerden.«
Wir sehen uns gerade in die Augen. Rede und Gegenrede gehen rasch hin und her, ping, pong, so war es immer bei uns. Ich fühle mich stark. Und irgendwie tut mir das natürlich gut. Immerhin hat er mich betrogen.
»Vera!« sagt er mit Nachdruck. »Alles, was ich dir gesagt habe, meine ich verdammt ernst. Ich möchte, daß du zurückkommst. Und zwar in jeder Beziehung.«
»Gert«, sage ich mit dem gleichen Nachdruck, »mach dir keine Hoffnungen. Ich werde nicht zurückkommen. Weder in dieser noch in jener Beziehung.«
»Das kann nicht dein Ernst sein.«
»Doch. Ist es.«
»Was ist das für ein Kerl?«
»Es ist kein Kerl, sondern ein Mann, den ich liebe. Ziemlich sehr sogar. Und beruflich habe ich auch andere Pläne.«

»Andere Pläne? Was denn?«
»Ich werde wieder schreiben.«
»Ach, du liebe Güte!« Er lacht spöttisch. »Du mit deinen Ansprüchen! Hast du schon jemand gesehen, der vom Schreiben leben kann?«
»Das gibt es.«
»Nicht, wenn er so viel Geld braucht wie du. Du hast so frisch und fröhlich jeden Monat deine dreitausend Mark verbuttert, das weißt du ja.«
»Das ist übertrieben. Aber sei es auch so. Werde ich eben in Zukunft zweitausend haben.«
»Vom Schreiben? Vom Bücherschreiben etwa? Da lachen ja die Hühner.«
»Wait and see. Vielleicht nicht gleich. Aber nach und nach.«
»Na, viel Spaß. Der Herr muß viel Geld haben.«
»Red nicht so dumm daher. Ich habe noch nie von einem Mann Geld gebraucht.«
In dieser Weise reden wir noch eine Weile weiter. Und fast wird ein Streit daraus, ich werde scharf, er böse. Er will wissen, wer der Mann ist, ich sage darüber natürlich nichts. Wir trinken Whisky, ziemlich viel und schnell, die ersten Abendgäste kommen ins Lokal.
Er fängt wieder von seinen Plänen an, ich sage, daß mich die nicht mehr interessieren.
Feindselig starren wir uns schließlich an.
Nein, so soll es nicht sein. Ich beherrsche mich.
»Bitte, Gert, wir wollen nicht streiten. Nicht mehr. Es ist alles vorbei. Und wir könnten so etwas Ähnliches wie Freunde bleiben. Ich komme nicht zurück. Und jetzt bin ich dafür, du ißt etwas. Du kannst so nicht fahren.«
»Ich bin nicht blau.«

»Nein. Natürlich nicht, aber es ist besser nach dem vielen Whisky.«
Er bockt wie ein kleiner Junge. Ich bestelle einfach eine kalte Platte für ihn, mache ihm die Brote zurecht. Fast habe ich mütterliche Gefühle. Kein Zorn mehr, kein Haß. Und ich will wirklich sein Freund bleiben, wenn er es will. Ich bin ja glücklich, ich liebe, ich kann leicht großzügig sein.
»Warum ißt du nichts?«
»Ich bin zum Abendessen verabredet.«
»Ich werde diesen Kerl umbringen.«
»Das wirst du nicht. Ich habe deine Freundin auch nicht umgebracht.«
»Das ist etwas anderes.«
»Ach nein?«
»Du gehörst zu mir, Vera.«
»Nicht mehr.«
»Du liebst diesen Kerl wirklich?«
»Ich liebe ihn.«
»Einer, der mit dir in so ein Nest wie dieses Waldhofen fährt?«
»Waldhofen ist reizend. Mir gefällt es hier.«
»Dann mußt du wirklich verliebt sein«, sagt er und ist auf einmal traurig.
Nur mit Mühe kann ich ihn daran hindern, weiter zu trinken. Und nur mit Mühe gelingt es mir, ihn endlich zu seinem Wagen zu bringen. Es ist bereits halb acht.
Wie er einsteigt, tut er mir fast leid. Vier Jahre kann man so leicht auch nicht auslöschen.
»Versprich mir, daß du es dir noch einmal überlegen wirst.«

»Also gut«, sage ich – bloß damit er endlich abfährt, »ich werd's mir überlegen.«
Ich sehe dem Wagen nach. Er tut mir leid, ja. Er wird nie mehr eine Frau wie mich bekommen. So eingebildet bin ich, das zu wissen. Ich gehe hinauf in mein Zimmer, putze mir die Zähne, denn ich habe sicher eine Fahne, mache ein bißchen Make-up und ziehe mir ein Kleid an. Ein hübsches Kleid, rote Seide, das Robert noch nicht kennt. Es ist gleich acht Uhr. Bis ich dort bin, wird es fast halb neun sein. Ich habe das dunkle Gefühl, es wird Schwierigkeiten geben.

Und der erste Streit

Ich täusche mich nicht. Robert ist keiner, der gern wartet. Er hat schmale Augen und sein verschlossenes Herrengesicht. Er küßt mich nicht zur Begrüßung. Er macht mir auch keinen Vorwurf – und das ist schlimmer.
Das Essen ist fertig. Irgend etwas Mexikanisches hat er gekocht, mit Huhnfleisch und Hummer, sehr scharf ist es und sehr gut. Wir essen ziemlich schweigend, ich trinke rasch ein paar Gläser Wein. Seine unbeteiligte Höflichkeit macht mich unsicher. Eine gute Woche haben wir noch. Neun kümmerliche Tage. Er soll nicht verärgert über mich sein, ich liebe ihn doch, ich habe es doch heute abend dem anderen deutlich gesagt. Ich bin nun auch traurig. Und ganz verzagt. So allein bin ich auf der Welt, alles ist unsicher, auch dieser Mann hier, der mir so viel bedeutet und den ich kaum kenne und den ich so bald verlassen muß. Und was wird aus mir werden. Vom Schreiben leben ist

nicht so einfach. Und alles muß ich allein schaffen. Ich möchte so gern eine Schulter haben, an die ich mich ein wenig stützen kann.

Nicht irgendeine. Seine Schulter.

Ich will ihm helfen, das Geschirr hinaustragen.

»Bitte, laß es«, sagt er höflich-kalt, »bleib sitzen. Ich mache es allein.«

Sonst durfte ich ihm immer helfen. Ich lege mich auf das Sofa und mache die Augen zu. Xaver sitzt vor mir. Er hat gemerkt, daß ich traurig bin.

Robert kommt zurück.

»Zigarette?« fragt er.

»Ich bin traurig.«

»Warum?«

»Du bist nicht lieb zu mir.«

Und plötzlich ist er bei mir am Sofa, faßt mich ziemlich heftig an den Armen, zieht mich hoch und fragt, laut und böse: »Wer war bei dir heute nachmittag?«

Oh, alle guten Geister der Liebe! Aphrodite, holde Göttin, ich danke dir! Er ist eifersüchtig! Das ist wunderbar! Das ist herrlich! – Das ist zu schön, um wahr zu sein.

Ich bin nicht mehr traurig.

»Hab' ich dir doch gesagt. Ein Bekannter.«

»Es war der Mann, mit dem du bisher gelebt hast, nicht wahr?«

»Wie kommst du darauf?«

Jetzt schüttelt er mich sogar. »Gib mir Antwort! Ist es wahr?«

Ich mache ein Kindergesicht. Große unschuldige Augen, ein wenig angstvolles Beben um die Lippen. Oh! Was wird er mit mir anfangen? Es ist herrlich!

»Ja. Er war da.«

Er läßt mich so plötzlich los, daß ich mit einem Plumps auf das Sofa zurückfalle. Geht weit von mir weg. Zündet sich eine Zigarette an. Betrachtet mich mit kalten Augen. Ach, wie ist er süß!

Das erstemal, daß ich Oberwasser habe.

»Wie hast du das gewußt?«

»Was wollte er von dir?«

»Oh, nichts weiter Ich soll zu ihm zurückkommen. Soll wieder mit in der Firma arbeiten. Und überhaupt.«

»Und warum bist du nicht gleich mitgefahren?«

»Robert!«

Liebe ohne Eifersucht ist ein alter Hut. Also ein bißchen liebt er mich doch. Und diese kühle Maske, die er da so vor sich herträgt, ist eben doch nicht echt. Ich habe es bisher an seiner Liebe gemerkt. Nun merke ich es an seiner Eifersucht.

Tom kommt. Klettert mir auf den Bauch, schnurrt, ich fange an mit ihm zu spielen. Ich finde das Leben großartig.

»Du bist sehr häßlich zu mir«, sage ich mit Schmollmund.

»Ich kann doch nichts dafür, daß er plötzlich hier ankommt. Er wußte gar nicht, daß ich hier bin. Ich hab's ihm nicht gesagt.«

»Und wieso kam er dann?«

»Er war im Stall in München und hat sich dort erkundigt, wo ich bin. Schließlich kann ich dort im Büro nicht den Auftrag geben, man soll meinen verflossenen Liebhabern keine Auskunft über meinen Verbleib geben.«

Das war frech und war vielleicht auch ein wenig zu viel. Ich bekomme auch gleich die richtige Antwort darauf.

Kalt, mit schmalen Lippen, sagt er: »Der Andrang wäre vermutlich auch zu groß.«
Nun muß ich wohl ein bißchen die Beleidigte spielen. Ich richte mich auf, sage mit Würde: »Bitte überleg dir ein wenig, was du redest.«
Kein Zweifel, wir streiten. Wir haben unseren ersten Streit. So etwas muß man auskosten. Ich sitze nun sehr gerade auf dem Sofa, Tom hat sich etwas beklommen hinter meinen Rücken verkrochen. Xaver sitzt mit unglücklichem Gesicht zwischen uns auf dem Teppich, schaut von einem zum anderen. Fehlen nur noch die Pferde. Was die wohl tun würden?
»Ich wundere mich, daß du überhaupt gekommen bist. Du hättest ruhig bleiben können. Sicher wartet er doch im Hotel auf dich.«
Er ist richtig primitiv eifersüchtig. Hätte ich das in ihm vermutet? Offengestanden nicht. Ich habe ihn nie so sehr geliebt wie in diesem Moment. Wenn ich ihn noch ein bißchen reize, verhaut er mich glatt.
Soll ich noch ein bißchen frecher sein? Besser nicht. Aber da sage ich schon, und eigentlich will ich es gar nicht, es ist reine Lust an der Freud', – ich sage: »Na und? Würde dir das was ausmachen?«
Mit zwei Schritten ist er bei mir, ich ducke mich erschreckt, er sieht fast wirklich so aus, als täte er mir was. Steht da vor mir, seine Augen sind nicht mehr blau, ganz hell und kalt sind sie und funkeln böse, und er sagt: »Laß dich nicht aufhalten.«
Zeit, daß ich umschalte. Ich lächle ihn zaghaft an, weiche Stimme: »Robert, Liebling! Sei doch nicht so dumm. Er ist wieder gefahren. Ich habe ihn weggeschickt.«

Ich fasse nach seiner Hand, er zieht sie zurück, als sei ich giftig, geht fort von mir.
Ich stehe auf und gehe ihm nach.
»Bitte! Sei nicht so häßlich zu mir. Es ist wirklich kein Grund vorhanden, ich erzähl' dir alles, wenn du willst.«
»Es interessiert mich nicht«, sagt er eisig. Unlogisch wie eine Frau kann er also auch sein.
Jetzt werde ich wütend. Stampfe mit dem Fuß auf. »Doch interessiert es dich, sonst wärst du nicht so eklig zu mir. Und nun gehe ich wirklich.«
Ich gehe aber nur bis zum nächsten Stuhl, lasse mich darauf fallen und weine ein bißchen. Nach weinen war mir heute schon lange zumute. Nicht viel, das macht zu häßlich. Aber ein bißchen tut gut. Xaver kommt mit den Pfoten auf meine Knie. Tom kommt auf die Lehne. Und dann kommt er endlich auch. Hebt mich hoch, setzt sich in den Sessel und mich auf seinen Schoß. Ich weine noch ein wenig an seiner Schulter, gut, daß ich die wasserfeste Wimperntusche genommen habe.
Ach, wie ist es gut, ihn zu spüren, ich halte ihn fest, schmiege mich dicht an ihn, er sagt erst nichts, tut auch nichts, aber dann küßt er meine Schläfe.
»Hör auf zu weinen!«
Noch ein paar Schluchzer, er beginnt mich zu streicheln, seine Hände sind warm und fest, ich liebe seine Hände, ich liebe alles an ihm von Kopf bis Fuß.
Er hebt mein Gesicht hoch, küßt mir die Tränen fort, küßt mich auf den Mund.
»Schau mich nicht an«, sage ich und halte die Augen fest geschlossen. Dann mache ich mich frei von ihm, wenn es auch schwerfällt, und stehe auf. Nehme mir eine Zigarette,

mache alle Lichter aus bis auf eine kleine Stehlampe. Ist besser so, verweint ist man kein ansprechender Anblick.
Er kommt mir nach, gibt mir Feuer, fragt: »Noch einen Schluck Wein?«
»Ja, bitte.«
Er gießt ein, gibt mir das Glas in die Hand, sagt: »Entschuldige bitte.«
»Du mußt nicht so häßlich zu mir sein. Ich wollte dir ja alles erzählen. Ich konnte wirklich nichts dafür, daß er hier ankam. Und schließlich kann ich ihn ja nicht vor dem Hotel stehen lassen. Oder?«
»Und was will er von dir?«
»Ich hab' dir's ja gesagt. Ich soll zu ihm zurückkehren. Und wieder mit ihm zusammen arbeiten. Er hat neue Aufträge, und er braucht mich.«
»Und was hast du gesagt?«
»Daß ich nicht will und nicht kann. Daß ich anderes vorhabe. Und daß ich ...«
»Daß du?«
Immer noch die Stimme eines Inquisitors!
»Daß ich einen anderen Mann liebe.«
»Hat ihn nicht sehr überrascht, wie? Das ist er gewöhnt, daß du dich öfter mal verliebst.«
»Robert, wenn du jetzt nicht aufhörst, gehe ich wirklich.«
Nein. So schnell beruhigt er sich nicht. Eine Weile geht es noch so hin und her, wir trinken dabei eine zweite Flasche Wein und rauchen mehrere Zigaretten. Nach und nach vergeht mir die Lust an dem Streit, ich werde der Sache müde, ich rede jetzt seit nachmittags um vier, erst mit dem einen, dann mit dem anderen. Ich will jetzt endlich gut behandelt sein. Ich lege die Arme um seinen Hals, flüstere sehr weich

und hilflos: »Bitte, sei ein bißchen lieb zu mir. Du machst mich ganz unglücklich.«
Er legt seine Arme so fest um mich, daß mir fast die Luft ausgeht. »Vera, ich kann es nicht ertragen ...«
»Nein, ich weiß. Ich soll keine anderen Götter haben neben dir. Hab' ich auch nicht. Brauch' ich auch nicht. Soll ich nun nach Hause gehen?«
»Nein, geh ins Bett.«
Na endlich! Es ist elf. Höchste Zeit, ins Bett zu gehen. Ich muß mich heute, wohl zur Strafe, allein ausziehen. Er läßt sich Zeit. Es dauert eine ganze Weile, bis er kommt. Wir drei, Xaver, Tom und ich, haben uns schon häuslich eingerichtet. Aber dann kommt er, scheucht die beiden Tiere ziemlich barsch weg, und dann komme ich dran. Ein bißchen gewalttätig ist seine Liebe heute, ich werde morgen ein paar blaue Flecken haben. Wunderbar ist das! Nein, ich kenne diesen Mann noch lange nicht.
Der dichtende Historiker in seiner Klause, der elegante Herrenreiter, der charmante Kavalier, der zärtliche Liebhaber, der aufmerksame Gastgeber – und plötzlich so ein richtiges gefährliches Stück Mann, bei dem man nur noch stillhalten kann und ein paar Schmerzenslaute von sich geben muß und nicht viel Rücksichtnahme zu erwarten hat.
Nachher sage ich gar nichts mehr. Liege ganz still in seinem Arm und schlafe bald reichlich erschöpft ein.
Ein aufregender Tag war das. Und da sagt dieser Gert, in Waldhofen sei nichts los. Der hat eine Ahnung!

Am nächsten Morgen beim Frühstück muß ich die ganze Gert-Geschichte erzählen, von Anfang bis Ende. Er will das wissen. Bisher habe ich nicht viel davon gesprochen. Einzig von René und meiner mißglückten Ehe habe ich mal ausführlich berichtet.

Jetzt will er also alles über Gert erfahren, seit wann ich ihn kenne, warum ich mich mit ihm liiert habe, was das war mit der Firma und so weiter. Er sitzt mir gegenüber mit ziemlich strengem Blick und gibt nicht eher Ruhe, bis er genau Bescheid weiß.

»Mein lieber Freund«, sage ich, »du bist ein ganz schöner Tyrann.«

»Ich teile eine Frau nicht mit einem anderen.«

»Davon kann doch gar keine Rede sein. Was soll denn der Unsinn. Ich bin längst mit Gert fertig, ich habe ihn seit vergangenem April nicht mehr gesehen. Und daß er hier ankam, war für mich eine große Überraschung. Ich hab' gesagt, no, nichts geht mehr und damit aus. Und nun langt es mir aber, ich will nichts mehr davon hören.«

Einigermaßen befriedet brechen wir auf zum Stall. Das heißt, ich muß erst ins Hotel, um meinen Reitdreß anzuziehen. Was die von mir denken, weiß ich auch nicht. Ist mir aber ziemlich egal.

Im Stall verkündet mir Friedrich, bei Lorine sei ein Eisen locker. Dumm! Ich dachte, wir kämen für den Rest der Zeit noch hin.

»Macht nichts«, meint Robert, »reiten wir zum Schmied.«

Wir reiten los, langsam, damit Lorines Eisen nicht ganz abgeht. Zuerst nach Südosten, so, als wenn es zur Marei ginge, aber dann biegen wir scharf nach Osten ab, auf den Fluß zu, bei dem wir schon einige Male waren.

Es ist nun doch schon sehr herbstlich. Die Felder längst alle leer, zum Teil schon wieder umgepflügt. Über den Wiesen hängt manchmal morgens ein bißchen Nebel. Der Himmel ist heller geworden, die Luft schärfer, und hier und da beginnt sich das Laub zu färben.

Der Sommer ist endgültig vorbei. Der Oktober beginnt übermorgen.

»Bist du eigentlich ein Waagemann?« frage ich.

»Wie kommst du darauf?« fragt er überrascht zurück.

»Ich finde, du müßtest einer sein.«

»Du hast recht.«

»Siehst du! Robert, dann hast du bald Geburtstag.«

»Anfang Oktober.«

»Wie schön! Dann können wir noch zusammen feiern. Was soll ich dir schenken?«

»Ich werd' es dir sagen, wenn es soweit ist.«

»Ich bin ein Zwilling. Das paßt gut zu Waagemännern.«

»Es scheint so.«

Im Walde ist es still, dünne Fäden hängen zwischen den Zweigen, legen sich einem ins Gesicht. Durch die Baumwipfel sickert schräg die Sonne. Die letzten Septembertage, Abschiedszeit, Melancholie schwebt in der Luft.

Wie werde ich es nur ertragen, von ihm getrennt zu sein? Nein, man soll nicht lieben. Man soll nicht. Wie angenehm und friedlich lebt es sich mit einem ruhigen Herzen. Auch wenn es ein wenig leer ist und wenn die Leere manchmal Unbehagen verursacht ... immer noch besser als dieses Abschiednehmen.

Ja, ich habe begonnen, Abschied zu nehmen, eine Woche ist

es noch, sieben Tage bleiben, sieben klägliche kümmerliche Tage. Und es war zu wenig, es war einfach zu wenig.
Warum kann man die Zeit nicht anhalten? Nicht eine Minute, nicht eine Sekunde kann man festhalten. Nicht wenn man glücklich ist, hält man sie; und kann sie nicht rasch verscheuchen, wenn man unglücklich ist. So vieles hat der Mensch erreicht und geschaffen. So vieles wird er noch erreichen und schaffen. Eines Tages wird der Weltraum ihm eine wohlbekannte Landschaft sein, wird er Krankheit, Alter und Hunger besiegt haben, wird er die Kräfte der Natur zu seinen Sklaven gemacht haben. Aber nie, nie wird es ihm gelingen, die Zeit zu besiegen. Nie wird eine Minute länger dauern als sechzig Sekunden. Und eine Sekunde wird ewig eines Herzschlags Länge währen.
O Gewalt, dort hinter dem blaßblauen Himmel, unenthüllbares Geheimnis hinter den Bergen und Wäldern und Meeren, du Wesen, das wir Gott nennen und das uns ewig verborgen bleiben wird, unantastbar, ungreifbar wie die Zeit und der Tod, wird es eine Stunde geben, jenseits dieses Himmels, dieser Berge, Wälder und Meere, da wir dich doch erkennen, doch erfassen? Wird dann die Zeit stillstehen? Wird dann das einzige Ding, das fähig ist, dich zu suchen und zu finden, des Menschen Herz, das du geschaffen hast, wird das dann sein Ziel erreicht haben?
Wir halten am Waldrand, vor uns eine weite Ebene, drüben im Osten das Dorf mit seinem spitzen Kirchturm. Lorine hat den Kopf gehoben, ihre Nüstern sind weit geöffnet. Ich lege meine offene Hand auf ihren warmen Hals, fühle in jeder Fingerspitze ihr seidiges Fell.
Dann merke ich, daß Robert mich ansieht. Ich wende den Kopf zu ihm.

»Du bist so nachdenklich«, sagt er.
»Ich habe auch nachgedacht.«
»Worüber?«
»Ach, über alles. Vor allem über die Zeit. Warum man sie nicht anhalten kann.«
»Nein, mein Liebling, das kann man nicht.«
»Alles geht vorbei. Das ganze Leben ist einmal vorbei. Und dieser September geht zu Ende. Oh, ich bin so traurig.«
Seine Hand kommt, legt sich auf meine. Die Pferde drehen die Köpfe zueinander, sie stehen reglos, sie empfinden mit uns.
»Du sollst nicht traurig sein. Es ist kein Ende, Vera.«
»Nein? Bestimmt nicht?«
»Nein. Soweit es mich betrifft: nein.«
Wie schön, daß er das sagt. Er hat es bisher noch nie gesagt.
»Dann bin ich nicht mehr traurig. Kennst du die schöne Stelle aus dem ›Rosenkavalier‹ im ersten Akt? Die Marschallin singt es: Die Zeit, das ist ein sonderbar Ding...‹ Und später heißt es: ›Halten und lassen mit leichten Händen...‹ Ich will es versuchen. Ich habe immer gedacht, ich kann es. Aber jetzt fällt es mir zum erstenmal schwer.«
»Ich hab' die Platte da. Wir werden sie heute nachmittag spielen.«
Wir haben viel Musik gemacht. Er liebt Musik genau wie ich.
Wir haben überhaupt vieles gemeinsam, es ist noch nicht alles entdeckt, und das ist ja auch wieder gut so.
»Wirst du mich besuchen in München?«
»Natürlich. Und wenn du aus Amerika zurückkommst, hole ich dich ab. Ich werde auf dem Flugplatz sein. Falls du es dann noch willst.«

»Ich will es. Ich kann es dir heute schon sagen. Ich werde es immer wollen.«

Immer! Immer, sage ich. Und ich bin gewiß, zum erstenmal in meinem Leben gewiß, daß ich es meine.

Lorine geht nun schon brav und ohne Zögern auf die Dorfstraße. Sie hat viel gelernt in diesen Wochen. Genau wie ich. Ulkig, fast muß ich lachen, aber es ist bei ihr ähnlich wie bei mir. Der ruhige souveräne Tim hat einen erfreulichen Einfluß auf die nervöse ängstliche Stute gehabt.

Ein Schmied, das ist ein honoriger Mann. Ein Mann mit einem großartigen Beruf. Angesehen und voll Würde in allen Zeiten. Schon die alten Griechen hatten einen Extragott für diese Zunft. Hephaistos, der Gott der Schmiede. Und bei den alten Germanen war, glaube ich, Odin persönlich der Schirmherr. Leider ist es ein aussterbender Beruf. Es gibt nicht mehr viel Schmiede, wir Reiter wissen ein Lied davon zu singen. Hat man einen, der sein Handwerk versteht, so hält man ihn hoch in Ehren. Denn es gehört Fingerspitzengefühl, eine sichere Hand und viel Erfahrung dazu, ein Pferd kunstgerecht zu beschlagen.

Der Schmied in diesem Dorf ist ein netter sympathischer Mann, der uns freundlich begrüßt. Er kennt Robert natürlich und tätschelt Tim sogleich den Hals. Die Schmiede selbst ist keine Schmiede mehr, sondern eine Reparaturwerkstatt hinter einer Tankstelle. Aber ein Schmiedeofen ist noch da.

Lorine, die sich nur mißtrauisch genähert hat, braucht ein bißchen Zureden, bis sie sich an den Traktoren vorbei, die hier zur Reparatur stehen, hineinführen läßt. Aber dann benimmt sie sich musterhaft. Sie macht nie Schwierigkeiten beim Beschlagen, sie weiß, daß sie gelegentlich eine

Pediküre und neue Schuhe braucht. Nicht, daß sie es besonders gern hätte. Sie steht reglos mit unglücklichem Gesicht und hat es gern, wenn man sie dabei ein bißchen tröstet und ihr gelegentlich ein Stück Zucker in den Mund schiebt. Heute passiert ihr nicht viel, nur das eine Eisen muß neu verpaßt werden. Die anderen lassen wir, bis wir nach Hause kommen.

Es ist wichtig, daß ein Pferd sich leicht und ohne Theater beschlagen läßt. Nie sollte man ein Pferd kaufen, ohne zuvor sich dessen zu versichern. Denn fast nie läßt sich das reparieren, wenn ein Pferd in dieser Beziehung verdorben ist. Es wird höchstens schlimmer. Meist wird es dann zunehmend grob behandelt, und das verbessert den Vorgang nicht und nimmt dem Pferd nie die Angst.

Dieser Schmied hier versteht sein Handwerk, jeder Griff sitzt. In einer halben Stunde ist alles überstanden, und Lorine tänzelt frohgemut über die Dorfstraße. Fein – jetzt kann sie wieder richtig laufen.

Das tut sie dann auch. Den Galopp, den wir uns auf dem Herweg versagen mußten, holen wir nach. Wie der Sturmwind brausen wir über die leeren Felder, die wir noch finden, an Wiesenrändern entlang, auf weichen Feldwegen.

»Morgen«, sagt Robert, als wir uns dem Stall nähern, »könnten wir eigentlich noch mal zur Marei reiten. Was hältst du davon?«

»Eine Menge.«

Ich hätte das nicht gesagt, wenn ich gewußt hätte, was mir bevorsteht. Es wird ein dramatischer Tag. Zunächst jedoch beginnt alles wie immer.

Ich habe wieder einmal bei mir im Hotel geschlafen, schließlich soll man die Dinge nicht übertreiben. Wir reiten um zehn Uhr los, die Pferde sind munter, denn es ist kühl und sehr windig. Wind wirkt immer anregend. Lorine leistet sich ein paar ansehnliche Hopser und reißt wieder mal vor ein paar Kühen aus, die ihr zu nahe kommen. An die Kühe hat sie sich in all der Zeit nicht richtig gewöhnt. Es ist nicht mehr so schlimm wie am Anfang, aber unheimlich sind ihr diese Tiere immer noch. Wer weiß, vielleicht ist doch einmal eine darunter, die gern ein Pferd zum Frühstück verspeisen würde. Als nächstes erschrickt sie maßlos vor einer Schar auffliegender Krähen, die laut kreischend hinter einem Busch hervorkommen. Sie springt mit einem Riesensatz nach links, und nun passiert, was ich immer schon befürchtet habe: Sie kommt an den Stacheldraht, reißt sich, wird dadurch noch aufgeregter, ihr Schweif verfängt sich im Draht, sie buckelt und steigt, ich kann mich kaum auf ihr halten. Schließlich gelingt es mir, sie zu beruhigen. Wir steigen ab und betrachten das Malheur. Sie hat eine blutende Wunde an der rechten Hinterhand.

»Ach, um Gottes willen«, jammere ich, »jetzt haben wir die Bescherung. Diese verfluchten Drähte! Sie wird eine Blutvergiftung kriegen.«

Robert untersucht den Draht. »Er ist wenigstens nicht rostig.«

»Was machen wir denn nun bloß?«

»Wir reiten weiter. Wir sind sowieso bald da. Ich kenne dort einen Bauern, der hat selber noch zwei Pferde im Stall, vielleicht hat er etwas da zum Desinfizieren. Schlimmstenfalls hat die Marei Jod im Hause.«

Lorine wird von Robert sachkundig behandelt, als wir angelangt sind. Sie zuckt zusammen, als er die Wunde betupft, es brennt natürlich, aber sie hält brav still.

»Immer mit deinem blöden Gehopse«, schimpfe ich und halte ihren Kopf in den Armen. »Ich sage dir immer, du bringst dich nur selber in Gefahr.«

Später bringen wir die Pferde auf die Koppel, wo Tim seine Freundin nun ein bißchen trösten kann. Wir genehmigen uns einen Schnaps und bekommen später von der Marei wie gewohnt erstklassig zu essen. Baden gehen kann man leider nicht mehr. Es ist zu kalt geworden.

Wir sitzen ziemlich lange mit der Marei und dem Aloys zusammen beim Kaffee, ich erzähle, daß ich nun bald abreisen muß und daß ich darüber ganz unglücklich bin.

»Aber Sie werden doch wiederkommen?« fragt mich die Marei.

»Ja, vielleicht. Im nächsten Sommer.«

Es ist schon fast vier Uhr, als wir mit der Trense in der Hand zur Koppel gehen, um die Pferde zu holen. Aber nun kommt die schlimmste Überraschung dieses Tages.

Die Pferde sind weg. Die Koppel ist leer.

Ich stehe wie erstarrt. »Robert!«

Auch Robert macht ein ratloses Gesicht. »Da soll doch gleich ...«

Nun ist diese Koppel keine richtige Pferdekoppel, das heißt, also nicht mit dem entsprechenden hohen Holzzaun umgeben, sondern nur von einem Draht eingefaßt. Wie wir

über die Wiese gegangen sind, sehen wir am anderen Ende, was passiert ist. Sie sind durch den Draht durchgebrochen, er ist zerrissen an einer Stelle.
»Du lieber Gott! Robert! Wo sind sie hin?«
»Das möchte ich auch gern wissen.«
Die Weide liegt am Rand des Dorfes, offenbar hat niemand den Ausbruch beobachtet.
»Sie sind längst tot«, sage ich, »sie sind irgendwo auf die Straße geraten und in ein Auto gerannt. Oder auf die Bahnstrecke.«
»Hier ist weit und breit keine Bahnstrecke.«
Aber Autos gibt es natürlich.
»Ob sie nach Hause gelaufen sind?«
»Ich verstehe das gar nicht. Tim hat so etwas noch nie gemacht. Ich kann ihn überall frei stehen lassen, er läuft mir nicht weg.«
»Lorine war heute so aufgeregt. Wer weiß, was hier noch passiert ist. Da ist sie einfach durch und Tim ihr nach.«
Das Wetter hat sich übrigens auch verschlechtert, der Himmel ist von Wolken bedeckt, der Wind ist stärker geworden, es ist richtig kalt.
»Was machen wir jetzt?«
»Wir müssen sie suchen.«
Zunächst rufen wir. Robert pfeift die gewohnte Terz, aber der Wind verweht alles. Die Ebene liegt still vor uns, drüben am Waldrand rührt sich nichts.
Wir gehen zum ›Oberwirt‹, und Robert sucht Helfer. Er bekommt sie in großer Zahl. Mehrere Autos werden startklar gemacht, die Dorfjugend zieht mit Fahrrädern und Mopeds los. Wir fahren mit Aloys in seinem Wagen auf gut Glück in irgendeine Richtung. Unterwegs treffen wir hier

und da jemand, den wir fragen. Im nächsten Dorf ist endlich ein Bauer, der uns Auskunft geben kann. Jawohl, vor einer Stunde etwa hat er zwei herrenlose Pferde gesehen, nackt und bloß, die mitten durch die Kartoffeln galoppierten. Er sagt es vorwurfsvoll.

»Und?« fragt Robert. »Was haben Sie unternommen?«

»Unternommen? San's froh, daß i net den Gendarmen gerufen hab'!«

»Hätten Sie es doch getan. Denken Sie, wir lassen die Pferde zum Spaß allein durch die Gegend rasen?«

Immerhin erfahren wir nun die Richtung, in der wir suchen müssen.

Ich sage gar nichts mehr, ich sitze zusammengekauert hinten im Wagen, ich bin verzweifelt. Lorine ist tot. Nun nimmt alles ein böses Ende.

Plötzlich hupt es wild hinter uns. Zwei junge Leute rasen auf den Mopeds hinter uns her. Wir halten und warten und erfahren, daß sie die Pferde gesehen haben. Sie sind westlich von hier und grasen ganz friedlich auf einer Wiese.

Das hört sich schon besser an; und wirklich, so ist es auch. Da sind sie, müde gelaufen, schmutzig und offenbar ganz froh, daß wir kommen. Sie lassen sich bereitwillig aufzäumen und ins Dorf zurückreiten. Dort müssen wir für die Helfer eine Runde ausgeben, und dann ist es höchste Zeit, daß wir losreiten, wir kommen sowieso in die Dunkelheit hinein.

In die Dunkelheit und in den Regen. Wir sind etwa eine halbe Stunde unterwegs, da fängt es an. Und wie! Wochenlang hat es nicht geregnet, und nun wird alles nachgeholt. Und kalt ist es. Der Herbst, der schöne milde Herbst ist vorbei. Dies ist ein Vorgeschmack auf Novemberwetter.

Ich habe nur eine Bluse an und bin im Nu total durchnäßt. Die Haare hängen mir in nassen Strähnen im Gesicht. Robert schaut mich besorgt an. »Geht es noch?«
»Natürlich! Ist alles nicht so schlimm. Hauptsache, wir haben die beiden Ausreißer wieder.«
Wir lächeln uns zu, weiter geht es. Tim läßt sich auch durch den Regen nicht aus der Ruhe bringen, aber Lorine ist unwillig, schüttelt sich, wird zunehmend verstörter, und schließlich fängt sie sogar an zu lahmen. Das hat mir noch gefehlt. Das ist wirklich ein Pechtag. Kommt es von der Wunde, die sie sich am Stacheldraht geholt hat, oder hat sie sich bei dem Ausbruch den Fuß verknackst, ich weiß es nicht. Es ist nicht viel, aber sie tritt auf einer Stelle tiefer.
»Ich kann sie nicht weiterreiten«, sage ich, »ich muß sie führen.«
»Setz dich auf den Tim. Ich werde sie führen.«
»Wie weit ist es denn noch?« – Es ist ganz dunkel inzwischen, ich kenne mich überhaupt nicht mehr aus.
Beim Führen merkt man nichts, da läuft sie ganz normal. Vielleicht war sie nur eben mal schief getreten. Ich versuche es wieder schweren Herzens, es geht besser.
Es ist acht Uhr, bis wir im Stall ankommen. Hier sind sie schon in heller Aufregung. Und nun setzt eine rege Tätigkeit ein, die Pferde werden trockengerieben, Lorines Wunde wird behandelt, ihre Füße genau untersucht. Ich sitze auf einer Sattelkiste, bin todmüde und schüttle mich vor Kälte.
»Gehn Sie doch nach Hause«, sagt Herr Meisel. »Ich mach' das hier schon. Jetzt sollen die beiden erst mal fressen, nachher schaue ich noch mal nach ihnen.«
Robert läßt sein Rad stehen, setzt sich ans Steuer von meinem Wagen, wir fahren zu ihm.

»So«, sagt er, als wir da sind, »sofort ausziehen, in die Badewanne.«
Er läßt schon das Bad einlaufen, bringt mir einen großen Schnaps, und dann sitze ich in der Wanne, und es wird mir langsam wohler.
Er kommt auch, steigt ebenfalls ins Bad, reibt mir mit der Bürste kräftig den Rücken.
»Na weißt du, dieser Tag heute. Da war aber alles dran.«
»Ist ja alles gutgegangen. Wir sind da, die Pferde auch. Vielleicht kriegen wir einen Schnupfen.«
»Und Lorines Fuß?«
»Mal sehen, wie es morgen ist. Lassen wir eben den Tierarzt kommen.«
Ich muß gleich ins Bett, bekomme Abendbrot im Bett und einen heißen Grog, dann nimmt Robert mich in die Arme, nun ist mir überhaupt nicht mehr kalt, mir fallen die Augen zu, ich bin schon im Einschlafen, da bellt Xaver, und dann klingelt es an der Tür.
»Was 'n das?« murmle ich, dann fahre ich hoch. »Lorine! Jetzt ist sie doch tot.«
»Komm, Vera, sei jetzt still. Lorine fehlt gar nichts. Ich schau mal eben nach.«
Ich lausche, aber ich höre nichts. Er hat die Tür zugemacht. Aber dann merke ich doch, daß er nebenan im Wohnzimmer mit jemand spricht. Reichlich spät für einen Besuch. Es muß schon zehn sein.
Wie er zurückkommt, grinst er, zieht den Morgenrock aus, schlüpft ins Bett.
»Puh! Und ich war schon so schön warm geworden.«
»Komm«, sage ich und kuschle mich eng an ihn. »Jetzt wärme ich dich. Wer war denn das?«

»Tante Dori.«
»Nein? Was wollte sie denn?«
»Suzanne hat heute den ganzen Tag versucht, mich anzurufen, dann hat sie vorn angerufen.«
»Suzanne? Es ist doch nichts passiert?«
»Ach wo! Sie hat erfahren, daß Nathalie sich verloben will. Und ist natürlich dagegen. Wie Mütter eben so sind. Ich soll sofort kommen und mit ihr nach England fahren.«
»Du bist ja gar nicht gegen die Verlobung.«
»Eben. Ich werde ihr morgen einen Brief schreiben. Abgesehen davon hatte ich sowieso die Absicht, mir den jungen Mann demnächst anzusehen. Nathalie hat es gar nicht so eilig. Sie ist ein vernünftiges Mädchen.«
»Dann kann ich also beruhigt schlafen.«
»Das kannst du, mein Liebling.«
Da fällt mir noch etwas ein. »Und Tante Dori? Sie hat doch nicht gemerkt, daß ich hier bin?«
»Es dürfte ihr nicht entgangen sein. In der Diele standen deine dreckbespritzten Stiefel. Über dem Schreibtischstuhl hing deine Reithose zum Trocknen ausgebreitet.«
»Ach, du lieber Himmel! Und du im Morgenrock. Mit nackten Beinen. Jeder konnte sehen, daß du aus dem Bett kommst.«
»Eben.«
»Hat sie was gesagt?«
»Nein. Aber ihr Blick sprach Bände.«
»Kann ich mir denken. Schämst du dich nicht?«
»Ich? Wieso ich? Du mußt dich schämen.«
»Morgen. Heute bin ich zu müde. Ach Liebling!« – Es ist warm und weich und dunkel. Tante Dori in Ehren, aber ich kann mich jetzt darüber nicht grämen. »Das war ein schlim-

mer Tag. Aber ich liebe dich so sehr. Auch wenn es regnet. Auch wenn es stürmt. Überhaupt immer. Es ist furchtbar.«
»Ist es wirklich so furchtbar?«
»Ich weiß nicht. Vielleicht auch nicht. Man wird sehen. Wenn ich aus Amerika komme. Wirst du am Flugplatz sein?«
»Mhm.«
»Und wirst mir Blumen mitbringen?«
»Mhm.«
»Und dann wirst du mit mir schlafen gehen?«
»Mhm.«
»Hoffentlich stürzt das Flugzeug nicht ab.«
»Das tut es sicher nicht.«
»Manche tun es.«
»Deins nicht. Das würde ich nicht zulassen.«
»Nein, das darfst du nicht zulassen. Und wenn ich dann wieder da bin...«
Nein, ich weiß nicht, was dann sein wird, wenn ich wieder da bin. Alles schwimmt weg, ich versinke, seine Arme um mich, mein Gesicht an seiner Brust, ich schlafe.

Graue Tage

Lebe wohl, du schöner Sommer, ade, du blaugoldener September voller Glück und Erfüllung, du bist fort, bist vergangen, nicht zurückzuholen, nur in meinem Herzen, in meiner Erinnerung wirst du ewig weiterleben. Nun ist der Himmel grau, es regnet, die Bäume schütteln sich im Wind, fürchten sich vor dem Winter wie ich, die Wolken hängen tief, und das weite grüne Land sieht trostlos und leer aus. So jedenfalls präsentiert sich uns die Welt am folgenden Morgen. Wir fahren mit dem Wagen zum Stall, Robert meint, die Zeit fürs Radfahren sei ja nun leider auch bald vorbei.

»Wenn ich wieder einmal herkomme, möchte ich auch mit dem Rad fahren«, sage ich.

»Warum nicht.«

»Meinst du, daß ich noch einmal herkomme?«

Er sitzt am Steuer, blickt flüchtig zu mir her, lächelt.

»Warum nicht.«

»Das klingt nicht sehr begeistert.«

Er legt seine Hand auf mein Knie. »Natürlich kommst du. Und zwar schon bald. Und oft. Es ist auch im Winter sehr schön hier.«

»Wirst du mich in München auch besuchen?«

»Das werde ich. Ich möchte einmal ganz groß mit dir ausgehen. Magst du das?«

»Und wie!« sage ich begeistert. »Richtig schick gehen wir aus. Du kennst mich noch nicht, wie ich aussehe, wenn ich mich fein mache.«

»Ich kann mir vorstellen, daß es ein erhebender Anblick ist.«

»Ist es auch. Ich habe eine Menge schicker Kleider. Ich habe auch ein langes Abendkleid und eine Nerzstola und silberne Schuhe, all so was habe ich. Und ich laß mich toll frisieren und mal' mich richtig an, und dann gehen wir in eine Premiere und anschließend in die ›Kanne‹ essen. Oder zu Humplmayer. Kennst du das?«

»Kenn' ich alles. Aber ich kenne es nicht mit dir.«

»Ich esse gern Austern. Du auch?«
»Ich auch.«
»Wunderbar! Wir werden richtig angeben.«
»Das werden wir, mein Liebling. Ich werde extra dir zuliebe meinen Smoking wieder in Betrieb nehmen.«
»Du mußt hinreißend aussehen im Smoking.«
»Das hoffe ich.«
»Magst du gern in die Oper gehen?«
»Sehr gern. In gewisse Opern.«
»Ich auch. Wir suchen uns etwas aus, das wir beide mögen. Den ›Rosenkavalier‹ oder die ›Arabella‹ oder eine gute Verdi-Aufführung. Und dann gehen wir in die Oper. Ach, Robert!«
Im Stall vergeht mir die gute Laune. Lorine lahmt noch immer. Wir nehmen sie heraus, führen sie im Hof ein wenig hin und her, sie tut sehr wehleidig und schaut mich unglücklich an.
»Da haben wir die Bescherung. Jetzt komme ich mit einem kranken Pferd nach Hause.«
Robert ruft den Tierarzt an, der ist nicht zu Hause, aber seine Frau verspricht, ihn zu verständigen, sie kennt seine Route für diesen Tag. Dann sattelt Robert seinen Tim und reitet ihn in der Bahn.
Es ist leer geworden im Stall. Die Kinder sind längst alle weg, Frau Kreutzer mit ihrer Ludmilla, der Aschaffenburger, alle anderen sind nach und nach abgereist. Lorine und ich, wir sind die einzigen Urlauber, die hier noch herumgeistern.
Ich sitze ganz allein auf dem Tribünchen und schaue Robert und Tim zu. Und sehe, was ich alles nicht kann und wohl auch nicht mehr lernen werde in diesem Leben.

Die beiden sind ein großartiges Paar. Tim ist ein Bild von schwebender gebändigter Kraft, er geht wie gestochen, jeder Tritt sitzt auf den Zentimeter. Und Spaß macht es ihm auch, das sieht man ihm deutlich an.
Robert sitzt auf dem Pferd, als sei er mit ihm verwachsen. Man merkt nichts von den Hilfen, das geht alles wie von selbst, mit spielerischer Leichtigkeit. Trotzdem sagt er, als sie schließlich vor mir halten bleiben: »Wir sind ziemlich verschlampt. Wird Zeit, daß wir wieder einmal arbeiten.«
»Das ist die reine Koketterie«, sage ich, »ihr seid einfach großartig.«
Herr Meisel, der sich inzwischen eingefunden hat, stimmt mir bei. Es sei ein Genuß für ihn, so etwas zu sehen, sagt er, nachdem er die ganze Zeit die mehr oder weniger unglücklichen Gestalten hier herumhampeln sah.
»Es war leicht mit Tim«, meint Robert. »Ich habe nie ein Pferd besessen, daß so leicht an die Hand zu reiten war und so intelligent mitgemacht hat. Er hat einfach Freude daran, zu lernen, und auch Freude, sich zu präsentieren.«
»Es ist ein Jammer, daß Sie nie mit ihm auf ein Turnier gegangen sind. Ich habe es Ihnen immer gesagt.«
»Ja, ich weiß. Aber damit wollte ich nicht mehr anfangen.«
»Hast du früher Turniere geritten?«
»Als junger Mensch, vor dem Krieg. Damals übrigens hatte ich auch ein Pferd, das so gut zu reiten war. Das heißt, genaugenommen gehörte es meinem Vater, der es mir aber ganz überließ, als er sah, wie gut ich damit auskam. Es war ein Trakehner, ein Rappe. Der hat auch so schön mitgemacht. Auf ihm habe ich gelernt, *wie* man reitet. Denn das meiste lernt man immer noch von einem Pferd.«

Tim steht wie ein Denkmal, mit gewölbtem Hals, er kaut, nur manchmal schielt er zu mir her.
Eins weiß ich nun, eins habe auch ich so nebenbei gelernt. Dieser Mann, den ich liebe, lebt in einer festgefügten Welt. Ich werde ihn nicht aus dieser Welt herausreißen können. Man könnte sagen, diese Welt, die er sich selbst gewählt hat, ist zu eng für ihn, entspricht seiner Persönlichkeit nicht. Der kleine Ort, das kleine Haus, seine Tiere – was sonst? Er ist klug und sehr gebildet, er kennt und weiß vieles, er würde im anspruchsvollsten Kreis gute Figur machen, und es gäbe zweifellos bedeutende Aufgaben, denen er gewachsen wäre.
Vor einigen Tagen machte ich eine Andeutung in diesem Sinne. Seine Antwort lautete: »Mag sein. Vielleicht ist es einer meiner größten Fehler, daß ich weder Ehrgeiz besitze noch Machthunger. Meine diplomatische Karriere habe ich mir durch eigene Schuld verbaut. Möglicherweise könnte ich heute zurück, wenn ich wollte. Man vergißt, und über Affären wächst Gras. Aber ich bin nicht mehr interessiert daran. Auch nicht an einer politischen Laufbahn. Irgendwann muß man soweit kommen, sich selbst zu kennen und zu erkennen. Man hat nur dieses eine Leben. Das sagte Suzanne immer. Und einmal muß man sich entscheiden, wie man es verbringen will. Ich habe mich entschieden, habe mich für ein zurückgezogenes einfaches Dasein entschieden. Und fühle mich wohl dabei. Wenn du einen Mann willst, der Karriere macht, der Spitzenpositionen anstrebt, dann werde ich es nicht sein.«
»Du bist mir recht, so wie du bist«, war meine Antwort.
»Auch wenn diese Art von Leben, das du führst, für mich fremd ist. Und mir niemals in den Sinn gekommen ist. Ich

gebe zu, ich habe mich noch nicht entschieden, wie ich leben will. Ich hatte auch bisher wenig Gelegenheit dazu. Ich wurde immer mehr von den dringenden Notwendigkeiten getrieben. Bilde ich mir jedenfalls ein. Vielleicht ist das dumm, vielleicht hätte ich mir längst darüber klarwerden müssen, was ich eigentlich will. Eins jedenfalls habe ich mir immer gewünscht: unabhängig zu sein. Soweit man es in diesem Leben sein kann. Zugegeben – ich habe es nie richtig angefangen. Nicht überlegt genug. Aber ich werde es jetzt versuchen.«

Er *ist* unabhängig. Er lebt hier auf dem Lande, hat ein hübsches kleines Haus, schreibt seine Bücher, die ihm ein relativ gutes Auskommen verschaffen, er hat ein reiches, ausgefülltes Leben, zu dem er nichts und niemand braucht als sich selbst. Ich wünschte, er würde auch mich dazu brauchen. Aber das weiß ich nicht. Wenn ich aus seinem Leben wieder verschwinde – ganz verschwinden würde –, was wäre dann? Es bliebe eine hübsche Erinnerung an blaugoldene Septembertage. Und sonst wäre alles wie zuvor.

Und ich? Auch mein Leben ginge weiter wie zuvor. Neue Arbeit, andere Aufgaben, auch eines Tages einen anderen Mann. Gewiß – das Leben ist nun einmal so.

Aber wenn es etwas gibt, was ich mir von ganzem Herzen wünsche, dann ist es dies: diesen Mann zu behalten, seine Liebe, seine wirkliche, echte Liebe zu gewinnen, ihm eine Gefährtin zu sein. Ach, verflixt – das klingt so pathetisch. So kitschig. Man schreckt vor solchen Worten zurück. So jemand wie ich tut es jedenfalls. Aber wie soll ich es sonst ausdrücken? Ich möchte, daß er mich wirklich liebt und daß ich so sein kann und sein werde, wie er sich eine Frau wünscht. Ich denke nicht an eine Ehe, das ist nicht so wichtig. Es ist auch gar nicht nötig, daß wir stets und ständig zusammen sind. Wir sind beide freie, unabhängige Menschen, wir können unsere eigene Lebensform finden, die abseits der bürgerlichen Norm liegt. Es ist schön, wenn man sich das leisten kann. Ich kann es. Und er auch.

Was nun aber wirklich für mich schlechthin überwältigend ist, überwältigender noch als diese Liebe, die mich da so plötzlich überfallen hat, das ist die seltsame, ganz andere, mir noch fremde Vera, die mir nun begegnet ist. Oder besser gesagt, mit der ich dabei bin, Bekanntschaft zu schließen.

Bin ich bisher ein oberflächlicher Mensch gewesen? Nein. Ich wäre ungerecht gegen mich selber, wenn ich das behaupten würde. Aber ich habe mir da so eine Lebensform zurechtgeschneidert, eine Art Kostüm, von dem ich glaubte, ich passe ganz gut hinein. So eine Mischung aus kühlem Intellekt und etwas schnoddriger Herzlichkeit, mit Charme verbrämt und gegen die Umwelt ziemlich fest abgeschirmt. Illusionen habe ich mir nie gemacht, weder über das Leben noch über die Liebe und schon gar nicht über mich selbst. Auch jetzt mache ich mir keine. Ich werde mich nicht ändern. Wer ändert sich schon in wesentlichen Dingen seines Charakters und seines Denkens und Fühlens? Aber ich gewinne, oder – lieber vorsichtiger ausgedrückt – ich werde fähig sein, eine neue Dimension dazu zu gewinnen. Nein, bei Gott, es ist nicht gleichgültig, wen man kennt, mit wem man umgeht, wen man liebt. Und von wem man geliebt wird. Und eins kann ich mit voller Aufrichtigkeit zugeben: Ich habe mir immer solch eine Liebe gewünscht. Zumindest habe ich von ihr geträumt. Ich ahnte, daß es so etwas geben müßte. Auch für mich. Man kann es nicht erzwingen, nicht herbeizaubern. Es geschieht einem, oder es geschieht nicht. Und wenn es wirklich nicht mehr sein sollte als diese paar Wochen – es war ein großes Geschenk. Und es wird auf mich und mein Leben nicht ohne Einfluß bleiben.

Der Tierarzt kommt, noch während wir im Stall sind, seine Frau hat ihn unterwegs bei einem Bauern erreicht, und da auch der Doktor natürlich Robert sehr schätzt, kam er eilends herbeigefahren.

Lorine wird herausgeführt, wird im Hof am Halfter getrabt. Jetzt lahmt sie nicht mehr. Sie macht auch ein ganz zufriedenes Gesicht, es freut sie, wenn man sich so ausführlich mit ihr beschäftigt. Der Fuß ist nicht dick, ist auch nicht heiß, die Sehnen scheinen in Ordnung. Vielleicht – so meint der Doktor – hat sie sich nur vertreten, sie soll am besten zwei Tage stehenbleiben, höchstens morgen ein bißchen geführt werden; sie bekommt eine schöne weiße Paste auf ihre Fessel, was sie sich wohlgefällig von oben betrachtet. Es wäre auch traurig gewesen, wenn unser schöner Urlaub so einen üblen Abschluß gefunden hätte. Der gute Gott der Liebe läßt es nicht zu.

Am nächsten Tag führe ich Lorine auf der Koppel hin und her, es ist zwar trüb, regnet aber nicht mehr, und sie ist bereits wieder sehr munter, versucht immer mal wieder einen kleinen Hopser einzulegen. Dann kommt der Montag, das ist sowieso Stehtag, da bleibt sie in ihrer Box.

Am Dienstag hat es sich die Sonne überlegt und offenbar beschlossen, doch nicht ganz so kampflos das Feld zu räumen. Sie versucht emsig der dunklen Wolken Herr zu werden. Ganz gelingt es ihr nicht, bis Mittag steht es fifty-fifty. Wir sind um zehn im Stall, Robert reitet seinen Tim eine halbe Stunde, und dann nehme ich Lorine heraus, sattle und sitze auf. Von Lahmheit keine Spur mehr, sie ist voller Tatendrang. Wir reiten alle vier eine halbe Stunde ins Gelände, fast nur Schritt, höchstens eine kleine Strecke Trab dazwischen, und Lorine ist kaum zu bändigen. Was soll das Gezampel, scheint sie zu fragen, ich möchte mal wieder richtig laufen. Heute darf sie das noch nicht, aber wenn die Besserung anhält, steht nichts im Wege, daß wir am kommenden Tag noch einmal einen schönen Ritt machen.

Das wird dann sowieso der vorletzte sein. Denn am Tag darauf wird der Transporter kommen und Lorine verladen – mir graut schon jetzt davor – und sie nach München zurückbringen.

Lorine weiß es noch nicht. Aber ich. Und ich muß mich sehr zusammennehmen, um nicht widerstandslos in Melancholie zu verfallen. Aber das kann ich mir gar nicht leisten. Auf mich wartet Arbeit, warten neue Aufgaben, die für mein ganzes weiteres Leben entscheidend sein werden. Irgendwie freue ich mich auch darauf. Es ist eine Herausforderung, vielleicht die größte und wichtigste, die das Leben mir bisher geboten hat. Ich nehme sie an. Ich werde es schaffen. Ich will es.

Und das, was hier geschehen ist in den vergangenen Wochen, das soll mir dabei helfen. Soll mir die Kraft dazu geben. Na bitte – vielleicht klingt das nun wieder mal so richtig schön kitschig und pathetisch, mag sein, aber gemeinhin ist das Leben ja sowieso viel kitschiger, als es unsere hochgezüchtete, unterkühlte Snob-Weisheit sich träumen läßt.

Und dieser Mann, den ich liebe – in meinem Leben ist jede Menge Platz für ihn. Angenommen in seinem wäre für

mich auch Raum genug vorhanden, und ich kann eigentlich nicht einsehen, warum nicht, dann ...
Dann ... Schicksal, unergründliches, sei mir gnädig!
Aphrodite, Schützerin der Liebenden, vergiß nicht an mich!

Robert hat Geburtstag

Eine freundliche Laune des Schicksals, vielleicht auch ein gutes Omen ist es, daß der letzte Tag meines Aufenthalts in Bad Waldhofen ausgerechnet auf Roberts Geburtstag fällt.
Ach, dieses Bad Waldhofen! Wie lieb habe ich es gewonnen, wie gut gefällt es mir jetzt hier! Nannte ich es einmal ein ödes Kaff? Ich muß blind und blöd gewesen sein. Nun ist alles vertraut, heimelig, fast heimatlich. Die beiden Kirchtürme, die Bauernhäuser, daneben die großen und kleinen Hotels, die schicken Läden auf der Kurpromenade, meine fremden Freunde vom Kurorchester, die Kühe, die am Spätnachmittag von den Weiden kommend durch die Straßen trotten, und die lieben, lieben Kurgäste, alt und mittelalt, und gelegentlich auch sogar jung, die Park und Promenade bevölkern. Alle liebe ich auf einmal, auch wenn ich in letzter Zeit an ihrem Leben keinen Anteil mehr genommen habe. Mein Dasein spielte sich zwischen Stall, dem Drei-Männer-Haus und dem Hotel ab. Für anderes blieb keine Zeit mehr.
Aber ich werde wiederkommen. Ich werde sie alle wiedersehen, und es wird sein, als wenn ich nach Hause komme.
Die Geburtstagsnacht darf ich nicht bei Robert schlafen.

Wir trinken zwar nachts um zwölf eine Flasche Sekt auf seine Gesundheit und sein Glück, aber dann bringt er mich ins Hotel. Denn, so hat er mir erzählt, es ist ein jährlich wiederkehrender Brauch, daß die Tanten beide am Geburtstagsmorgen bei ihm erscheinen, um ihm zu gratulieren.

»Allerdings gratulieren sie mir nicht als erste«, erzählt er. »Tante Dori sieht streng darauf, daß der erste Gratulant ein junger Mensch, möglichst ein Kind ist. Meist muß die kleine Tochter vom Gärtner dies Amt übernehmen. Sie kommt mit einem großen Blumenstrauß, sagt ihr Sprüchlein auf, und die Tanten stehen gerührt hinter ihr. Und da die Kleine vom Gärtner vor drei Wochen ihr erstes Schuljahr begonnen hat, wird das ganze Unternehmen vermutlich vor Beginn der Schule, also vor acht Uhr, gestartet.«

»Na, dann sieh zu, daß du nicht zu spät ins Bett gehst. Und was geschieht dann?«

»Das Reserl bekommt Schokolade und trollt sich dann in die Schule, nehme ich an. Ich gehe mit ins große Haus, wo Schwester Melanie und Bastian, der alte Masseur, warten, um zu gratulieren. Dann frühstücke ich mit den Tanten. Ich bekomme eine Torte, ein Kerzenlicht und ein paar Geschenke.«

Irgendwie finde ich es hübsch, wenn es solche Bräuche gibt. Daran soll man möglichst nichts verändern. Immerhin, ein Schnippchen haben wir den Tanten in diesem Jahr geschlagen: Der erste Gratulant bin ich gewesen. Nicht mehr ganz so jung wie die Tochter vom Gärtner, aber so alt nun auch wieder nicht.

Wir treffen uns um zehn im Stall. Es ist unser letzter Ritt. Ich betrachte es als noch ein gutes Omen, daß die Sonne nun doch wieder scheint, etwas blaß und müde zwar, Nebeldunst liegt über dem Horizont, die Bäume sind schon ein wenig bunt gefärbt. Ein wunderschöner Herbsttag. Und das allerschönste daran: Lorine ist wieder ganz in Ordnung, keine Spur von Lahmheit mehr, sie ist munter und lebendig und prustet vergnügt in die kühle Morgenluft.

Glücklicherweise ist Lorine überhaupt nicht sehr empfindlich trotz ihres sensiblen Seelenlebens. Dafür muß man dankbar sein. Denn es gibt kaum fragilere und empfindlichere Geschöpfe als Pferde. Wer das Wort von der Roßnatur aufgebracht hat, worunter man etwas besonders Robustes verstehen soll, hat bestimmt von Pferden keine Ahnung gehabt. Es gibt unendlich viele Krankheiten, die Pferde haben können. Und was Pferdebeine betrifft, so sind sie überhaupt wie Porzellan. Es gibt Pferde, die stehen das halbe Jahr, irgend etwas fehlt ihnen immer, und der Tierarzt geht bei ihnen aus und ein. Wie gesagt, mit Lorine habe ich in dieser Beziehung, unberufen, bisher wenig Kummer gehabt. Und auch jetzt hat sie sich schnell wieder erholt.

Ein schöner Ritt also. Beide Pferde sind bester Laune, die Reiter auch. Stoppelfelder sind leider nicht mehr da. Wir reiten auf Feldwegen, an Wiesenrändern und schließlich in den Wald hinein. Still ist es immer im Wald. Aber jetzt, so kommt es mir vor, ist die Stille noch stiller geworden. So als ob die Natur um das große Schweigen, um das lautlose Sterben weiß und duldsam darauf wartet. Wir reiten zum Kruzifix im Wald, ich hebe die Gerte grüßend an die Schläfe und sage laut: »Ich möchte wiederkommen.«

Der Christus am Kreuz lächelt schweigend auf mich herab.

Hat er mich gehört?
»Und ich möchte, daß wir vier dann wieder gesund vor dir stehen.«
Und lautlos füge ich hinzu: ›Und ich wünsche mir so sehr, daß Robert mich dann noch liebt. Daß er mich richtig lieben wird. Daß er zu mir gehört. So wie ich ihn heute schon liebe und zu ihm gehöre. Hörst du mich, Herr Jesus im Wald? Ich bitte dich darum.‹
Robert lächelt, als wir weiterreiten. »Du bist ein großes Kind, Vera.«
»Ist das schlimm?«
»Nein. Ganz im Gegenteil.«
»Möchtest du auch, daß ich wiederkomme?«
»Ich möchte es auch.«
Na schön, mehr ist im Moment nicht aus ihm herauszuholen. Es gibt Stunden, da ist er ein wenig großzügiger mit den Kundgebungen seiner Zuneigung. Aber so ist er nun mal. Und es macht auch nichts. Allzu wortreiche und freigebig verteilte Liebeserklärungen sind meist nicht viel wert. Liebe soll langsam wachsen, echte Liebe, meine ich. Sie soll kein windiges, rasch aufgeschlagenes Zelt sein, sondern ein festes, behutsam und sorglich gebautes Haus, in dem man behütet wohnen kann.
Ach, Vera! Veruschka, Geliebtes! Was ist nur mit dir los? Ich kenne dich kaum wieder. Was für neue, was für seltsame und ungewöhnliche Gedanken. Oder eigentlich doch nicht? Ist es nicht das, was ich mir immer gewünscht, was ich immer erhofft habe?
Wir reiten wieder zum Wald hinaus, am jenseitigen Ende, und hier führt am Waldrand ein weicher Wiesenweg entlang, der Gelegenheit zu einem langen ruhigen Galopp bie-

tet. Ich galoppiere wie immer voran, und auf einmal höre ich hinter mir Robert lachen. Laut und fröhlich lachen. Ich blicke über die Schulter zurück und pariere dann Lorine zum Schritt durch. »Warum hast du gelacht?«

Er hält neben mir. »Warum? Ich weiß auch nicht. Vielleicht weil ich glücklich bin.«

Mir verschlägt es den Atem. Ich will es genauer wissen.

»Du bist also glücklich?«

»Ja, mein Liebling.«

»Weil du Geburtstag hast?«

»Auch.«

»Weil es so ein schöner Ritt ist?«

»Auch.«

»Und warum noch?«

»Weil *du* da bist«, sagt er mit größter Ruhe und Selbstverständlichkeit.

Ich antworte nicht. Sehe ihn nur an. Nun habe also ich auch ein Geburtstagsgeschenk gekriegt, ein Geschenk *vom* Geburtstagskind.

Wir lassen die Pferde langsam weitergehen, und ich sage nach einer Weile: »Dann bin ich auch glücklich.«

Wir schlagen einen Bogen durch den Wald zurück, finden eine schöne grüne Waldwiese, an deren Rand wir entlanggaloppieren. Ach, Lorine, wie werden wir in München diesen weichen federnden Boden vermissen.

»Das höchste Glück der Erde liegt auf dem Rücken der Pferde«, sage ich, als wir im Schritt weiter auf einem Waldweg gehen. »Den kennst du ja sicher auch, diesen Spruch von Hafis?«

»Er geht noch weiter, dieser Spruch. Kennst du die Fortsetzung auch?«

»Nein.«
»Das höchste Glück der Erde liegt auf dem Rücken der Pferde, in der Gesundheit des Leibes und am Herzen des Weibes.«
»Muß ein kluger Mann gewesen sein, dieser alte Perser.«
»Also erstens nehme ich an, daß er noch gar nicht so alt war, als er das von sich gab. Und zweitens finde ich nicht, daß so viel Klugheit dazu gehört, diese Feststellungen zu machen. Es sind die einfachen, die echten, die selbstverständlichen Dinge, die er preist. Sie zu erkennen, zu erleben und zu genießen – nun ja, du hast recht, vielleicht gehört doch ein gewisses Maß an Verstand und Erfahrung dazu.«
Gegen zwölf kommen wir in den Stall zurück. Die Pferde bekommen eine extra große Portion Äpfel zu ihrem Hafer serviert, und dann eilen wir von dannen. Denn an diesem Tag haben wir noch einiges vor. Jeder fährt zu sich nach Hause und macht sich fein.
Ich ziehe ein hellgrünes Chanelkostüm an, letzter Schick, das Robert noch nicht kennt. Ein wenig Make-up, Perlenclips in die Ohren. Denn heute wollen wir ganz groß essen gehen.
Es gibt in einem anderen Kurort, etwa vierzig Kilometer von hier, ein höchst luxuriöses Hotel mit einem exquisiten Restaurant. So heißt es jedenfalls, ich kenne es noch nicht. Dort hat Robert für uns einen Tisch und ein Geburtstagsmenü bestellt.
Das Restaurant ist keine Enttäuschung. Es gibt Kaviar auf Toast zu einem Glas Champagner. Dann ein Täßchen Hühnersuppe und danach einen jungen Fasan. Zum Nachtisch ein Eisparfait. Ein erstklassiges Essen, wir genießen es beide mit Verstand und Hingabe. Sehr schön und vor allem

sehr wichtig, wenn man auch dies zusammen tun kann. Ein Mann, der keine Freude am Essen hat und nichts vom guten Essen und vom guten Wein versteht, ist für mich ein unvollkommener Gefährte. Irgend etwas fehlt an solch einem Mann und wird immer fehlen, ist einfach nicht nachzuliefern. Auch in der Liebe.
So ist das. Wir stellen das gemeinsam beim Speisen fest. Und Robert meint, ihm ginge es mit einer Frau genauso.
Ich nehme an, auch Suzanne war eine Feinschmeckerin. Ich frage nicht danach, weil es sich eigentlich von selbst versteht. Als Französin und so, wie sie mir geschildert wurde, kann es eigentlich gar nicht anders sein. Es stört mich nicht. Ich habe weder unfreundliche oder gar eifersüchtige Gefühle für Suzanne. Warum auch? Es wäre töricht. Er hat sein gelebtes Leben genau wie ich. Und wenn es also eine Frau von Format ist, die bisher in seinem Leben die größte Rolle gespielt hat, so kann mir das nur recht sein. Es beweist, daß er ein Mann von Geschmack ist und immer war. Das ist ein Kompliment auch für mich. Möchte ich einen Mann, der sich jemals mit billiger Ware zufriedengegeben hat, im Ernstfall? – O nein, ich möchte ihn nicht. Man muß immerhin befürchten, es fehle ihm am rechten Unterscheidungsvermögen. Auch im vorliegenden Fall.
Nach dem Mokka machen wir einen kleinen Rundgang durch den Ort, der herbstlich still und verlassen erscheint. Es ist kein Kurbad, nur ein Sommerfrischenort, und bis auf wenige Gäste, ganz besonders raffinierte Genießer, ist keiner mehr da. Man ist hier den Bergen schon sehr nahe, und mir kommt es vor, als sei es hier schon kälter.
Gegen fünf sind wir wieder in Bad Waldhofen, fahren noch einmal in den Stall, um die Freunde zu besuchen.

»Arme Lorine«, sage ich, »morgen wirst du verladen. Mir graust jetzt schon davor.«
Der Abend gehört uns allein. Haben wir uns vorgenommen. Aber ganz so klappt es nicht.
Wir sind kaum bei Robert angelangt, haben Hund und Kater über unser langes Ausbleiben getröstet, erscheint Tante Leni.
Sie ist eine kräftige rundliche Dame älteren Jahrgangs mit einem lieben runden Gesicht unter grauem Haar. Sie kommt, wie sie sagt, um Robert noch ein Geschenk zu bringen, das erst im Laufe dieses Tages übergabereif geworden ist. Ein selbstgestrickter Pullover. Ein schönes, dickes, warmes Ding.
»Ich bin einfach nicht rechtzeitig fertig geworden«, klagt sie wortreich. »Tut mir so leid, Robert. Aber ich habe heute den ganzen Tag noch daran gearbeitet. Und hier ist er nun.« Dabei betrachtet sie mich mit neugierigen Augen, und ich habe so das Gefühl, der Pullover ist mehr oder weniger ein Vorwand. Sie platzt vor Neugier und möchte mich nun endlich mal in Ruhe und aus der Nähe sehen. Robert scheint das auch zu denken. Er schmunzelt vergnügt, er ist sehr nett zu Tante Leni, placiert sie zu mir in die Sitzecke, und wir trinken alle einen Kognak.
»Ich trinke sonst nie Alkohol«, meinte Tante Leni, aber sie nimmt dann doch noch ein zweites Gläschen, und es scheint ihr auch ganz gut zu schmecken.
Ich bin so charmant, wie ich nur kann, und habe das Gefühl, damit ganz gut anzukommen.
Robert erzählt, daß ich morgen abreisen muß, daß mein Urlaub zu Ende ist.
»Wie schade!« sagt Leni.

Und ich darauf: »Sehr, sehr schade.«
»Aber Sie werden doch sicher einmal wiederkommen?« fragt sie; ein wenig verschmitzt und sehr neugierig.
Ich lächle, und mein lieber Robert sagt: »Das hoffe ich sehr.«
Tante Leni sieht ihn an, dann mich, dann wieder ihn, und dann lächelt sie auch.
Und dann sagt sie sehr lieb: »Ich hoffe es auch. Für dich, mein Junge.«
»Eins zu null für dich«, sagt Robert, als sie weg ist. »Bei Tante Dori wärst du nicht so leicht weggekommen.«
»Was hätte sie getan?«
»Sie hätte dich sehr kritisch gemustert und ein paar hinterhältige Fragen gestellt.«
»Wird mir das eines Tages noch bevorstehen?«
»Ganz gewiß.«
»Nun denn! Ich werde es mit meinen besten Sonntagsmanieren zu überstehen versuchen.«
Post hat er viel bekommen. Suzanne hat geschrieben, Nathalie, sein Verleger, eine Menge Freunde. Blumen sind gekommen und Geschenke. Und Besuch kommt auch noch.
Zwei Herren aus Waldhofen, der eine ist Anwalt, der andere ein Geschäftsmann. Wie ich dem Gespräch entnehme, haben die Herren gelegentlich zusammen Skat gespielt. – Sie hätten den ganzen Tag versucht anzurufen, sagen sie vorwurfsvoll, aber das Geburtstagskind sei nie erreichbar gewesen. Jetzt hätten sie ihre Präsente wenigstens vor die Tür legen wollen. Aber o Wunder, da ist er. Und da sie nun sähen, in welch reizender Begleitung, sei es verständlich, daß man von ihm neuerdings nichts zu sehen und zu hören bekäme.

Wir trinken Whisky, später mache ich ein paar Sandwich zurecht, und Robert kredenzt Wein. Von dem Anwalt kommt die Ehefrau dazu, eine noch jüngere, sehr lebhafte Dame. –

Es ist sehr nett, es ist sogar reizend, wenn es nur nicht unser letzter Abend wäre. Wenn wir nur nicht mit den Stunden, die uns bleiben, so arm dran wären. Gegen zehn sind wir endlich allein.

»Morgen um die Zeit bin ich längst schon fort«, sage ich.

»Wir werden alle so traurig sein«, sagt Robert. »Nicht, Xaver?«

Xaver blickt mich ernsthaft an mit seinen klugen Augen. Traurig ist er im Moment nicht. Noch sind alle da, und seine Welt ist in Ordnung.

Tom, der Kater, hat sich bereits aufs Bett verzogen. Er möchte jetzt ein, zwei Stunden schlafen und dann einen kleinen Bummel machen.

Unsere letzte Nacht. Wir sind beide heute nicht sehr temperamentvoll, nicht sehr einfallsreich. Wir lieben uns stumm, mit einer kleinen Traurigkeit im Herzen. Wir liegen einander im Arm, wir schweigen, wir sind uns so nahe, so vertraut wie nie.

Und ich denke etwas ganz Merkwürdiges. Ich denke:

Es ist schwer, Abschied zu nehmen. Es ist bitter, sich zu trennen. Und dennoch ist es gut so. Unsere Liebe war bisher ohne Alltag. Und wenn wir nun auseinandergehen für längere oder kürzere Zeit, so wird ihr der Alltag weiterhin erspart bleiben, es wird in unseren Herzen und in unserem Gedächtnis nichts zurückbleiben als der Glanz und das Glück dieser goldenen Septembertage.

Was später sein wird? Wer weiß das. Aber wann immer

wir uns wiedertreffen, wird es sein wie Ferientage. Ein Fest wird es sein, keine müde, grau gewordene Gewohnheit.
Und zu alledem hat er heute noch gesagt, er sei glücklich, weil ich da bin.
Ich werde bleiben, wenn er es wünscht!

Kein Grund zum Weinen

Am nächsten Tag bleibt nicht viel Zeit zu großen Abschiedszeremonien.
Lorines Abreise von Bad Waldhofen gestaltet sich ähnlich dramatisch wie ihre Abreise von München und läßt mich ziemlich echauffiert zurück.
Wir stehen vor dem Stall und sehen dem Transporter nach, wie er schwerfällig aus dem Hof rollt mit der unglücklichen Lorine an Bord. Und dazu kommt noch aus dem Stall ein fragendes, vorwurfsvolles Wiehern von Tim.
»Er weiß Bescheid«, meint Robert.
»Dann müssen wir ihn trösten.«
Vierfacher Trennungsschmerz ist es. Nicht nur wir, auch die Tiere müssen Abschied nehmen.
Und dann geht alles furchtbar schnell. Meine Koffer sind schon gepackt, ich suche in meinem Zimmer die letzten Reste zusammen, alles wird in den Wagen verladen. Und dann könnte ich fahren.
»Willst du nicht noch etwas essen?« fragt Robert.
»Ach, ich habe keinen Hunger.«
»Doch. Eine Kleinigkeit solltest du unbedingt essen.«
Noch eine letzte Galgenfrist. Wir sitzen im Restaurant

meines Hotels, es ist zwölf Uhr, die ersten Mittagsgäste haben sich eingefunden, wir haben beide einen Teller vor uns stehen, aber wir schieben nur lustlos ein paar Gabeln in den Mund, wir vermeiden es, uns allzuviel anzuschauen, wir sind kühl und sachlich und reden belangloses Zeug. Ich trinke noch eine Tasse Kaffee, und eigentlich gibt es beim besten Willen keinen Grund mehr, noch länger zu zögern.

»Also«, sage ich und versuche, meine Stimme möglichst gleichmütig, ganz matter-of-fact klingen zu lassen, »auf geht's!«

»Ja, es ist besser, du fährst«, sagt Robert genauso gleichmütig, »sonst kommst du noch in den Nachmittagsverkehr.«

Wir stehen vor meinem Wagen, Robert betrachtet noch mal prüfend meine Reifen.

»Hast du alles?«

»Ich denke.«

Mich überkommt auf einmal eine wilde Lust zu weinen. Einfach die Arme um seinen Hals zu schlingen und zu weinen. Aber natürlich tue ich das nicht.

Ich lächle vielmehr, ich streichle mit der Hand leicht über seinen Arm, ich sage: »Lebe wohl! Mach's gut! Ich ruf' dich heute abend an.«

»Auf Wiedersehen, Liebling«, sagt er. Jetzt sehen wir uns doch an, nur kurz, ein, zwei Sekunden lang. Dann steige ich schnell ein.

»Fahr vorsichtig«, sagt er noch. »Laß dir Zeit.«

Und dann ... dann fahre ich wirklich.

Habe ich daran gedacht, daß ich jemals abreisen würde? Habe ich gedacht, es würde ein Wunder geschehen?

Aber es ist ein Wunder geschehen. Ob ich hierbleibe oder ob ich wegfahre. Das Wunder ist geschehen. Mir ist die Liebe begegnet. Und ich nehme sie mit. Sie reist mit mir.
Ich möchte noch einmal Waldhofen ganz genau betrachten, möchte nach rechts und links blicken, auf Häuser und Park und Bäume, auf das weite grüne Land – aber ich muß auf die Straße schauen, ich muß aufpassen, es ist auch keine Zeit zum Weinen jetzt.
Und eigentlich auch kein Grund.
Vielleicht werde ich heute abend ein bißchen weinen, zu Hause in meinem Bett. Ich weiß nicht. Vielleicht auch nicht. Vielleicht kommt er morgen schon mir nachgereist? Vielleicht übermorgen oder nächste Woche? Eines Tages kommt er. Das weiß ich. Eines Tages werden wir uns wiedersehen. Vielleicht schon sehr bald. Der September ist vorbei. Er ging zu Ende.
Aber für uns ist es kein Ende, sondern ein Beginn.

Romane von Utta Danella

Alle Sterne vom Himmel

Die Frauen der Talliens

Tanz auf dem Regenbogen

Der Maulbeerbaum

Quartett im September

Regina auf den Stufen

Der Sommer des glücklichen Narren

Stella Termogen

Vergiß wenn du leben willst

Gestern oder Die Stunde nach Mitternacht

Jovana

Unter dem Zauberdach

Familiengeschichten

Alles Töchter aus guter Familie

Die Reise nach Venedig

Der Schatten des Adlers

Der Mond im See

Utta Danella

Regina auf den Stufen

Regina hat Angst vor dem Leben und fürchtet sich vor der Liebe. Doch in diesem entscheidenden Jahr wird sie Stufe für Stufe das Ziel ihrer geheimen Träume erreichen.

Der Sommer des glücklichen Narren

Ein Schriftsteller zieht sich in die Einsamkeit zurück und erlebt einen Sommer voller turbulenter Ereignisse, in dem zwei Frauen eine bedeutende Rolle spielen.

Stella Termogen oder Die Versuchungen der Jahre

Von Berlin bis Malaysia, vom Ende des Ersten Weltkriegs bis in unsere Tage reichen Wege und Zeit dieses Lebensromans einer eigenwilligen und faszinierenden Frau.

Vergiß wenn du leben willst

Eine Frau kehrt in das Land ihrer Jugend zurück. Doch wird sie vergessen, vergeben können? Kann ihre Reise in die Vergangenheit zur Befreiung werden vom Schatten einstigen Unheils?

Gestern oder Die Stunde nach Mitternacht

Eine Frau in einer Grenzsituation. Ist das die Erkenntnis, daß ihr Erfolg Gestern war? Ihre Begegnung mit der Liebe Gestern, ihre Jugend? Oder findet sie das Vertrauen für die Zukunft wieder?